## *Sur l'auteur*

Peter Tremayne, de son vrai nom Peter Berresford Ellis, est passionné de culture celte. Né le 10 mars 1943, il s'est fait connaître avec des récits fantastiques fondés sur les mythes et légendes celtiques. Il reçoit en 1988 l'*Irish Post* Award, en reconnaissance de ses apports importants à l'étude de l'histoire irlandaise. Entre 1983 et 1993, il écrit huit thrillers sous le nom de Peter MacAlan, puis se lance dans la rédaction des « Mystères de sœur Fidelma », dont *Maître des âmes*, lauréat du prix *Historia* du roman policier historique 2010.

*Du même auteur*
*aux Éditions 10/18*

ABSOLUTION PAR LE MEURTRE, n° 3630
LE SUAIRE DE L'ARCHEVÊQUE, n° 3631
LES CINQ ROYAUMES, n° 3717
LA RUSE DU SERPENT, n° 3788
LE SECRET DE MÓEN, n° 3857
LA MORT AUX TROIS VISAGES, n° 3913
LE SANG DU MOINE, n° 3962
LE PÈLERINAGE DE SŒUR FIDELMA, n° 4017
LA DAME DES TÉNÈBRES, n° 4066
DE LA CIGUË POUR LES VÊPRES, n° 4074
LES DISPARUS DE DYFED, n° 4125
LE CHÂTIMENT DE L'AU-DELÀ, n° 4160
LES MYSTÈRES DE LA LUNE, n° 4199
LA CLOCHE DU LÉPREUX, n° 4280
MAÎTRE DES ÂMES, n° 4319
UNE PRIÈRE POUR LES DAMNÉS, n° 4390
UNE DANSE AVEC LES DÉMONS, n° 4413
LE CONCILE DES MAUDITS, n° 4466
LA COLOMBE DE LA MORT, n° 4523
LA PAROLE DES MORTS, n° 4568
UN CALICE DE SANG, n° 4632
LA SEPTIÈME TROMPETTE, n° 4732
LE CAVALIER BLANC, n° 4764
EXPIATION PAR LE SANG, n° 4834
LE SCEAU DU DIABLE, n° 5058
LA CONFRÉRIE DU CORBEAU, n° 5191
LA PÉNITENCE DES DAMNÉS, n° 5363
LA NUIT DU PORTE-LUMIÈRE, n° 5439
UNE LUNE DE SANG, n° 5569
DU SANG AU PARADIS, n° 5682
LA JETEUSE DE SORT, n° 5788
LE CONSEIL DES SEPT, n° 5887
MORT D'UN HÉRÉTIQUE, n° 5962
LA FILLE DE LA TEMPÊTE

# PETER TREMAYNE

# MORT D'UN HÉRÉTIQUE

Traduit de l'anglais
par Corine Derblum

10
18

Titre original :
*Death of a Heretic*


ISBN 978-2-264-08351-7
Dépôt légal : mai 2024

*À Caroline Lennon,*
*la « voix » qui, à travers les audiolivres*
*en langue anglaise,*
*donne vie à Fidelma sur les ondes,*
*avec toute mon appréciation*
*envers une actrice de talent et une amie.*

*« Fuerunt vero et pseudoprophetae in populo sicut et in vobis erunt magistri mendaces qui introducent sectas perditionis et eum qui emit eos Dominum negant superducentes sibi celerem perditionem. »*

« Il y a eu parmi le peuple de faux prophètes, et il y aura de même parmi vous de faux docteurs, qui introduiront des sectes pernicieuses et qui, reniant le maître qui les a rachetés, attireront sur eux une ruine soudaine. »

2 Pierre 2,1
(Traduction Louis Segond)

*Le monde de Fidelma*
(Muman) Munster, VIIe siècle apr. J.-C.

Connacht
Laigin
Loch Derg
Biorra (Birr)
Múscraige Tire
Sliabh mBladma
Vers Kildare
Ui Duach
Éile
Luímneach (Limerick)
Cill Dalua (Killaloe)
Durlus
Liath Mór
Osraige
Vers Fearna
Arada Cliach
Mungairit
Gabrán
R. An Maigue (R. Maigue)
Cashel
Imleach (Emly)
Múscraige Breogain
R. Feoir (R. Nore)
Dún Eochair Mháigh
Araglin
R. Siúr (R. Suir)
Orbraige
Lios Mór (Lismore)
Déisi
Abbhain Mór (R. Blackwater)
Uí Liatháin
Corcaigh (Cork)
Árd Mór (Ardmore)
R. Laoí (R. Lee)
Raithlen (Cihel na Aeda)
35 kilomètres

## PERSONNAGES PRINCIPAUX

*Fidelma* de Cashel, *dálaígh* ou avocate des cours de justice de l'Irlande du VIIe siècle

*Frère Eadulf* de Seaxmund's Ham de la terre des South Folk, son époux

*Enda*, commandant des guerriers du Nasc Niadh ou Collier d'or, garde d'élite des rois de Muman

Au Puits d'Ara

*Aona*, aubergiste

*Adag*, son petit-fils

À l'abbaye d'Imleach Iubhair

*Abbé Cuán*, archevêque de Muman

*Frère Mac Raith*, *rechtaire* ou intendant

*Prieure Suanach*, responsable des sœurs et des étudiantes

*Le vénérable Breas*, *fer-leginn* ou professeur principal

*Le vénérable Lugán*, *leabhar coimedach* ou bibliothécaire, maître des étudiants

*Frère Anlón*, médecin

*Frère Áedh*, chargé du corps de protection contre les incendies
*Frère Sígeal*, *echaire*, maître des écuries

Les bâtisseurs
*Sítae, ollamh-ailtire*, maître bâtisseur
*Cú Choille*, maître charpentier disparu
*Patu*, charpentier en chef
*Mothlach*, maçon
*Tassach*, chaudronnier

Les étudiants
*Frère Garb*, étudiant de dernière année
*Frère Étaid*, son *anam chara* ou âme sœur
*Sœur Fastrude*, étudiante de Burgondie
*Sœur Ingund*, étudiante de Burgondie
*Sœur Haldetrude*, étudiante de Burgondie

Les visiteurs francs
*Évêque Brodulf* de Luxovium, en Bourgogne
*Diacre Landric*, son intendant
*Frère Charibert*, son serviteur

La suite du chef brehon
*Fíthel*, chef brehon de Muman
*Urard*, son secrétaire et scribe
*Aidan* et *Luan*, guerriers du Collier d'or

# NOTE DE L'AUTEUR

Cette histoire se déroule pendant le mois qu'on appelle, en vieil irlandais, *Cét Samain* – « le début de l'été ». L'équivalent serait à peu près notre mois de mai.

Certains lecteurs se souviendront peut-être que nous avons déjà visité l'abbaye d'Imleach Iubhair – « le pays des Ifs » (*Le Sang du moine*, 2006). De nos jours, Emly, puisque tel est son nom anglicisé, n'est qu'un petit village situé à quatorze kilomètres à l'ouest du chef-lieu de Tipperary (le Puits d'Ara). Fondée au Vᵉ siècle par saint Ailbe dès avant la venue de saint Patrick, Imleach Iubhair fut jadis le premier centre religieux d'enseignement du royaume de Muman (Munster) et le siège de son archevêque. Aujourd'hui, il ne reste presque plus rien pour témoigner de sa grandeur d'antan. Elle conserva son statut de « ville-cathédrale » jusqu'en 1587 et demeura le principal siège ecclésiastique de Munster jusqu'à ce qu'elle soit officiellement réunie au siège de Cashel.

Les bâtiments abbatiaux primitifs furent remplacés au XIIIᵉ siècle par une cathédrale, elle-même détruite lors de la conquête de 1607. À la fin du

XVII^e siècle y fut bâtie une cathédrale anglicane. Tombant en ruine, elle fut reconstruite en 1827. L'église catholique moderne date de 1882. Le lac qui bordait l'ancienne abbaye a depuis longtemps disparu. Seuls subsistent des vestiges de cinq anciens puits sacrés, dont le Tobair Peadar (puits de Pierre). Ce dernier a été bouché pour des raisons de sécurité. On raconte que, de là, un passage souterrain conduisait à la colline de Knockcarn, considérée comme l'ancien cimetière de l'abbaye.

Imleach était une maison mixte, une *conhospitae*, qui accueillait des religieux hommes et femmes. Elle était gouvernée par un *comarbae* (l'« héritier » d'Ailbe), mais le titre d'abbé, issu du mot araméen *abbas* (père), se répandait pour désigner les chefs de telles communautés. S'agissant d'une dirigeante, on adjoignait au mot araméen le suffixe latin *-issa*, ce qui donnait *abatissa*, « abbesse ». J'ai utilisé le titre de « prieure » (*prioressa*), également emprunté à l'irlandais ancien et moyen, pour désigner la responsable des nonnes d'une *conhospitae* ou d'une congrégation féminine à part entière.

Certains lecteurs seront peut-être surpris d'apprendre que, à l'époque de Fidelma, le christianisme n'était pas une religion unifiée ; il englobait maints courants théologiques divergents, chacun doté de ses partisans. Nombre de débats passionnés eurent lieu au cours de différents conciles pour déterminer quels concepts et enseignements seraient retenus. Lors de l'édit de Milan, en 313 de notre ère, Rome reconnut la légitimité du christianisme occidental. Dix ans plus tard, celui-ci fut adopté comme religion officielle de l'Empire romain. L'empereur Constantin (285-337) se rendit compte que le mouvement chrétien était divisé par toutes sortes d'interprétations. Les dirigeants se réunirent à Nicée en 325 pour s'accorder sur les fondamentaux, dont les affirmations furent reprises sous forme d'une profession de foi. Mais cela n'unit pas pour autant les chrétiens.

Les disputes continuèrent durant les conciles. L'historien romain Ammien Marcellin (v. 330-400), lui-même ancien militaire, observa ces conflits dogmatiques souvent violents qui lui inspirèrent ce commentaire : « Aucune bête sauvage n'est aussi cruelle que les chrétiens dans leurs relations les uns avec les autres. »

Le concile de Rome de l'an 382, sous la houlette du pape Damas, valida les vingt-sept textes retenus par Athanase, patriarche d'Alexandrie, qui constitueraient le Nouveau Testament. Cela provoqua de nouvelles querelles ; nombre d'écrits chrétiens très anciens furent menacés de destruction parce qu'ils n'étaient pas conformes au canon.

*L'Évangile selon Philippe*, mentionné dans cette histoire, est un manuscrit copte qui date du IIe ou du IIIe siècle de notre ère. Il fut découvert dans une jarre scellée, avec d'autres œuvres du christianisme naissant, à Nag Hammadi, en Égypte, en 1945. Les 1 200 textes de Nag Hammadi sont aujourd'hui conservés au musée Copte du Caire. Ils avaient été enterrés au IVe siècle afin d'être préservés, après que le concile de Rome eut tranché sur ce qui était acceptable pour le Nouveau Testament. *L'Évangile selon Philippe* portait le nom d'un des douze premiers apôtres, Philippos de Bethsaïde (mort en 80 à Hiéropolis).

De nombreux conciles, au sein de l'Empire romain et ailleurs, continuèrent d'élaborer leurs propres interprétations. Du temps de Fidelma, six conciles œcuméniques majeurs avaient déjà été organisés dans le but d'uniformiser la religion. Le troisième, qui eut lieu à Constantinople (en 680), débattait encore de l'essence humaine ou divine de Jésus-Christ. À cette époque, le christianisme occidental revêtait plus de trente formes différentes. Certaines furent acceptées, d'autres abandonnées ou taxées d'hérésie.

Pélage (dont l'activité est attestée de 380 à 418) fut considéré comme un hérétique, pourtant ses enseignements perdurèrent longtemps parmi les Irlandais et les autres peuples celtes de ces terres d'Occident. En 640, avant d'accéder au pontificat sous le nom de Jean IV, Ioannis exhortait encore les évêques irlandais de renoncer à suivre la doctrine de Pélage. Les œuvres de ce dernier continuent d'être lues et débattues à notre époque. Pour les lecteurs intéressés par ses écrits et par sa philosophie, je recommande, de B. R. Rees, *Pelagius: Life and Letters*, 1988.

Le *Banshenchus* (*L'Histoire des femmes*), qui mérite d'être considéré comme le plus ancien écrit féministe d'Europe, a survécu sous forme de vers et de prose dans le monastère de Daimh Inis – « l'île du Bœuf » (Devenish, Lough Erne, comté de Fermanagh). L'abbaye fut fondée par saint Laisrén mac Nad Froich (mort en 564), plus connu sous le nom de Mo Laisse. Ce texte dresse la liste des femmes éminentes des V^e^ et VI^e^ siècles, avec des entrées se poursuivant jusqu'en 1193. Parmi elles figure la fille du roi Failbe Flann, mentionnée par son titre religieux.

Dans le récit qui va suivre, on trouvera certaines références aux épisodes précédents, qu'il est utile de situer. La participation de Fidelma au concile de Streonshalh (Whitby) en 664, où elle rencontre Eadulf pour la première fois, est relatée dans *Absolution par le meurtre* (2004). C'est alors que le roi Oswy de Northumbrie décida que son royaume suivrait les rites romains et non ceux des Églises insulaires d'Irlande. Le concile d'Autun, auquel Fidelma et Eadulf assistent, en Bourgogne, en 670, constitue la toile de fond du *Concile des maudits* (2011). Il y fut décrété que toutes les maisons religieuses du royaume des Francs et de la Gaule voisine se conformeraient à la règle de saint Benoît plutôt qu'à celles des Églises celtiques. L'enquête de Fidelma, en 664-665, alors qu'un voyage la fait passer par l'abbaye de Bobbio (Bobbium), fondée par Columbán et ses disciples irlandais dans le nord de l'Italie, est rapportée dans *Le Cavalier blanc* (2013). L'aventure au cours de laquelle elle accompagne Eadulf sur sa terre natale, à Seaxmund's Ham, au royaume des Angles de l'Est, est narrée dans *Le Châtiment de l'au-delà* (2008).

Quant aux événements survenus à l'abbaye de Darú (Darrow) auxquels Fidelma fait référence, ils se déroulent dans « Un cantique pour Wulfstan », paru pour la première fois dans *Midwinter Tales 4*, Little, Brown, UK, en octobre 1994, puis aux États-Unis dans *Ellery Queen's Mystery Magazine* en mai 1995. Cette nouvelle a été intégrée avec d'autres dans *De la ciguë pour les vêpres* (2009).

Les lecteurs férus de toponymie seront curieux de connaître les équivalents modernes des lieux mentionnés dans le royaume des Francs : Bituriga (Bourges) ; la Dea Matrona (la Marne) ; Evoriacum (Faremoutiers) ; Latiniacum (Lagny-sur-Marne) ; le Liger (la Loire) ; Luxovium (Luxeuil-les-Bains) ; Sanctus Nazarius (Saint-Nazaire) et Nevirnum (Nevers).

# CHAPITRE PREMIER

— Il y a eu un énorme incendie à l'abbaye la nuit dernière, lady.

Adag, le petit-fils de l'aubergiste, lança cette remarque avec toute l'animation de ses dix-sept ans en déposant un cruchon de bière sur la table de Fidelma et d'Eadulf. Bien que l'auberge se trouvât près du Puits d'Ara, à quinze bons kilomètres de l'abbaye d'Imleach Iubhair, « le pays des Ifs », les gens du cru l'appelaient toujours « l'abbaye » tant son influence s'exerçait sur la région. C'était une des plus anciennes de l'île ; chacun savait que son fondateur, le bienheureux Ailbe, avait, parmi les premiers, porté la bonne parole à Muman, le plus grand des cinq royaumes, au sud-ouest d'Éireann. Elle y était devenue le centre d'enseignement le plus réputé. Ses abbés remplissaient également la fonction d'évêque auprès des souverains de Cashel, dont le frère de Fidelma, Colgú, occupait le trône.

Fidelma jeta un regard intrigué au jeune homme.

— Un énorme incendie ? Que s'est-il passé ? J'ai ouï dire qu'on y effectue d'ambitieux travaux de rénovation. On remplace les anciens bâtiments en bois par des constructions de pierre, non ?

Adag haussa les épaules.

— Mon grand-père vous racontera tout dès son retour. Vous n'êtes pas arrivés par la route qui passe devant l'abbaye, sinon, à coup sûr, vous auriez vu les traces du feu.

— Eadulf et moi sommes partis de Dún Trí Liag. Nous avons chevauché à travers les montagnes, au sud-ouest.

Le jeune homme s'employa à redresser une bûche enflammée qui menaçait de crouler dans l'âtre.

— Qu'alliez-vous faire à la forteresse de Congal des Dál gCais ? jeta-t-il par-dessus son épaule. Celui-là, c'est pas la bonté qui l'étouffe ! Il se croit de lignée royale et ne laisse personne l'oublier. Il s'attend que nous le servions pour des nèfles, lui et ses proches, et il traite mon grand-père avec hauteur.

Fidelma arbora une mine réprobatrice. Elle connaissait ce garçon depuis sa naissance et savait, aussi, qu'il disait vrai.

— Voilà une opinion qu'il ne faut pas crier sur les toits, Adag. Congal n'hésite pas à user de son pouvoir et de la loi pour se venger à la moindre offense.

De fait, Fidelma et Eadulf s'étaient rendus à Dún Trí Liag, avec Enda, le commandant de la garde d'élite du Collier d'or, en raison d'une dispute opposant Congal à un membre de son clan. Il accusait l'homme d'avoir volé un taureau de son troupeau. L'autre, las de nier en pure perte, avait résolu de faire valoir ses droits selon l'ancienne loi : par *troscud*, aux portes de la forteresse de Congal, refusant nourriture et boisson jusqu'à ce que l'affaire fût soumise à l'arbitrage. Fidelma, qui était habilitée en tant que *dálaigh* à juger de tels cas, avait été mandatée pour entendre les arguments des deux parties. Or peu avant l'audience, on avait retrouvé le taureau errant dans les collines, après s'être échappé. Congal avait admis à contrecœur que son accusation était sans fondement et, de plus mauvaise grâce encore, avait dédommagé le plaignant en lui offrant une génisse.

À vrai dire, Fidelma se sentait plus sereine depuis qu'elle et ses compagnons se trouvaient loin du fief de Congal. Il avait la réputation d'être prompt à la colère et rancunier. S'agissant de lui, le mot « confiance » n'était pas celui qui s'imposait en premier à l'esprit.

La porte de la salle s'ouvrit en laissant s'engouffrer une bourrasque glaciale. Aona, l'aubergiste, entra, suivi par le jeune guerrier Enda qui repoussa l'huis derrière eux. Ils venaient d'abreuver et de nourrir les chevaux à l'écurie.

— Qu'est-ce donc que cette histoire d'incendie à l'abbaye ? demanda Fidelma au vieil homme, lorsqu'il vint s'assurer qu'ils ne manquaient de rien.

— Ah ! Adag vous l'a dit ? J'en parlais justement à Enda.

Le guerrier se laissa tomber sur le banc près de leur table et s'empara de la cruche d'ale pour se servir. L'étiquette n'était pas de mise entre ces compagnons qui avaient partagé tant d'aventures.

— Je n'ai pas été surpris par la nouvelle, commenta-t-il. L'abbaye est en pleine reconstruction. Située comme elle l'est au milieu d'une forêt d'ifs, ses anciens bâtiments sont en bois. Les derniers abbés aspiraient à les remplacer dans la pierre locale. Les incendies sont fréquents lors des travaux.

Fidelma se tourna vers l'aubergiste.

— Aona, connaissez-vous l'origine de l'accident ?

— Seulement quelques détails, que m'a appris ce matin un voyageur de passage. Apparemment, l'incendie ne s'est pas étendu outre mesure. Les dégâts se limitent au vieux bâtiment qui servait de *tech n-óiged*.

— L'hostellerie ? s'étonna Eadulf. Je croyais qu'Imleach n'accueillait plus d'invités dans ces parties vétustes. Y a-t-il eu des blessés ?

— D'après le voyageur, un clerc étranger qui séjournait là-bas a péri. Des moines, ainsi que plusieurs ouvriers, ont été blessés en tentant d'éteindre les flammes.

— Un clerc étranger ? releva Fidelma, intéressée.

— Un évêque, venu d'au-delà des mers.

Fidelma pinça les lèvres, troublée.

— Un évêque, en visite dans notre royaume… ? Savez-vous qui il était ou d'où il venait ?

— Le voyageur l'ignorait. Ce n'était qu'un marchand ambulant qui s'était arrêté aux portes de l'abbaye le temps d'abreuver son cheval. D'après ce qu'il a entendu, l'évêque était un important personnage, arrivé depuis peu.

— Le feu a vite fait de prendre dans ces bâtisses en bois, quand on cuisine pour le grand nombre, fit remarquer le petit-fils, opposant le fatalisme de la jeunesse à l'horreur de la catastrophe.

— Oui, hélas ! approuva Eadulf. C'est un danger trop souvent négligé.

— Un évêque étranger en visite dans notre royaume, qui plus est dans notre principale abbaye… Voilà qui est fort préoccupant, fit remarquer Fidelma.

— Sait-on comment le feu s'est déclaré ? interrogea Eadulf.

— Le marchand ne m'en a pas dit davantage que ce que je viens de vous répéter, répondit l'aubergiste. Mille et une causes auraient pu le provoquer.

— Décidément, cela m'inquiète, surtout en raison du rang et du statut de cet évêque, insista Fidelma. Il faudra éclaircir les circonstances, car, aux yeux de la loi, si l'incendie est imputable à une défaillance, nous devrons envisager un dédommagement.

Eadulf vivait depuis d'assez longues années en Éireann pour comprendre ce à quoi songeait Fidelma. L'abbaye assumerait la responsabilité de toute compensation requise. L'abbé étant également le primat du royaume, la moindre faute risquait d'avoir des répercussions au plus haut niveau. Il se pouvait que Colgú eût à dédommager ceux dont le défunt évêque était l'émissaire.

— Il est presque midi, fit observer Eadulf. Que dirais-tu de prendre notre repas ici, Fidelma ? Nous aurons ensuite le loisir de nous informer en détail auprès de l'abbé Cuán, à Imleach. Tu t'assureras que tout est en ordre, car il me semble que cela te trotte déjà dans la tête.

— C'est une bonne suggestion, lady ! acquiesça aussitôt Enda. Les chevaux se trouveront bien d'un peu de repos, maintenant qu'ils sont nourris et abreuvés. Allons ! mangeons, et ensuite nous chevaucherons jusqu'à Imleach.

Fidelma prit une expression sévère.

— Et vous, bien entendu, vous faites passer le bien-être des chevaux avant tout ! Sans cela, auriez-vous retardé ce crochet par Imleach ?

Enda eut l'air penaud, puis il remarqua la lueur taquine au fond des yeux de la *dálaigh*.

L'intervention du vieil aubergiste lui épargna la peine de trouver une réponse.

— Si vous préférez un repas froid, j'ai de la venaison, des œufs d'oie cuits dans leur coquille et de la salade verte : cresson, pimprenelle et ail des ours mêlés à de jeunes pousses d'aubépine en fleur. Ou, pour peu que vous préfériez un goût plus fort, je vous propose une compotée de poireau. Pour finir, un choix abondant de fruits et de miel, ou des gâteaux d'orge tout chauds, aromatisés à votre goût.

— Rien de lourd pour moi, précisa Fidelma. Nous avons encore de la route à faire, que nous allions à Imleach ou que nous retournions à Cashel.

— Mais nous prendrons une autre cruche d'ale ! lança Enda alors qu'Aona s'éloignait vers la cuisine, sur les talons de son petit-fils.

Un bref silence régna quand ils se retrouvèrent seuls.

— J'aurais préféré me reposer à Cashel cette nuit, admit Fidelma. Je crains que cette affaire ne retarde notre retour.

— Tu t'inquiètes trop, lui reprocha Eadulf. La mort d'un évêque étranger ne signifie pas que l'abbaye et encore moins le royaume soient responsables.

— Si tout va bien, nous pourrons être à Cashel ce soir, raisonna Enda. Même à un rythme tranquille, il ne nous faudra pas longtemps pour atteindre l'abbaye.

Sur ce point, il avait raison. La route de ce côté-là était bien entretenue, étant fréquentée par les pèlerins et les marchands qui se rendaient à la vieille abbaye. D'après la législation, elle entrait dans la catégorie de *ramat*, appliquée à toute voie menant à une noble forteresse. L'abbaye d'Ailbe portait bien son nom d'Imleach Iubhair, « le pays des Ifs », car les arbres de cette essence, arrondis et très ramifiés, dominaient la région ; ils s'étendaient jusqu'au petit lac au bord duquel l'abbaye était construite. Les ifs étaient les plus solides, les plus résistants des arbres. Les chasseurs et les guerriers taillaient leurs arcs dans leurs branches courbes, hérissées d'aiguilles. Le long de la voie forestière, des buissons épineux d'aubépines formaient des haies ; de petites grappes de fleurs émergeaient parmi les feuilles d'un vert foncé lustré. À mesure que l'on avancerait dans le mois, elles s'épanouiraient en de magnifiques corolles blanches à l'intérieur moucheté et au cœur jaune. Ce serait le signe certain que le début de l'été approchait.

Dans les espaces découverts, sur les berges sèches, on trouvait de la passerage drave. Fidelma avait appris dans son enfance que l'on pouvait, à cette époque de l'année, en moudre les graines pour assaisonner divers aliments. La présence de cette plante indiquait la proximité de l'eau et, de temps en temps, les trois cavaliers voyaient les rais du soleil de l'après-midi miroiter sur les ruisseaux impétueux, illuminant les libellules qui planaient et voletaient à la surface. La région s'enorgueillissait, outre d'un petit lac, d'au moins cinq puits profonds d'une eau claire et douce, provenant des montagnes et des collines lointaines. Ce fut sans doute ce qui avait convaincu le bienheureux Ailbe et ses disciples de fonder là leur communauté.

Dans le ciel, des oiseaux de proie cherchaient leur pitance. Parmi eux dominaient les faucons merlins aux longues ailes pointues, en quête de landes où user de leurs talents de chasseurs. Çà et là, quelques chèvres sauvages aux cornes droites broutaient les ajoncs et les bruyères. Aux mois les plus chauds, on les trouvait en haut des escarpements, mais, en hiver, elles préféraient le fond des vallées. Fidelma s'étonna qu'à cette époque de l'année elles s'attardent si bas.

La campagne n'était pas entièrement déserte. Les voyageurs virent deux religieux, reconnaissables à leur bure, pêcher dans une rivière. Les eaux étant basses et peu profondes, elle soupçonna qu'ils espéraient rapporter, non du saumon, mais de la lamproie, *náid*, semblable à une anguille. C'était un des mets favoris de l'abbé Cuán, qui l'avait récemment découvert.

L'abbaye elle-même couronnait une légère éminence, du côté nord de la route. Après l'entrée principale, les bâtiments s'étageaient sur la pente ; au sud s'élevait une butte tout en longueur, la colline du Cairn, surnommée le « tombeau des bienheureux », qui servait de cimetière à la communauté. La route passait ensuite devant un petit lac en direction de l'ouest.

Fidelma et ses compagnons s'approchèrent des bâtiments familiers en calcaire gris qui marquaient l'entrée. Ils avaient été les premiers érigés, plus d'un siècle avant qu'on décide que la pierre seyait mieux à l'abbaye prééminente du royaume. Beaucoup restait à faire et l'abbé Cuán, à sa nomination, il y avait un peu moins d'un an, avait résolu que l'ensemble serait entièrement reconstruit avant sa mort. La moitié du domaine était désormais rebâtie ; le reste subsistait dans les matériaux d'origine.

Les trois cavaliers finirent de gravir le coteau et parvinrent devant les portes principales. Ils ne remarquèrent rien d'anormal, sinon que, par moments, au gré du vent, l'air se chargeait de vagues relents de bois brûlé. Aucun portier n'apparut pour les accueillir et les grands battants de chêne demeurèrent clos.

Enda fit avancer sa monture et tira par trois fois sur la corde de la cloche. Le tintement résonna au-delà. Peu après, une tête surgit en haut de la muraille qui surmontait les portes voûtées. L'examen fut bref : elle disparut avant qu'Enda eût pu annoncer leur identité.

Le guerrier s'apprêtait à actionner de nouveau la cloche, quand un des battants s'ébranla. Un jeune moine se glissa par l'ouverture. De taille moyenne, les cheveux couleur de paille et les traits pâles, il les considéra de ses yeux presque incolores. Ses sourcils froncés se détendirent et un sourire s'épanouit sur ses lèvres minces.

— Fidelma de Cashel ! Je croyais bien ne pas me tromper quand j'ai regardé d'en haut, il y a un instant.

Elle lui rendit son sourire.

— Cela fait presque un an, frère Mac Raith.

— La toute première fois, nous étions au pays des Uí Fidgente. On n'aurait pas donné cher de nos vies[1].

— Et vous voilà, dans vos fonctions de *rechtaire*, l'intendant en chef de cette abbaye !

1. Voir *La Pénitence des damnés*, 10/18, n° 5363, et *La Nuit du Porte-lumière*, 10/18, n° 5439. (*Toutes les notes sont de la traductrice.*)

— Avec Cuán pour abbé, renchérit frère Mac Raith, avant de se tourner vers les compagnons de Fidelma. *Salvete*, salua-t-il chaleureusement. *Recepe-rint, amicis meis epularer*. Soyez tous les bienvenus, mes amis.

Eadulf et Enda lui répondirent selon l'usage.

L'intendant les invita à avancer tout en criant à des serviteurs invisibles d'ouvrir grandes les portes pour livrer accès aux visiteurs. Pendant que les cavaliers mettaient pied à terre, un religieux fortement charpenté – l'*échaire*, à en juger par sa tenue – ordonna à deux palefreniers d'emmener les chevaux.

— C'est un plaisir de vous revoir, lady, déclara frère Mac Raith en leur faisant traverser la vaste cour. À coup sûr, l'abbé souhaitera vous recevoir sur-le-champ. Votre arrivée contribuera grandement à atténuer l'inquiétude qui pèse sur nous.

Il ne parvenait pas à dissimuler son anxiété, malgré l'affabilité de ses paroles.

— Nous avons appris, pour l'incendie, indiqua Fidelma. J'ai cru comprendre que l'accident a coûté la vie à un évêque en visite. Nous avons chevauché du Puits d'Ara pour voir si nous pouvions nous rendre utiles, sans quoi nous serions en route pour Cashel.

Le sourire de frère Mac Raith se crispa.

— Dans ce cas, l'abbé Cuán aura une double raison de reprendre courage. Décidément, je préfère vous conduire auprès de lui sans tarder, vous et vos compagnons. Frère Sígeal, notre maître des écuries, se chargera de faire monter vos effets.

Il hâta le pas, omettant le rituel coutumier : le lavage des pieds et des mains des voyageurs pénétrant dans un domaine abbatial. Cela n'échappa pas à Fidelma ; elle mesura le trouble qui devait l'étreindre et s'abstint de tout commentaire. Le *rechtaire* gravit quatre à quatre les marches d'un escalier en pierre et s'engagea dans un sombre corridor menant, ainsi que Fidelma en conservait le souvenir, aux quartiers de l'abbé. Eadulf et Enda avaient remarqué eux aussi l'inquiétude de frère Mac Raith et échangeaient des regards interrogateurs. L'intendant toqua à une porte en chêne et fut invité à entrer. Presque aussitôt, il rouvrit la porte et les pria de venir.

Appuyé sur une canne solide, l'abbé Cuán contournait déjà sa table de travail. Un sourire de bienvenue mêlé de soulagement éclairait ses traits.

— Que nul ne prétende que Dieu n'exauce pas ses prières quand on est plongé dans le désarroi ! Soyez les bienvenus, Fidelma de Cashel, et vous Eadulf, sans oublier Enda. Vous êtes tous restés dans mon affectueux souvenir depuis notre séjour parmi les Uí Fidgente. Votre arrivée n'aurait pu être plus opportune.

L'abbé Cuán, déjà de petite taille, paraissait encore plus minuscule ainsi courbé sur sa canne. Il s'était cassé la jambe en tombant de cheval des années auparavant. La fracture n'avait pas bien guéri et lui avait laissé une claudication et la nécessité d'un appui. La pâleur de ses traits un peu charnus contrastait avec ses yeux sombres. Des touffes de cheveux bruns entouraient sa tonsure, rasée à la manière de saint Jean. Son expression évoquait toujours à Fidelma l'air abattu d'un chien qui a commis quelque bêtise et scrute son maître, guettant des signes de pardon. Toutefois, elle était assez fine pour ne pas s'y tromper.

L'indication du caractère véritable de Cuán, c'était sa voix, ferme et autoritaire en dépit de sa douceur.

Ils avaient traversé ensemble des aventures éprouvantes et se sentaient unis par un lien que leurs positions sociales n'auraient pas entièrement expliqué. Ils avaient affronté moult périls avant que la paix fût enfin conclue entre le prince Donnenach des Uí Fidgente et le frère de Fidelma, Colgú de Cashel. Cuán était alors l'abbé suppléant d'Imleach et frère Mac Raith, l'un des scribes. Une conspiration, visant à causer la perte de l'abbé Ségdae et où trempait l'intendant précédent, frère Tuamán, les avait tous fait trembler l'année précédente.

— Nous faisions halte au Puits d'Ara, en chemin pour Cashel, quand nous avons appris que vous aviez subi un incendie et déploriez un décès, indiqua Fidelma. Nous sommes venus aussitôt vous offrir notre aide.

Frère Mac Raith disposait des chaises à l'intention du trio tandis que l'abbé reprenait son siège, calant son bâton à côté.

— L'incendie s'est déclaré dans un des bâtiments en bois qui subsistent à l'arrière du domaine, expliqua-t-il sans préambule, la voix lasse et sèche comme s'il répétait des paroles maintes fois prononcées. C'était l'hostellerie d'origine, qui devait être démolie. Je connais d'avance votre question, Fidelma : notre distingué visiteur avait lui-même choisi de s'installer là-bas plutôt que dans notre maison d'hôtes toute neuve.

Fidelma le fixa avec surprise.

— Il soutenait qu'une maison en bois était plus chaude et accueillante qu'un bâtiment en pierre, continua le *rechtaire*. L'ancienne hostellerie convenait mieux, selon lui, à sa santé et à son confort.

— Qui était-il ? lui demanda la *dálaigh*.

— Un Franc : l'évêque Brodulf de Luxovium.

— Victime de sa décision funeste, soupira l'abbé. J'aimerais revenir sur l'incendie lui-même avant de vous donner des précisions au sujet de cet évêque.

Il ne semblait pas bouleversé outre mesure par la mort d'un prélat dans son abbaye, songea Fidelma. Elle attendit qu'il poursuive.

— Malgré les quelques pluies récentes, il faut croire que le bois de l'hostellerie était sec, car rien n'a pu arrêter les flammes. Je puis vous assurer que nous avons tout mis en œuvre pour les maîtriser.

— Savez-vous comment le feu a débuté ? interrogea Eadulf, impatient d'en venir à l'essentiel.

L'abbé Cuán paraissait épuisé.

— Pas encore. Frère Áedh, qui dirige un petit groupe de volontaires formés pour maîtriser les incendies, s'emploie à mener l'enquête. On n'a remarqué le brasier qu'une fois qu'il était trop tard. D'habitude, les cours d'eau des alentours permettent à frère Áedh et à ses hommes de venir à bout d'une conflagration avant qu'elle s'aggrave. Notre communauté s'est étendue au cours des dernières décennies, aussi n'est-ce pas chose facile. C'est que des érudits de nombreuses contrées viennent étudier ici ! Notre centre religieux est considéré comme le fleuron du royaume. Certes, mon prédécesseur s'est laissé convaincre d'acquérir de ces pompes à eau manuelles que, nous dit-on, Ctésibios d'Alexandrie mit au point autrefois. Elles sont de peu d'utilité contre des incendies d'une telle violence.

— Avec tout le respect que je vous dois, je crains que nous ne nous écartions de l'essentiel, intervint Fidelma.

L'abbé Cuán inclina la tête.

— Pardonnez-moi. J'essaie de justifier le fait que nous n'ayons pu sauver notre hôte de marque de cet enfer. Les flammes se sont propagées très vite, ainsi que vous l'expliquera frère Áedh.

— Et l'évêque Brodulf a été l'unique victime ?

— Il était seul dans l'hostellerie et fut donc le seul à trouver la mort, bien que plusieurs de nos frères et des bâtisseurs souffrent de brûlures, pour avoir tenté d'éteindre les flammes. Nous pensions que notre invité avait réussi à s'échapper. Ce n'est qu'après que nous avons compris qu'il avait péri. Nous croyions cette maison à l'abri du feu.

— Il n'en existe aucune qui le soit, fit valoir Eadulf. Toutes contiennent du bois, de la poix ou d'autres matériaux inflammables. Les pompes dont vous parlez ne sont pas la solution. Moi qui en ai vu au cours de mes voyages, je sais qu'elles pulvérisent trop peu d'eau pour exercer un quelconque effet sur une flamme ardente.

— Parlons de la victime, déclara froidement la *dálaigh*, contrariée de ne pas obtenir les informations qu'elle désirait. Qui était cet évêque Brodulf ?

— Un visiteur de Luxovium.

— Luxovium ?

— Cela se trouve au royaume franc de Burgondie. Luxovium est une des communautés fondées par notre bienheureux Colombán.

— Nous sommes allés là-bas, Fidelma, rappela Eadulf. Il y a deux ans, quand nous avons accompagné l'abbé Ségdae et d'autres prélats à l'abbaye d'Autun.

— Ah, oui ! Lors du concile qui décida que la règle bénédictine deviendrait la norme dans les congrégations religieuses… Je conseillais nos représentants, afin de démontrer que notre conception du droit est incompatible avec les changements voulus par Rome.

— Depuis que les Romains ont fait de la nouvelle foi leur religion d'État, ils comptent que tous les chrétiens adopteront leur système juridique en retour, acquiesça l'abbé Cuán, narquois. Comme si mille ans de civilisation pouvaient être annihilés par une décision à la majorité de gens d'une autre culture !

— C'est la décision prise à Autun qui amenait cet évêque ? interrogea Eadulf.

— En un sens. Il souhaitait découvrir notre théologie et nos méthodes d'enseignement, sachant que nous refusions maintes décisions des partisans de Rome.

— Je me rappelle, à présent ! s'exclama Fidelma. C'est en effet à Luxovium que Colombán établit l'une de ses premières communautés. J'en ai entendu parler à Bobium, qu'il fonda également. Luxovium abritait jadis le temple de la déesse gauloise Souconna, la divinité tutélaire du fleuve[1]. C'était un lieu sacré connu pour ses sources chaudes et froides. Colombán et ses disciples s'y installèrent sans doute pour cette raison.

— Luxovium est-il toujours gouverné par des missionnaires d'Éireann ? s'enquit Eadulf. Cela expliquerait

1. La Saône.

qu'un évêque de cette abbaye ait accompli le périple jusqu'ici.

— Les rois francs ont accepté la doctrine de Rome, le détrompa l'abbé Cuán avec amertume. Colombán et ses disciples ont été chassés parce qu'ils célébraient la Pâque selon les rites enseignés chez nous.

— Vous avez raison, lady, intervint frère Mac Raith. C'est à Bobium que se réfugièrent les exilés de Luxovium. Seuls les remplacèrent ceux qui juraient d'adhérer aux nouveaux rituels romains.

— Pourquoi, alors, cet évêque vous rendait-il visite, sachant que vous rejetiez les règles adoptées à Autun ?

— L'évêque Brodulf ne ratait aucune occasion de semoncer nos érudits au sujet de notre interprétation, précisa l'abbé. Il était investi de l'autorité officielle du roi franc Clotaire, un descendant du monarque qui chassa Columbán de Luxovium.

— Nous avons rencontré Clotaire au conseil d'Autun, se souvint Fidelma. Il n'est pas du genre à prendre une offense à la légère. Donc, cet évêque se réclamait de son autorité ?

— Quelle que soit l'autorité dont il pouvait se prévaloir, l'évêque Brodulf n'était pas le bienvenu à Imleach, coupa frère Mac Raith.

Les autres le dévisagèrent, surpris par l'aversion qui vibrait dans sa voix.

— Tout le monde devrait être le bienvenu, à condition de respecter les lois de l'hospitalité, répliqua Fidelma.

— Les respecter ? Il les foulait aux pieds, se défendit l'intendant.

L'abbé se chargea d'éclairer les visiteurs.

— L'évêque Brodulf insultait notre communauté, raillant même le *Cáin Ailbe*, dont les règles et les préceptes nous régissent.

— Je ne vois pas ce que nous pourrions faire de plus pour favoriser la fraternité et l'équanimité entre nous, reprit l'intendant. Mais quand ces étrangers nous traitent de païens et de mécréants, il est difficile de continuer à les considérer comme nos frères.

— « Ces étrangers » ? releva Fidelma. Pourquoi ce pluriel ?

— L'évêque est venu avec deux compagnons, expliqua l'abbé. Eux aussi de Burgondie.

— Et ils ont pu échapper aux flammes ? Font-ils partie des blessés ?

L'abbé Cuán secoua la tête.

— Ils étaient hébergés dans les quartiers des hôtes, dans la partie reconstruite du domaine.

— Mais alors, qui logeait avec l'évêque ?

— Personne, répondit frère Mac Raith. Telle était sa volonté, nous n'avons fait que respecter ses instructions. Il affirmait que son rang lui donnait droit à des appartements privés et qu'il ne les partagerait pas avec ses inférieurs.

L'abbé Cuán haussa les épaules avec tristesse.

— Frère Mac Raith cite textuellement ses propos. Cet évêque était en proie au péché d'orgueil.

— Ses inférieurs ? répéta Fidelma, pensive. Qui étaient ces deux compagnons de Burgondie qui voyageaient avec lui ?

— Le diacre Landric et frère Charibert. Il les traitait à l'instar de serviteurs.

— Voilà pourquoi l'évêque était seul à l'hostellerie au moment où elle a été dévastée par les flammes.

— C'est exact, confirma frère Mac Raith.

— S'il accomplissait une mission pour le roi franc Clotaire, il est impératif d'éclaircir les circonstances de sa mort, convint Eadulf.

— Nous devons examiner s'il existe une faute qui pourrait donner lieu à des réclamations, décida Fidelma. À la moindre rumeur, Clotaire exigera compensation. L'abbaye doit s'assurer qu'aucun effort n'a été épargné pour éviter à l'évêque Brodulf ce sort atroce. Sinon on peut craindre que s'ensuive un conflit entre les deux royaumes, qui risque de dégénérer en guerre.

## CHAPITRE II

L'abbé Cuán décida que frère Mac Raith conduirait sans tarder les visiteurs sur le site de l'hostellerie. Lui-même évitait tout déplacement superflu en raison de sa jambe affaiblie. L'intendant leur fit donc emprunter une série de passages, jusqu'à une partie du domaine où des bâtiments tout neufs se distinguaient des édifices en pierre plus anciens tels que la chapelle. Non sans fierté, il leur fit admirer le *praintech*, le réfectoire, presque aussi grand que celle-ci, et, en face, le *scriptorium*, la bibliothèque. Tout près, leur apprit-il, se trouvait l'entrée des quartiers des hôtes récemment construits. Le couple fut impressionné par ces extensions.

Ils traversèrent une cour agrémentée d'une petite fontaine et passèrent sous une arche en pierre. À partir de là, les voyageurs furent saisis par le contraste qu'offrait l'aspect des constructions. Plusieurs bâtiments en bois bordaient de part et d'autre une voie presque aussi longue et large qu'une route. Certains, précisa le *rechtaire*, abritaient les quartiers des étudiants. Situés sur la droite, ils comprenaient deux annexes, de plain-pied ; la première était dévolue aux hommes, la seconde aux femmes. Comme d'autres *conhospitae* célèbres, telles que Mungairit et Lios Mór, l'abbaye d'Imleach s'enorgueillissait de recevoir des érudits de nombreux royaumes, qui approfondissaient leur savoir sous la férule de ses enseignants.

Frère Mac Raith tint à préciser que leurs étudiants incluaient un nombre important d'Angles et de Saxons, surtout depuis la décision prise à Streonshalh de privilégier les doctrines de Rome aux dépens des rites irlandais.

Les édifices sur leur gauche ne nécessitaient pas d'explications. Ils accueillaient diverses activités artisanales pratiquées par des membres des deux sexes de la communauté. On y trouvait des maroquiniers, des cordonniers, des charpentiers et des brasseurs qui fabriquaient du cidre comme l'indiquaient des tonneaux remplis de pommes. Même les potiers avaient leur place, ainsi, au bout, qu'un fabricant de cercueils. Un forgeron s'affairait devant son établi extérieur. Puis il y avait des tisserands, des brodeurs, des tailleurs penchés sur leurs travaux d'aiguille. Quelques réserves servaient à entreposer la nourriture.

Tout près, un apothicaire était clairement signalé par l'enseigne, au-dessus de la porte, figurant l'*echlasc*, ou cravache. Celle-ci était devenue l'emblème de ces praticiens parce que, selon les lois ancestrales, un médecin devait disposer d'un bon cheval pour se rendre là où des patients requéraient ses services. La perte de l'*echlasc* signifiait l'interdiction d'exercer.

Fidelma et Eadulf s'arrêtèrent net devant le changement de décor. Quelle n'était pas leur stupéfaction de découvrir, presque à perte de vue, un chantier en pleine effervescence ! De robustes bœufs, aux paniers chargés de blocs de calcaire provenant d'une carrière ou d'une réserve, attendaient patiemment d'être débarrassés de leur fardeau. Beaucoup de bâtiments en bois subsistaient. Entre quelques pans de palissade à moitié construite, le terrain débouchait sur la forêt.

Deux pistes permettaient d'accéder au site, par l'ouest et par l'est. Les bâtisseurs, expliqua frère Mac Raith, avaient installé leur principal campement à courte distance, du côté ouest, sous les ifs. Ce camp servait aux artisans et aux ouvriers à conserver ou à fabriquer ce dont ils avaient besoin pour leur besogne ; ils y avaient également leurs habitations. À l'opposé, vers l'est, des champs clôturés et des enclos abritaient les bœufs et les ânes utilisés en grand nombre pour charrier les lourds faix de pierre et de bois entre le campement et le chantier.

Frère Mac Raith nota avec satisfaction l'expression impressionnée des visiteurs.

— L'abbé Cuán est déterminé à ce que, au moment où il transmettra sa charge, dans ses vieux jours – que Dieu lui prête une vie longue et fructueuse ! –, l'abbaye soit entièrement en pierre. Alors les nouveaux bâtiments inspireront crainte et respect aux générations futures, comme il sied au premier centre de la foi du royaume.

— Visiblement, les travaux se poursuivent malgré l'incendie. Dans leur majorité, les bâtisseurs sont-ils des membres de la congrégation ? demanda Eadulf.

— Nous n'avons pas encore attiré suffisamment de frères dotés des talents nécessaires. Les ouvriers qualifiés dans le travail de la pierre et du bois sont rares, surtout lorsqu'il s'agit d'un projet aussi ambitieux.

Cependant, nous nous sommes attaché les services d'un maître d'œuvre réputé, du nom de Sítae.

S'il croyait que la mention de ce nom provoquerait une réaction de la part de ses hôtes, l'intendant dut déchanter.

— Les travaux peuvent occasionner toutes sortes d'accidents, observa Eadulf. Un morceau de bois qui se consume, une substance inflammable…

Frère Mac Raith défendit aussitôt la réputation du maître d'œuvre.

— Depuis que ces équipes travaillent ici, on n'a eu aucun incendie à déplorer, affirma-t-il avant de se rendre compte de sa maladresse.

— Du moins jusqu'à maintenant, nuança Fidelma. Comme le fait remarquer Eadulf, dans des travaux de cette envergure, les accidents sont inévitables. Ce sont les risques du métier.

— Il est vrai, admit l'intendant à contrecœur. Néanmoins, on a compté peu de blessures, même mineures, parmi les ouvriers. On aurait pu pourtant s'y attendre. Il y a là-dedans une part de chance, mais les artisans de Sítae méritent des éloges.

— J'ai remarqué la délicatesse des boiseries, en particulier dans les appartements de l'abbé, concéda Fidelma. Vous avez un menuisier exceptionnel. Ses ciselures sur l'if rouge sont les plus belles que j'aie jamais vues.

— Ah ! c'est l'ouvrage de notre maître charpentier, Cú Choille.

Eadulf sourit.

— Cela ne signifie-t-il pas « chien du bois » ? Un nom approprié pour un menuisier !

— C'est lui qui a exécuté tous les ornements

en if rouge que vous voyez autour de vous, sur les portes et d'autres lieux encore. Cú Choille était aussi pointilleux que Sítae en matière de sécurité lorsqu'il supervisait son équipe.

— Pourquoi en parlez-vous au passé ? s'enquit Eadulf.

— Sítae m'a informé que Cú Choille avait dû retourner chez lui, hier, pour des raisons personnelles.

Fidelma haussa un sourcil.

— Hier, dites-vous ?

— Oui, lady. Sítae aura du mal à retrouver quelqu'un qui excelle autant dans son art.

— Et ce « chez lui » n'est pas près d'ici, je suppose ?

— Je crois qu'il venait d'une péninsule au sud, dans les montagnes de grès d'An Ceaoha. C'est un artisan hors pair, qui aura apposé sa marque sur cette abbaye pour les siècles à venir.

— J'en suis convaincue, car son travail est de toute beauté, acquiesça Fidelma. Pourquoi est-il parti ? Avez-vous dûment complété son contrat ?

L'intendant sourit en envisageant ce à quoi Fidelma pensait peut-être.

— Tout était en règle entre nous. Je l'avais vu à la première heure hier matin et il est parti après midi. L'incendie de l'hostellerie s'est déclaré aujourd'hui, à l'aube. Nous n'avons eu aucun problème de départ de feu pendant qu'il était avec nous, je peux vous l'assurer.

— Loin de moi l'idée d'insinuer quoi que ce soit ! Je dois me représenter avec clarté la séquence des événements. Allons donc examiner les décombres. Vous m'expliquerez tout en chemin.

Même si Fidelma, Eadulf et Enda avaient été insensibles à l'odeur âcre de bois brûlé mêlée à celle, tout aussi désagréable, de matériaux roussis ou calcinés, la zone noire vers laquelle l'intendant les conduisait leur aurait indiqué les lieux. La surface oblongue donnait une idée des dimensions du bâtiment. Un bout de terrain, à l'arrière, l'avait séparé de la palissade.

Il restait peu de chose de l'édifice. Seuls un ou deux soutènements et des poutres carbonisés tenaient encore debout, avec les vestiges d'un mur sur un côté. Dans un angle, les traces carbonisées d'une construction en pierre révélaient l'ancienne existence d'un petit four.

La *daláigh* et ses compagnons contemplaient les ruines en silence. Fidelma nota mentalement le nombre de mesures, *deis-ceim*, délimitées par chaque mur. Environ huit mètres sur cinq, conformément à ce que la loi autorisait pour de tels bâtiments.

— Je présume qu'on a emporté la dépouille, déclara-t-elle.

Frère Mac Raith grimaça.

— Ce qui en restait a été transporté chez notre médecin, frère Anlón. Toutefois, il ne fallait pas être grand clerc pour confirmer que l'évêque Brodulf était passé de vie à trépas.

— En cas de mort suspecte… commença Eadulf sur un ton sentencieux, mais Fidelma l'interrompit.

— La loi considère que toute mort par le feu mérite un examen médical afin que les circonstances exactes ne soient pas basées sur de simples présomptions.

Mal à l'aise, frère Mac Raith se dandina d'une jambe sur l'autre.

— Frère Anlón est très compétent. Il a sans doute déjà procédé à l'examen.

— Nous nous entretiendrons avec lui dans quelques instants, décida Fidelma. Où a-t-on découvert le corps ?

Le *rechtaire* désigna une partie que Fidelma, d'après la configuration générale du bâtiment, estima être à l'arrière.

— Donc, l'évêque Brodulf gisait loin de l'entrée ?

— Ce n'est qu'une supposition, lady, mais je dirais qu'il a été surpris par l'incendie dans la chambre à coucher. Elle se trouvait à l'étage, et le plancher a dû s'effondrer sous l'action des flammes. Le corps a été retrouvé en bas, sur un cadre en bois calciné, probablement le lit.

— Il était donc couché quand le feu a pris et il a été terrassé par la fumée ? demanda Eadulf. Il serait mort sans pouvoir se lever… Cela ne vous paraît-il pas étrange ?

— Je ne suis pas compétent pour répondre.

— Cette hostellerie comportait deux niveaux, reprit Fidelma. Cependant il n'y avait personne d'autre au moment des faits ?

— Comme l'abbé Cuán l'a expliqué, l'évêque avait insisté pour que cette maison soit réservée à son usage exclusif. C'était son choix.

Frère Mac Raith eut un haussement d'épaules résigné.

— Il ne voulait même pas que ses compagnons logent ici.

— C'était bien parce que, à ses yeux, ils avaient un statut inférieur ?

— Mieux vaudrait interroger le diacre Landric pour savoir pourquoi l'évêque tenait tant à s'isoler.

— Nous y viendrons. A-t-on déterminé le point de départ du feu ? demanda Fidelma.

— Frère Áedh, notre expert, n'a pas encore présenté son rapport. Il va nous rejoindre d'un instant à l'autre. Du peu que je sais, il est fort probable que l'incendie ait commencé dans la cuisine. Une braise a pu projeter des étincelles sur un matériau inflammable, comme du bois sec ou le goudron qui isole les planches. Voyez ce qui reste de la cheminée.

Il désigna le coin où se trouvait une structure de pierre et d'argile toute noircie. Fidelma fronça les sourcils.

— N'est-il pas singulier, si le feu a pris en bas, et à l'opposé de la chambre de l'évêque, que les flammes se soient propagées assez vite pour qu'il ne puisse se sauver ?

Une fois encore, l'intendant éluda la question.

— Lady, c'est à frère Áedh qu'il faut vous adresser. Il est chargé du groupe formé pour combattre les incendies, qui se tient toujours prêt. Áedh lui-même avait suggéré de l'organiser par précaution, compte tenu des travaux en cours.

Fidelma réprima un sourire : le nom « Áedh » signifiait « feu ».

— J'espère qu'il ne fait pas partie des sapeurs qui ont été blessés ?

— Il a subi des brûlures aux mains, heureusement superficielles. Tout comme deux de ses hommes, ainsi que les bâtisseurs venus à la rescousse. Eux non plus n'ont rien eu de trop grave.

— Nous allons interroger votre médecin, après

quoi nous nous entretiendrons avec frère Áedh, décida la *dálaigh*. Il importe de s'assurer que personne ne touche à rien dans cette zone avant que nous la passions au crible. Une mission idéale pour vous, Enda !

Le jeune guerrier hocha la tête avec empressement ; il se sentait désœuvré et avait hâte de se rendre utile.

Fidelma assura frère Mac Raith qu'Eadulf et elle savaient déjà où trouver le médecin. L'intendant était libre de se mettre en quête de frère Áedh.

Fidelma et Eadulf se souvenaient en effet du bâtiment à l'enseigne de l'*echlasc*. Au moment où ils s'en approchaient, un homme jeune, à l'allure dégingandée, se tenait sur le seuil. Fidelma lui trouva l'air d'un maître de cérémonie lors d'un enterrement. Il était d'une maigreur extrême et ses doigts effilés semblaient presque squelettiques, sous les manches repliées de sa robe. Dans son visage au teint blafard, des paupières tombantes voilaient son regard. Elles s'ouvrirent brièvement, dénotant de l'intérêt et révélant des iris sombres.

— Frère Anlón ? s'enquit Fidelma.

— Vous êtes la *dálaigh* venue examiner les restes de l'évêque étranger ?

Même sa voix était lugubre, excepté en bout de phrase, infléchie par une intonation un peu montante.

— Je suis Fidelma de Cashel, répondit-elle, surprise que le médecin fût déjà au courant de son arrivée et de ses intentions.

— Il n'y a pas lieu d'être étonnée, dit le jeune homme en souriant. Ici, les nouvelles sont portées par le souffle du vent. J'ai vu frère Mac Raith vous montrer les décombres de la vieille hostellerie. Qui d'autre pourriez-vous être ?

Il s'écarta et leur fit signe d'entrer. D'emblée, les odeurs parurent familières à Fidelma et à Eadulf, qui avaient passé tant d'heures dans l'apothicairerie de Cashel. À la jeune femme, surtout, car le défunt occupant, frère Conchobhair, avait été son mentor. Les effluves des simples, intenses, étouffants, lui coupèrent le souffle. Au fond de la pièce, une forme noire, défigurée, était étendue sur une table et, bien qu'ayant fréquemment vu la mort de près, Fidelma évita d'y poser les yeux. Cela viendrait, en temps voulu.

— Les observations sont limitées, dans le cas de victimes d'incendie, commença Eadulf en la suivant à l'intérieur.

Il avait étudié les arts de la guérison à l'école de médecine de Tuaim Brecain sans être allé jusqu'à l'obtention du diplôme. Malgré cela, il emportait toujours son *lés*, sa sacoche de médecin, lors de ses voyages, et ses connaissances s'étaient révélées précieuses pour Fidelma dans ses enquêtes. Il jeta un coup d'œil sur le cadavre.

— Plus grand-chose à examiner. Reste à souhaiter que la fumée et la chaleur aient raréfié l'air, de sorte qu'il ait perdu connaissance avant la fin. Quelle mort atroce !

La réprobation se peignit sur les traits pâles de frère Anlón, qui dit sèchement à Fidelma :

— Je suis prêt à me mettre en retrait et à laisser procéder votre médecin.

Elle lança un regard irrité à Eadulf, qui comprit que sa réflexion avait été mal interprétée.

— Je me bornais à exprimer une hypothèse. N'étant pas qualifié, je me garderai de toute déduction, se hâta-t-il de préciser.

— En l'occurrence, le feu, la fumée, la chaleur n'ont eu aucune importance, répliqua le médecin.

— Pourquoi donc ? l'interrogea Fidelma.

— Parce que l'évêque était déjà mort.

— Comment êtes-vous arrivé à cette conclusion ? demanda Fidelma, surmontant sa stupéfaction.

Frère Anlón se tourna vers l'établi et saisit un long objet tordu et noirci par les flammes, qu'il leur tendit. C'était une lame, dont le manche avait brûlé, mais dont l'usage paraissait évident.

— Une dague ? suggéra Eadulf.

Le médecin lui jeta un regard presque compatissant.

— Une dague. L'évêque a été poignardé en plein cœur à l'aide de cette arme avant que le feu ne prenne.

— Vous affirmez que… commença Fidelma.

— J'affirme que l'évêque Brodulf est mort percé par cette lame, puis qu'on a tenté de brûler son corps. Le visiteur a été assassiné.

## CHAPITRE III

Ils étaient encore sous le coup des révélations du médecin quand frère Mac Raith entra dans l'apothicairerie.

— Frère Áedh attend dehors, annonça-t-il. De l'examen du site, il a tiré certaines conclusions quant à la cause de l'incendie et aux raisons de sa rapide propagation. Le maître d'œuvre Sítae est là lui aussi et désire naturellement entendre ce rapport.

Fidelma réfléchit en silence, puis se tourna vers frère Anlón.

— Vous garderez vos observations pour vous jusqu'à ce que j'aie eu le temps d'en discuter avec l'abbé.

Le médecin opina du chef.

Deux hommes patientaient à l'extérieur. L'un, vêtu de la robe monacale, était jeune et athlétique. Son visage mobile s'accordait avec sa masse de boucles rousses et ses prunelles d'un bleu intense, en perpétuel mouvement.

Le second était plus mûr, les traits empreints d'une certaine dureté. Son gilet sans manches, en cuir usé, révélait des bras musclés et un tronc en forme de tonneau, le torse marqué de cicatrices que l'on eût associées à la guerre. Une crinière noire hirsute, des yeux sombres semblables à des orbes sans pupilles et un nez cassé accentuaient son expression sinistre. Toute son apparence évoquait une vie passée au grand air, et son maintien, l'habitude de donner des ordres. Il fut le premier à parler.

— Je suis Sítae, l'*ollamh-ailtire*.

Son intonation hostile n'échappa pas à Fidelma.

— La démolition et la reconstruction sont sous ma responsabilité, poursuivit-il. Je suis venu vous dire que l'hostellerie en bois n'était pas encore de mon ressort. Mes ouvriers ne devaient y commencer les travaux qu'après le départ de l'évêque étranger et de sa suite.

— Vous aurez bientôt le temps d'exprimer votre opinion, répliqua Fidelma, lui opposant un visage de marbre. En tant que *dálaigh*, je souhaite tout d'abord entendre de la bouche de frère Áedh comment le feu a pris, ainsi que d'autres détails. On me dit, frère Áedh, que vous êtes chargé de protéger les bâtiments d'Imleach contre les incendies.

Le jeune homme secoua la tête.

— Une telle mission serait impossible, et le maître d'œuvre ne me démentira pas. Certes, la pierre résiste bien mieux que le bois, mais toutes les constructions intègrent des matériaux inflammables : paille, poutres, torchis… Ainsi, aucune maison n'est véritablement à l'abri.

Eadulf sourit, ayant fait peu avant la même remarque à l'abbé Cuán.

— Pour l'instant, expliqua Fidelma, je m'intéresse

à la façon dont ce feu-là a débuté et à la raison pour laquelle il s'est étendu aussi vite.

Sítae intervint :

— Bien que je sois d'accord avec frère Áedh pour dire qu'aucun bâtiment n'est à l'abri du feu, je me dois d'insister : nulle faute n'a été commise de mon côté ni de celui de mes ouvriers. Cet incendie s'est déclaré dans la nuit alors que nous nous reposions dans notre camp, à l'extérieur de l'enceinte. Dès que nous avons ouï l'alarme, nous avons accouru afin d'offrir notre aide à frère Áedh et à ses hommes.

Avant que Fidelma ne puisse lui répéter d'attendre qu'on sollicite son avis, frère Áedh répondit :

— Et nous vous en savons gré. Deux des hommes de Sítae ont subi des brûlures, lady, ainsi que plusieurs membres de mon équipe. Néanmoins, il arrive souvent que des incendies se déclarent après le départ des ouvriers pour la nuit. Comme vous pouvez le constater, presque tout l'arrière du domaine est un vaste chantier. Je pense, avec tout le respect que je vous dois, que l'origine du feu est à chercher parmi les matériaux de construction.

— Je proteste ! répliqua Sítae. C'est trop facile de se délester du problème en l'imputant aux défauts des matériaux, sinon à ceux des hommes.

Faisant la sourde oreille, Fidelma continua à s'adresser à frère Áedh.

— Allons voir les ruines. Vous me ferez partager vos observations et votre expérience.

Le maître d'œuvre rageait d'être ignoré. Coupant court à ses récriminations, Fidelma lui demanda de but en blanc :

— Quel est votre supérieur direct, d'après votre contrat ?

L'homme se redressa fièrement.

— L'abbé Cuán, et lui seul. Comme je l'ai indiqué, je suis un *ollamh-ailtire*. Les ouvriers sont sous contrat avec moi, car je maîtrise tous les métiers de la pierre, de la charpenterie et des activités connexes. À ce titre, j'ai travaillé auparavant sur de nombreuses églises, des abbayes et des forteresses.

— Imleach est une entreprise ambitieuse, fit observer Eadulf.

— Il est vrai ! Ses bâtiments en bois doivent être rebâtis en pierre et les autres exigent une réfection. Mes ouvriers et moi sommes, en réalité, en train de recréer cette abbaye. J'ai dix-huit maîtres artisans sous mes ordres et trente-trois ouvriers pour transporter et poser les pierres.

— La rénovation de cette abbaye… ou sa reconstruction… a commencé du temps de l'abbé Ségdae, rappela Fidelma. Pour votre part, Sítae, à quand remonte votre arrivée ?

— À presque un an. Avant cela, je bâtissais une forteresse sur le territoire des Corco Duibhne. Lorsque l'abbé Cuán est entré en fonction ici, il a compris qu'il fallait un maître d'œuvre de talent pour réunir une équipe capable de faire de l'abbaye ce qu'elle devait être : un souvenir pérenne de son fondateur, saint Ailbe.

— Vous avez donc eu le sentiment d'être l'élu ?

Il ne perçut pas le sarcasme.

— Je suis sûr que, lorsque vous mesurerez l'ampleur du travail accompli, vous conviendrez que mes artisans sont les meilleurs.

Le visage de Fidelma se ferma. Pour Eadulf, qui connaissait son tempérament, il était clair qu'elle n'éprouvait qu'aversion envers le maître d'œuvre.

— Peut-être, mais pour l'instant, Sítae, nous avons les vestiges d'un incendie à examiner et la mort d'un évêque étranger sur les bras.

— En effet, en effet. Sans parler de l'inhumation, à laquelle il faudra procéder après l'*aire*, la veillée, rappela frère Mac Raith. Ces obligations légales doivent être respectées, Sítae en est conscient.

— En quoi l'enterrement de l'évêque le concerne-t-il ? demanda Fidelma avec curiosité.

Ce fut Sítae qui répondit :

— Comme frère Áedh en a fait mention, certains de ses volontaires ont été blessés en combattant les flammes. Ceux-là mêmes qui creusent les tombes au cimetière, et qui connaissent les rites de la mesure et du transport du corps jusqu'à sa sépulture. J'ai donc fait savoir que mes hommes pourraient se charger de cette besogne. Patu, l'un de mes charpentiers, a déjà de l'expérience dans ce domaine.

Frère Mac Raith ajouta promptement :

— Je ne vois aucune objection à l'offre généreuse de Sítae, sous réserve que l'abbé donne son accord. Vu l'état du corps, il n'y a pas lieu de prolonger l'*aire* dès lors que vous aurez autorisé les obsèques. Nous pourrions même procéder à la cérémonie demain à minuit.

— La décision finale n'entre pas dans mes attributions, répondit Fidelma. Elle reviendra à l'abbé, je vous suggère donc d'en référer à lui.

Ils se postèrent devant les ruines noircies près desquelles Enda les attendait. Fidelma se tourna vers frère Áedh.

— Maintenant, donnez-moi votre avis d'expert. Évidemment, s'il s'avérait qu'il constitue une preuve, il serait susceptible d'être utilisé de même que si vous témoigniez devant un *dáil*, une cour de justice.

Le jeune homme redressa les épaules.

— Le *rechtaire* vous l'a probablement expliqué : cette abbaye a pour politique de reconstruire son domaine dans des matériaux à l'épreuve des siècles. Nous nous trouvons dans une zone où cette entreprise n'a pas encore débuté. Voyez, autour de vous : de nombreux bâtiments sont encore d'origine. L'hostellerie devait être démolie, mais l'évêque étranger a insisté pour y demeurer tant que durerait sa visite.

— Il était censé partir d'ici un jour ou deux, intervint l'intendant.

Fidelma attendit que frère Áedh poursuive son récit.

— Frère Mac Raith m'a réveillé au petit jour en m'annonçant qu'un incendie avait éclaté. De fait, la cloche s'est mise à retentir. Les volontaires ont formé une chaîne pour faire passer des seaux jusqu'au ruisseau et aux puits les plus proches. Mais la maison entière s'était déjà embrasée. Les flammes l'avaient envahie à toute vitesse. Nos pompes à main ne servaient à rien.

Il marqua une pause, puis précisa :

— L'abbé précédent, Ségdae, a équipé l'abbaye de ces engins, que l'on dit conçus par les Grecs il y a des siècles. En pratique, contre un incendie déjà développé, ils n'ont pas plus d'effet qu'un enfant qui tenterait de l'éteindre en crachant dessus.

— Il n’y avait aucune chance de sauver l’édifice ? interrogea Fidelma.

Frère Áedh secoua la tête.

— Et, à votre arrivée, reprit-elle, il n’y avait pas moyen d’entrer pour combattre le brasier de l’intérieur ?

— Un mur de feu s’élevait de toutes parts. Nous n’avons pu que l’empêcher de gagner les bâtiments voisins, et attendre que tout ce qui pouvait brûler soit consumé.

— Pourtant, vos sapeurs et vous étiez bien organisés, fit observer Eadulf.

— Oui. Il y a un an, j’ai suggéré à l’intendant de former un petit groupe qui saurait réagir face au feu. J’avais appris les techniques à employer et j’ai dirigé l’entraînement moi-même. J’ai opéré ma sélection parmi nos frères les plus vaillants, avec l’approbation de frère Mac Raith. Nous n’avions jamais rencontré de problèmes majeurs auparavant, mais les accidents sont inévitables sur un chantier de cette taille.

— L’incendie n’a rien à voir avec mes hommes, répéta le maître d’œuvre en colère. La *dálaigh* attend des preuves de ce qui s’est réellement passé, non de vagues insinuations. Je soutiendrai, mon prix de l’honneur à l’appui, que cela n’est la faute, fût-elle accidentelle, d’aucun membre de l’équipe de construction.

— Je vous entends, répondit Fidelma avec impatience. Cependant, j’attends toujours une ébauche d’explication. Employons-nous donc à découvrir la cause de cet incendie. Frère Áedh, à votre avis ? En vous remémorant la scène et au vu des décombres, avez-vous idée de l’endroit où le feu a pris ?

Sans hésiter, frère Áedh pointa l'index vers le coin le plus éloigné. Tout comme frère Mac Raith, précédemment, constata Fidelma.

— Étant donné que la cuisine se trouvait diamétralement à l'opposé de l'endroit où la dépouille a été retrouvée, excluez-vous la possibilité que le feu ait commencé là-bas, par accident ?

— Les seules pierres utilisées dans le bâtiment se trouvaient à cet endroit. Non, il ne s'agissait pas d'un feu de cuisine accidentel. D'ailleurs, au cas où le *rechtaire* ne vous l'aurait pas précisé, l'évêque ne se préparait pas à manger et aucun de ses compagnons ne venait le faire pour lui. Pour autant que je me souvienne, il prenait tous ses repas au *praintech*, comme la majorité des membres de la congrégation.

Fidelma jeta un coup d'œil à frère Mac Raith. C'était une information essentielle qu'il avait négligé de lui livrer.

— Le confirmez-vous ? Vous hésitiez pourtant quand nous avons évoqué la cuisine.

Frère Mac Raith était sur la défensive.

— Je ne pouvais garantir que l'évêque Brodulf ne se faisait jamais préparer de collations en dehors des trois repas servis au réfectoire. Il n'en manquait pas un seul et mettait un point d'honneur à partager la table des supérieurs.

— Ces repas, quels sont-ils ?

Voyant l'étonnement de l'intendant, Fidelma expliqua :

— Chaque communauté a souvent ses dispositions propres, surtout les *conhospitae* comme celle-ci.

— Nous nous asseyons ensemble, sans faire de distinction entre frères et sœurs. Nous prenons le *longud* au matin, puis l'*etar-shod* à midi, quand le soleil est au zénith. Enfin, nous nous retrouvons pour le *praind*, le soir venu. Ce dernier repas est le plus fréquenté, car il est l'occasion de rendre grâce au Ciel pour le travail accompli dans la journée.

— Et l'évêque Brodulf assistait à tous ces repas, sans exception ? insista Eadulf.

— Et il se plaisait à signaler sa présence, surtout lors du dernier.

— Il est donc logique qu'on ne lui ait pas préparé d'autres mets ici ?

— Je le suppose. Mais s'il avait réclamé quoi que ce soit, c'est son serviteur, frère Charibert, qui s'en serait occupé. Vous vous souviendrez que celui-ci ne loge pas à l'hostellerie. Il est installé dans les nouveaux quartiers des invités, après les dortoirs des étudiants.

— Un peu loin, pour veiller aux besoins de son maître, fit remarquer Eadulf.

Fidelma, qui était sur le point d'émettre un commentaire, se ravisa. Elle verrait ce que frère Charibert avait à dire plus tard. Elle se concentra à nouveau sur frère Áedh.

— Tout cela confirme vos réserves. Aucun repas n'étant préparé ici, la cuisine ne pouvait être le point d'origine de l'incendie. Donc, d'après vous, il aurait commencé à l'autre extrémité ? Dans l'angle où l'évêque avait son lit, à l'étage ? Le feu aurait-il pu provenir d'une chandelle ou d'une lampe qu'il aurait laissée allumée en s'endormant ?

— Voilà qui m'étonnerait, lady.

— Qu'est-ce qui vous rend si catégorique ?

— Une chandelle, voire une lampe emplie d'huile

ou d'une résine inflammable aurait pu causer le feu. Cependant, il aurait fallu un sommeil de plomb pour ne rien entendre. Le craquement des flammes aurait réveillé l'évêque, il aurait tenté de l'éteindre ou de s'échapper. Or on dirait qu'il est resté passif. Nous avons trouvé en bas son corps sur les débris du châlit, car le plancher de la chambre avait brûlé et tout s'était écroulé.

Fidelma lança un regard d'avertissement à Eadulf. Elle ne voulait pas révéler qu'ils connaissaient l'explication : à ce moment-là, l'évêque était déjà mort. Elle tenait à savoir ce qu'Áedh pourrait ajouter à l'histoire.

— Donc, il est exclu que le feu ait pris dans la chambre de l'évêque par accident.

— Exactement.

— Toutefois, le feu est parti de la chambre ?

— Je n'ai pas été assez clair, pardon. J'ai dit qu'il était parti de cette zone. Pour être précis, il s'est développé au rez-de-chaussée, sous la chambre. Je m'explique. En examinant l'état du bois, on peut évaluer l'intensité de la chaleur. Très bien. Dans le cas présent, on constate que le niveau inférieur a été davantage exposé que celui du haut. Non que l'ardeur des flammes ait été négligeable dans la chambre à coucher. Elle a suffi à presque tout consumer. Mais presque. Pas autant qu'au niveau du sol. Donc, c'cst en bas que se trouvait la source des flammes.

Pendant tout ce temps, Sítae, le maître d'œuvre, n'avait cessé de marmonner tant il bouillait d'intervenir. Enfin, il n'y tint plus.

— Frère Áedh tente de nous faire accroire qu'un accident au rez-de-chaussée a provoqué l'incendie.

Il insinue que moi et mes hommes sommes responsables. Je m'insurge contre cette accusation !

— Pour l'instant, aucune accusation n'a été lancée, répliqua Fidelma avant qu'une dispute s'ensuive. Nous nous bornons à éliminer des facteurs possibles en cherchant des preuves. Le fait est que si les flammes ont débuté en bas, comment ont-elles pu gagner aussi vite toute l'hostellerie ?

— Les preuves ont presque toutes été détruites, déclara frère Áedh, s'adressant à elle, mais coulant un regard de triomphe à Sítae.

— Presque ? demanda vivement la *dálaigh*.

— Je ne cherche pas à rejeter la faute sur le maître d'œuvre. Cependant, venez à l'arrière que je vous montre. Certes, ce n'est pas une preuve absolue, mais…

Ils le suivirent avec curiosité. De l'autre côté de la maison, frère Áedh désigna la ligne calcinée formée par ce qui avait constitué l'arrière du bâtiment.

— Vous voyez ces poteaux de soutènement brûlés ? C'étaient les embrasures de la porte de service. Remarquez aussi l'implantation de la petite dépendance ; la pierre vous fera comprendre son usage.

— Poursuivez vos explications, l'encouragea Fidelma.

— Lorsque les invités souhaitaient se rendre aux lieux d'aisances, ils n'avaient pas à sortir par l'entrée principale, mais pouvaient le faire de façon discrète, en empruntant cette porte.

— Et alors ?

— Nous sommes devant. Ce bout de terrain nous sépare de la haute palissade de l'abbaye, restée intacte.

Les bâtisseurs la remplaceront par une muraille de pierre.

Le maître d'œuvre poussa une exclamation irritée.

— Je l'avais bien dit ! Tout cela mène à une réclamation à notre encontre. D'après mes informations, ce terrain de séparation a été ménagé il y a des années afin de définir un *fortach* bien clair entre les édifices et l'enceinte. Et, oui, nous allons remplacer la palissade en bois par une muraille en pierre. Mais l'hostellerie étant encore habitée, nous n'avons pas entamé de grands travaux à proximité. Vous pouvez voir par vous-mêmes où nous nous sommes arrêtés.

Eadulf évalua la mesure du *fortach* à environ cinq mètres. Une partie de cet espace entre les bâtiments et la palissade était plantée d'herbe et de nombreux carrés d'aromates et de simples.

Fidelma sentait l'agacement la gagner.

— Qu'essayez-vous de nous dire, frère Áedh ? J'ai beau tâcher de vous suivre, je ne vois pas où vous voulez en venir. Prétendez-vous accuser le maître d'œuvre, comme il l'affirme ?

— Encore un peu de patience, insista frère Áedh avec une émotion mal contenue. Le feu a commencé de ce côté. Cela se voit. Une bonne partie du sol a été piétinée par mes hommes alors qu'ils essayaient de circonscrire les flammes. Regardez entre l'arrière de l'hostellerie et la palissade. Regardez bien. Certains endroits n'ont pas été touchés. Ne remarquez-vous rien sur l'herbe ou sur la terre nue ?

Enda, qui, en digne guerrier du Collier d'or, avait le regard acéré et des talents de pisteur, inclina la tête sur le côté, puis tendit le doigt.

— Un voile de poudre jaune couvre le sol, çà et là.

— De la poudre jaune, confirma frère Áedh d'un ton triomphal. Quelqu'un peut-il l'identifier ?

Eadulf se pencha pour en ramasser un peu, la frottant entre ses doigts avant de la humer avec circonspection.

— Jaune pâle et cristalline, une odeur d'œuf pourri… J'ai oublié comment vous l'appelez dans votre langue.

— *Scraib* ! s'exclama Fidelma.

— C'est bien ça ! *Scraib*… de la poudre de soufre.

Frère Áedh hocha la tête à l'instar d'un maître approuvant la réponse de son élève.

— La plupart d'entre vous savent que la poudre de soufre s'enflamme facilement et peut même provoquer une explosion dans un espace confiné.

Eadulf s'enthousiasma soudain :

— Cela signifie qu'on en a déposé à l'arrière de l'hostellerie. Quel danger ! Des gaz toxiques se forment lorsqu'on y met le feu. Si elle est compacte, comme dans une brique, elle brûlera modérément, mais disséminée, elle possède une terrible force explosive. Elle peut s'enflammer par simple friction, en produisant des étincelles, des flammèches et…

Fidelma s'éclaircit la gorge.

— Nous comprenons tous que la poudre de *scraib* suffit à transformer une maison déjà en feu en véritable brasier. Qu'en déduisez-vous, frère Áedh ?

— Après mûre réflexion, que ce feu n'avait rien d'un accident. Il a été allumé et alimenté de propos délibéré. J'étais turlupiné par l'idée qu'un bâtiment, même ancien, fait de clayonnages enduits de torchis, puisse brûler en quelques instants du sol au plafond. J'ai à présent la conviction que quelqu'un avait apporté un seau de poudre de soufre, qu'il a répandue pour attiser les flammes.

Il désigna de la terre meuble, qui avait dû se trouver derrière les lieux d'aisances.

— Vous voyez cette cavité ? À mon avis, c'est là qu'était posé le seau. Quelqu'un l'y avait caché. Au petit matin, cette personne est revenue et s'en est servie au moment voulu.

En silence, chacun d'eux assimila les déclarations de l'expert.

— Une théorie plausible, convint Fidelma. Pour l'instant, ce ne sont que des spéculations, mais très cohérentes.

— Tout se résume à une unique question, argua frère Áedh. Trouvez la réponse, et vous aurez l'incendiaire.

— Une seule ? Laquelle donc ? interrogea Eadulf.

— Qui a accès à de la poudre de soufre ? Ce n'est pas courant et il en faudrait une grande quantité, de quoi emplir un seau.

— Et voilà ! Qu'est-ce que je disais ? Il nous accuse, mes hommes et moi ! s'emporta Sítae.

— Ce n'est pas ce qu'il a dit, corrigea Fidelma.

— Il sait pertinemment que nous utilisons cette poudre pour notre besogne. Toutefois, nous n'en avons jamais apporté sur le chantier, nous la conservons en lieu sûr, dans notre campement. Jamais nous n'en aurions laissé une telle quantité dans l'enceinte de l'abbaye.

Frère Áedh haussa les épaules.

— Je n'ai rien à ajouter. Qui d'autre que les bâtisseurs en utiliserait ?

— Ils ne sont pas les seuls à en faire usage, rectifia

Eadulf. On connaît ses propriétés inflammables depuis l'Antiquité. Les Romains y recouraient pour leurs feux, lors de leurs cérémonies.

Sítae lui lança un regard sombre.

— Vous qui semblez en savoir long sur le sujet, dites-le-nous : qui d'autre encore l'utilise ?

Eadulf scruta son visage soupçonneux, puis sourit.

— Les apothicaires et les médecins. Elle sert à purifier l'air, à assainir une pièce et, en inhalation, à soigner. Elle neutralise les maladies liées au flegme et équilibre les humeurs corporelles.

Frère Áedh grimaça.

— En d'autres termes, un médecin, un apothicaire, ainsi qu'un bâtisseur pourraient connaître l'action de cette substance et avoir accès à une réserve. Néanmoins, nous ne comptons guère, dans notre abbaye, de professionnels qui auraient de surcroît accès à un seau entier de poussière de soufre.

Son regard accusateur restait rivé sur le maître d'œuvre.

— Quand en utilisez-vous, Sítae ? demanda Fidelma. Et où la conservez-vous d'habitude ?

— Nous l'employons en petite quantité pour fendre la pierre plus aisément. Elle est entreposée dans notre camp, dans un récipient en pierre doté d'un lourd couvercle. Il serait difficile à un intrus d'en subtiliser sans se faire remarquer.

— Qui a parlé d'intrus ? ricana frère Áedh.

Fidelma, les voyant prêts à en venir aux mains, décida d'en finir.

— J'ai pris note de vos commentaires et vous remercie tous les deux pour votre témoignage. Il y a nombre de facteurs à considérer. Vous savez qu'en tant que *dálaigh* je suis tenue de mener cette enquête dans le respect des lois. Il me faut débattre de certaines questions avec l'abbé. Une enquête approfondie sera nécessaire avant que l'on parvienne à une solution. Il se peut que vous soyez appelés à témoigner de manière officielle. En attendant, parlez le moins possible de cette affaire.

Fidelma tourna les talons, laissant frère Áedh et Sítae éberlués. Ils se toisèrent du regard avant de s'en aller dans des directions opposées. Frère Mac Raith, s'étant assuré de leur départ, se hâta de rattraper Fidelma.

— Ferions-nous bien de révéler que l'évêque a été assassiné avant l'incendie ? chuchota Eadulf à son épouse.

— Discutons de la situation avec l'abbé Cuán. Plutôt que d'échafauder des hypothèses, nous devons suivre le protocole requis par la loi.

— Je ne suis pas sûr de comprendre.

— Nous sommes ensemble depuis longtemps, Eadulf, et tu as beaucoup appris sur notre législation. Toute sœur de roi que je sois, *dálaigh* et conseillère de Colgú, je reste soumise à notre système juridique ; je ne suis que simple avocate, pas chef brehon. S'agissant du décès d'un prélat étranger, je ne peux ignorer le fait qu'il s'est produit dans l'abbaye de l'archevêque de ce royaume, où le roi a également autorité en matière civile. Or même un monarque doit agir en accord avec son chef brehon, tandis qu'en matière ecclésiastique, c'est l'archevêque qui le conseille. Je ne peux rien faire à moins que l'on ne m'en confère l'autorité ; et même ainsi, nous serions toujours confrontés à un crime commis contre un notable étranger.

Fidelma s'arrêta net et se tourna vers frère Mac Raith.

— À propos de protocole, nous devrons passer la nuit à l'abbaye. Il vous incombe, en tant qu'intendant, d'autoriser les visiteurs à y séjourner. Je dois vous soumettre une requête officielle.

Frère Mac Raith sembla moins surpris que flatté d'être sollicité.

— Une telle requête est inutile, lady. Votre chambre est déjà prête. J'ai donné ordre d'y monter vos effets sitôt que j'ai compris que vos investigations vous retiendraient quelque temps parmi nous. Désirez-vous voir l'abbé maintenant ?

— Eadulf et moi nous rendons directement auprès de lui. C'est à l'étage, en haut de cet escalier de pierre, n'est-ce pas ? Pendant ce temps, auriez-vous l'obligeance de montrer ses quartiers à Enda ?

Bien que frère Mac Raith consentît à escorter le guerrier, il pensait visiblement qu'elle le lui demandait parce qu'elle préférait voir Cuán sans lui. Dubitatif, il regarda le couple gravir les marches menant chez l'abbé.

## CHAPITRE IV

L'abbé Cuán n'était apparemment pas là. Fidelma, voyant que ses coups discrets n'obtenaient pas de réponse, avait ouvert la porte afin de glisser un coup d'œil à l'intérieur. Bien que la pièce fût déserte, une ombre mouvante, à côté de la table de travail, retint son attention. Elle se rappela qu'un passage, dans un renfoncement, menait à un toit en terrasse que feu l'abbé Ségdae utilisait comme un jardin privé. Suivie par Eadulf, elle alla vérifier au-dehors. C'était un espace exigu, clos par un muret de pierre, auquel seule la chambre de l'abbé donnait accès. Dès l'instant où elle pénétra dans ce petit havre en plein air, Fidelma sentit un parfum lui monter à la tête. Des buissons de lavande occupaient presque tout le jardinet. Leur feuillage persistant était piqueté de points colorés : les fleurs avaient commencé à éclore.

— La lavande m'apaise et me détend, surtout quand je suis en proie à des problèmes.

La voix toute proche de l'abbé Cuán fit sursauter Fidelma.

Il était assis juste à côté de l'entrée sur un tabouret de bois, si bien qu'elle ne l'avait pas remarqué, son regard ayant été immédiatement attiré par la végétation. Elle se tourna vers lui d'un air d'excuse, mais il souriait.

— Ce jardin est pour moi un petit sanctuaire où je m'assieds pour me revigorer. Je crois savoir que mon prédécesseur faisait de même.

— Oui, Ségdae en avait l'habitude, confirma Fidelma, se remémorant l'intérêt que le défunt abbé avait porté aux herbes et aux fleurs.

— Ségdae privilégiait l'aspect pratique. Il faisait pousser du basilic et du romarin, et même de l'ail des ours. Je me rappelle à présent que c'est la saison où l'on taille un peu la lavande. Sinon les arbustes deviennent ligneux. Il ne faut jamais couper les parties fleuries trop bas sur les tiges plus coriaces.

— On m'a enseigné qu'on extrait de ces fleurs des huiles aptes à soulager les flatulences, se rappela Fidelma. Hormis cela, je connais peu de chose sur cette plante.

— Eh bien, j'ai surtout constaté que ses effluves contribuent à tranquilliser l'esprit, répondit l'abbé, dissimulant son envie de rire sous un air docte. Ne souffrant pas de flatulences, je ne peux juger de ces autres vertus. Toutefois, je suppose que vous venez m'annoncer des nouvelles sérieuses et non débattre des propriétés thérapeutiques des plantes.

— Votre intuition ne vous trompe pas, abbé Cuán. C'est de la mort de l'évêque qu'Eadulf et moi souhaitons vous entretenir. L'affaire pourrait nous donner du fil à retordre.

— Le problème étant d'en expliquer les circonstances à ceux qui l'avaient envoyé ? Selon nos lois, l'abbaye est responsable de tout accident qui lui est arrivé pendant que nous lui offrions l'hospitalité.

— Je crains que ce ne soit plus compliqué qu'un simple accident.

— Plus compliqué ? Pourquoi donc ? interrogea l'abbé, levant vers elle des yeux emplis d'appréhension.

— Nous avons mené une enquête initiale auprès de votre médecin, puis de frère Áedh, qui est certes expert en incendies. La conclusion indubitable est que l'évêque Brodulf a été assassiné, le cœur percé d'un coup de dague. Ensuite, on a mis le feu délibérément pour dissimuler le meurtre.

Il y eut un long silence. Enfin, l'abbé Cuán se leva lentement et prit sa canne, faisant signe à Fidelma de le précéder à l'intérieur. Il indiqua au couple de s'asseoir avant de poser son bâton, puis il s'approcha en boitant d'une armoire. Il en tira une cruche de bronze ciselé et trois hanaps dans lesquels il versa un liquide ambré. Il leur en offrit à chacun avec pour seule précision « de la *corma* améliorée ». Il retourna ensuite prendre place sur sa chaise, derrière la table de bois, et savoura une gorgée de liqueur d'orge, que les visiteurs trouvèrent agréablement parfumée.

— Quelle bénédiction pour notre abbaye que d'avoir un brasseur qui tire pareille merveille de la distillation des pommes ! soupira-t-il. Il ne peut y avoir aucune erreur dans ce que vous m'annoncez, Fidelma ? s'enquit-il ensuite avec douceur. Nous avons l'absolue certitude que cette affaire n'était pas un accident ?

— Nous l'avons.

— Alors je dois vous consulter quant à la conduite à tenir.

— Vous avez conscience que, bien que je sois la conseillère de mon frère, je ne suis pas le chef brehon de Muman ? Je devrais en référer à Fíthel. Si l'évêque Brodulf était un personnage influent en Burgondie, l'affaire pourrait donner lieu à des négociations entre nos deux royaumes. Il me faudrait plus de détails sur le statut légal de l'évêque, sur la raison de sa présence ici et sur d'autres aspects encore. J'ai besoin de ces informations avant même de commencer à chercher un coupable.

À ses côtés, Eadulf paraissait surpris.

— L'un n'empêche pas l'autre, si ?

— Tout peut être lourd de conséquences. Une enquête qui ne serait pas menée en bonne et due forme pourrait être invalidée. En cas de négociations, pis encore, les mots risquent de causer des malentendus, et les malentendus des conflits. Souviens-toi, Eadulf : lorsque nous étions délégués au concile d'Autun il y a quelques années, nous avons eu l'occasion d'observer ces gens et de rencontrer le roi Clotaire. Les Francs sont un peuple agressif et belliqueux. Ils exigeront que l'on ait fait toute la lumière sur cette affaire.

L'abbé Cuán leva les deux mains de désespoir.

— Je comprends, je comprends ! Mais ne pouvez-vous pas préparer le terrain, même si vous pensez devoir transmettre ce cas au brehon Fíthel, à la fin ?

— Si c'est une requête officielle de votre part, alors c'est possible, répondit-elle sans hésiter. Mais cela pose un léger problème légal.

— Lequel ? s'étonna Cuán.

— Cette abbaye est une *conhospitae*, une maison mixte. Vous êtes également considéré comme l'évêque en chef du royaume, étant le *comarbae*, l'héritier, du bienheureux Ailbe, qui, le premier, porta la bonne parole dans notre contrée. La congrégation est composée à la fois de frères et de sœurs, et sa gouvernance entre ces murs est sûrement conjointe.

— Ah ! je comprends où vous voulez en venir. Dans ce domaine, j'incarne l'unique autorité. Nous sommes une maison mixte, certes, de même que maintes abbayes, mais en raison de certaines traditions nous n'avons pas d'*abatissa* comme coégale. Nous avons en revanche une *prioressa*. La prieure Suanach était une de nos élèves les plus érudites il y a de longues années et elle a maintenant pris en charge les sœurs de l'abbaye. Elle s'occupe également des étudiantes et est l'un de nos principaux professeurs. Une femme remarquable.

— Vous êtes donc seul habilité à me présenter cette requête ?

— En effet. Je vais, bien sûr, la mettre au fait afin d'avoir son avis, mais considérez ceci comme une démarche officielle de ma part.

L'abbé marqua une pause, puis déclara à haute et intelligible voix :

— En qualité de *comarbae* d'Ailbe, j'en formule la demande solennelle au nom de cette abbaye.

— Fort bien. Il est évident qu'Eadulf m'assistera. Enda, en tant que membre de la garde royale, se tiendra prêt à m'apporter son aide. Je devrai pouvoir interroger librement l'ensemble de vos résidents et avoir toute autorité sur eux, quelle que soit leur origine.

— Cela va de soi, fit remarquer l'abbé avec lassitude.

— Pour nous, certes, mais parfois les visiteurs d'autres royaumes refusent de coopérer parce que nos lois ne sont pas les leurs. Accueillez-vous beaucoup d'étudiants étrangers ?

— Pas en groupes aussi importants que dans les abbayes telles que Darú où, me suis-je laissé dire, ils viennent de dix-huit pays. Ici, seules neuf nations sont représentées par nos étudiants et nos érudits.

— Néanmoins, je suggère que vous fassiez une annonce lors des prières ou du repas du soir, pour souligner qu'ils devront répondre de bon gré à mes questions.

L'abbé ayant opiné du chef, Fidelma redressa les épaules, se préparant à la tâche.

— Dans ce cas, commençons immédiatement ! Tout d'abord, cet évêque Brodulf, qui était originaire du royaume franc de Burgondie... Qu'est-ce qui l'amenait à Muman, et dans cette abbaye ?

L'abbé Cuán se carra contre le dossier de sa chaise et s'accorda quelques instants de réflexion.

— Son voyage, à l'en croire, visait à comprendre pourquoi notre Église et en particulier nos érudits n'obéissent pas aux décisions des différents conciles ecclésiastiques qui se sont tenus en Orient, alors que d'autres commencent à s'y plier. Vous avez mentionné le concile d'Autun, auquel vous avez assisté. L'évêque Brodulf étant originaire de cette région, il prétendait vouloir discuter de questions liturgiques avec notre principal lettré, le vénérable Breas. Comme vous le savez peut-être, Breas fait autorité concernant la foi et son développement dans ces îles occidentales. Il est notre *fer-leginn*, notre professeur principal. Il a été l'une des voix les plus notables à s'élever contre les changements promulgués sous l'impulsion de Rome et de Constantinople.

— J'ai entendu parler de lui sans jamais le rencontrer. Je croyais qu'il était *saoi canóine*, professeur du sixième grade des ordres de la Sagesse divine à l'abbaye de Mungairit ?

L'abbé Cuán parut fort aise que Fidelma lui fît cette remarque.

— Récemment, les chefs des collèges ecclésiastiques du royaume l'ont nommé *drunmclí*, lui conférant le septième grade qui vient couronner une connaissance parfaite. Dès lors, Breas a estimé que sa seule place était chez nous.

— Il a donc quitté Mungairit et est venu ici instruire vos élèves ?

— Revenu, pour être exact.

— Parce qu'il appartenait à cette communauté, autrefois ?

— C'est là qu'il a étudié dans sa jeunesse, puis qu'il a enseigné il y a de nombreuses années. À cette époque, c'était déjà un *rosai*, un professeur dont les connaissances lui valaient le droit de s'asseoir au niveau du roi dans la salle du festin. Tout comme vous, qui avez atteint le niveau de l'*anruth* dans vos études juridiques.

— Alors, quand le vénérable Breas est-il parti pour Mungairit ?

— À la mort de l'abbé Conaing, voilà plus de dix ans.

— Et quand au juste est-il revenu ?

— Il y a un an. En dépit de la réputation de Breas

à travers les cinq royaumes, je me demande pour quelle raison véritable l'évêque Brodulf souhaitait écouter ses cours. Apparemment, il tenait ses enseignements pour hérétiques, pour une provocation qui le rendait furieux.

— En quoi y voyait-il une provocation ?

— L'évêque n'aimait pas que l'on conteste ce qu'il présentait comme une vérité établie. Plusieurs débats ont eu lieu, auxquels le vénérable Breas a permis à ses étudiants de participer. Cela n'a pas eu l'heur de plaire à l'évêque, qui estimait que de jeunes blancs-becs ne devaient pas remettre leurs supérieurs en cause.

— Leurs supérieurs ? répéta Fidelma, interloquée.

— Ses propres termes, confirma l'abbé. Selon lui, ceux qui étaient de rang inférieur n'avaient qu'à obéir sans poser de questions.

— Comment seraient-ils censés apprendre, alors ? s'indigna Eadulf. Il est dans la nature d'un étudiant de rechercher la sagesse auprès du maître et d'acquérir ainsi des connaissances selon la perspective qui lui est propre.

— Cet argument a été présenté à l'évêque, mais il n'y a pas adhéré.

— Nous nous entretiendrons plus tard avec le vénérable Breas. Qui s'est montré acrimonieux, au cours de ces débats ?

— Autrement dit, qui s'est laissé emporter par ses émotions ? L'évêque Brodulf, à ce qu'on m'a rapporté. Quand on fait corps avec ses idées, on supporte mal la contestation.

— Tout le monde n'a pas une formation d'avocat, convint Fidelma. Il faut toute une vie pour apprendre à discerner les faits et examiner avec impartialité leur possible interprétation.

— C'est exact.

— Donc, l'évêque s'est emporté. De jeunes étudiants sont pourtant plus enclins à débattre avec passion.

— Indéniablement. Il est déconcertant que celui qui devrait posséder plus de bon sens cède à la colère.

— On peut donc en déduire que certains de ces débats ont fait ressortir des sentiments personnels ?

— Les membres de la foi ne font pas tous preuve de la tolérance prônée par le Christ.

— Ceux qui la pratiquent se comptent sur les doigts d'une main, murmura Eadulf.

Fidelma changea l'angle de ses questions :

— Quand l'évêque est-il arrivé à l'abbaye ?

— Il y a neuf jours.

— Seul ?

— Avec deux frères de son pays. L'un est le diacre Landric, l'autre un simple serviteur, frère Charibert.

— Le « diacre » ? Rappelez-moi en quoi consiste cette fonction, car nous n'usons pas encore de ce titre.

— Cela vient du grec *diakonos* et désigne l'intendant d'un évêque, son serviteur ou son messager.

— Voilà le prochain avec lequel il me faudra parler, car j'ai besoin d'en savoir davantage sur l'évêque Brodulf : d'où il venait, exactement, et pourquoi il avait choisi de séjourner à Imleach. Donc, où trouverai-je le diacre Landric ?

## CHAPITRE V

Fidelma et Eadulf trouvèrent sans peine le diacre dans une des chambres d'hôtes que frère Mac Raith leur avait indiquées plus tôt. Ils furent surpris par son apparence. Loin de l'idée qu'ils se faisaient de lui – un clerc d'âge mûr, digne du rôle d'intendant d'un évêque –, l'homme qui les invita à entrer était jeune, beau et bâti bien plus comme un guerrier que comme un religieux. Il avait le teint clair, des cheveux blond pâle autour de la tonsure de saint Pierre, des yeux bleus perçants et un sourire facile. Cependant, Fidelma trouva quelque chose de cruel à ses lèvres minces et rouges, barrées d'un côté par un pli cynique. Il paraissait avoir une vingtaine d'années.

— *Bonum est te iterum videre*, salua-t-il en latin, ce qui surprit encore plus Fidelma, car ces mots signifiaient « C'est bon de te revoir ».

Après une hésitation, elle répondit dans la même langue :

— Nous sommes-nous déjà rencontrés ?

Le sourire du diacre s'élargit, révélant une denture blanche et soignée.

— Il est normal que vous ne vous le rappeliez pas,

mais, moi, je me souviens fort bien de vous. J'étais parmi les religieux présents au conseil d'Autun.

— Vous faisiez partie de la délégation ? interrogea Eadulf, tâchant lui aussi de situer le jeune intendant.

— *Salve, frater Eadulf*, dit ce dernier, se tournant pour le saluer. Je n'étais pas si haut placé à l'époque, mais je suivais l'abbé Leodegar comme son ombre. Bien que vous ne m'ayez pas remarqué, j'étais là lorsque sœur Fidelma élucida le meurtre de l'abbé Dabhóc devant notre roi, Clotaire.

Fidelma et Eadulf se souvenaient tous deux du roi et de son évêque d'Autun, qui avaient organisé ce concile lourd de conséquences pour les Églises d'Éireann.

— L'évêque Brodulf y assistait-il ? demanda Eadulf.

— Non.

— Vous n'étiez pas encore son diacre ?

— Je suis entré à son service il y a moins de six mois.

— Nous sommes mandatés pour enquêter sur sa mort, indiqua Fidelma.

Landric leur fit signe de prendre les chaises, fermant la porte derrière eux.

— Une experte de votre renom dans les arcanes du droit de ce pays ne me rendrait pas visite sans raison. De quelle façon puis-je vous aider ?

Le diacre Landric semblait tout à fait à l'aise en s'asseyant au bord de son lit, seul siège encore vacant dans la pièce.

— D'abord, en nous parlant de l'évêque, répondit Fidelma.

— Il venait de l'abbaye de Luxovium, dont l'abbé

actuel s'appelle Ingofind. Brodulf avait été nommé évêque du territoire et parcourait la région pour le compte de l'abbaye.

— Je suppose donc que, comme dans nos Églises insulaires, vous placez un abbé au-dessus d'un évêque ?

— En effet, bien que nous commencions à suivre Rome et à placer l'évêque au-dessus de l'abbé.

— J'ai naturellement entendu parler de Luxovium, car elle a été établie par un de nos grands maîtres, Colombán, la « blanche colombe ». Il a ensuite fondé une communauté encore plus grande, Bobbio, où j'ai reçu l'hospitalité à mon retour de Rome.

Le sourire du frère Landric se fit sardonique.

— Colombán ? Ses disciples et lui furent chassés de Luxovium par le roi Theuderic, parce qu'ils refusaient les règles de Rome. On a découvert qu'ils continuaient à célébrer la fête pascale selon les anciennes dates de vos Églises occidentales. Ses adeptes arboraient la tonsure de Jean et non celle de Pierre, et…

— J'ai ouï dire, le coupa Fidelma, que son principal tort était plutôt de reprocher à Theuderic de vivre au grand jour avec sa maîtresse. C'est l'information qui nous était parvenue, à Bobbio.

Les traits du diacre se crispèrent et sa voix laissa percer de l'irritation :

— Le pape Boniface a condamné Colombán pour avoir suivi les rituels de votre culture et non ceux de Rome. Columbán a été emprisonné, mais il a réussi à s'échapper et est retourné à Luxovium…

— Ce qui montre le courage de ses convictions, lui opposa Eadulf avec un sourire narquois.

— Je doute que cette conversation nous aide à résoudre le problème qui nous occupe, trancha Fidelma. Après tout, ces événements se sont passés voilà des générations.

— Les divergences entre nos Églises sont bel et bien au cœur de la visite de Brodulf, puisqu'il comptait en débattre. Vous avez en mémoire les décisions prises au concile d'Autun ?

— Assurément.

— Toutes les maisons religieuses devraient respecter la règle de Benoît, la nouvelle date des cérémonies pascales et arborer la tonsure de Pierre à l'exclusion de toute autre. Or de nombreuses Églises de Gaule, des royaumes francs et surtout de ces îles occidentales s'obstinent à ignorer ces prescriptions. Même leurs philosophies rejettent les conclusions des grands conciles de Rome et de Constantinople sur les fondamentaux de la foi.

— Tout cela est indéniable, soupira Fidelma. Mais parfois, ces conciles eux-mêmes se contredisent. Quoi qu'il en soit, revenons à l'essentiel. Nous ne sommes pas là pour discuter de droit canon.

— Soit. Comme je le disais, j'ai eu l'honneur d'être nommé diacre de l'évêque Brodulf et de remplir les fonctions d'intendant…

— N'est-il pas venu avec un autre membre de l'abbaye de Luxovium ?

— Frère Charibert ? Ce n'est qu'un serviteur !

— Je croyais que tous les frères se considéraient comme les serviteurs du Christ, marmonna Eadulf.

Fidelma s'interposa aussitôt, de peur qu'une prise de bec ne les éloigne de son propos.

— De quelle autorité l'évêque Brodulf se prévalait-il pour accomplir ce voyage ?

— De la sienne propre.

Fidelma plissa les yeux.

— À l'instar de maints prélats, poursuivit le diacre, c'était un noble de notre peuple. Il n'avait nul besoin d'une autre autorité. Ayant constaté la réticence des érudits de cette île à obéir aux conciles, l'évêque Brodulf a décidé d'entendre leurs arguments.

— Pourquoi à Imleach Iubhair en particulier ?

— Parce qu'il avait eu vent des idées tortueuses du vénérable Breas et qu'il comptait l'affronter lors d'un débat, rétorqua sèchement Landric.

— Pourtant, maints autres érudits, à travers les cinq royaumes, auraient volontiers discuté avec lui.

— On prétend que le bienheureux Ailbe enseignait la foi ici avant Patrick, que Rome nomma évêque de ceux qui avaient déjà accepté le Christ sur cette île. L'évêque Brodulf estimait donc que cette abbaye était la plus importante de toutes.

Le diacre se tourna soudain vers Eadulf d'un air perplexe.

— Même après vous avoir vu à Autun, frère Eadulf, j'ai peine à comprendre que vous vous impliquiez autant ici, alors que votre propre peuple, dans les royaumes des Angles, accepte l'autorité de Rome depuis le concile de Streonshalh.

Eadulf ne se laissa pas désarçonner.

— Après avoir été converti par des missionnaires d'Éireann, je suis venu étudier ici. J'en ai fait le choix, avant le concile de Streonshalh où Oswy décida que son royaume de Northumbrie suivrait Rome. Ces sujets donnent ample matière à réflexion.

En un sens, il est bon qu'aient lieu des débats comme celui que proposait l'évêque Brodulf. J'approuve la discussion, pourvu qu'elle reste empreinte de logique et de sérieux. On y trouve beaucoup à apprendre, mais il ne s'agit pas d'adhérer à une décision simplement prise à main levée. Je ne me laisse pas mener aveuglément.

Un silence embarrassé plana. Fidelma s'empressa de le rompre :

— Vous n'étiez qu'un groupe de trois à venir de Burgondie ? Si je me souviens bien, le voyage est long depuis Autun.

— La distance est équivalente depuis Luxovium, convint le diacre. Nous avons descendu en bateau le grand fleuve Liger, puis nous avons embarqué sur un navire marchand gaulois qui nous a amenés à Árd Mór. De là, nous avons trouvé un guide pour nous conduire jusqu'ici.

— Je ne comprends toujours pas très bien pourquoi l'évêque Brodulf a entrepris un tel périple. Avec tout le respect dû au vénérable Breas, il existe des érudits plus renommés encore, et beaucoup de savants issus de notre peuple vivent même en Burgondie.

— Je ne peux vous dire ce que j'ignore.

— J'entends bien. Toutefois, fit la *dálaigh*, marquant un temps d'arrêt pour mieux ménager son effet, rien de tout cela n'explique que l'évêque Brodulf ait été assassiné.

Le diacre se figea, les yeux ronds, la bouche ouverte sans produire aucun son.

— Assassiné ? répéta-t-il enfin d'un ton effaré. Je n'avais pas compris qu'il avait été tué… L'incendie de l'hostellerie n'était donc pas un accident ?

— Votre évêque a été victime d'un meurtre et il m'incombe de découvrir pourquoi, insista Fidelma, espérant que son annonce aurait entamé la suffisance de son interlocuteur. Derrière cet acte, je cherche le motif.

Le diacre paraissait réfléchir à toute vitesse. Diverses expressions se succédèrent sur ses traits.

— Vous vient-il une idée en particulier ? l'encouragea Eadulf.

Landric hésita.

— Certes, un meurtre a forcément un motif.

— Forcément, approuva Fidelma.

— Il paraît que, dans ce pays, les lois de l'hospitalité sont très respectées, presque sacrées. N'est-il pas vrai ?

— En effet. Chacun, même le membre le plus humble de la société, est tenu d'accorder l'hospitalité à quiconque la sollicite, hormis à un criminel. Cette exception mise à part, refuser l'hospitalité revient à chasser autrui ; cela constitue un délit que nous appelons *esáin*.

— Ainsi, la présence de l'évêque Brodulf était parfaitement licite, puisqu'il bénéficiait de l'hospitalité de cette abbaye ?

— Aucun doute là-dessus. Vous êtes accueillis en tant que visiteurs d'un pays étranger. Mais où voulez-vous en venir ?

— Si quelqu'un à Imleach voyait d'un mauvais œil que nous soyons venus débattre et tentait de nous imposer silence, ce serait illégal ?

— Cela correspondrait au crime d'*etech*, ou « refus », auquel cas cette abbaye perdrait son statut au regard de la loi. Mais nous ne sommes pas dans ce cas de figure. L'hospitalité ne vous a pas été refusée ; au contraire, vous avez été traités en hôtes de marque. Il n'en demeure pas moins qu'un meurtre a été commis et que nous devons trouver le coupable.

— L'hospitalité que l'on nous a accordée inclut, m'a-t-on dit, la protection. Si ces débats ont provoqué une telle colère contre mon évêque que quelqu'un a décidé de le faire taire avec cruauté, cela pourrait être considéré comme un crime… que vous appelez *esáin*… c'est bien ça ? Et cela exigerait une compensation.

— Vous avez raison, diacre Landric, convint Fidelma, surprise. Avez-vous étudié nos lois ?

Le jeune homme secoua négativement la tête.

— J'use de logique et je m'appuie sur les éléments que vous m'avez fournis. Si le motif était de faire taire l'évêque, alors cette abbaye, voire ce royaume seraient coupables d'un crime pour lequel ils devront payer des dommages.

— Diacre Landric, vous avancez que l'évêque Brodulf a été tué parce qu'on voulait l'empêcher d'exposer ses vues, résuma Eadulf. Toutefois, il prônait les décisions bien connues de nombreux conciles approuvés par Rome, alors à quoi aurait servi de le faire taire ?

— De plus, ajouta Fidelma, dans notre système, l'aptitude à argumenter fait partie de l'enseignement. À coup sûr, l'art oratoire n'est pas de nature à inspirer des intentions criminelles, surtout, comme le dit Eadulf, envers quelqu'un qui oppose des arguments au demeurant bien connus ?

— Cela semble logique, admit le diacre Landric. Mais nous sommes des étrangers dans une contrée nouvelle, venus partager nos opinions et apprendre les vôtres. Puisque nul ne nous connaît ici, qu'il n'existe à notre encontre aucun grief susceptible de provoquer une haine meurtrière, où trouver un motif ? Selon moi, une seule chose a pu provoquer tant de haine : les discussions, ou plutôt les joutes verbales que nous avons tenues.

— Le débat est essentiel dans notre culture, persista Fidelma. C'est le meilleur moyen de s'éduquer, en confrontant des points de vue afin d'en évaluer les forces et les faiblesses. Ce n'est qu'à ce prix que l'on progresse dans la connaissance.

— Une progression qui a abouti au meurtre de mon évêque, au mépris des lois de l'hospitalité ! protesta Landric.

— À condition que votre prémisse soit correcte, le contra Fidelma. Êtes-vous sérieux lorsque vous affirmez que seules nos différences de compréhension et de rituels ont pu conduire au meurtre de votre évêque ? En ce cas, qui accusez-vous ? Pour l'instant, vous n'énoncez que des généralités.

— Si je n'étais pas sérieux, je ne le mentionnerais pas, rétorqua Landric, furieux. Je tiendrai l'abbé pour responsable en attendant le résultat de votre enquête.

Eadulf fronça les sourcils en guise d'avertissement à Fidelma, dont l'expression montrait sa piètre opinion du jeune homme, et riposta d'un ton ironique :

— Si l'on suit la logique du diacre Landric, le motif est la haine résultant des désaccords entre l'évêque Brodulf et le vénérable Breas. Ainsi, quiconque exprimant une divergence d'opinions avec Brodulf pourrait être le coupable. Souhaitez-vous avancer un nom précis, diacre Landric ? Peut-être soutenez-vous que le vénérable Breas lui-même est suspect ?

Fidelma, d'abord stupéfaite, soupesa cette interprétation que l'on pouvait donner aux propos du jeune homme.

Les lèvres fines de Landric se tordirent en un rictus.

— En dépit de son érudition, le vénérable Breas est profondément ancré dans des philosophies fallacieuses. Mais, bien sûr, ses adeptes étaient dans son camp pendant ces débats, et les jeunes gens ne contiennent pas leurs émotions aussi facilement que les hommes assagis par l'âge et l'expérience. Pour autant que je le sache.

— Qu'essayez-vous de nous dire, diacre Landric ? interrogea Fidelma.

— Ce n'est pas à moi de dire quoi que ce soit, lady. Je ne suis qu'un visiteur dans votre pays, venu assister mon évêque. Encore une fois, au concile d'Autun, j'ai été témoin de la façon dont vous enquêtiez sur les mystères qui s'y déroulaient. Je vous ai vue, avec admiration, expliquer les meurtres et la conspiration devant le roi Clotaire et l'abbé Leodegar. On eût dit une magicienne écartant soudain un rideau pour révéler le vrai coupable. J'ai étudié votre technique. Vous ne rejetez aucun élément, mais les assemblez pièce à pièce, en allant là où vous oriente la logique.

À ses louanges flatteuses, Fidelma répondit avec un sourire suave :

— En l'occurrence, c'est vous qui m'orientez vers la piste que vous voulez que je suive.

— La piste rationnelle. La piste évidente.

— L'évêque Brodulf aurait présenté ses arguments

avec une vigueur si implacable qu'un érudit tel que le vénérable Breas, incapable de les contrer par la pure raison, l'aurait fait taire au moyen d'un procédé plus brutal ?

— Je n'ai jamais dit que c'était le vénérable Breas, corrigea Landric. Un de ses jeunes acolytes aurait pu montrer moins de retenue. C'est là mon point de vue. Je n'ajouterai rien.

— Vous en avez déjà beaucoup dit. Pour l'instant, nous parlons de soupçons et non d'accusations, sauf que, selon vous, l'abbé Cuán porterait l'ultime responsabilité en tant que principal de l'abbaye. Je présume que vous avez assisté à ces débats. Hormis le vénérable Breas, quelqu'un s'opposait-il particulièrement aux arguments de l'évêque Brodulf ?

— Le vénérable Breas permettait à chacun de ses élèves de s'exprimer. Tantôt il les corrigeait, tantôt il les réprimandait lorsqu'ils s'écartaient du sujet et versaient dans l'invective.

— Ah ! nota Fidelma. Donc des invectives ont été lancées. Et ce, des deux côtés ? Il est facile de s'oublier et de laisser l'émotion du moment prendre le dessus.

Le diacre Landric ne répondant pas, la *dálaigh* reprit :

— Il est arrivé que les esprits s'échauffent ?

— Quelquefois.

— Au point que des insultes ont été proférées et que leurs auteurs ont été réprimandés par le vénérable Breas ?

— Il est vrai.

— Je le répète, quelqu'un en particulier se signalait-il

par cette attitude ? Quelqu'un se laissait-il emporter dans le feu du débat ?

Frère Landric contracta les mâchoires, puis lâcha :

— Je voudrais éviter de porter une accusation directe. Vous le découvrirez bien par vous-même.

— Tenez-vous-en à ce que vous avez vu, lors de ces échanges animés.

Le diacre haussa une épaule en signe de soumission.

— L'un des élèves du vénérable Breas tenait des propos très vifs. Il s'exprimait bien, cependant, et montrait de la réflexion dans son argumentation.

— Vous connaissez son nom ?

— On l'appelait frère Garb. Il est jeune et, ai-je cru comprendre, en dernière année d'études.

— S'il était capable de s'exprimer clairement, il n'avait pas de raison de perdre son sang-froid dans un échange de vues. N'y a-t-il pas là une contradiction ?

— D'ordinaire, j'aurais été d'accord, mais il y a eu des occasions, m'a-t-on dit.

— Vous n'en avez pas été témoin ?

— Le sujet a été mentionné par mon évêque.

— Laissons cette question de côté pour le moment, dit Fidelma, dépitée. Je parlerai avec frère Garb ou avec ceux qui ont été témoins de sa prétendue perte de sang-froid. Nous reprendrons cette discussion une fois que j'aurai mené ces investigations. Je dois aussi m'entretenir avec votre autre compagnon de Burgondie, frère Charibert.

— Ce vulgaire domestique ? Pourquoi voulez-vous le rencontrer ?

— C'est à se demander si nous sommes toujours tous frères et sœurs, et égaux dans la foi, ou si l'on a encore inventé à Rome quelque nouvelle règle dont je n'aie pas connaissance, persifla Eadulf.

— Vos manières ne sont pas les nôtres, répliqua le diacre. J'ai bien précisé que l'évêque Brodulf appartenait à la noblesse de Burgondie. Nous croyons encore aux différences de statut dans la société. Elles doivent être observées nonobstant les aspirations spirituelles des uns et des autres.

— Nous verrons néanmoins frère Charibert, déclara Fidelma en se levant, imitée par Eadulf.

Le diacre suivit leur exemple et les raccompagna jusqu'à la porte.

— J'espère que cette affaire trouvera une conclusion rapide. Je voudrais regagner la Burgondie le plus tôt possible.

— Nous prendrons toutes vos remarques en considération, riposta sèchement Fidelma.

— Tu ne l'aimes pas, constata Eadulf une fois qu'ils furent seuls dans le couloir.

— Que je l'apprécie ou non n'entre pas en ligne de compte. Cependant, ses déclarations me laissent dubitative. Ce jeune diacre cherche à m'orienter à sa guise, en accusant le vénérable Breas ou ses élèves. Curieusement, je n'ai ressenti chez lui aucune tristesse pour la mort de son évêque.

— Il a paru saisi quand tu lui as dit que c'était un assassinat.

— Peut-être parce que la tentative de dissimuler le meurtre en détruisant tout par le feu a été si vite éventée ?

— Peut-être. En tout cas, il t'a couverte d'éloges

pour la résolution du meurtre de l'abbé Dabhóc, à Autun.

— Tu le sais, je n'aime pas la flagornerie, or on l'entendait clairement dans sa voix. Cela m'incite à douter de ses intentions. Il y a quelque chose de plus, chez ce jeune diacre, qu'il ne veut bien le montrer. Pour l'instant, je n'arrive pas à le cerner.

— Alors, quelle est la prochaine étape ? Allons-nous parler au serviteur, frère Charibert, ou à frère Garb, en raison de ce que Landric nous a dit ?

— Ni l'un ni l'autre. Nous allons trouver le professeur principal. Je veux savoir dans quelle mesure l'opinion du diacre est fiable concernant l'antagonisme qui régnait pendant les débats.

# CHAPITRE VI

La réputation du vénérable Breas s'étendait assurément bien au-delà des murs d'Imleach Iubhair. Fidelma n'avait jamais rencontré cet érudit controversé, bien que, depuis sept ans que son frère Colgú occupait le trône, elle eût été amenée à connaître maints des principaux abbés de Cashel. Pour autant qu'elle le sût, le vénérable Breas n'avait d'autre intérêt que ses classes et les sujets qu'il enseignait à ses élèves et à ses acolytes. On venait l'écouter de tout Éireann, et même des royaumes des Britons, des Gaulois et des Anglo-Saxons.

D'un air déférent, quelques moines indiquèrent au couple le chemin vers la chambre de l'éminent personnage. À l'extrémité d'un court passage, Fidelma et Eadulf se retrouvèrent devant une porte en if rouge ornée de petites sculptures aux formes intriquées, sans rapport apparent avec les symboles de la foi. La jeune femme adressa un signe de tête à son époux, mais alors même qu'il levait la main pour toquer, une profonde voix de baryton lança avec amusement :

— C'est ouvert, frère Eadulf de Seaxmund's

Ham ! Entrez donc. Vous aussi, Fidelma de Cashel. Entrez en toute liberté, sécurité et tranquillité.

Eadulf se figea de stupeur. Il jeta un coup d'œil à la ronde en réprimant un frisson et tenta de comprendre comment ils avaient été identifiés à travers une porte close et un mur de pierre. Il actionna timidement la poignée et poussa le lourd panneau. Fidelma sur ses talons, il pénétra dans la petite chambre.

Plusieurs chandelles de suif et un feu de bois rougeoyant repoussaient les ombres, cependant la lumière de l'unique fenêtre était occultée par des tentures épaisses qui préservaient une ambiance feutrée. Les murs étaient couverts d'une multitude de crochets auxquels pendaient des sacoches à livres, *tiaga liubhair*, et plusieurs étagères croulaient sous les ouvrages. Quelques étuis qui avaient pour fonction de protéger des manuscrits précieux étaient empilés un peu partout. Des instruments d'écriture attendaient le bon vouloir de leur propriétaire sur une table à proximité. Un confortable fauteuil en bois était placé devant le feu et, dans ce fauteuil, les contours d'une silhouette étaient dessinés par le halo vacillant des flammes.

— Une porte ne devrait être fermée que dans le seul souci de conserver la chaleur, dit la voix. Sinon elle n'est qu'un obstacle ennuyeux aux échanges entre les humains. Elle entrave la connaissance et le progrès. Hélas ! avec le temps, la porte est devenue l'amie de ma chair et de mes vieux os, empêchant mon sang de se refroidir. Mais il suffit d'appuyer sur la poignée pour qu'elle s'ouvre à quiconque souhaite ma compagnie.

— Nous cherchons le vénérable Breas, hasarda Eadulf, pas encore tout à fait remis de ses émotions.

— J'ose dire que vous avez achevé votre quête. J'ai été nommé Breas par ma mère, qui pensait que cela signifiait « beau par la pensée ». À l'inverse, cela peut aussi signifier « celui qui se bat et crée du tumulte ». Libre à vous de choisir, car on ne m'a pas toujours estimé « vénérable ».

— Comment avez-vous fait pour… commença Eadulf.

Breas gloussa de rire.

— Savoir qui vous étiez avant que vous franchissiez le seuil ? Moi qui croyais que Fidelma et Eadulf avaient l'œil acéré ! Regardez au-dessus de la porte. J'ai fait faire ce dispositif par le maître charpentier Cú Choille. Vous voyez l'ouverture et le miroir, incliné vers le bas de manière à refléter ceux qui se tiennent en dessous ? Il n'y a pas de magie, dans la vie, rien que des phénomènes que nous ne comprenons pas et que nous interprétons, à tort, comme telle. Asseyez-vous près de mon humble feu et causons.

Ils virent deux tabourets en bois de part et d'autre, sur lesquels ils pouvaient prendre place à l'instar d'étudiants face à leur maître. Faute de mieux, ils s'y installèrent. Ils durent alors lever les yeux vers le lettré, qui se trouvait un peu au-dessus d'eux.

Le vénérable Breas était certes marqué par les ans, toutefois on avait peine à lui donner un âge. Fidelma songea qu'il avait été bel homme dans sa jeunesse et que la vieillesse lui conférait simplement un charme différent. Ses traits n'étaient pas ridés, mais lisses et plaisants ; des joues pleines, des yeux sombres et brillants, des lèvres rouges retroussées en un sourire qui semblait son expression coutumière. Il cultivait une apparence que Fidelma et Eadulf n'avaient encore vue chez aucun membre de la foi : la lumière du feu dansait sur sa barbe ; ses longs cheveux d'un blanc de neige étaient maintenus, à la manière d'un bandeau, par un ruban de soie aux reflets chatoyants. Au centre de son front luisait un petit croissant de lune en argent.

Les yeux sombres surprirent Fidelma en train de fixer cet ornement.

— Vous reconnaissez l'emblème qu'arboraient jadis ceux que l'on disait immergés dans le savoir ? De *dru*, « immersion » et *uid*, « connaissance ». Je n'ai pas cette prétention. Je suis le *fer-leginn*, le professeur principal de l'abbaye. Ayant obtenu le titre de *rosai* après douze années auprès de mes maîtres, j'ai acquis le droit de porter ce symbole. J'ai poursuivi mes études et atteint le septième degré de sagesse, que d'aucuns qualifient sottement de « perfection du savoir ». Permettez-moi de vous le dire, le savoir parfait n'existe pas. Néanmoins, j'arbore cet emblème pour ce qu'il représente. Selon la tradition, c'est par la lune que l'on accède à la compréhension. C'est d'après la lune que nous calculons le passage du temps, des mois, des périodes, que d'ailleurs nous désignons en fonction du mouvement de cet astre. N'est-il pas au centre de l'espace que nous occupons dans le vide immense ?

Fidelma fit une moue dubitative.

— Je comprends. Mais tant de nos idées anciennes sont en passe de disparaître…

— Non à cause de la nouvelle religion qui nous est venue de l'Est, mais de groupes d'hommes qui siègent pour en discuter. Ils inventent des interprétations qu'ils nous imposent jusqu'à ce qu'un autre groupe en crée de nouvelles, et ainsi de suite, à l'infini. Nous avons déjà perdu ce qui nous avait été enseigné à l'origine.

Dans ces mots, il n'y avait pas trace d'amertume. Le vénérable Breas poursuivit :

— Ailbe, Declan, Ciarán et d'autres encore ont constaté, lorsqu'ils ont commencé à prêcher la foi chrétienne dans ce royaume, que nombre de ses idées étaient compatibles avec nos croyances. Même le Briton que Rome avait envoyé servir d'évêque auprès des convertis, et qui aimait se faire appeler « le noble » dans la langue latine, a condescendu à l'admettre. Je veux, bien sûr, parler de Patrick, qui se faisait appeler Patricius, terme latin désignant un patricien. Son nom d'origine, Maewyn Succat, désignait un serviteur de l'ancien dieu de la Guerre, Succetus. Patrick venait du royaume briton de Rheged.

Il sourit soudain à Fidelma.

— Mais vous n'êtes pas là pour écouter des informations que l'on obtient aisément ailleurs. Tout d'abord, puis-je vous proposer une infusion de menthe ? C'est une tisane spéciale, concoctée à mon intention par frère Anlón, notre médecin. Comme je ne suis plus aussi adroit qu'autrefois, je vous saurais gré de vous charger du service.

Il indiqua une table sur laquelle étaient posés une cruche et des gobelets.

— Il y a une assiette de noisettes à côté. Elles s'accordent délicieusement bien avec la menthe.

Comme il faisait un geste en direction des mets, Fidelma remarqua ses mains déformées, aux jointures marbrées de rouge. Il s'en rendit compte et son sourire s'élargit.

— Hélas ! l'*ailtidu* me tient désormais compagnie. Les rhumatismes provoquent une débilité que frère Anlón soulage grâce aux divers onguents qu'il me prescrit.

Fidelma se leva pour servir le breuvage, qui venait d'être ôté du feu à en juger par la vapeur qui s'en échappait à mesure qu'elle le versait.

Breas hocha la tête d'un air appréciateur en dégustant une première gorgée du gobelet qu'il tenait entre ses mains malhabiles. Puis, recouvrant son sérieux, il se tourna vers ses visiteurs.

— Laissez-moi vous dire d'emblée que la mort de l'évêque Brodulf me peine. Il n'est resté ici que peu de temps, mais ces quelques jours ont été éclairants et instructifs pour mes étudiants.

— Il n'a pas, quant à lui, bénéficié de cette illumination, répliqua Eadulf.

— Nous l'avons constaté non sans tristesse, convint le vieux professeur.

— C'est précisément ce pour quoi nous venons entendre votre opinion, indiqua Fidelma.

— Les rumeurs volent comme le vent. J'ai ouï dire que sa mort était imputée à nos divergences. Vous êtes donc venus voir si nos discussions théologiques nous ont fait oublier que nous n'étions que des érudits débattant de points de doctrine, et si des émotions incompatibles avec l'intelligence ont ouvert la voie à des actes qui n'ont pas leur place dans ces bâtiments sanctifiés ?

Il y eut un silence. Fidelma et Eadulf patientèrent,

pensant que le savant allait continuer, mais il devint évident qu'il attendait une réponse de leur part.

Eadulf s'en chargea.

— Nous avons assisté au concile d'Autun, dans le royaume dont l'évêque Brodulf était originaire. Nous avons observé la nature du peuple que l'on nomme les Francs. Leurs manières pourraient être interprétées comme… disons… plus impatientes que ce qui est acceptable dans nos contrées.

Le vénérable Breas pouffa dans sa barbe.

— Très diplomatique, Eadulf de Seaxmund's Ham. Vous-même, en tant qu'Angle, trouvez également difficiles les contraintes de notre mode de pensée ?

Eadulf se troubla.

— Je ne voulais pas… se défendit-il, mais le vénérable Breas le fit taire d'un léger mouvement de la main.

— C'est sans doute un de nos défauts que de nous laisser aller à plaisanter lorsque nous sommes sérieux et de paraître sérieux lorsque nous plaisantons. Montrer de l'esprit est notre façon de faire ; une voix douce occasionne rarement des blessures. Ici, nous avons une maxime : « N'apporte pas ta faucille dans un champ sans qu'on te l'ait demandé. »

Eadulf soupira.

— Il nous incombe de découvrir ce qui aurait pu inspirer de l'animosité envers l'évêque Brodulf, pousser quelqu'un à envisager sa mort. Il faut souvent manier une faucille pour ôter les mauvaises herbes.

Le vénérable Breas eut un geste dédaigneux.

— Révéler de telles émotions est le fait de la jeunesse ou de l'aveuglement pour une cause.

— Se sont-elles manifestées durant vos débats ? intervint Fidelma. On nous a rapporté que ceux-ci se déroulaient en présence de vos élèves, qui étaient autorisés à y participer.

— Comment des élèves apprendraient-ils, autrement ? Pour être honnête, je dois admettre que l'évêque se montrait toujours agressif. Peut-être en avions-nous l'impression du fait qu'il s'exprimait dans une langue qui ne lui était pas familière.

— Et cela a provoqué des querelles ? insista Fidelma.

— Même parmi les plus sages, les émotions ne sont jamais tout à fait annulées, seulement dissimulées par souci de bienséance. En ce qui me concerne, je suis trop vieux pour me froisser d'un ton abrupt ou d'erreurs énoncées dans le feu de l'action. On ne se casse pas le tibia contre un tabouret qui n'est pas sur notre chemin.

— Voulez-vous dire que les arguments présentés par l'évêque Brodulf n'étaient pas pertinents, selon vous ?

— Précisément.

— Auriez-vous l'obligeance de nous en résumer la teneur, afin que nous comprenions comment ils pouvaient être interprétés ? demanda Fidelma. D'après le diacre Landric, beaucoup des arguments opposés à l'évêque étaient des hérésies.

— Ah ! nous y voilà ! Le mot grec *hairetikos* signifiait autrefois « capable de choisir », mais, sous sa forme actuelle, *hairesis*, il désigne les doctrines non approuvées par Rome et par Constantinople.

— Serait-il possible d'éclaircir ces arguments pour moi ? demanda Eadulf, peu désireux pour une fois de s'embarquer dans des finesses linguistiques. Je préfère chercher à comprendre en partant du principe que je ne sais rien.

— Le début de la sagesse, Eadulf ! approuva l'érudit d'une voix grave où perçait toujours une pointe d'amusement.

— Un sujet particulier a-t-il suscité l'ire de l'évêque ?

— Les enseignements de Pélage, pour commencer.

— Pélage ? Je pensais que ses doctrines étaient toujours suivies par nombre d'Églises, tant en Occident que dans certaines régions d'Orient.

— Il a été excommunié par l'évêque de Rome il y a deux siècles.

— Je le sais bien, mais pourquoi ses enseignements ont-ils été jugés hérétiques ? Qui était-il ?

— Un converti de la première heure, né sur cette île il y a plus de trois siècles… du moins, si l'on en croit les écrits d'Eusèbe de Stridon…

— Celui qui compila la première Bible en latin ?

— Lui-même. Notre tradition veut que Pélage soit originaire de cette île et ait eu pour nom Muirgen, « celui qui est né de la mer ». Il se rendit à Rome, puis dans le monde hellénique, où il traduisit son nom en grec, Pélagos, sous lequel il est désormais connu. Ses détracteurs prétendaient qu'il était farci de porridge irlandais, dit en souriant le vénérable Breas. L'insulte me plaît assez pour que je l'appelle mon frère.

— Pélage est ensuite allé à Rome ? le pressa Eadulf.

— Oui. Sirice en était l'évêque, à l'époque. On raconte que Pélage parlait couramment le grec et le latin, et devint un érudit de premier plan, un mentor spirituel et un réformateur des mœurs.

— Alors pourquoi est-il aujourd'hui l'objet de telles condamnations ?

— Parce qu'il s'est fait un ennemi redoutable. Il était en profond désaccord avec l'un de ses contemporains, le philosophe Augustin d'Hippone. Augustin s'était converti au christianisme à l'âge de trente ans et avait écrit différents textes, dont les *Confessions*. Pélage considérait que ses idées renforceraient le laisser-aller moral dont faisaient preuve les chrétiens de Rome. Selon Augustin, nul ne possédait de libre arbitre avant d'avoir obtenu la « grâce divine ». Tout, que l'on agît bien ou mal, était prédéterminé. Lui-même était issu d'une famille berbère latinisée, qui visait à s'élever dans la société. Son père avait adopté le nom de Patricius, pour la même raison que le Briton venu enseigner chez les Ulaidh au nord de notre île : les patriciens constituaient la fleur de la noblesse de Rome. Pélage l'étrilla dans sa critique des *Confessions*, et dès lors Augustin n'eut de cesse qu'il n'use de ses amis et relations pour l'attaquer.

Même Fidelma, qui estimait bien connaître l'histoire de la foi, était intéressée par ces explications.

— Donc, il s'agissait à la base d'une simple controverse entre deux érudits ?

— Exactement. Augustin rassembla ses adeptes lors de conciles, tels ceux de Milève et de Carthage, pour saper les idées de Pélage au profit des siennes. Sans ce dernier, il n'aurait peut-être jamais accédé à la notoriété.

— Pourquoi tant de rage ? voulut savoir Eadulf.

— Augustin s'offusquait qu'un individu venant

d'au-delà du monde civilisé, comme il considérait ces îles, osât critiquer son œuvre. Certes, l'orgueil y joua un grand rôle. À la différence de Pélage, Augustin ignorait le grec, la langue par laquelle la foi s'est transmise à notre culture. Il en rendait responsable son précepteur, qu'il accusait d'incompétence au lieu d'admettre que les failles venaient de lui. Il n'était donc même pas capable de déchiffrer les textes originaux, acheva le vieux savant en gloussant.

— Avoir des amis haut placés vaut souvent mieux que maîtriser la scolastique, fit remarquer Fidelma.

— En effet, Pélage subit bien des aléas dans sa vie, reprit le vénérable Breas. Augustin avait presque persuadé le pape Innocent de condamner son ennemi lorsque Innocent mourut. Son successeur était un Grec, qui avait lu les textes primitifs et goûtait l'érudition. Toutefois, Augustin avait un autre ami puissant : l'empereur Flavius Honorius, qui publia un décret condamnant Pélage. Cela n'avait rien à voir avec la religion ; c'était purement politique.

— Quelle injustice ! s'indigna Eadulf.

— La vie est-elle jamais juste ? Pélage rendit l'âme peu après le concile de Carthage, mais ce ne fut qu'au premier concile d'Éphèse, près de vingt ans plus tard, que ses enseignements et lui furent déclarés hérétiques.

Fidelma était captivée. Elle n'avait jamais porté grand intérêt à l'évolution de la foi, sauf dans les aspects qui affectaient son rôle d'avocate. Elle la découvrait sous un nouvel angle : instrument d'intérêts personnels et fruit de luttes d'influence.

— C'est donc pour cela que Rome condamne les érudits de notre île ?

À la surprise de Fidelma et d'Eadulf, le vénérable Breas secoua négativement la tête.

— J'ai cité le contexte, non le fond de la controverse. Pourquoi certains savants défendent-ils les enseignements de Pélage et d'autres ceux d'Augustin ?

— Oui, pourquoi ? interrogea Eadulf. Si l'évêque Brodulf a été assassiné à la suite de cette dispute, il nous importe de comprendre clairement de quoi il retourne.

— Nous qui nous réclamons de la nouvelle foi croyons, jusque dans nos codes moraux les plus anciens, que l'avenir est entre nos mains. Que nous choisissions le bien ou le mal est notre propre décision. Il nous incombe d'agir de sorte à mener une vie morale, et nous sommes seuls responsables de la voie que nous suivons.

— Un enseignement fondamental, convint Fidelma. La base de notre système juridique.

— Mais Augustin d'Hippone soutenait que nous sommes tous condamnés par le péché originel d'Adam et Ève, tel que le relatent les anciens livres hébreux sur les origines du monde. Et Augustin allait même plus loin : il affirmait que tout, dans notre vie, avait été ordonné d'avance. Avant même de voir le jour, nous étions destinés au paradis ou à l'enfer.

— Cela va à l'encontre de notre façon de penser, souligna Fidelma. Qui d'autre que nous aurait à répondre de nos actes ?

— Exactement ce que soutenait Pélage ! Il objectait que les arguments d'Augustin mettaient en péril l'ensemble de la loi morale. Si nous n'étions pas responsables de nos bonnes et de nos mauvaises actions, rien ne nous empêchait de tuer, de voler et de perpétrer d'autres crimes encore. Les fondements de tous les systèmes juridiques seraient sapés. Le malfaiteur se justifierait en disant : « Moi ? Je n'y suis pour rien. C'est Dieu qui a voulu que je sois mauvais, mon destin est déjà scellé. Dès avant ma naissance, j'étais destiné à faire le mal et à finir en enfer. Rien ne pourra me sauver, même si j'essaie de réformer mon caractère. » Dans notre bibliothèque, nous avons le *De libero arbitrio* d'Augustin, « Sur le libre arbitre ». Je vous en suggère la lecture.

— Incroyable ! commenta Fidelma. Je n'avais encore jamais envisagé ces arguments tout à fait de ce point de vue.

— Dans ces îles, nous ne pouvons renoncer à la nécessité d'adopter une conduite éthique sous prétexte que cela ne dépend pas de nous. Nous rejetons l'argument selon lequel le fait que nous soyons bons ou mauvais soit ordonné par Dieu. J'y pense ! Nous comptons également parmi nos ouvrages un petit traité de Pélage qui vous intéressera, *Tractatus de divitiis*. Il y expose sa vision du monde, de la richesse et du partage des biens. Renversez les riches et vous ne trouverez plus de pauvres… car le petit nombre de nantis est la cause du grand nombre de démunis. À mon avis, les empereurs romains qui avaient fait du christianisme la religion d'État voyaient là une pire hérésie que l'enseignement sur le libre arbitre. Ils craignaient que ces idées n'inspirent un soulèvement.

— C'est là-dessus que portaient vos débats ? dit Fidelma, pensive. Je comprends maintenant à quel point la discussion était épineuse.

— Une épine dans le pied de Brodulf, assurément ! soupira le savant. Il ne pouvait admettre que, dans nos îles, nous refusions de considérer Pélage comme un hérésiarque, au mépris de la décision du premier concile d'Éphèse. Selon lui, nous avions l'obligation d'obéir aux injonctions de tous les conciles tenus par Rome. La plupart d'entre eux approuvent Augustin et condamnent Pélage. En fait, c'est juste après la mort du père de Fidelma, le roi Failbe Flann, que l'évêque de Rome, quatrième du nom de Ioannes, écrivit aux évêques d'Irlande pour exiger qu'ils détournent le peuple des enseignements de Pélage. Ils n'en ont rien fait jusqu'à présent.

— Si passionnantes que soient ces questions de théologie, dit Fidelma, ont-elles pu conduire plus ou moins directement au meurtre de l'évêque Brodulf ?

— À moins de connaître les bases de ces disputations, la vision des événements qui se sont produits ici sera obscurcie. Une divergence d'opinions profondément ancrée cause parfois de vives émotions. Quoi qu'il en soit, elle ne devrait jamais pousser à haïr au point qu'on en vienne à ôter la vie.

— Ainsi, malgré les arguments provocateurs de l'évêque Brodulf, vous-même n'avez pas été exaspéré et n'avez pas constaté d'animosité contre lui parmi vos étudiants ?

— Je n'ai pas dit cela. Seulement que je n'accorde aucune légitimité à pareille animosité de la part de mes étudiants.

— Vu leur jeune âge, certains de ceux qui s'étaient joints à ces discussions montraient probablement moins de modération que vous, argua Fidelma.

— C'est dans la nature des jeunes, concéda tristement le vénérable Breas. Ils doivent avoir leur mot à dire, même s'ils ne pèsent pas leurs paroles avec autant de prudence que des hommes plus âgés. Je ne peux le nier.

— Vous rappelez-vous lequel de vos étudiants a affronté l'évêque avec le plus d'ardeur ?

Le vénérable Breas secoua la tête.

— Cette question m'afflige, Fidelma. Réfléchissez. Vous me demandez de désigner des suspects alors que vous enquêtez sur un meurtre. Cela ne serait pas juste.

— J'en prends bonne note. Cependant, le diacre Landric a déjà avancé le nom d'un de vos jeunes acolytes qui, selon lui, déployait plus de fougue que les autres dans ce débat.

— Le diacre a le droit d'avoir son opinion puisque, n'en déplaise à Augustin, nous avons tous le libre arbitre, ironisa le savant. Vous devrez donc éclaircir cette affaire avec lui. Je ne peux parler que pour moi-même.

— Soit. Toutefois, vous ne verrez pas d'objection à ce que j'interroge frère Garb, qui est celui dont a parlé Landric ?

— Vous en avez l'autorité en tant que *dálaigh*. Je tiens simplement à rappeler qu'il s'agissait d'un échange d'opinions. Si les débats étaient examinés du point de vue de la modération de la langue, nous serions tous suspects, pour peu que quelque chose de fâcheux arrive à nos adversaires.

Fidelma sourit.

— Entendu. Néanmoins, on a assassiné un évêque, puis l'on a tenté de dissimuler ce crime en incendiant un bâtiment de l'abbaye. Des actes d'une extrême gravité, sans parler du fait que la victime était un dignitaire d'un pays étranger. Il me faut explorer toutes les pistes pour découvrir la vérité.

Le vieil homme soupira.

— En effet, car la vérité doit être le but ; elle est la nourriture de l'âme morale. Espérons que l'adage se vérifiera : si longtemps que perdure le mensonge, il finira par disparaître et la vérité subsistera. Vous avez fait mention de frère Garb. C'est mon étudiant le plus brillant et j'espère qu'il deviendra mon principal disciple. J'ai d'ores et déjà l'intention de le nommer professeur dans cette abbaye. Je lui toucherai un mot de votre désir d'entendre sa version des faits.

Le ton de Breas indiquant que l'entretien était clos, ils se levèrent.

— Un grand merci pour vos explications concernant Pélage, dit Eadulf. J'ignorais tous ces détails. Pensez-vous que les conciles qui ont pris le parti d'Augustin pendant des années finiront par admettre qu'il avait tort ?

L'érudit répondit avec un pâle sourire :

— L'homme, dès qu'il jouit d'un peu de pouvoir, est un être obstiné. Je forme le vœu que certains de nos frères continuent de croire que chacun est responsable de son âme et de son destin, que rien n'est prédéterminé. On ne peut avancer sans faire un pas soi-même. Nous sommes constamment face à deux chemins : celui du bien ou celui du mal. Nous devons reconnaître que l'un et l'autre existent. Ce n'est pas parce que quelqu'un a dit que tout était déterminé d'avance par un être divin qu'il faut renoncer au choix. À mon sens, mieux vaut avoir la connaissance du mal que le mal sans la connaissance.

Alors qu'ils s'éloignaient dans le couloir, Eadulf secoua la tête.

— Un personnage fascinant, mais je crains qu'il ne soit pas d'une grande aide pour découvrir qui a tué l'évêque Brodulf.

— Je ne dirais pas cela, répondit Fidelma.

Eadulf la considéra avec surprise.

— Tu crois toujours qu'une différence d'opinions sur des décisions prises par divers conciles au cours des siècles aurait poussé quelqu'un au meurtre ?

— Je ne l'exclus pas. Tu as toi-même admis que de telles querelles ont conduit un évêque à être brûlé par ses frères chrétiens dans le passé.

— Rome enseigne désormais que tout enfant naît dans le péché et est voué à l'enfer, comme l'a dit Augustin, à moins qu'il ne reçoive la grâce divine, ce qui ne s'obtient que par le baptême au nom du Christ.

— Et Pélage déclarait que les enfants naissent dans l'innocence et non dans le péché. Je sais ce que je crois. Quoi qu'il en soit, partons à la recherche de frère Garb.

À peine avaient-ils fait quelques pas que les sons aigus d'une cloche lointaine les arrêtèrent.

— Une alerte ? s'enquit Eadulf.

— L'annonce du *praind*, le repas du soir. Je ne me rendais pas compte qu'il était si tard.

— Un carillon bien dur pour une telle annonce.

— J'ai souvenance que l'abbaye vient d'achever la construction d'un clocher de pierre, mais que, jusqu'à ce qu'ils aient installé la corde, le sonneur doit escalader une succession d'échelles et frapper la cloche avec un maillet en bois.

— Tout s'explique. Mais cela veut dire que nous

n'aurons l'occasion ni d'interroger les élèves ni de prendre le bain avant le repas.

— Tu as raison, Eadulf. Nous sommes censés nous joindre à l'abbé Cuán à table. Nous pourrions nous laver les mains quelque part et, une fois le repas terminé, nous remettre en quête de frère Garb. Qu'en dis-tu ?

Ils eurent la chance de trouver une petite fontaine dans la cour et, après des ablutions sommaires, se mêlèrent aux membres de la congrégation qui se dirigeaient vers le réfectoire. En voyant se mêler les religieux hommes et femmes, Eadulf se souvint que l'abbaye était une *conhospitae*. Il se demanda si des règles particulières s'appliquaient aux repas pris en commun. Un groupe croissant d'ascètes tentait de contester l'égalité des femmes dans la foi et, plus encore, de les en exclure presque complètement, en prônant la chasteté pour ceux qui embrassaient la vie monastique.

— Fidelma, tu ne penses pas que l'évêque Brodulf soutenait l'idée qu'il n'y a pas de place dans la foi pour les femmes ? Tu sais qu'Augustin leur déniait également tout rôle et n'aimait pas que les évêques et les prêtres fussent mariés. Je me souviens qu'il a écrit : « Rien n'est plus puissant que l'étreinte d'une femme pour entraîner l'esprit de l'homme vers le bas. »

Son épouse pouffa de rire et lui donna une tape sur le bras.

— J'espère que nous sommes la preuve vivante du contraire ! Certes, des voix s'élèvent en faveur du célibat, surtout celui des prêtres. Elles citent l'exemple des ermites, qui rejettent les femmes.

Pourtant, les maisons mixtes fonctionnent harmonieusement, comme Cill Dara où je m'étais réfugiée autrefois, par sécurité. Elle avait été fondée par Brigit, ordonnée évêque et abbesse, aux côtés de son compagnon, Cogitosus, lui aussi évêque. Certains visent maintenant à interdire l'ordination pour les femmes, comme au concile de Laodicée, par exemple, sauf que personne n'y a prêté attention. Si nous tentions d'imaginer tout ce sur quoi Brodulf était en désaccord avec les religieux de ce royaume, nous ne serions pas au bout de nos peines. Quoique, si je me souviens bien, la plupart des prêtres et des évêques francs soient mariés, donc je ne pense pas qu'il aurait argumenté en faveur du célibat.

Une voix les appela par leurs noms et frère Mac Raith émergea de la foule avec une expression inquiète.

— Vous voilà enfin ! Je suis chargé de vous conduire à la table de l'abbé. Je croyais vous avoir perdus… Vous avez raté le bain du soir, ajouta-t-il sur un ton de reproche. Enfin, tant pis. Nous allons entamer la prière.

# CHAPITRE VII

L'intendant guida Fidelma et Eadulf à travers le vaste réfectoire où plusieurs longues tablées accueillaient les frères d'un côté et les sœurs de l'autre. Quelques-unes étaient mixtes. L'intensité des conversations ne se démarquait en rien de l'ordinaire. Sur une estrade, au fond, la table des supérieurs ecclésiastiques était installée face aux autres commensaux. L'abbé Cuán, au centre, conversait avec une religieuse à sa gauche – le côté où étaient placées les femmes. Les membres masculins étaient assis à la droite de l'abbé. Parmi eux, Fidelma ne connaissait que le vénérable Breas, frère Anlón le médecin et, tout au bout, le diacre Landric. Trois sièges vacants étaient destinés à Eadulf, à elle-même et à l'intendant.

Frère Mac Raith les fit passer devant les tables, puis derrière les convives, jusqu'au centre où l'abbé Cuán se leva pour les accueillir avec un sourire las. Il se tourna vers la femme à ses côtés.

— Voici la prieure Suanach, chargée de la supervision des sœurs de cette abbaye. Elle nous aide aussi auprès des étudiantes et dispense certains cours en conjonction avec le *fer-leginn*, le vénérable Breas.

La prieure se pencha en avant, les deux mains tendues, une pour chacun d'eux, en une salutation amicale.

— *Tu tam grata*. Cela aurait dû être une joie de recevoir votre visite. Hélas, nous vivons une triste époque !

Elle était plus jeune qu'il ne paraissait de prime abord. Guère plus de trente-cinq ans, devina Fidelma, et encore assez séduisante malgré ses traits plutôt charnus. Elle avait des cheveux foncés, des yeux bruns inquisiteurs et un curieux sourire, presque moqueur.

— La prieure Suanach est des nôtres depuis six mois. Elle est revenue après avoir travaillé plusieurs années outre-mer, expliqua l'abbé Cuán.

— Une prieure n'est-elle pas habituellement nommée parmi les nonnes qui servent depuis longtemps la communauté ? interrogea Eadulf.

Suanach ne sembla pas perturbée par la question.

— Toute jeune, j'ai accompli ici mon noviciat avant même que Ségdae devienne abbé. J'y ai ensuite enseigné quelque temps, après quoi j'ai choisi de me joindre à un groupe de missionnaires. Je suis restée près de dix ans à l'abbaye de Latiniacum avant de revenir.

Les yeux d'Eadulf s'écarquillèrent à la mention de ce nom.

— Latiniacum ne fut-elle pas fondée par le bienheureux Fursa ?

La prieure sourit avec indulgence.

— Il était mort depuis longtemps quand j'y suis arrivée. Que savez-vous de cette abbaye ? Vous n'êtes pas assez vieux pour avoir connu Fursa, bien qu'on m'ait dit que vous veniez d'Est-Anglie, où il a longtemps fait œuvre de missionnaire.

— Fursa et ses frères y ont porté la bonne parole. Pour ma part, je viens de Seaxmund's Ham, de la terre des South Folk, et j'ai été converti très jeune par un de leurs disciples. C'est lui qui m'a inspiré l'envie de poursuivre mon éducation en Éireann. Je sais que Fursa s'était ensuite rendu au pays des Francs et avait établi une nouvelle fondation à Latiniacum.

L'abbé Cuán toussota pour attirer leur attention et indiqua les sièges libres.

— Si vous voulez bien vous asseoir à ma droite, Fidelma, et Eadulf à ma gauche, à côté de la prieure, nous pourrons commencer.

Frère Mac Raith prit place à la droite de Fidelma. L'abbé fit alors signe à une personne invisible, dans la petite galerie qui surplombait l'entrée du réfectoire. Une cloche à main retentit. Le silence s'installa dans la salle bondée et chacun se leva en courbant la tête.

L'abbé entonna :

— *Pater noster, qui es in caelis*...

Après la prière traditionnelle, tout le monde se rassit, sauf l'abbé Cuán.

— J'ai une annonce à vous faire. Sachant la vitesse à laquelle les rumeurs et les ouï-dire se propagent, je tiens à confirmer que l'évêque Brodulf, notre hôte de Burgondie, n'est pas décédé de mort naturelle la nuit dernière. Ses restes reposeront, recouverts pour des raisons évidentes, dans notre chapelle jusqu'à l'inhumation. Celle-ci aura lieu demain à minuit. Cela, afin de laisser un laps de temps raisonnable pour l'*aire*, la veillée traditionnelle du corps à la chapelle. Tous ceux qui le souhaitent pourront y assister.

Il observa une pause pour permettre à l'assemblée de digérer cette nouvelle avant d'ajouter :

— Je dois également vous informer que Fidelma de Cashel, l'éminente *dálaigh*, et son époux Eadulf nous font l'honneur de leur présence. À mon invitation, ils enquêteront sur ce malheureux événement. Je vous demande à tous de leur apporter sans réserve votre coopération.

L'abbé reprit son siège et le bourdonnement des voix s'éleva de plus belle tandis que les serviteurs apportaient les plats principaux à chaque table. Les conversations allaient bon train, autour d'un sujet évident. Fidelma et Eadulf étaient le point de mire de tous les regards.

Pendant qu'on servait le repas, l'abbé Cuán murmura, penché vers Fidelma :

— Il n'y a pas d'autres nouvelles, n'est-ce pas ? Le vénérable Breas m'a avisé de votre conversation, précisa-t-il avec un signe de tête vers l'érudit qui mangeait du bout des dents.

— Cela concernait un point que le diacre Landric avait soulevé et sur lequel nous souhaitions des éclaircissements. D'après lui, un certain antagonisme entachait les débats que l'évêque Brodulf menait avec votre professeur principal et ses étudiants.

— Ah oui ? J'avais cru comprendre que le diacre n'y assistait pas. Il passait le plus clair de son temps dans notre *scriptorium*… notre bibliothèque.

— L'évêque y aurait fait allusion, répondit Fidelma, étonnée qu'en tant qu'intendant de l'évêque le diacre n'eût pas été présent lors des discussions. J'ai fait savoir à votre professeur principal que je devrais interroger certains de ses élèves, dont, en particulier, frère Garb. Je vous tiendrai informé de tout développement important.

— Frère Garb ? Un jeune homme remarquable, aux connaissances étendues. Le vénérable Breas ne tarit pas d'éloges à son sujet et compte le proposer au poste de professeur assistant. Vos interrogatoires ne perturberont pas les cours, j'espère ?

— Je doute que ce soit le cas.

L'abbé Cuán exhala un profond soupir et indiqua la salle d'un mouvement de tête.

— Votre présence et la nouvelle de la mort de l'évêque suscitent un très vif intérêt. Ils attendent probablement que j'annonce bientôt les conclusions de l'enquête.

— C'était à prévoir, cependant ils devront refréner leur curiosité, répondit froidement Fidelma. Je ne peux dire grand-chose avant d'en savoir suffisamment ; ce ne sera qu'à ce stade que je vous ferai mon rapport, comme nous en sommes convenus.

Fidelma songea que réunir les étudiants du vénérable Breas pour les interroger ne serait pas possible ce jour-là, vu l'heure déjà tardive. Qui étaient les dîneurs installés aux extrémités de la table, au-delà de frère Mac Raith et d'Eadulf ? Ils souriaient et inclinaient la tête lorsqu'ils croisaient son regard, faute de pouvoir se présenter comme il convenait. Tous semblaient en bons termes et devisaient avec aisance. Sauf le diacre Landric à l'air renfrogné, qui donnait l'impression d'être seul au monde, bien qu'il fût assis à côté des principaux dignitaires.

Elle s'attendait à voir le maître d'œuvre Sítae et ses surveillants dans le réfectoire. Elle voulut s'enquérir d'eux, mais s'aperçut que frère Mac Raith était parti vaquer à quelque tâche. Elle se tourna alors vers l'abbé Cuán et lui demanda si les bâtisseurs prenaient leurs repas avec la communauté.

— Non, pas d'ordinaire. Ils préfèrent manger dans leur campement et préparent eux-mêmes leurs repas, parce qu'ils ne peuvent respecter comme nous des horaires fixes. Et ils ont aussi là-bas leur propre gîte – tentes, chariots et équipement. Au fond, cette séparation nous convient à tous, sauf quand nous devons discuter de la construction.

— Votre architecte et le maître d'œuvre confèrent sans doute en permanence.

L'abbé hocha la tête au mot « architecte ».

— Celui qui a conçu les nouveaux bâtiments et leur tracé ? C'est le vénérable Lugán, qui nous est précieux dans ses nombreuses attributions. Il est notre *leabhar coimedach*, notre bibliothécaire, ainsi que le maître de tous les étudiants. Vous ferez bientôt sa connaissance.

— N'est-ce pas le vénérable Breas qui a la charge de vos étudiants ? interrogea Fidelma.

— Breas est notre *fer-leginn*, notre professeur principal chargé de leur instruction ; Lugán s'occupe d'eux à un niveau plus pratique. Il est secondé par la prieure, qui veille sur les étudiantes et assure certains cours. Quant à la coopération avec les bâtisseurs, elle est harmonieuse. Vous l'ignorez peut-être, mais le maître d'œuvre est venu me trouver peu avant le repas. Il m'a proposé l'aide de ses ouvriers afin de creuser la tombe pour les funérailles, demain soir, ainsi que pour porter la bière. Les hommes habituellement affectés à cette tâche font partie de l'équipe de frère Áedh et ont subi des brûlures, la nuit dernière.

C'est un geste très louable de la part de Sítae et cela démontre nos bonnes relations.

— Je suis au courant. Mais comment un bibliothécaire peut-il être aussi architecte ?

— Le vénérable Lugán connaît à merveille l'histoire de cette abbaye et a accès à tous les plans compilés depuis des lustres en vue de la reconstruction.

Fidelma se laissa aller contre le dossier de son siège et observa le réfectoire. Elle éprouva une soudaine culpabilité lorsque ses yeux tombèrent sur Enda, assis au coin d'une table parmi un petit groupe. Elle avait presque oublié le guerrier et se reprocha d'avoir négligé de s'assurer de son bien-être.

De l'autre côté de l'abbé Cuán, la prieure Suanach était plongée dans une conversation intense avec Eadulf. Quel pouvait être le sujet qui les occupait ? Fidelma supposa qu'il s'agissait de Latiniacum, pour laquelle Eadulf éprouvait de l'intérêt.

Pendant la suite du repas, Fidelma et l'abbé évitèrent de mentionner le meurtre de Brodulf, préférant évoquer les problèmes domestiques du royaume et de l'Église. Le temps s'écoula ainsi, jusqu'à ce qu'une cloche sonne. L'abbé Cuán se leva et dirigea l'assemblée en un dernier *gratias*, remerciant le Seigneur pour les mets qu'ils avaient consommés.

Les membres de l'assistance se dispersèrent, certains avec un sourire et un signe de tête en direction de Fidelma. L'abbé Cuán attira son attention en s'excusant.

— Si vous voulez bien patienter ici, je vais demander à frère Mac Raith de vous conduire, Eadulf et vous, à vos quartiers pour la nuit. Vos bagages y ont été montés, mais j'ai cru comprendre qu'il n'avait pas eu le temps de vous montrer où se trouvent les chambres.

— Nous l'attendrons là-bas, près de la sortie. Je vois qu'Enda y est déjà.

L'abbé inclina la tête et se tourna pour s'entretenir avec la prieure. Eadulf rejoignit Fidelma et tous deux allèrent retrouver Enda, se frayant un chemin à travers les groupes dispersés. Ce faisant, Fidelma aperçut le vénérable Breas en train de parler avec animation à un étudiant à l'autre bout du réfectoire. Son attitude semblait fort différente de la décontraction qu'il avait affichée lors de leur conversation. Les deux hommes disparurent derrière un groupe. Fidelma se tourna vers le guerrier, qui l'attendait.

— Enda, désolée que nous ne nous soyons pas vus avant. Est-ce que tout va bien ?

Le jeune homme sourit.

— L'intendant m'a confié aux bons soins de frère Sígeal, l'*échaire*, le maître des écuries. Celui-ci m'a fourni un lit, d'où j'ai compris que nous passerions la nuit ici. Nous avons disputé quelques parties de *fidchell*[1], pour lequel il se montre assez doué. Il était heureux d'avoir quelqu'un avec qui jouer. Je me suis dit que si vous aviez eu besoin de moi, vous m'auriez fait quérir.

— Nous ferons probablement appel à vous demain, lui dit Fidelma, hésitant à lui reprocher d'avoir joué à un jeu d'argent au sein d'une abbaye, fût-ce aux écuries. Il y aura peut-être fort à faire. Donc, on s'occupe bien de vous ?

1. Littéralement, « sagesse en bois » : jeu de stratégie, composé d'un plateau et de pions en nombre égal.

— Comme vous l'avez vu, lady. J'étais assis auprès de frère Sígeal. Il semble en excellents termes avec ceux qui assurent le service, de sorte que le repas a été copieux.

— Auriez-vous appris un détail intéressant concernant notre enquête ?

— Seulement que l'évêque Brodulf faisait l'unanimité contre lui. J'ai cherché à en connaître la raison. Apparemment, c'était un vaniteux qui traitait les gens comme des moins-que-rien. Personne n'a manifesté beaucoup de peine lorsque l'abbé a annoncé que la mort n'était pas naturelle – autrement dit, qu'il s'agissait d'un meurtre. Je vais avoir droit aux questions du maître d'écurie et des palefreniers à mon retour.

— Dites-en aussi peu que possible, recommanda Fidelma. Moins les gens seront au courant de l'avancée de notre enquête, mieux cela vaudra.

Enda était sur le point de tourner les talons lorsqu'il se ravisa.

— Pardonnez ma curiosité, ami Eadulf. Qui était la femme à côté de vous, avec laquelle vous parliez ?

— La prieure Suanach. Pourquoi cette question ?

— En venant, je l'ai vue, dans une des cours, se disputer avec une jolie jouvencelle. La querelle semblait violente. J'ai cru qu'elles allaient en venir aux mains.

— En venir aux mains ? intervint Fidelma, stupéfaite. La prieure et une jouvencelle ?

— Oui. Ce qui a attiré mon attention, c'est qu'elles hurlaient presque dans une langue étrangère.

— Quelle langue étrangère ?

— Eh bien, un peu comme celle de l'ami Eadulf.

Si c'est la prieure, la jeune fille était sûrement une étudiante coupable d'une sottise quelconque.

— Et toutes deux parlaient la même langue ? insista Fidelma.

— Oui. L'appel de la cloche les a interrompues et elles se sont séparées pour venir au *praintech*, mais pas amicalement.

Fidelma jeta un regard interrogateur à Eadulf.

— Latiniacum se trouve en territoire franc. Elles devaient se quereller dans cette langue, expliqua-t-il.

— J'aurais dû m'en douter ! Je me demande si Suanach connaissait Brodulf ou si l'étudiante fait partie d'un des groupes francs… J'espère que tu n'as rien révélé sur notre enquête !

— Au contraire, c'est moi qui lui ai soutiré des informations. Je pense qu'elles pourraient être intéressantes.

— En quoi ?

— Latiniacum se trouve dans une petite localité près de la rivière que les Gaulois appelaient jadis Dea Matrona, la « Déesse mère[1] ». Le point important est que la région a récemment été conquise et occupée par les Francs. Elle fait partie du royaume qu'ils nomment à présent Burgondie, d'où était originaire l'évêque Brodulf.

Fidelma l'écoutait sans mot dire. Ces faits étaient nouveaux pour elle. Eadulf sourit, pas mécontent de lui.

— En d'autres termes, reprit-il, la prieure Suanach a vécu près de dix ans en Burgondie avant de revenir à Imleach. Cela soulève quelques questions, non ?

1. La Marne.

— Il faut seulement clarifier si elle connaissait l'évêque avant qu'il vienne ici, et s'il a choisi cette abbaye parce qu'elle s'y trouvait... convint Fidelma avec calme.

— C'est tout ? Je m'en pose bien davantage, répliqua Eadulf, déçu par son manque d'enthousiasme. La coïncidence me semble par trop énorme. Y aurait-il eu collusion entre eux ? Comment a-t-elle été nommée prieure aussi vite ? Pourquoi, peu de temps après son arrivée, un évêque burgond s'est-il présenté ici et a-t-il été tué ?

Fidelma secoua la tête en souriant.

— Ces questions-là relèvent de la supposition, Eadulf. Or tu connais ma devise : pas de spéculations sans informations. Nos abbayes entretiennent de nombreux liens avec la Gaule et la Burgondie. Certains de nos principaux abbés et évêques y ont assisté à des conciles.

— Je pense néanmoins que nous devrions interroger sérieusement la prieure sur ce point, grommela Eadulf. Il y a des raisons légitimes de se méfier.

— Peut-être. Mais les voyages entre ces royaumes n'ont rien d'inhabituel.

Eadulf allait répondre quand Enda l'interrompit en toussant. L'intendant s'approchait, une lanterne allumée à la main.

— Je viens vous montrer votre logis, annonça-t-il en s'arrêtant devant eux. Quoique la majeure partie du domaine soit éclairée, certaines zones sont encore dans l'obscurité, alors faites attention en me suivant.

— Je vous laisse, annonça Enda. Ne vous inquiétez pas, je connais le chemin des écuries. Frère Sígeal s'est arrangé pour que je couche dans le dortoir, là-bas, avec les palefreniers.

Il leur souhaita la bonne nuit et disparut dans le couloir.

Frère Mac Raith se dirigea vers l'un des bâtiments principaux en pierre. À sa suite, Fidelma et Eadulf gravirent un escalier en colimaçon qui leur donna l'impression de grimper dans une tour. Les marches ne menaient toutefois qu'au premier étage, où ils se retrouvèrent dans un long et large couloir dont la colonnade ouvrait sur la campagne et les forêts ténébreuses.

— N'est-ce pas par là que nous sommes arrivés chez le vénérable Breas ? s'enquit Eadulf peu après, alors qu'ils approchaient de l'intersection avec un autre couloir.

— En effet, sa chambre est juste là-bas, confirma frère Mac Raith. Nous déplorons que les classes aient encore lieu dans les bâtiments en bois. La réfection prend du temps et…

Il fut interrompu par un claquement de sandales le long du couloir qui rejoignait le leur. Les dalles de pierre et le calme nocturne en amplifiaient l'écho. Une silhouette munie d'une chandelle traversa leur chemin sans apparemment les remarquer, puis disparut.

L'intendant leur fit signe de continuer à le suivre et bifurqua dans un autre couloir, qu'il parcourut jusqu'à l'une des nombreuses portes en if. Dès qu'il l'ouvrit, ils virent qu'une lampe et un feu avaient été allumés, éclairant une pièce carrée, chichement meublée : deux lits en bois, une table et ses deux chaises, un coffre sur lequel leurs sacs avaient été posés et quelques patères pour accrocher leurs affaires.

— C'est un peu dépouillé, mais on a mis des couvertures bien chaudes, dit le *rechtaire* en désignant les lits. Une cruche d'eau pour vous désaltérer est à votre disposition, ainsi qu'une autre pour l'*indult*, la toilette du matin. Je regrette que vous ayez manqué le bain du soir, car l'eau n'est chauffée que pour ces ablutions et ne le sera pas avant demain.

Fidelma se savait en droit d'exiger qu'on chauffât un *dabach*, une cuve d'eau, car la loi stipulait l'obligation pour un hôte de fournir un bain à tous ses invités. Autant qu'une commodité, cela relevait d'une exigence sociale, car la tradition imposait de se laver le corps entier avant le repas du soir. Le lavage des mains et des pieds, en revanche, s'effectuait au réveil. Elle retourna le problème dans sa tête et poussa un soupir résigné.

— J'ai réclamé une cruche d'eau supplémentaire pour votre confort, ajouta précipitamment frère Mac Raith, scrutant son visage. Je suis navré de ne pas pouvoir faire grand-chose de plus pour l'instant. Du savon et des serviettes ont été placés là-bas.

— Fort bien, concéda enfin Fidelma.

Peut-être que manquer un bain, pour une fois, ne serait pas grave.

Avec soulagement, frère Mac Raith leur souhaita une bonne nuit et s'en alla.

— Ouf ! dit Eadulf en s'affalant sur l'un des lits. Voilà une journée bien remplie, même si ce n'est pas ce à quoi je m'attendais en faisant halte, tout à l'heure, à l'auberge du Puits d'Ara. Si j'avais su alors ce que je sais maintenant, j'aurais foncé à Cashel ventre à terre, sans m'arrêter pour savourer la cuisine d'Aona.

Fidelma secoua la tête d'un air de reproche.

— Il ne nous est pas donné de prédire l'avenir, quoi qu'en disent les devins et les mystiques. Pour le commun des mortels, les choses se révèlent au fil du temps.

— D'après certains, il faut donner un coup de pouce aux événements, fit remarquer Eadulf. J'aurais préféré ne pas intervenir dans ceux d'aujourd'hui. J'avais hâte de retrouver notre fils et le confort de Cashel. N'oublie pas que les noces de ton frère approchent à grands pas !

— Oui, enfin ! En vérité, je craignais que son union avec Gelgéis d'Osraige n'ait jamais lieu. Les menaces de guerre, le rapt de Gelgéis, puis l'annonce du retour de la peste ont contribué à tout retarder.

— Oui, sans oublier le complot contre ton frère dont cela faisait aussi partie.

— Certes. La période des fiançailles a été bien turbulente pour eux. J'espère qu'ils mèneront sous peu une vie plus sereine.

— À propos, tu sais qui était la petite silhouette, avec la chandelle, qui a traversé le couloir sans nous remarquer ?

— Évidemment : la prieure. Mais quel rapport ?

— Le couloir où elle est entrée ne mène qu'à une seule porte. Celle de la chambre où le vénérable Breas nous a reçus. L'heure était plutôt tardive pour rendre visite au vieil érudit.

Fidelma renifla avec réprobation.

— Depuis quand es-tu si pudibond et choqué à l'idée que des femmes puissent rendre visite à des hommes tard dans la nuit pour des raisons autres que sexuelles ?

Eadulf bâilla.

— Rien qu'une idée en passant. Bon ! Nous aurons beaucoup à faire demain, et nous n'y parviendrons pas sans sommeil.

À peine venait-il de prononcer ces mots qu'on frappa timidement à la porte.

Eadulf gémit et jeta un coup d'œil à Fidelma en grommelant : « Quoi encore ? » Il sortit du lit et atteignit la porte au moment où l'on toquait à nouveau tout doucement.

Il souleva le loquet tandis que Fidelma élevait la lampe.

Une grande silhouette se découpait dans l'encadrement sombre, hors du halo vacillant de lumière.

— Qui êtes-vous ? interrogea Eadulf. Que cherchez-vous ?

— Je cherche celle qui rend la loi, annonça une voix masculine en mauvais latin.

# CHAPITRE VIII

Fidelma traversa la chambre en tenant la lampe bien haut. Le nouveau venu était vêtu de la simple robe de laine blanche des religieux. Il allait vers ses trente ans et était bien bâti : sa peau mate dénotait peut-être l'habitude de la vie au grand air. Il avait des traits lourds, des yeux noisette et de longs cheveux aux reflets auburn, peignés avec soin, qui semblaient être le seul détail remarquable de sa personne. L'attention portée à la propreté, la coupe nette de ses cheveux à la tonsure bien rasée témoignaient d'un caractère précis et méticuleux.

— Qui êtes-vous ? interrogea Fidelma.

Il ignora sa question.

— Êtes-vous la législatrice ? Celle qui s'appelle Fidelma ? demanda-t-il dans un latin ampoulé. Vous me pardonnerez d'utiliser une langue que je ne pratique pas couramment. Je n'ai aucune connaissance de celle que vous parlez ici.

— Je suis une *dálaigh*, pas une législatrice, mais quelqu'un qui juge les faits au regard de la loi.

L'homme sembla avoir des difficultés à comprendre.

— Je vous pose à nouveau la question : qui êtes-vous ? insista Fidelma.

— Je suis frère Charibert, lady. J'étais au service de l'évêque Brodulf. Je dois témoigner.

— Vous voulez dire ce que vous savez au sujet du meurtre ? déduisit-elle. Cela aurait pu attendre le matin.

— Je suis ici pour témoigner, s'obstina l'homme. Je servais l'évêque.

Fidelma consulta Eadulf du regard, puis haussa les épaules.

— Puisque cet homme tient à nous parler, autant entendre ce qu'il a à nous dire. Nous pourrions demander à Landric de traduire, si frère Charibert ne maîtrise pas le latin.

— Mais cela compromettrait le témoignage, fit valoir Eadulf.

Fidelma réfléchit et soudain une idée fusa dans son esprit. Elle se tourna vers l'homme.

— Et ainsi, me comprenez-vous mieux ? s'enquit-elle.

Elle venait de faire appel à la langue des Angles, dont Eadulf lui avait enseigné des rudiments. Ses sonorités ressemblaient beaucoup à celles de la langue des Francs, ce qui, d'ailleurs, leur avait été fort utile dans la patrie d'Eadulf ainsi qu'au conseil d'Autun.

— Je crois que oui, lady, dit l'homme en hésitant.

— Venez, frère Charibert. Nous allons vous écouter.

Elle se tourna vers Eadulf pendant que le visiteur s'asseyait sur la chaise qu'elle lui indiquait.

— Ton accent sera meilleur que le mien pour

traiter de cette affaire. Quant à moi, je réussirai à vous suivre.

Eadulf regarda l'homme attentivement.

— Êtes-vous à l'aise pour répondre si je m'exprime dans ma langue ?

Frère Charibert l'écouta, pencha la tête sur le côté en fronçant les sourcils et répondit sur le ton plus guttural de la langue des Francs.

— J'ai déjà entendu ce dialecte, que l'on parle à l'ouest de nos royaumes. Les anciens prétendent qu'il y a deux siècles, avant l'avènement de la foi, nos ancêtres envahirent l'île de Britannia et, par le fer et par le sang, se taillèrent des territoires parmi la population, qu'ils conquirent. Ah ! oui : de là, nous parlons des langues similaires.

Eadulf se sentit embarrassé ; il était toujours mal à l'aise lorsqu'on lui rappelait l'origine de son peuple.

— Il suffit que vous puissiez me comprendre. J'ai ouï dire que les rois d'Est-Anglie étaient les Wuffingas, descendants de Wuffa.

— Votre peuple et le mien étaient les mêmes, convint frère Charibert. Toutefois, nos rois ne prétendent pas descendre de Woden ou d'autres dieux. Ils affirment qu'ils sont tous fils de Merovech[1], le guerrier à la longue chevelure, qui vainquit les Gaulois, les Romains et les Alémaniques et créa ainsi nos royaumes.

— Il semble que nous nous comprenions. Vous êtes donc venu ici au service de l'évêque Brodulf ?

— Je suis né au service de Wulfoald de Burgondie qui renonça à toute autorité temporelle et affranchit

1. Mérovée.

ses esclaves pour qu'ils puissent se rendre utiles à l'abbaye de la région. Cette abbaye était Luxovium. C'est ainsi que je suis entré au service de l'évêque Brodulf, qui desservait ce territoire.

Eadulf s'assit au bord de son lit, faisant face à l'homme.

— Que faisiez-vous au service de l'évêque ? Nous avons vu le diacre Landric et compris qu'il agissait en qualité d'intendant.

— Ce que je faisais ? J'étais le serviteur de mon seigneur. Je pourvoyais à ses besoins. Je préparais ses repas et ses vêtements. J'exécutais sa volonté.

— Ce Wulfoald, dont vous étiez esclave jusqu'à ce qu'il vous libère, qui est-ce, au juste ? s'enquit Fidelma.

Frère Charibert eut l'air surpris.

— Quoi ! Mais Wulfoald était le maire de feu le roi Sigebert ! Quand celui-ci fut destitué, Wulfoald eut l'autorisation de se retirer dans son château et de se faire oublier.

— Rappelle-moi la signification du terme « maire », demanda Fidelma à Eadulf.

— C'est un titre octroyé au noble qui dirige le palais, expliqua Eadulf. Il occupe la place prééminente au service d'un roi franc. Donc, reprit-il à l'adresse de leur visiteur, vous apparteniez à la maison de Wulfoald ?

— Moi et ma famille avant moi, confirma frère Charibert. D'aussi loin que nous puissions nous en souvenir, nous avons toujours été des *thralls* pour la noble lignée de Wulfoald.

L'homme ne semblait pas peu fier du fait.

— Qu'est-ce qu'un *thrall*, Eadulf ? interrompit Fidelma.

— À peu près la même chose qu'un esclave. Vous n'avez pas l'exact équivalent ici, mais cela ressemble assez à un *daer-fuidir*. Quelqu'un qui ne peut porter les armes ni avoir des droits au sein de la tribu ou du clan.

— Charibert était une simple propriété ? dit Fidelma. C'est, en effet, une société différente de la nôtre.

Eadulf se tourna vers le Burgond, qui avait écouté, l'air dépassé, ce rapide échange.

— Ainsi, une fois affranchi, vous avez choisi de servir l'évêque Brodulf ?

— Je n'ai pas eu le choix, répondit l'homme en haussant les épaules. On m'a dit que j'étais libéré de l'esclavage de la maison de Wulfoald, mais que je devais intégrer la communauté de Luxovium et passer sous la tutelle de l'évêque Brodulf. Je n'avais pas les ressources nécessaires pour tracer mon propre chemin dans la vie. Je ne connais pas d'autre langue que la mienne, sauf un peu de latin. Je ne sais rien faire d'autre que de servir un maître.

— Vous êtes donc devenu le serviteur de l'évêque ?

— Son serviteur personnel.

— Comment cela s'est-il passé ?

— Messire Wulfoald est intervenu en ma faveur auprès du prince et a assuré ma position.

— Le prince ? releva Fidelma.

— Je voulais dire l'évêque Brodulf.

Fidelma ouvrit de grands yeux.

— L'évêque Brodulf est… était… un prince de Burgondie ?

— Le cousin de Clotaire, roi de tous les Francs, confirma le serviteur.

— Qui en était informé, dans cette abbaye ?

— Je ne saurais le dire, lady. Mais je ne crois pas que mon maître aurait omis de signaler son rang à ceux qu'il rencontrait. Il n'était pas homme à mettre sa lumière sous le boisseau.

— L'évêque s'était installé seul à l'hostellerie. Comment faisiez-vous pour vous occuper de lui, vous, son serviteur attitré, alors que vous ne logiez pas à côté ? Un serviteur doit rester auprès de son maître pour répondre à ses besoins.

L'homme parut perplexe et tâcha visiblement de traduire dans sa tête ce qu'elle venait de dire. Eadulf lui répéta la question en usant de termes différents.

— L'évêque aimait la solitude, il est vrai, admit frère Charibert. Toutefois, cette habitude de s'isoler la nuit n'est apparue que récemment, juste avant notre départ de Luxovium. Là-bas, ma chambre jouxtait la sienne jusqu'à ce que, il y a peu, on me demande d'en changer afin qu'il puisse s'isoler dans ses quartiers.

— Curieux, commenta Fidelma. Cette habitude s'est poursuivie dès votre arrivée ici ?

— Le diacre Landric et moi avons été hébergés ailleurs à la demande de l'évêque. Chaque jour, je devais traverser le chantier pour me rendre à l'ancienne hostellerie, où il dormait. Je m'assurais qu'il aurait de l'eau pour ses ablutions du matin et du soir. Je préparais ses vêtements. Après les prières à la chapelle, il rompait le jeûne de la nuit au réfectoire. Il prenait chacun de ses repas avec l'abbé Cuán et les supérieurs de l'abbaye. Pas une fois il n'a mangé seul, de tout le temps où nous étions ici.

— Cela vous préoccupait-il ? demanda Eadulf, voyant un léger pli barrer le front de Charibert.

— Non, à part qu'il avait toujours l'air de se défier de la nourriture. Quand il était servi, il observait les autres et ce n'est qu'une fois qu'ils avaient commencé à manger qu'il en faisait autant.

— Pourtant, il regagnait l'hostellerie chaque nuit, s'isolant pour dormir ? S'il craignait qu'on lui fasse du mal, cela ne semble pas logique.

— Il ne m'appartenait pas de remettre en cause les habitudes de mon seigneur.

— Mais si vous étiez en mesure de le faire ? le pressa Eadulf. Après tout, vous êtes un homme libre, personne ne peut vous molester sous prétexte que vous avez livré votre pensée.

— Pardon ?

Eadulf contint son agacement.

— Aviez-vous peur qu'il vous punisse ? Aviez-vous l'impression d'avoir remplacé un esclavage par un autre ?

— Ce n'est pas à moi de critiquer le comportement de mon maître.

Eadulf allait renoncer, quand une autre idée lui vint.

— Vous nous avez dit que cette pratique de l'évêque de se retirer seul pour la nuit est récente. Elle a commencé, je crois, juste avant que vous ne quittiez Luxovium.

— C'est un fait. Vous posez la question, je me dois de répondre honnêtement.

Eadulf jeta un regard lourd de sous-entendus à

Fidelma avant de se tourner à nouveau vers le jeune homme.

— À votre connaissance, quelque chose s'est-il produit qui expliquerait ce changement de comportement ?

Frère Charibert secoua la tête.

Fidelma prit la relève, demandant à Eadulf de reformuler ses questions si elle ne les exprimait pas assez clairement.

— Frère Charibert, revenons à la soirée d'hier. La veille de l'incendie. Vous rappelez-vous à quelle heure l'évêque Brodulf est retourné à l'hostellerie ?

— Tous les soirs, c'était à la même heure. Dès que nous sortions du réfectoire, après les grâces, je l'accompagnais jusqu'à sa porte.

— Pas au-delà ? interrogea Fidelma.

— Il attendait sur le seuil que je m'assure qu'il n'y avait personne à l'intérieur.

— Dites-nous exactement comment cela se passait.

— Après le dernier repas de la journée, il faisait nuit. Je préparais une lanterne afin de guider nos pas dans l'obscurité. Dès que nous arrivions, j'inspectais le bâtiment.

— Bizarre, dit Eadulf en un rapide aparté.

Fidelma fit signe à frère Charibert de continuer.

— Hier soir, avant l'incendie, vous l'avez donc accompagné ?

— Le temps de prendre la lanterne et nous sommes allés à la maison d'hôtes. J'ai parcouru l'intérieur, comme d'habitude. Une fois que j'ai eu allumé les lampes, il est entré. Je suis parti après l'avoir entendu remettre le verrou en place et tourner la clef.

— Et c'était une pratique habituelle ? insista Fidelma.

— Oui.

— Frère Landric prenait-il parfois la relève pour accomplir ce rituel ?

— Rituel ? interrogea l'homme.

— Des gestes que l'on répète, dit Eadulf. Ne trouviez-vous pas tout cela bizarre, de la part d'un homme qui préférait la solitude ? Pour moi, c'est même bizarre au plus haut point.

Frère Charibert ne répondit mot.

— Aviez-vous l'impression que l'évêque avait peur de quelque chose ou de quelqu'un, malgré son désir d'être seul ? suggéra Fidelma. Ne lui avez-vous jamais demandé pourquoi il s'enfermait, seul, dans l'hostellerie ?

— Moi ? Lui demander pourquoi ? s'étonna frère Charibert. Je n'étais qu'un serviteur. Mon maître, l'évêque, était un prince royal et n'avait peur de personne.

— Ce que vous nous avez décrit indique tout le contraire, souligna Fidelma. Il avait peur, mais de quoi et de qui ? Revenons à ce qui s'est passé la nuit dernière à l'hostellerie. Avant que vous partiez, l'évêque Brodulf a-t-il bien fermé la porte derrière vous ?

— Oui, comme à son habitude.

— Il fermait toujours la porte à clef ?

— Toujours, et il attendait que j'arrive le matin et que je m'identifie avant d'ouvrir. Une fois qu'il était vêtu, nous allions à la chapelle pour les prières, puis au réfectoire pour le premier repas.

— Vous deviez l'accompagner tout au long de la journée ?

— Non, il se satisfaisait d'être livré à lui-même quand il faisait jour. Parfois, le diacre Landric l'accompagnait aux débats avec les professeurs et leurs étudiants, ou bien l'évêque passait du temps, seul dans la bibliothèque.

— Seul ? dit Eadulf, songeur. J'imagine qu'il y avait toujours quelqu'un là-bas. Il n'y était jamais vraiment seul.

— Quoi qu'il en soit, il s'agissait d'une personne très nerveuse, soupira Fidelma.

— Et ses craintes se sont révélées fondées, approuva Eadulf.

Les sourcils froncés, Fidelma réfléchissait aux paroles du serviteur.

— Vous disiez que Landric vous accompagnait quelquefois tous les deux, le soir, jusqu'à l'hostellerie ?

— C'est exact. Ou parfois, il venait avec moi le matin.

— Avez-vous remarqué, ou assisté à des discussions entre l'évêque et le diacre sur le dessein de cette visite ?

— Le dessein ?

— La raison de cette visite ou de ces débats.

— Ils devaient plutôt en discuter à la bibliothèque ou dans la chambre du diacre Landric.

— Y avait-il entre eux des tensions ? Ou de l'amitié ?

— Le diacre Landric était l'intendant de l'évêque, rappela frère Charibert, apparemment déconcerté à l'idée que l'évêque et son intendant pussent être amis. Nul désaccord ne les opposait.

Fidelma fit une grimace résignée à Eadulf.

— En vérité, l'évêque était très inquiet, dit-elle dans sa propre langue. Il craignait pour sa vie, à juste titre, nous en avons la preuve. Je me demande pourquoi Landric n'a pas fait état de ces inquiétudes.

— Nous devrons lui en reparler, concéda Eadulf. De mon côté, je me demande si cette peur a été la cause de son départ de Burgondie, puisque ces manifestations d'inquiétude ont commencé juste avant qu'il quitte Luxovium. Mais pourquoi, de tous les lieux envisageables, est-il venu ici ? Je doute fort que cela ait été simplement pour étudier la philosophie, la théologie et les pratiques des Églises des cinq royaumes.

— Surtout vu son arrogance au cours des débats, d'après ce qu'on nous a rapporté. Ce serviteur nous a certes décrit un comportement intrigant. Même si Brodulf ne se sentait pas en sécurité à Luxovium, pourquoi entreprendre ce périlleux voyage jusqu'ici ? Et pourquoi dans cette abbaye en particulier ? Rejoignait-il la prieure Suanach comme tu en suggérais la possibilité ? Il y a de quoi se perdre en conjectures !

Eadulf poussa le raisonnement jusqu'au bout :

— Dans ce cas, il se pourrait que la présence de la prieure Suanach ne soit pas une simple coïncidence. Cela serait le lien !

— Peut-être, dit Fidelma. Gardons-nous pour l'instant de toute présomption. À tout le moins, il nous faut interroger le diacre Landric de manière plus poussée et découvrir pourquoi il n'a pas mentionné les craintes de l'évêque Brodulf.

Le serviteur burgond les observait comme s'il essayait de suivre leur échange. Fidelma le rassura d'un sourire.

— Ne vous inquiétez pas, mon ami, dit-elle en revenant à la langue d'Eadulf.

— Nous n'avons plus que quelques questions à vous poser pour l'instant. Nous aimerions en savoir un peu plus au sujet de l'évêque Brodulf. Vous nous avez appris que c'était un prince…

— Je ne peux guère en dire davantage sur lui, déclara frère Charibert en haussant les épaules. Moi, un serviteur, que saurais-je des affaires d'un si haut personnage ?

— Vous nous avez déjà été d'une grande aide, lui opposa Eadulf. Reprenons et voyons si nous pouvons aller plus loin : Vous étiez esclave dans la maison de messire Wulfoald. Il vous a affranchi et vous a enjoint d'entrer à l'abbaye de Luxovium. Il vous a même recommandé à l'évêque Brodulf afin qu'il vous prenne comme serviteur attiré. N'est-ce pas inhabituel, à l'égard d'un esclave que l'on vient de libérer ? Savez-vous pourquoi il a agi ainsi ? Messire Wulfoald avait-il un lien de parenté avec votre évêque ?

Frère Charibert réfléchit en silence comme s'il analysait ce qu'il convenait d'ajouter.

— La plupart des évêques et des abbés sont de grands seigneurs, répondit-il enfin, sinon ils ne seraient pas nommés à ces hautes fonctions. Je n'ai jamais entendu parler d'un évêque né dans la pauvreté ou ayant, au début de sa vie, gardé les cochons.

Aucun paysan ne pourrait s'offrir une instruction suffisante, du moins au pays des Francs. Messire Wulfoald et l'évêque Brodulf n'étaient pas apparentés. Wulfoald était un noble, un intendant et un conseiller de rois, mais pas directement issu d'une lignée royale. Cependant, les princes le respectaient. Même lorsque le roi Sigebert a été déposé et assassiné, ses successeurs ont estimé que ce serait une erreur d'exécuter Wulfoald. Ils l'ont laissé se retirer en paix dans sa forteresse.

Fidelma commenta dans sa propre langue :

— On dit que l'arbre cache la forêt. En ce moment, je vois pousser une multitude d'arbres aux noms imprononçables. J'ai besoin d'en savoir plus sur les familles de la noblesse franque.

— Apparemment, il y a nombre de Francs parmi les étudiants. Si frère Charibert n'est pas à même de nous fournir les détails que nous devons connaître, d'autres sauront peut-être nous renseigner. Mais, j'y pense, se pourrait-il que Brodulf ait connu ce sort parce qu'il était prince, et non parce qu'il était évêque ?

— Tu pourrais bien avoir raison ! Cela aurait plus de sens que l'idée qu'il soit venu apprendre de nos érudits, alors qu'il ne les jugeait pas dignes de débattre avec lui. Je songeais aussi que maintes de nos abbayes accueillent des étudiants de diverses contrées. Parmi eux, il y a des princes réfugiés qui gardent rancune contre ceux qui les ont contraints à l'exil. Mon cousin, l'abbé Lauran de Dare, s'enorgueillissait de ce que ses étudiants représentaient dix-huit royaumes, dont pour beaucoup ceux des Angles et des Saxons. D'ailleurs, je me souviens d'une affaire liée au meurtre d'un étudiant saxon, Wulfstan, à Dare. Le coupable l'avait commis pour s'assurer le trône. Si seulement je me rappelais les détails !

Frère Charibert toussa, ramenant l'attention sur lui. Le jeune homme s'impatientait visiblement de ne pouvoir suivre la discussion du couple.

— Que veux-tu lui dire d'autre ? demanda Eadulf à Fidelma.

— Il devra demeurer à Imleach avec le diacre Landric jusqu'à ce que nous ayons terminé notre enquête… Mais, attends, quelque chose me vient à l'esprit.

Elle demanda à Eadulf de traduire à nouveau tandis qu'elle tentait de formuler son idée.

— Vous nous avez dit clairement que l'évêque avait peur. Il prenait de grandes précautions pour assurer sa sécurité la nuit. En même temps, il ne montrait pas une telle appréhension pendant la journée et se promenait librement.

Frère Charibert attendit sa question avec une expression circonspecte.

— Avait-il des ennemis ou des rivaux en Burgondie ?

L'homme haussa les épaules.

— Les ennemis sont naturels pour les grands.

— Ainsi, il en avait ?

— Je suis un serviteur, lady. Que saurais-je de la famille des princes ?

Fidelma poussa un profond soupir.

— En parlant d'ennemis, vous avez ouï dire qu'il s'est querellé avec les érudits et les étudiants de cette abbaye, n'est-ce pas ? Pourriez-vous identifier une personne avec laquelle il se disputait et pour qui il exprimait de l'aversion ou de la haine ?

— Je ne sais rien de ces querelles. Elles étaient en latin et pour l'une d'entre elles, dans une langue étrange dont on m'a dit plus tard qu'elle était celle des Hellènes.

— Vous n'avez jamais été témoin de menaces proférées contre l'évêque dans de telles circonstances ?

— Je ne les aurais pas comprises, à supposer qu'on m'eût permis de l'accompagner à ces débats.

— Et en dehors de cela ? poursuivit Fidelma. Des menaces, voire un comportement déplaisant à son égard, que ce soit au réfectoire ou à la chapelle ?

— Je ne devrais pas parler de ces choses-là.

— Mieux vaut parler du mal que de s'aveugler, répliqua Fidelma, exaspérée.

Une curieuse expression se peignit sur les traits du serviteur. On eût dit qu'il avait failli sourire et s'était repris. Il déclara sur le ton de la confidence :

— En effet, j'ai vu l'évêque engagé dans une dispute dont j'ai craint l'issue.

— Dites-nous où, quand et avec qui.

— Devant le *scriptorium*, la bibliothèque. De bon matin, la veille de sa mort.

— Devant le *scriptorium* ? Avec qui se disputait-il ?

— L'un des clercs de haut rang. Celui qu'on appelle le « gardien des livres ».

— Le bibliothécaire ?

Fidelma tenta de se rappeler le nom que l'abbé lui avait indiqué, mais le jeune homme fut plus prompt.

— Oui, le vénérable Lugán.

— Savez-vous le sujet de cette altercation ?

— Seulement qu'il y avait de la colère dans leur bouche.

Fidelma soupira d'impatience et glissa à Eadulf :

— Un témoin de plus à interroger.

— Cela n'a pas été la seule fois, avança soudain frère Charibert, apparemment satisfait de leur réaction. Cela s'est reproduit peu de temps après et c'était peut-être la conséquence de la première dispute.

— À nouveau avec le bibliothécaire ?

— Non, avec la prieure… Suanach.

Fidelma le regarda fixement.

— La prieure ? On dirait qu'elle accumule les sujets de discorde ! dit-elle à son époux, au souvenir de la querelle dont Enda avait été témoin.

— En l'occurrence, vous devez savoir quel était le grief, fit remarquer Eadulf presque triomphalement. La prieure Suanach parle votre langue, elle aura donc discuté avec l'évêque en langue franque.

— Je n'ai pas entendu grand-chose. Elle était furieuse et sa voix perçait les tympans. Elle disait de vilaines choses.

— Donc, vous avez compris ?

— À peine quelques mots, car ce n'était que des éclats de voix. Des bribes de malédiction.

Cette déclaration provoqua le silence.

— Ils se querellaient dans votre langue, et pourtant vous ignorez à quel propos ? insista Eadulf, déçu.

Frère Charibert haussa les épaules en signe d'impuissance.

— J'étais surtout préoccupé par les manières de la prieure. Elle semblait à deux doigts de se jeter sur Mgr l'évêque. Son visage était écarlate, on aurait dit qu'elle allait exploser tant le sang courait dans ses veines.

— Et Brodulf ? interrogea Eadulf. Était-il furieux, lui aussi ?

— Exactement dans la même disposition.

— Mais vous ignorez pourquoi, dit Fidelma, élevant le ton d'exaspération.

— Je l'ignore, s'entêta frère Charibert. Je ne suis qu'un humble serviteur.

Fidelma gémit presque.

— La condition de serviteur ne vous rend pas sourd. La dispute s'est déroulée dans la langue de votre peuple. Les deux personnes concernées criaient. Comment pouvez-vous ignorer ce qu'elles disaient ?

— Vous ne savez pas ce que c'est que de servir. Un domestique est là pour obéir aux ordres, pas pour écouter ses maîtres. Quand vous entrez dans une pièce où des gens sont engagés dans une conversation animée, même si c'est dans la même langue que la vôtre, vous ne comprenez pas de quoi ils parlent avant d'être resté un peu et d'avoir suivi le fil de la discussion. N'est-il pas vrai ? Un serviteur ne peut se le permettre, car il serait puni s'il était surpris à tendre l'oreille.

Fidelma contractait les mâchoires presque au point de grincer des dents.

— Vous êtes un homme libre, non un esclave. Votre évêque est mort. N'y a-t-il rien que vous puissiez nous apprendre ?

Juste au moment où le couple se faisait une raison face à son entêtement, Charibert ajouta :

— Je me souviens d'un détail. L'évêque a déclaré : « Vous pensez pouvoir l'arrêter ? » Il avait l'air narquois et lui a dit de s'occuper de sa quenouille. Je ne sais pas ce qu'il entendait par là, mais elle a répondu par une telle imprécation que j'en ai eu le frisson.

— Quelle imprécation ?

— Elle a crié : « Maudits soient vos morts de génération en génération ! » Dans ma langue, il n'y a pas pire, lady.

— Aucun doute là-dessus, répondit Fidelma avec compréhension.

Puis, sur un ton déterminé, elle s'adressa à Eadulf dans la langue d'Éreann :

— Nous avons maintenant quelques pistes ; cela suffira pour l'instant. Il se peut que nous devions encore interroger frère Charibert. Dis-lui qu'il peut partir et souligne bien qu'il nous a été d'une grande aide dans notre enquête.

Lorsque la porte se referma sur l'étrange serviteur, Fidelma s'affala sur son lit en exhalant un soupir. Elle fixa le plafond d'un air morne avant de contempler son époux, encore assis au bord du lit, la tête entre les mains.

— Je te dois des remerciements, Eadulf, dit-elle enfin. C'était extraordinaire que tu puisses converser avec le Franc. Moi, il m'aurait fallu un temps fou pour recueillir autant d'informations.

— Tu connais déjà bien les bases de ma langue, Fidelma, répondit-il en souriant. Quant aux informations de frère Charibert, espérons qu'elles ne nous égarent pas ! Dans le meilleur des cas, en effet, nous avons plusieurs pistes qu'il nous faudra prendre le temps d'explorer. Je m'étonne tout de même qu'un serviteur, ancien esclave de surcroît, ait pris l'initiative de nous apporter son témoignage à cette heure tardive. En fait, j'ai peine à croire qu'il ait vécu dans la servitude.

— Peut-être Landric lui a-t-il ordonné de venir ? Il nous a fourni des éléments tout en se retranchant derrière son humble condition pour nier qu'il savait quoi que ce soit. Cela me laisse dubitative.

— Je m'interroge encore sur la raison qui a poussé Brodulf à voyager de Luxovium à cette abbaye. Surtout que, nous le savons maintenant, c'était un prince de Burgondie.

— Frère Charibert avait raison quand il a dit que la plupart des prélats sont issus de la noblesse et que ce sont les seuls qui possèdent l'éducation nécessaire pour assumer ce rôle. Je ne peux m'empêcher de penser à cet étudiant, Wulfstan, à l'abbaye de mon cousin. Tu te souviens de mon cousin, l'abbé Laisran ?

— Bien sûr.

— Les détails me reviennent : Wulfstan était un prince saxon venu étudier à l'abbaye de Darú. Quand son père est mort de la peste jaune, selon votre loi de primogéniture, il aurait dû succéder au roi des Saxons du Sud. Mais il a été assassiné. J'ai pu confondre le meurtrier, un de ses cousins, qui l'avait éliminé pour s'assurer que son propre père monterait sur le trône. Tels sont les dangers de l'héritage par primogéniture plutôt que par l'élection du *derbfine*, où les membres de plusieurs générations de la famille décident lequel d'entre eux fera le meilleur chef.

Eadulf sourit. Les droits de succession, les différentes formes qu'ils revêtaient dans les autres pays et leurs avantages comparés étaient un des sujets de prédilection de Fidelma.

— Je doute que les Burgonds aient envoyé quelqu'un ici pour éliminer l'évêque juste parce que c'était un prince rival, raisonna-t-il. Il me paraît de plus en plus plausible que Brodulf ait été tué dans un mouvement de colère, à cause de son mépris envers toute interprétation de la foi autre que celle de Rome.

— C'est une raison possible, convint Fidelma. Cependant, je la trouve un peu faible. J'en suis certaine, quelque chose de sinistre se trame ici.

## CHAPITRE IX

Le lendemain matin, après un lever tardif et une toilette sommaire, Fidelma et Eadulf prirent un premier repas hâtif dans le réfectoire presque désert. Ni l'un ni l'autre ne regrettait d'avoir manqué l'office du matin. Comme ils partaient, ils rencontrèrent frère Mac Raith à la porte. Ce fut lui qui s'adressa à eux en premier, le ton réprobateur.

— L'abbé Cuán se demandait si vous aviez une quelconque objection concernant l'enterrement de l'évêque Brodulf à minuit, ce soir. Il comptait s'en enquérir à la chapelle ce matin, mais vous étiez tous deux absents.

— Nous nous sommes retirés fort tard, car des affaires inattendues ont requis notre attention jusqu'au milieu de la nuit, répondit froidement Fidelma. Nous n'avons aucune objection à l'exécution du rituel dès ce soir.

— Donc, tout vous semble acceptable ? Le *fled cro-lige*, sous forme d'un festin funéraire, aura lieu avant la cérémonie, à l'heure du repas habituel du soir. J'ai sollicité l'accord du diacre Landric. Il ne requiert pas de dispositions particulières, une simple inhumation suffira.

— Frère Anlón est-il également satisfait ? En qualité de médecin, il doit lui aussi donner son aval.

— Il a accepté que la dépouille soit remise aux pleureuses à minuit, hier soir, afin que l'*aire* – la veillée mortuaire – se termine avant minuit ce soir. La prieure Suanach a organisé un groupe de sœurs à cet effet, dans la chapelle, pour prier jusqu'au début des cérémonies. Quant au diacre, il s'est contenté de dire que les Francs n'observent pas les mêmes traditions que nous. La levée du corps aura lieu aux accents du *clog-estechtae*, la cloche de la mort, et nous accompagnerons l'évêque au cimetière de Cnoc Carron.

Fidelma résista à l'envie de répliquer qu'elle connaissait le déroulement des rites funéraires. Comme elle n'émettait aucun commentaire, l'intendant poursuivit :

— Tout est déjà prêt. Les hommes du maître d'œuvre se sont chargés de creuser la tombe la nuit dernière. Dans leur région, les *claide*, les fossoyeurs, ont en effet coutume de la préparer la nuit précédant l'enterrement. Ils se sont même proposés pour transporter le corps jusqu'à la sépulture.

— L'abbé Cuán nous en a informés hier, répondit Fidelma, tâchant de ne pas laisser paraître sa lassitude devant cette profusion de détails.

— Un vrai parangon de vertu, ce Sítae, remarqua Eadulf avec un demi-sourire. Je croyais la répulsion à l'égard du *fé* profondément ancrée ? Ses hommes n'ont-ils pas montré de réticence ?

Le *fé*, le bâton qui servait à mesurer les tombes,

était considéré avec une répugnance mêlée de crainte, sauf par ceux que leur métier avait aguerris au contact des morts.

— Pas le moins du monde ! déclara l'intendant. L'abbé a béni le *fé* et toute l'entreprise. Sítae et ses hommes étaient satisfaits de l'arrangement. Au moins, cela nous épargne un casse-tête, car nos *claide* habituels ont besoin de temps pour se remettre de leurs brûlures aux mains.

— Nous viendrons rendre hommage au défunt à la chapelle pour éviter que, à son retour en Burgondie, le diacre prétende que nous avons manqué de respect, lui assura Fidelma. Bien ! Il se trouve que je désirais justement vous parler. J'espère que vous pourrez m'éclairer sur certains points.

— Que puis-je pour vous, lady ?

— En tant que *rechtaire*, vous êtes probablement le mieux renseigné sur tous ceux qui viennent étudier dans cette abbaye.

— Je ne suis pas sûr d'avoir le droit de divulguer des détails personnels. Vous me le demandez en qualité de *dálaigh* ?

— À l'avenir, sachez que lorsqu'un *dálaigh*, ou un juge de mon rang, pose une question, c'est toujours en cette qualité. Il vous incombe d'y répondre ; plus encore, tout refus vous vaudrait une amende.

L'intendant rougit.

— Je suis désolé. Je n'avais pas connaissance de cette règle. Je suis comme toujours à votre service et, si la chose dépasse mes compétences, je vous recommanderai l'autorité appropriée à consulter. Bien entendu, en dernier ressort, ce sera l'abbé.

— À ce propos, il nous a dit qu'il avait autorité sur la prieure Suanach, intervint Eadulf.

Frère Mac Raith renifla avec réprobation.

— L'abbé n'intervient pas, normalement, dans les affaires qui concernent la prieure. Il s'exprime au nom de l'abbaye.

— Qui préside aux affaires de ceux qui sont mariés ? Il paraît qu'il y a des couples, ici, qui élèvent leurs enfants au service de la foi.

— Bien que les membres mariés parmi nos frères et sœurs respectent les lois des Brehons, ils sont aussi régis par les règles de la communauté. L'abbé Cuán et la prieure Suanach se réunissent régulièrement pour discuter de la manière de résoudre les problèmes qui surgissent au sein de ces couples. Il est rare de ne pas trouver une solution, car on n'en vient pratiquement jamais à des extrémités telles qu'un divorce ou une séparation. Lorsque néanmoins c'est le cas, la séparation se fait selon des termes équitables, comme le veut notre droit. Quoi qu'il en soit, rien jusqu'à présent n'a exigé que l'abbé outrepasse l'opinion de la prieure.

— On n'impose donc pas plus de restriction qu'ailleurs aux émotions normales entre les sexes, à Imleach ? insista Eadulf.

— Nos communautés religieuses ont été formées pour qu'hommes et femmes puissent vivre ensemble dans la nouvelle foi. Ce n'est que récemment que des ascètes ont élaboré des philosophies et des lois au sein du christianisme pour justifier leur propre mode de vie. Certains de nos prélats, par nature portés au célibat, trouvent un soutien auprès de ceux qui tentent de nier les désirs humains sous prétexte que c'est la voie vers l'union avec leur divinité.

— Je déduis de votre discours que vous n'êtes pas des leurs, observa Fidelma.

— Moi ? Dieu m'en préserve ! déclara frère Mac Raith d'un air farouche. Je suis un homme de chair et de sang. Tout comme l'étaient les premiers disciples du Christ, qui enseignait que le mariage était un état naturel entre hommes et femmes. Ses disciples se sont mariés, parmi eux Pierre, qui fut reconnu comme le chef de la foi après son exécution.

— Cette abbaye n'empêche donc en rien les relations entre ses occupants ? persista Fidelma, peu désireuse de s'engager sur la voie de l'histoire du christianisme.

— Nullement, sauf celles qui sont punissables : les relations extraconjugales, qui blessent une tierce personne et contreviennent au *Cain Lánamnus*, la loi des mariages, du divorce et de la séparation.

Il les considérait d'un air dubitatif, aussi Fidelma se sentit-elle obligée de préciser :

— Il n'y a aucun sous-entendu dans nos questions, frère Mac Raith. Disons simplement que nous réfléchissons à voix haute sur les relations permises dans cette abbaye.

Un bon sourire éclaira soudain les traits de l'intendant.

— Je suppose que vous pensez à la nuit dernière, lorsque nous avons vu la prieure Suanach se diriger vers la chambre du vénérable Breas ? Elle a l'habitude de lui rendre visite à cette heure-là pour s'assurer qu'il va bien. Nous avons tendance à oublier qu'il a un âge avancé. Je vous avais dit qu'elle allait le voir chaque soir sans faute. Avez-vous conscience qu'elle est de vingt ans sa cadette ? Elle était autrefois son élève. Maintenant qu'elle est revenue, elle enseigne dans plusieurs de ses cours, il est donc naturel qu'ils soient proches.

— Ce qui se passe entre elle et le vénérable Breas n'est pas vraiment notre affaire, répondit Fidelma. Tous deux sont égaux devant la loi. En parlant des étudiants, cette abbaye en attire toujours un grand nombre de divers pays ?

— Pas autant que l'abbaye de Darú, où l'on affirme qu'ils proviennent de dix-huit royaumes différents.

— Mon cousin Laisran a l'habitude de s'en vanter, convint Fidelma. Alors, combien d'étudiants accueillez-vous ici ?

Frère Mac Raith se livra à un rapide calcul mental.

— Peut-être une centaine, dont un tiers viennent d'au-delà des mers. Ils représentent probablement dix royaumes. Après le conseil de Streonshalh, beaucoup d'Angles et de Saxons sont arrivés. Ils refusaient la décision du roi de Northumbrie d'abandonner nos enseignements au profit des nouvelles doctrines romaines.

— Certains viennent de Burgondie. Combien au juste ?

— Trois étudiantes, mais elles ne sont pas arrivées avec l'évêque Brodulf et n'étaient pas liées à son groupe. Nous comptons aussi quelques frères, qui sont ici depuis une décennie.

— Donc, vous avez déjà réfléchi à de possibles liens ? demanda sèchement Fidelma. Vous ne me l'aviez pas dit.

— La visite de l’évêque et de ses compagnons a suscité un intérêt tout naturel. La prieure Suanach a passé quelques années en Burgondie, de même que plusieurs de nos missionnaires.

— Nous le savons, rappela Eadulf.

— Parmi les membres réguliers de l’abbaye, certains avaient-ils déjà rencontré l’évêque ? demanda Fidelma.

— À ma connaissance, aucun. Comme je l’ai dit, tous sont avec nous depuis de nombreuses années.

— Vous nous avez montré les quartiers des étudiants, lorsque nous avons fait le tour du domaine, lui rappela Fidelma. Quel bâtiment était-ce, déjà ?

— Le premier en bois, à droite, en passant devant la bibliothèque.

— Et comment s’appellent les étudiantes burgondes ?

— Ah, ces patronymes étrangers ! marmonna l’intendant, cherchant dans sa mémoire. Il y a la plus âgée, sœur Fastrude. Puis deux plus jeunes, sœur Ingund et sœur Haldetrude. J’espère que je n’écorche pas trop leurs noms ! Ce sont les seules jeunes filles. Si vous voulez ceux des garçons, je vais devoir vérifier les registres.

— Merci, ce serait utile.

Laissant l’intendant perplexe, Fidelma et Eadulf traversèrent l’abbaye dans la direction qu’il avait indiquée.

— Je croyais que nous devions interroger frère Garb, fit remarquer Eadulf une fois qu’ils furent hors de portée de voix.

— Nous y allons de ce pas. Où trouve-t-on un étudiant, sinon dans les quartiers qui lui sont dévolus ?

Nous pourrions en outre glaner quelques informations auprès des jeunes Burgondes. Je veux des éléments aussi précis que possible.

Ils n'eurent aucun mal à trouver le bâtiment qu'ils cherchaient. À proximité, les tailleurs de pierre et les charpentiers s'affairaient déjà sous la direction d'un contremaître. Un autre groupe s'employait à déblayer les restes calcinés de l'hostellerie. En entrant dans la maison des étudiants, ils furent accueillis par un homme frêle, qui eût paru élancé s'il n'avait été très voûté. Sa peau parcheminée et tendue sur ses traits lui donnait davantage l'aspect d'un squelette que d'un être de chair et de sang. Fidelma se souvint de l'avoir vu parmi les supérieurs, à la table haute du réfectoire, la nuit précédente.

Elle se rappela que le vénérable Lugán n'était pas seulement le *leabhar coimedach*, le bibliothécaire, mais qu'il portait aussi le titre de maître des étudiants. Ce dernier rôle consistait à s'assurer qu'ils suivent les cours appropriés, à vérifier leur assiduité et à pourvoir à leurs besoins supplémentaires. En dehors de ces tâches académiques, la prieure et lui inspectaient les quartiers d'habitation pour s'assurer que chacun d'entre eux maintenait l'espace qui lui était alloué dans un état de propreté, respectait une hygiène personnelle et obéissait de façon générale aux règles communautaires.

Le vénérable Lugán s'avança, montrant ses dents jaunies dans ce qui se voulait un sourire. Il était âgé, quoique, finalement, pas autant que le vénérable Breas. Moins soucieux, en tout cas, de son apparence physique.

— Je suis heureux que vous veniez ce matin, lady,

car je n'ai pas eu l'occasion de vous saluer hier soir, lui dit-il, devançant sa première question. Je voudrais tout d'abord vous assurer que je déplore la mort de l'évêque Brodulf.

— Vous souhaitez me parler ?

Fidelma fronça les sourcils, agacée qu'on la fasse dévier de son principal objectif. Elle attendit que l'homme continue, sans émettre de commentaires. Il était naturel de regretter la mort d'un frère dans la foi. Pourquoi tenait-il à le souligner ?

— Je déplorerais la mort de tout être humain, précisa le vénérable Lugán, sentant que ses paroles nécessitaient des éclaircissements. Je vous avouerai pourtant que je n'aimais pas Brodulf.

Fidelma et Eadulf patientèrent, se demandant s'il allait fournir une raison plus précise.

— J'ai cru bon de vous le dire avant que vous n'entendiez des racontars.

— Des racontars ? Concernant un détail particulier, lié à votre animosité envers l'évêque ? demanda Fidelma d'un ton neutre.

— Le poète Virgile ne dit-il pas : « *Fama, malum qua non aliud velocius ullum* » ?

— « Rien ne va plus vite que le scandale », traduisit Fidelma. En l'occurrence, il a voyagé lentement et c'est pourquoi, vénérable Lugán, vous devez nous éclairer, car nous n'avons aucune idée de ce dont vous parlez.

Le bibliothécaire fit la grimace, puis désigna un banc devant la porte.

— Asseyons-nous là, que je vous explique la chose.

Quand ils furent installés, il reprit :

— Les communautés fermées étant ce qu'elles sont, vous finirez tôt ou tard par entendre parler de ma querelle avec l'évêque.

— Il s'agit donc d'une querelle ? Pour l'instant, nous sommes perdus. Pourriez-vous nous éclairer ? l'encouragea Fidelma. Nous savons qu'il était engagé dans une controverse avec le vénérable Breas et ses étudiants. Nous ignorions qu'il avait aussi débattu avec vous.

— Nous n'avons pas débattu, bien que j'aie assisté une fois à une disputation où il était aux prises avec mon bon ami, frère Breas. Je sais donc les affronts que Breas a endurés de sa part. L'évêque Brodulf lançait des arguments sans logique aucune, à coups de phrases apprises par cœur. Non, c'est dans un autre domaine que je l'ai affronté et que des paroles vives ont été échangées.

— Expliquez-vous, dit Fidelma, se demandant de quel autre domaine il pouvait bien parler.

— Je suis, vous le savez, le bibliothécaire de cette abbaye. Notre bibliothèque jouit d'un grand prestige et se classe parmi les meilleures du royaume. Nous possédons des volumes en hébreu, en araméen, en grec et en latin, ainsi que dans notre langue. Nous pouvons nous vanter de conserver des archives qui remontent à la fondation de notre abbaye par le bienheureux Ailbe. J'exerce ici mes fonctions depuis l'époque de l'abbé Conaing, le prédécesseur de Ségdae, et ma tâche m'inspire une immense fierté. Avez-vous visité notre magnifique bibliothèque ? Je suis sûr que oui.

— Effectivement, répondit Fidelma, qui l'écoutait avec patience, bien que mon frère, le roi, entretienne une bibliothèque suffisante pour mes besoins à Cashel.

— La nôtre est en passe de devenir la meilleure du royaume. Et notre petit groupe de copistes récolte toutes sortes d'éloges, tant pour sa calligraphie que pour ses illustrations. Nous recevons des dons de textes de multiples provenances. Ainsi, lorsque la prieure Suanach est revenue après avoir prêché en Burgondie pendant des années, elle a offert au vénérable Breas un exemplaire de l'ouvrage du bienheureux Grégoire de Tours, *Historia Francorum*…

— Une histoire des Francs ? Cela doit être très rare et précieux, d'autant que Grégoire est mort depuis plusieurs décennies.

— Nos annales situent la mort de ce digne enseignant à voilà près de quatre-vingts ans. Le vénérable Breas en a fait don à notre bibliothèque.

— Cela sera d'une grande utilité, notamment pour vos étudiants originaires de ce royaume-là, fit observer Eadulf.

— Et cela renforce notre réputation de centre d'érudition ! renchérit le bibliothécaire avec enthousiasme. Le vénérable Breas a demandé à nos copistes de retranscrire l'ouvrage, de sorte que nous en ayons deux exemplaires. En outre, l'une des nouvelles étudiantes, sœur Fastrude, nous a fait présent de la part de son abbaye d'un texte complémentaire à l'œuvre de Grégoire. Il s'agit d'une suite intitulée *Liber historiae Francorum*, que l'on attribue à un scribe nommé Fedegar, et qui relate la geste des rois des Francs jusqu'à leur monarque actuel. On y trouve même un aperçu des différentes branches de la famille royale.

Fidelma soupira, en dépit de toute la sympathie que lui inspirait la jubilation du bibliothécaire. Celui-ci sut interpréter son expression, qu'elle tentait pourtant de contrôler.

— Parfois, dans ces ouvrages, nous découvrons des sujets qui intéressent au premier chef notre pays, expliqua-t-il.

— Dans quel sens ? s'enquit Eadulf, intrigué.

— Tenez, par exemple : il y a vingt ans, le roi franc Sigebert fut assassiné par un noble du nom de Grimoald, qui lui ravit le trône. Le jeune héritier de Sigebert, Dagobert, fut caché à l'abbaye de Pictavia[1], cependant, les hommes de main de Grimoald étaient tout près de le retrouver. L'abbé Didon de Pictavia l'envoya sur notre île afin qu'il fût élevé en secret.

Malgré elle, Fidelma sentait croître sa curiosité.

— Ici ? À Imleach ?

Le vénérable Lugán secoua la tête.

— On ne sait dans quelle abbaye le garçon fut envoyé, et encore moins dans lequel des cinq royaumes. Cela n'a sans doute plus d'importance à présent, car ces faits remontent à au moins vingt ans. Grimoald et ses comparses furent à leur tour renversés. Clotaire, qui est apparenté à Dagobert, est désormais roi.

— Le livre de Fedegar narre-t-il ce qu'il advint du jeune garçon ? interrogea Fidelma.

— Non, nous restons sur notre faim. On n'est même pas certain qu'il soit encore en vie. Mais le point important est que l'on tire des informations passionnantes des sources les plus inattendues.

1. Poitiers.

— Je comprends que vous soyez fier de la bibliothèque, vénérable Lugán, mais puis-je vous rappeler que nous parlions d'une querelle qui vous opposait à l'évêque Brodulf ?

Il fallut quelques instants au *leabhar coimedach* pour revenir à leur discussion première.

— Lorsque des visiteurs, qu'ils soient de haut rang, érudits réputés ou simples étudiants, veulent consulter nos ressources, ils sont censés en demander la permission au préalable. On m'informe de leur identité et de ce qu'ils requièrent, car aucun de mes assistants n'oserait accorder l'autorisation sans mon assentiment. C'est pourquoi, un soir que j'étais revenu à la bibliothèque, j'ai été stupéfait… non, scandalisé est le mot, de constater la présence d'un intrus qui avait dérangé des textes et des documents un peu partout. À cette heure tardive, le lieu aurait dû être désert.

— Ne nous dites pas que c'était l'évêque ! ironisa Eadulf, coupant court à cette introduction dramatique.

Le vénérable Lugán ne sembla pas avoir conscience du sarcasme.

— Lui-même, devant des documents éparpillés et avec une bougie allumée ! Une bougie allumée, excusez du peu ! Même pas une lanterne, qui aurait offert une relative sécurité. Les parchemins devant lui étaient tout froissés.

— Vous a-t-il donné une explication ?

— Loin de là ! Dans son arrogance, il m'a reproché de l'interrompre.

— Qu'avez-vous fait alors ?

— Ce que j'ai fait ? Je l'ai réprimandé pour avoir contrevenu aux règles et aux précautions les plus élémentaires en introduisant une bougie allumée dans la bibliothèque, surtout au milieu de documents éparpillés sans vergogne.

— Il ne s'est pas justifié ?

— Au contraire, il m'a rappelé avec morgue qu'il était évêque et que je n'avais nulle autorité pour le semoncer.

— Il n'a pas expliqué ce qu'il cherchait ?

— Même pas. Je lui ai annoncé que j'en référerais à l'abbé, sur quoi il s'est contenté de me rire au nez.

— Et… vous en avez référé à l'abbé ? demanda Eadulf.

— Évidemment.

— Qu'a-t-il dit ?

— D'oublier l'incident.

Fidelma ne s'attendait pas à cette réponse.

— A-t-il expliqué pourquoi ? demanda-t-elle.

— Il a dit que l'évêque Brodulf ne resterait plus très longtemps et qu'il préférait que la fin de son séjour se passe sereinement. J'ai eu l'impression que les tensions provoquées par l'évêque l'avaient épuisé et qu'il voulait s'en débarrasser.

— De l'évêque ou des tensions ? interrogea Eadulf avec un sourire en coin.

— L'abbé a concédé que Brodulf était arrogant et présomptueux. Il a même admis qu'il heurtait les étudiants. Toutefois, il m'a prié de remettre la bibliothèque en ordre et de ne pas pousser l'affaire plus loin.

— Vous avez accepté sans autre explication ?

— Cuán est l'abbé. Que pouvais-je faire ? Ensuite, je me suis rendu compte que, pendant ma querelle avec l'évêque, nos voix avaient pu attirer l'attention.

Je crains de m'être rendu coupable du péché de colère. Lorsque j'ai appris que la mort de Brodulf n'était pas un accident et que vous enquêtiez en tant que *dálaigh*, j'ai préféré vous l'apprendre, de peur que l'affaire ne vous soit rapportée par d'autres et ne soit mal interprétée.

Fidelma se rembrunit. Il lui déplaisait que l'on présage de ses pensées ou de ses réactions.

— Une autre question, la devança Eadulf alors qu'elle s'apprêtait à riposter. Ces documents, ces textes que l'évêque avait dérangés un peu partout, de quelle nature étaient-ils ?

— Il avait tenté de les remettre en place, mais à la hâte, si bien que j'ai pu identifier à quelles sections il avait touché. Je suis très exigeant à cet égard et je m'assure que mes assistants suivent mon exemple. Je vérifie que tout est en ordre chaque soir, avant la fermeture. Si ce n'est pas le cas…

Fidelma pinça les lèvres. Elle était sur des charbons ardents. Pourquoi les gens, au lieu de répondre en quelques mots à une question toute simple, s'engageaient-ils sur des chemins de traverse pour enjoliver l'histoire ? Elle attendit en silence, le temps que le vénérable Lugán se rende compte qu'il s'égarait.

— J'ai dû trier et remettre en place plusieurs documents qui n'avaient pas été rangés dans le bon ordre, dit-il enfin.

— Quels documents ? persévéra Eadulf.

— Une série de pages détachées d'annales et de registres relatifs à l'histoire de notre abbaye. Elles retraçaient les principaux noms et actes des *comarbae*, les héritiers du bienheureux Ailbe.

— L'évêque essayait de trouver des documents historiques relatifs à Imleach ?

— À ce qu'il semble. Ne me demandez pas pourquoi. On aurait pu supposer que c'était parce que Ailbe est considéré comme le fondateur de la foi dans notre royaume du Sud, bien avant que Patrick évangélise le Nord. Mais, à en juger par les textes que j'ai vus, l'évêque s'intéressait à une époque plus récente.

— Celle de l'abbé Ségdae ?

Le vénérable Lugán secoua la tête.

— Les documents présentant le plus grand désordre dataient de l'époque de l'abbé Conaing Ua Daint. Celui-ci rendit l'âme avant que vous quittiez l'abbaye de Cill Dara et reveniez parmi nous, lady. Avant que vous entrepreniez de conseiller notre délégation à Streonshalh, dans le royaume de Northumbrie.

— Il y a presque dix ans, dit Eadulf, se remémorant sa première rencontre avec Fidelma à cette occasion.

— Oui, à peu près. L'abbé Conaing a servi cette abbaye pendant de longues années.

— Un événement quelconque, au cours de cette période, aurait-il été susceptible d'intéresser Brodulf ?

Le bibliothécaire haussa les épaules.

— Je n'en ai pas la moindre idée. Toujours est-il que c'était le secteur dans lequel il cherchait.

— Et, hormis le fait que quelqu'un aurait pu entendre votre querelle, vous n'avez parlé de cet incident à personne d'autre que l'abbé Cuán ?

— Pas à âme qui vive, avant de m'en ouvrir à vous.

— Vous maintenez que vous ne nourrissiez aucun grief vis-à-vis de l'évêque, en dépit de l'antipathie qu'il vous inspirait ? interrogea Eadulf.

— Aucun grief ne m'inciterait à commettre un meurtre, déclara le bibliothécaire.

— Nous vous savons gré de votre honnêteté, intervint Fidelma, voulant éviter qu'Eadulf ne pousse plus loin. À cet égard, si une telle rumeur nous était parvenue, nous vous aurions consulté. Pour en revenir aux circonstances que vous évoquez, vous êtes tout à fait certain de la nature des documents que cherchait Brodulf ?

Le vénérable Lugán se redressa d'un air digne.

— Je suis très pointilleux. Je sais exactement où sont rangés tous les ouvrages, et dans quel ordre. L'évêque était clairement intéressé par l'époque de l'abbé Conaing. Cela incluait les listes des frères, des sœurs et des étudiants qui séjournaient ici.

— En ce temps-là, l'abbaye accueillait-elle une personne éminente ?

— Je peux parcourir les registres au cas où un nom retiendrait mon attention. Évidemment, Breas figurait déjà au nombre de nos enseignants. Moi aussi. Suanach était une toute nouvelle élève.

— Une liste serait utile. Si vous pouviez aussi vérifier les noms des étudiants qui, comme elle, sont ensuite partis en mission à l'étranger…

— Il y en a eu, assurément ! L'évêque cherchait peut-être quelqu'un qui était allé en Burgondie.

— Fort bien. Tenez-moi informée de ce que vous

trouverez, en portant une attention particulière aux archives concernant les étudiants.

— J'entends beaucoup de suppositions, commenta doucement Eadulf. Ce n'est peut-être qu'un hasard si ces documents-là ont été déplacés. Il se pourrait que l'évêque ait cherché tout autre chose.

— On ne perd rien à vérifier, lui répondit Fidelma, avant de s'adresser au bibliothécaire. En fait, nous venions voir les étudiants. Frère Garb en particulier.

— C'est que la plupart d'entre eux sont maintenant dans les classes.

Le vénérable Lugán jeta un coup d'œil dans la cour et s'exclama :

— Ah ! voici l'une de nos élèves de dernière année, et elle connaît bien frère Garb. Sœur Fastrude ! appela-t-il. Un instant, s'il vous plaît !

La jeune femme, qui se dirigeait de toute façon dans leur direction, s'arrêta net à la vue du petit groupe devant la porte. Elle hésita, puis reprit son chemin. Courtaude et trapue, elle devait avoir environ vingt-cinq ans. Ses cheveux bleu-noir encadraient de magnifiques yeux gris, un long nez, une bouche large au sourire facile. Elle les dévisagea tour à tour avec curiosité.

— Vous vouliez me voir, vénérable Lugán ?

Sa voix même semblait étouffer un léger rire.

— Sœur Fastrude, voici Fidelma de Cashel. Elle est la sœur de notre roi, mais aussi *dálaigh*. Un *dálaigh* est…

— Je connais très bien ses attributions, interrompit la jeune femme. J'ai vu lady Fidelma au repas d'hier soir, ainsi que frère Eadulf. Après la présentation de l'abbé, j'ai tenu en priorité à questionner la prieure

Suanach afin d'apprendre ce qu'est une *dálaigh* et quels pouvoirs lui échoient.

— Excellent ! approuva Fidelma en lui souriant. Si vous avez un moment, nous aimerions converser avec vous.

— Je dois assister à un cours et je suis déjà en retard. Puis-je me servir de vous, lady, pour excuser mon manque de ponctualité ?

— Certainement, et je parlerai à votre professeur, si nécessaire. Vénérable Lugán, aurez-vous l'obligeance de nous exposer au plus vite le fruit de vos recherches ?

Malgré la douceur de sa voix, son ton indiquait clairement qu'Eadulf et elle souhaitaient s'entretenir seul à seul avec l'étudiante.

Le bibliothécaire inclina la tête et s'éloigna d'un pas pressé.

— Il n'y a personne dans la salle d'études, dit sœur Fastrude en indiquant une porte. Nous pourrions nous y asseoir et discuter sans être dérangés. Je suppose que vous voulez parler de l'évêque Brodulf ?

— Bien raisonné, quoiqu'il ne soit pas difficile de parvenir à cette conclusion, approuva Fidelma en la suivant dans la grande salle où les étudiants effectuaient leur travail après les cours ou rattrapaient un retard dans leurs lectures.

— Venez-vous de la même région que l'évêque ? voulut savoir Eadulf.

— Je suis une vraie Burgonde, affirma la sœur, mais, non. Je ne le connaissais pas avant son arrivée dans cette abbaye.

— D'où êtes-vous originaire, précisément ? s'enquit Fidelma.

— Vous connaissez mon pays ?

— Eadulf et moi avons assisté au concile d'Autun.

— Ah ! alors vous serez passés par le bourg d'où je viens, pour peu que vous ayez emprunté le grand fleuve. Les Romains l'ont appelé Liger[1] parce qu'il charrie du limon et des sédiments. C'est ce que signifie son nom.

— Un grand fleuve et un long voyage, l'encouragea Fidelma. Où se trouve votre foyer ?

— Je viens de Nevirnum[2]. Elle est bordée au sud par le grand fleuve, et plus loin à l'est, par une rivière qui vient du nord et qui passe devant nous pour l'alimenter. Nous ne sommes qu'une modeste bourgade, toutefois nous avons déjà un évêque pour berger.

— Et pourtant vous avez choisi d'étudier ici. Vous êtes depuis longtemps dans cette abbaye ?

— Environ neuf mois. Deux étudiantes plus jeunes que moi sont de ma région, mais je ne les connaissais pas avant que nous fassions route ensemble jusqu'ici. J'avais tant entendu parler de Muman ! Nombre de vos enseignants sont venus dans les royaumes francs de Burgondie, de Neustrie, d'Austrasie et même d'Aquitaine. Après les nombreux débats sur l'avenir de la foi, plusieurs communautés franques ont estimé que nous devions mieux connaître les idées et les philosophies professées dans votre pays.

— N'est-ce pas ce que l'évêque Brodulf prétendait vouloir faire ? objecta Fidelma.

Le sourire de sœur Fastrude s'épanouit.

— Il le prétendait en effet.

1. La Loire.
2. Nevers.

— Nos missionnaires ont fondé des abbayes dans votre pays et y répandent encore la bonne parole. Rien n'oblige à séjourner dans les cinq royaumes afin de se familiariser avec nos croyances.

— C'est vrai. Néanmoins, on ressent chez nous des pressions considérables, surtout depuis le concile d'Autun où l'on nous a ordonné d'accepter la règle de Benoît. J'ai obtenu la permission de mon évêque d'étudier ici, car je voulais juger par moi-même des raisons pour lesquelles Rome désire des changements.

— Ainsi donc, vous ne connaissiez pas l'évêque Brodulf auparavant ? demanda rapidement Fidelma.

La jeune femme secoua la tête.

— J'avais à peine entendu parler de sœur Ingund et de sœur Haldetrude avant de les rencontrer pour la première fois.

— Où était-ce ?

— Au port situé à l'embouchure du Liger, alors que nous attendions le bateau qui devait nous amener dans ce pays. J'avais descendu le fleuve, de Nevirnum à l'endroit où il se jette dans l'océan, près de la ville qui porte aujourd'hui le nom du martyr Nazarius[1]. Nous avons embarqué sur un navire gaulois et voyagé de conserve jusqu'à Árd Mór, votre port côtier. De là, nous avons poursuivi par voie terrestre.

— Ne saviez-vous pas qu'Árd Mór est aussi l'un de nos meilleurs centres d'érudition ? Declan, un autre de nos premiers enseignants, y enseigna la foi avant Patrick. Pourquoi n'êtes-vous pas restées là-bas, au lieu de prolonger votre périple ?

— On nous a dit qu'Imleach était un lieu béni,

1. Saint-Nazaire.

où la bonne parole commença à être proclamée dans ce royaume, et que le roi lui-même y choisit son évêque. On nous a également chanté les louanges du vénérable Breas, un professeur exceptionnel.

— Ce sont de bonnes raisons. Qu'étudiez-vous ?

— Les langues de la foi : le grec, le latin et un peu d'hébreu. Bien sûr, nous consacrons aussi notre temps à la philosophie et aux textes des fondateurs du christianisme. Mes compagnes assistent en ce moment même à l'un de ces cours, où je devrais être, ajouta-t-elle avec un sourire crispé.

— Alors nous ne vous retiendrons pas longtemps. Je m'étonne toutefois que vous n'ayez pas connu l'évêque Brodulf. Après tout, c'était un évêque burgond de premier plan, et vous venez d'une région assez proche. Lui avez-vous parlé lorsqu'il est arrivé ?

Sœur Fastrude pouffa de rire.

— Je vais être franche. Nous connaissions toutes l'évêque Brodulf de nom, du fait qu'il est… était… apparenté à notre roi. C'était un prince de notre peuple. Nous ne l'avions jamais rencontré pour autant. Je pense que nous avons toutes trois développé une sérieuse aversion à son égard pendant qu'il était ici. Nous nous accordions à le trouver imbu de sa personne, avec parfois une façon d'être teintée de cruauté. Je regrette, mais je ne prétendrai pas le contraire. Il attendait que nous nous comportions envers lui telles des esclaves du palais, les servantes soumises d'un prince, et non comme des coreligionnaires envers leur évêque.

Fidelma claqua de la langue avec compassion.

— Il était donc bien apparenté à Clotaire, le roi

de Burgondie, qu'Eadulf et moi avons rencontré au concile d'Autun… Connaissez-vous leur lien exact ?

— Cousins, je crois. Assez proches pour que l'évêque bénéficie de la protection de notre souverain.

— Ce lien de parenté était-il connu des gens de l'abbaye ?

— S'ils ignoraient qu'il était noble, ils ne pouvaient que le deviner à son attitude.

— Par exemple ?

— Lors des débats, il ne discutait pas, mais s'exprimait comme s'il signifiait des ordres à des inférieurs, sans jamais s'appuyer sur des arguments. Quand des explications ou des excuses étaient requises, il en laissait le soin au diacre Landric. Celui-ci devrait être en mesure de vous donner tous ces détails mieux que moi.

— J'ai entendu dire que ces débats devant les classes étaient souvent passionnés.

La jeune femme écarquilla les yeux, puis éclata de rire.

— Passionnés ? Sans l'autorité modératrice du vénérable Breas, ils auraient pu dégénérer en pugilats, voire en effusions de sang. Ce n'est que grâce au calme de notre maître que les esprits s'apaisaient et que nous évitions le pire.

— Parce que certains étaient furieux de son attitude ? demanda Eadulf.

— Oui. Ils auraient respecté ses différences d'opinions, mais pas son arrogance. L'évêque ne comprenait pas que nous apprenons en argumentant. Il considérait les opinions adverses comme un affront personnel. Nous, les étudiants, nous voyions bien qu'il ne possédait ni logique ni intelligence.

— À quoi le voyiez-vous ? interrogea Eadulf.

— L'évêque Brodulf assenait souvent des affirmations incohérentes, tant en matière de religion que de philosophie. Quand on lui demandait d'expliciter ses dires ou de citer ses sources, il répliquait que nous devions les accepter parce que tel était l'enseignement. C'était la règle. On obéissait à la règle. Une fois, frère Garb a rétorqué que les imbéciles obéissaient aveuglément aux règles, alors que les sages les prenaient seulement pour guides.

— Frère Garb a maintes références sur lesquelles s'appuyer, acquiesça pensivement Fidelma. La vertu et la sagesse sont inséparables. Les imbéciles suivent la règle coûte que coûte, même en sachant que ce qu'ils font est mal, mais, comme l'a écrit Aristote, les sages plient la règle au service de la moralité. Selon une autre maxime ancienne, la nécessité n'est pas délimitée par les règles. Est sage celui qui sait quand une nécessité s'exerce pour le bien ou pour le mal.

Sœur Fastrude contempla Fidelma avec admiration.

— C'est dans la droite ligne de ce qu'enseigne le vénérable Breas.

— Puisque vous parlez de frère Garb, on m'a dit que cet étudiant s'opposait très souvent à l'évêque Brodulf. Est-il encore en classe ? J'aimerais lui parler.

— Je suppose qu'il y est à cette heure-ci. Mais, oui, frère Garb a plusieurs fois rabattu son caquet à l'évêque. Il était rare que le vénérable Breas doive intervenir pour le corriger. Garb est imbattable en ce qui concerne les enseignements de Pélage, qui est très apprécié dans ces Églises occidentales, mais dénoncé comme hérésiarque à Rome. L'évêque a décrété qu'il ferait tout ce qui est en son pouvoir pour que les décisions du concile d'Autun soient exécutées, et que les maisons religieuses qui s'y refusaient soient déclarées hérétiques et démantelées.

Eadulf leva les sourcils.

— Ah oui ! il a décrété ça ? Il a donc foulé aux pieds non seulement les principes de l'hospitalité, mais le système juridique des cinq royaumes.

— De tels heurts étaient-ils courants entre frère Garb et l'évêque Brodulf ? s'enquit Fidelma.

— Courants et enflammés, confirma sœur Fastrude. Frère Garb a un ami proche, frère Étaid. Je pense qu'ils se soutenaient mutuellement. Je soupçonne presque qu'ils se retrouvaient avant les débats et convenaient du meilleur moyen de provoquer les foudres de l'évêque.

— Vraiment ? Pourriez-vous nous en donner un exemple ? demanda Fidelma, toute songeuse.

La jeune sœur chercha dans sa mémoire, le front plissé, puis hocha la tête.

— Je me souviens d'un jour où nous étudiions la dispute entre Augustin, venu d'un lieu appelé Hippone – je crois que c'est en Afrique –, et Pélage, dont Augustin était l'ennemi juré. Pélage, qui était originaire de cette île, se rendit à Rome et fut horrifié par la dégradation des mœurs dont il fut témoin. Ayant lu les écrits d'Augustin, il imputa le manque de conscience morale à ce théologien.

Fidelma lança un regard d'avertissement à Eadulf, de peur qu'il ne fît remarquer qu'ils étaient bien informés à ce sujet. Elle voulait laisser la jeune femme développer sa réflexion, tout en espérant qu'elle irait à l'essentiel.

— Augustin enseignait que les hommes et les femmes n'ont pas de libre arbitre. Que leur vie entière est décidée dès avant leur naissance. Rien ne réside dans leur choix, mais dans la grâce divine.

— Vous alliez nous relater comment frère Garb et son ami, frère Étaid, ont mené l'attaque contre Brodulf, rappela Fidelma.

— C'était comme d'assister à un combat contre un ours, dit la jeune femme. L'un attaquait et, avant que l'évêque récupère, l'autre prenait la suite. En vérité, il m'est arrivé de ressentir de la pitié pour l'évêque Brodulf. Heureusement pour lui, il ne comprenait pas à quel point il était ridicule.

— Pourriez-vous nous donner plus de détails ?

— Garb et Étaid citaient d'abord Pélage, puis Augustin. Ensuite, lorsqu'ils récapitulaient les arguments, Garb soulignait le point de vue de Pélage selon lequel les enseignements d'Augustin permettaient aux hommes et aux femmes de se complaire dans le péché, sous prétexte que résister n'était pas en leur pouvoir. Augustin mettait la moralité de l'humanité en péril : rien n'empêchait les individus de mal agir ni ne les incitait à rechercher le bien. C'est alors que l'évêque a lancé une attaque personnelle contre frère Garb. Il l'a accusé de défendre Pélage uniquement par amour-propre, car lui aussi venait de cette île. Frère Garb lui a alors cloué le bec avec un argument que l'évêque a pris au sérieux, je pense.

— Qu'était-ce ?

— Garb a dit haut et fort que, puisque rien ne l'empêchait de commettre le mal en vertu de la prédestination consécutive, selon Augustin, au péché originel, le destin voulait peut-être qu'il mît fin aux débats en tranchant la gorge de l'évêque.

En silence, Eadulf et Fidelma échangèrent un regard consterné.

— Frère Garb a proféré ces mots et ils ont été pris au sérieux ? interrogea Fidelma.

— Eh bien, c'est à ce moment-là que frère Étaid a mis son grain de sel et a ajouté quelque chose de très drôle. Il a plaisanté en disant que l'évêque ne devait pas trop s'alarmer d'une telle menace, car il pouvait toujours parler à Dieu et lui faire changer le cours de la prédestination. Quelle est la phrase qu'il a attribuée à Augustin ? *Dabit deus his quoque finem*[1]... « Dieu mettra fin à ces malheurs-là aussi. » Cela signifiait, a-t-il assuré, que les événements prédestinés pouvaient être modifiés. Nous avons tous cru mourir de rire.

— Le vénérable Breas l'a-t-il repris là-dessus ?

— Non, il a dit que c'était une façon de voir les choses. C'est alors que l'évêque s'est mis en rage et a accusé notre maître de perpétuer l'hérésie de Pélage en prônant des croyances de la religion druidique.

— Le vénérable Breas les prônait-il ?

— Pas en tant que telles.

— Donc, le vénérable Breas était en désaccord avec les conciles de Diospolis et de Carthage, qui ont déclaré hérétiques les enseignements de Pélage, contre l'avis de l'évêque qui les soutenait. Aucun des étudiants n'a pris son parti ?

— Aucun. Personne d'entre nous n'accepte l'idée

1. Virgile, *L'Énéide*.

que nous n'avons pas de libre arbitre. L'évêque s'était attiré notre mépris par l'indigence de ses arguments et l'arrogance avec laquelle il voulait nous les imposer. Frère Garb et frère Étaid se faisaient notre écho. Souvent, nous avons passé des nuits blanches, dans les dortoirs, à discuter de ces questions.

— D'après ce que vous dites, et cela confirme ce que j'ai entendu par ailleurs, c'est frère Garb qui provoquait le plus la fureur de l'évêque. Et lui, manifestait-il aussi de la colère ?

Sœur Fastrude hocha la tête.

— Une fois, il s'est emporté. L'évêque Brodulf se référait sans cesse à ces conciles et l'accusait de n'avoir pas une once de respect envers les fondateurs de la foi. Frère Garb s'est mis à crier. Il lui a demandé s'il croyait vraiment que c'était ça, la religion du Christ, des règles inventées par des groupes de vieillards soi-disant évêques qui votaient à main levée lors des conciles. Et d'ailleurs, à quoi bon s'en soucier, puisque ces groupes de vieillards changeaient d'avis d'un concile à l'autre ? Même le vénérable Breas en est resté pantois. Sous le coup de l'indignation, il arrive qu'on perde momentanément son sang-froid. C'est ce qui est arrivé à frère Garb. Je vous assure qu'après le cours il avait totalement recouvré ses esprits.

Eadulf soupira.

— Comme l'a dit Horace : *Ira furor brevis est…* « La colère est une brève folie. »

— Êtes-vous sûre que frère Garb a recouvré son calme après un tel déchaînement ? demanda Fidelma. Il a bel et bien menacé la vie de l'évêque, plaisanterie ou pas.

— Il est devenu très pensif après cette discussion.

— Quand a-t-elle eu lieu ?

— Mais, c'était...

Sœur Fastrude s'interrompit, soudain nerveuse, et finit par répondre qu'elle ne se souvenait plus. Fidelma plissa les yeux et posa sur la jeune femme un regard perçant comme une vrille.

— Vous disiez tout à l'heure connaître les pouvoirs d'un *dálaigh*. Vous savez donc que vous êtes tenue de répondre.

Avec réticence, sœur Fastrude admit :

— Peut-être il y a deux soirs.

— La veille du jour où l'évêque Brodulf a été retrouvé mort ?

Il n'y avait nul besoin d'attendre une réponse : l'expression de la jeune sœur était éloquente.

Eadulf rompit le silence :

— On dirait que les cours sont finis, à présent. Je vois des étudiants approcher.

Quelques instants plus tard, plusieurs jeunes gens, garçons et filles, firent irruption, bavardant et riant. Aussitôt qu'ils remarquèrent Fidelma et Eadulf, leur exubérance retomba. L'un d'eux lança un bonjour à sœur Fastrude. Celle-ci se leva, puis indiqua les hôtes d'un geste.

— Lady Fidelma et son époux attendent de parler à frère Garb. Où est-il ?

Le jeune homme qui l'avait saluée répondit en souriant :

— Nous allions te poser la même question. Il n'a pas assisté au cours du vénérable Breas, ce matin. Il a intérêt à fournir une bonne excuse !

# CHAPITRE X

— Quand a-t-on vu frère Garb pour la dernière fois ? demanda Fidelma au jeune homme qui venait de signaler l'absence de son camarade au cours.

— Je l'ai vu faire son lit de bon matin. Tout comme les filles, nous sommes responsables de l'ordre dans notre dortoir.

— Je l'ai remarqué plus tard, aux premières prières, ajouta un autre jeune.

— Il assistait au *longud*, le premier repas de la journée, déclara une des jeunes sœurs.

— Quelqu'un l'a-t-il vu depuis ? interrogea la *dálaigh*.

Il y eut quelques hochements de tête, puis une autre fille indiqua :

— Je l'ai aperçu peu de temps après être sortie du réfectoire, alors que je revenais chercher mon *ceraculum* et mon stylet pour le cours de ce matin.

Un *ceraculum* était une tablette de bois aux bords légèrement surélevés encadrant une surface recouverte de cire, ou *cera*, sur laquelle on écrivait avec un stylet en métal. Après la prise de notes, on frottait et on réchauffait la cire afin de la lisser et l'on pouvait écrire à nouveau. C'était une méthode qu'utilisaient les étudiants, mais aussi la plupart des érudits et des copistes avant de donner à leurs œuvres une forme définitive sur du vélin ou du parchemin.

— Vous l'avez aperçu ? Où au juste ? voulut savoir Fidelma.

— Dans la cour.

— Semblait-il prêt à aller en cours ?

— Pas exactement. Il parlait à la prieure Suanach. Sœur Ingund l'a vu aussi, quand elle m'a rejointe.

L'étudiante se tourna vers l'une de ses compagnes, plus jeune et très jolie, dans l'attente d'une confirmation.

Sœur Ingund, dont Fidelma reconnut le nom comme celui d'une des étudiantes burgondes, marqua une hésitation puis hocha rapidement le menton.

— Est-ce qu'on l'a vu, par la suite ? s'enquit Fidelma.

Les autres firent « non » de la tête.

— Merci, dit Fidelma. Je suis sûre que nous le retrouverons bientôt.

Elle s'adressa à la jeune fille réticente :

— Vous êtes donc sœur Ingund ?

Celle-ci fit à nouveau un signe affirmatif du menton.

Fidelma se tourna vers la première, qui avait vu frère Garb avec la prieure.

— Et je suppose que vous êtes sœur Haldetrude ?

— Oui, c'est bien moi.

C'était une grande fille blonde, aux yeux bleus observateurs. Elle ne devait pas avoir plus de vingt ans.

À ses côtés, Ingund paraissait son antithèse : une brunette un peu potelée, à peine sortie de l'adolescence et pleine de vigueur. Il y avait une réelle beauté en elle, pensa Fidelma. Un charme indéfinissable dans le pli au coin de ses paupières quand elle souriait timidement, comme maintenant.

— Et moi, je suis Ingund, dit-elle.

Fidelma avait entendu une prononciation contrainte dans leur voix, le même type d'accent que chez sœur Fastrude.

— Si c'est plus facile, nous pouvons converser en latin, proposa-t-elle, passant à la langue universellement utilisée, avec le grec.

À sa grande surprise, toutes deux refusèrent.

— Nous aspirons à maîtriser votre langue, expliqua la plus âgée, sœur Haldetrude. Qu'attendez-vous de nous ?

Fidelma se souvint que s'agissant d'étudiantes de l'abbaye, et non d'hôtes tels Landric et Charibert, elles étaient évidemment plus que compétentes dans sa langue.

— Vous n'avez aucune raison de vous inquiéter, les rassura-t-elle. Parlons un peu de l'évêque Brodulf. J'aimerais connaître votre opinion à son sujet.

— Notre opinion au sujet de l'évêque ? répéta sœur Ingund avec des yeux ronds.

Le jeune homme qui avait parlé en premier intervint brusquement. Il était d'une taille inhabituelle pour un religieux : très grand et musclé.

— Pourquoi cherchez-vous frère Garb ? demanda-t-il d'un ton agressif. Que voulez-vous aux filles ? Je suis le meilleur ami de Garb, son *anam chara*.

L'*anam chara* était un ou une proche à qui l'on pouvait livrer toutes sortes de problèmes personnels ; un conseiller, un compagnon ou même un guide en matière spirituelle. Fidelma songea au mouvement, à Rome, qui visait à transférer ce rôle au prêtre, à qui l'on devrait confesser ses péchés en public et qui dispenserait alors pénitence et absolution. Elle fronça les sourcils avec irritation.

— Comment vous appelez-vous ?

— Étaid, fils de Tadgán de Dún Formna d'Inis Thiar, se présenta-t-il d'un ton pompeux.

— « Frère Étaid » aurait été suffisant, le reprit-elle avec douceur. Vous êtes donc l'ami intime de frère Garb ? Et son camarade d'études, je suppose. Vous avez un physique de guerrier.

— J'aime me maintenir en forme, répondit le jeune homme, qui ne savait s'il devait prendre la remarque comme un compliment. Ici, il n'est pas interdit de participer aux *coraidecht*...

— Des tournois de lutte ? dit Fidelma, un peu surprise.

De nombreux collèges ecclésiastiques réprouvaient ce genre d'activités physiques. La mort d'un lutteur célèbre lors d'un affrontement de ce genre était souvent citée en guise de justification. Cependant, elle-même était une adepte du *troid sciathagid*, une technique de défense à mains nues adoptée par les missionnaires qui allaient répandre la bonne parole en terre étrangère.

— J'aime m'adonner au sport, admit frère Étaid.

— Ainsi, vous êtes très proche de frère Garb ?

— Oui. Nous sommes les plus anciens étudiants d'Imleach. Nous avons tous deux obtenu nos diplômes de *freisneidhed* et sommes donc autorisés à poser des questions à nos supérieurs.

Cela signifiait qu'ils avaient achevé quatre années d'études et étaient autorisés à débattre. Ils devaient également se tenir prêts à être interrogés par leurs aînés et par leurs professeurs pour montrer qu'ils comprenaient les points les plus abscons.

— Si vous croisez votre ami, dites-lui que je souhaite lui parler.

Constatant que les étudiants, y compris frère Étaid, ne faisaient pas mine de partir, Fidelma se tourna vers les jeunes filles.

— Allons faire un tour. Pourquoi pas vers ces sièges, près de la fontaine, un peu plus loin ?

Suivie d'Eadulf, elle les conduisit dans la cour. Par bonheur, le temps était d'une douceur plaisante et ils s'installèrent à un banc et une table près de la petite fontaine, où ils seraient à l'écart du bruit des travaux.

— J'ai cru comprendre que vous êtes toutes deux originaires de Burgondie, commença Fidelma. Sœur Fastrude m'a dit qu'aucune de vous ne connaissait l'évêque Brodulf de Luxovium avant votre arrivée ici.

— Il en est bien ainsi, confirma sœur Haldetrude, qui semblait la plus expansive. Quoique nous ayons déjà entendu son nom, car c'était le cousin de notre roi.

— J'ai aussi compris qu'aucune de vous ne connaissait sœur Fastrude avant de la rencontrer au village de Nazarius, à l'embouchure du Liger, avant la traversée.

Sœur Haldetrude répondit immédiatement.

— Ingund et moi sommes cousines. En effet, nous avons voyagé ensemble jusqu'à l'embouchure du

Liger, où nous attendions qu'un bateau nous amène dans votre pays. C'est là que nous avons trouvé sœur Fastrude, dont nous avions entendu parler, en fait, par nos familles.

— Et de quel lieu de Burgondie venez-vous ?

— De Bituriga[1], où nos parents sont commerçants. Ils nous ont envoyées dans la communauté établie par le bienheureux Ursin. Nos mères, étant sœurs, sont très proches. Nos pères dirigent conjointement leur négoce. Nous-mêmes nous considérons plus comme des sœurs de cœur que comme des cousines. C'est par nos parents que nous avons appris que Fastrude allait entreprendre ce voyage, car ils sont en relations d'affaires avec son père à elle, lui aussi marchand.

— Et l'abbaye où vous êtes entrées se trouve à Bituriga ?

— Non loin au nord de notre ville, à Evoriacum[2]. C'est une maison double, fondée par Fare, qui était fille de prince. Là-bas, on nous a narré l'histoire des grands missionnaires venus d'Occident, qui préservèrent les traditions primitives en refusant les changements voulus par Rome et par Constantinople. C'était fascinant d'entendre des idées différentes. Lorsque nous avons appris que sœur Fastrude comptait venir à Muman pour apprendre pourquoi il en était ainsi, nous avons décidé de nous joindre à elle. Nous sommes convenues de nous retrouver à Nazarius.

— Donc, quand l'évêque Brodulf s'est présenté ici avec son diacre et son serviteur, vous ne connaissiez

1. Bourges.
2. Faremoutiers.

aucun d'entre eux ? Je veux juste clarifier ce point une fois pour toutes.

— Nous ne les avions jamais vus, dit fermement sœur Haldetrude. Comme je l'ai dit, nous connaissions Brodulf de nom et savions qu'il avait reçu le titre d'évêque de Luxovium de son cousin le roi Clotaire.

— Vous n'appréciiez pas votre compatriote ? s'enquit Eadulf, décelant de l'aversion dans la voix de sœur Haldetrude.

— Ce n'est pas parce que quelqu'un vient du même pays que l'on se sent des affinités avec lui. Nous sommes filles de commerçants. Nous ne frayons pas avec la noblesse à laquelle l'évêque Brodulf se flattait d'appartenir.

— Pourtant, vous n'habitiez pas très loin de Luxovium, argua Eadulf, se rappelant leur itinéraire vers Autun. Même avec une monture lente, ce n'est guère qu'à un ou deux jours de distance.

— Et nous vivions à guère plus d'une journée de cheval de Nevirnum, cependant nous n'avions jamais vu Fastrude, répliqua sœur Haldetrude d'un air piqué. La distance entre deux lieux et celle entre deux rangs différents de la société ne se mesurent pas à la même aune. L'évêque Brodulf marquait sans ambiguïté la distance qui le séparait de nous.

— Nous ne mettons pas vos paroles en doute, nous tâchons de comprendre le contexte, expliqua Fidelma, sans s'excuser pour autant. C'est une de nos méthodes. Je crois connaître la réponse, mais, par souci de clarté, dites-nous pourquoi vous n'aimiez pas l'évêque Brodulf.

— La plupart des étudiants qui ont participé aux débats vous apprendront que nous ne pouvions le souffrir, répondit sœur Haldetrude.

— Non ? Ce n'est pas une expression anodine ! commenta Eadulf.

Sœur Ingund, qui avait gardé le silence, laissant sa cousine répondre à toutes les questions, intervint alors :

— Ce n'était pas un homme aimable, et le fait d'être évêque ne l'empêchait pas d'être présomptueux.

Fidelma ne fut pas lente à comprendre le sous-entendu.

— C'est vrai, il ne respectait pas les femmes, enchaîna sœur Haldetrude, devinant la question qui planait sur les lèvres de la *dálaigh*. Il s'opposait même à ce que nous participions aux cours avec les garçons.

— A-t-il cherché à en imposer par son rang auprès des jeunes filles ? demanda Fidelma à sœur Ingund.

— Non seulement lui, mais aussi le diacre Landric, répondit-elle à voix basse. Sans succès.

— Cela a-t-il été rapporté ?

— À la prieure. Après cela, le diacre a gardé ses distances.

— Et l'évêque Brodulf ?

— Il a prétendu qu'il adhérait aux principes des ermites du désert, selon lesquels les hommes se doivent d'éviter la gent féminine.

Les lèvres de Fidelma s'étirèrent en un mince sourire.

— Il croyait donc que Dieu a créé l'homme à son

image et que, par conséquent, la femme lui doit une entière soumission ?

— Exactement ! répondit sœur Haldetrude. Il a même soutenu que nous ne devrions pas être autorisées à étudier, que c'était un principe fondamental de la foi.

— Rien n'est plus faux ! protesta Eadulf en jetant un coup d'œil à Fidelma.

— N'empêche qu'il a cité les Écritures, insista sœur Haldetrude. Il a dit que, selon Paul de Tarse, une femme qui souhaite apprendre doit le demander à son mari au sein du foyer, car il est honteux pour elle de parler à l'église.

Fidelma poussa un profond soupir.

— J'ai lu des choses en ce sens dans les écrits de Paul. Malheureusement, il était le reflet de son temps. Ses épîtres aux premiers chrétiens abondent en principes propres aux cultures orientales. Il écrit à son disciple Timothée que les femmes doivent écouter l'instruction en silence et ne pas prendre autorité sur l'homme.

— Il nous est difficile de l'accepter, lady, fit remarquer sœur Ingund, nous qui sommes passionnées par nos études.

— C'est certain, renchérit sœur Haldetrude. L'évêque affirmait aussi que, selon Paul, la femme a été créée pour l'homme et non l'homme pour la femme, preuve supplémentaire que nous devons obéir aux hommes en toute chose. Il a dit que c'était écrit dans les Saintes Écritures.

Fidelma soupira à nouveau. Elle avait déjà entendu cette citation.

— Nous avons peine à croire que ce préjugé soit

présenté comme un enseignement essentiel de la foi. Néanmoins, on nous exhorte à ne pas le remettre en question.

— L'évêque Brodulf soutenait que le pape Grégoire était infaillible lorsque, il y a moins d'un siècle, il a déclaré que Marie de Magdala était une prostituée. Avant lui, elle était présentée comme une apôtre du Christ. Et maintenant, on nous somme d'accepter les paroles de Grégoire sans discuter ! s'indigna sœur Haldetrude. Pourtant, frère Garb nous a raconté qu'il a trouvé à la bibliothèque un texte ancien intitulé *L'Évangile selon Philippe*. Philippos de Bethsaïde était un des douze apôtres, et il affirme que cette femme était l'amie fidèle et la compagne du Christ.

Fidelma et Eadulf assimilèrent cette information en silence.

— Nous allons nous renseigner à la bibliothèque, car ce texte ne fait pas partie du canon. Il est vrai que certaines des nouvelles décisions sont déroutantes par leurs contradictions, admit Fidelma. Mais, dites-moi, dans quelle langue se déroulaient les débats en présence de l'évêque ?

— Le grec et le latin sont nos langues d'apprentissage communes, répondit sœur Haldetrude.

— Je songeais qu'un terme n'a pas la même connotation selon la langue. On ne peut jamais être certain de la fidélité d'une traduction. Je me demande quel rôle ont pu jouer les erreurs d'interprétation.

— À Imleach, on est fier de la diversité des langues pratiquées, lui opposa sœur Haldetrude. Sur la question de la place des femmes, nous avons appris que nulle semblable contrainte ne leur est imposée, sans quoi, d'ailleurs, nous n'aurions aucune part à cette religion. C'est à la liberté de vos lois et de votre éducation que nous le devons. Pourtant, l'évêque Brodulf et ses pairs les condamnent, parce qu'elles vont à contre-courant des conciles où l'on s'acharne à nous reléguer à un rôle subalterne.

Fidelma fut impressionnée par la maturité de la jeune femme. Elle se laissa aller à ses réminiscences :

— J'ai moi-même vécu à l'abbaye de Cill Dara, l'église des Chênes, qui fut fondée par la bienheureuse Brigit pour les hommes et les femmes. Ethné et mon homonyme, Fidelma, qui étaient des filles du haut roi Loeguire, firent probablement partie des premiers convertis dans le Nord. Que serait-il arrivé si la noble abbesse Ité n'avait pas prodigué ses enseignements à Brendan et à d'autres ? Elles sont presque innombrables, celles que l'on nommait « bienheureuses » dans les premiers temps de la nouvelle foi, conclut-elle avec un sourire triste.

La discrète sœur Ingund était si intéressée qu'elle en oublia sa réserve.

— L'évêque détestait les femmes, qu'il rendait responsables de tous les malheurs du monde. C'était, disait-il, ce que les Écritures nous enseignent. Il affirmait que tout rapprochement entre les deux sexes était un péché. Cela peut-il être si mal ?

— Pouvez-vous être plus précise ?

La jeune fille s'empourpra.

— Dans cette *conhospitae*, beaucoup d'hommes et de femmes se côtoient. Ils tombent amoureux. Est-ce un péché, comme le soutenait l'évêque ? Faut-il empêcher les émotions humaines, comme l'amour, d'exister ? Cela reviendrait à nier une partie de notre être, alors qu'à coup sûr Dieu nous a créés ainsi. Par suite, ne serions-nous pas en train de renier Dieu ?

— Pour paraphraser un philosophe, *Amor non potest imperari*, « L'amour ne se commande pas », répondit Fidelma.

— Donc, l'évêque avait tort de nier que nous... que les membres d'une *conhospitae* ont le droit de tomber amoureux, insista la jeune fille. Cela inclut même une prieure qui prétend être au-dessus de telles considérations lorsqu'elle sermonne les étudiantes, mais est aussi humaine que le reste d'entre nous. Par conséquent, ce que l'évêque a nié, c'est justement ce qui est normal ?

— C'était sa vision du monde, car chacun de nous le perçoit et l'interprète selon sa propre perspective, nuança Fidelma. Le secret pour bien vivre est de ne jamais ériger ses idées en un ensemble de règles auxquelles les autres doivent obéir sans broncher. C'est le principe philosophique *Primum non nocere* : « Avant tout, ne pas nuire ». On doit mener sa vie sans faire intentionnellement du mal. Le « intentionnellement » importe, parce que les meilleures intentions peuvent causer du tort.

Sœur Haldetrude s'impatientait des interrogations de sa jeune cousine.

— Moi, j'aurais dit que la question est limpide. Nous devons nous tourner vers la législation de ce pays et nous y conformer, de préférence à l'ancien droit romain. N'êtes-vous pas d'accord, lady ?

— Assurément, nos cinq royaumes n'ont jamais fait partie de l'Empire romain, qui assimila la foi et imposa à ses membres une grande partie du droit romain, en l'intégrant au christianisme.

— Voilà ! triompha sœur Haldetrude en se tournant vers sa compagne. Ici, nous obéissons à la loi du pays.

— Dans la mesure où elle est compatible avec les enseignements de la foi, rappela Eadulf en fronçant les sourcils. Il faut veiller à l'exactitude de l'interprétation.

— Ces jeunes filles l'interprètent correctement, lui assura Fidelma. D'après nos lois, les femmes ont la liberté de choix ; elles héritent de terres et de biens, et même de fonctions à part entière. Elles ne connaissent pas les contraintes qui sont le lot des femmes dans le monde où cette foi est née. Peut-être que, avant que le christianisme ne devienne la religion officielle de l'Empire romain, il était censé abolir les stupides restrictions qui leur étaient imposées. Hélas ! Rome a simplement pris la relève et les chrétiens ont dû accepter le droit canon pour être considérés comme citoyens.

Les deux jeunes filles contemplaient Fidelma avec admiration.

— Vous nous avez beaucoup éclairées en répondant à nos questions, lady.

— Alors que c'est moi qui devais vous en poser ! répliqua Fidelma avec amusement, avant de recouvrer son sérieux. Si j'ai bien compris, vous n'appréciiez pas les positions de l'évêque Brodulf dans ses débats avec le vénérable Breas. Vous étiez d'accord avec frère Garb, qui s'opposait souvent à lui.

— Nous soutenions frère Garb, même si nous ne l'aurions pas dû, déclara sœur Haldetrude. Nous étions là pour apprendre, forger notre propre jugement, pas pour prendre parti. Le vénérable Breas se montrait tolérant et permettait à chacun de s'exprimer. Rien que pour cela, l'évêque Brodulf s'emportait contre lui. Je pense que, par son attitude même, notre maître nous enseigne l'idéal auquel nous devrions aspirer dans la foi.

Sœur Ingund ajouta à mi-voix :

— N'allez pas croire que nous n'avons pas été désolées d'apprendre que l'évêque avait été victime de cet incendie. Une mort accidentelle est toujours une triste fin, quelque odieuse que soit la personne.

Eadulf se rendit compte que les deux jeunes filles n'avaient pas compris que le mot par lequel l'abbé avait qualifié la mort de l'évêque, *duinethaide*, désignait un meurtre.

— Vous dites vrai, approuva Fidelma, ignorant le regard insistant de son époux. En considérant l'hostilité que l'évêque avait suscitée, et à juste titre, pensez-vous qu'on aurait pu juger qu'il méritait la mort ? Les désaccords que vous avez entendus auraient-ils transformé l'aversion en haine ?

— Vous voulez dire, étions-nous en désaccord avec ses opinions au point de souhaiter qu'il meure ? reformula sœur Haldetrude.

— En quelque sorte. Cela aurait été la sanction ultime envers ses idées. Sinon par son arrogance ou ses convictions religieuses, avait-il dit ou fait quelque chose pour mériter ce sort ?

— Beaucoup se seraient réjouis de le voir humilié, répondit sœur Haldetrude. Mais le tuer, cela aurait été trop loin.

— Cette envie de le voir humilié, la partagiez-vous, sœur Ingund et vous ?

La brunette serra les lèvres et resta pensive. Enfin, elle affirma :

— Moi, oui. J'aurais aimé le voir rabaissé et mortifié par l'aveu de ses préjugés, ce vaniteux, cet ennemi des femmes… mais la mort ne sert à rien si elle survient sans qu'on ait vu clair sur soi-même. On n'aura rien appris.

— Vous avez une tête sensée sur les épaules, approuva Fidelma.

— Son aversion pour les femmes était très profonde, dit sœur Haldetrude. Il y a ici un ouvrage qui l'a terriblement contrarié quand il l'a découvert. Mais est-ce pertinent pour votre enquête ?

— Nous verrons. De quel ouvrage s'agit-il ?

— Un scribe a entrepris de narrer l'époque où cette abbaye fut fondée. Il a intitulé son œuvre *An Banshenchus*, *L'Histoire des femmes*, et collationné des descriptions de moult femmes remarquables. Pas seulement celles d'Irlande : on y trouve quelques noms grecs et hébreux. Cette histoire, si j'ai bien compris, a été compilée au fil des ans. Frère Mac Raith a frappé l'évêque à cause de ce livre.

Fidelma fut sidérée et la même stupeur se refléta sur les traits d'Eadulf.

— Vous ne confondez pas avec une querelle qui aurait opposé l'évêque au vénérable Lugán ? demanda-t-il.

— Non, c'était avec l'intendant, confirma sœur Haldetrude.

— L'intendant a frappé un hôte ? se récria Fidelma.

Voilà qui était inacceptable, même si l'invité se montrait déplaisant et discourtois au possible ! Pourquoi cette affaire n'avait-elle pas été mentionnée plus tôt ? Le bibliothécaire leur avait fait part d'une altercation, mais que l'intendant maltraitât un évêque étranger était tout bonnement impensable !

— Frère Garb a été témoin de la dispute, indiqua sœur Haldetrude. Je doute qu'elle ait été signalée officiellement. L'évêque Brodulf ne s'est certainement pas plaint à l'abbé, sinon nous en aurions eu vent.

Sœur Ingund jeta un regard nerveux à sa compagne.

— Si nous vous répétons ce que frère Garb nous a dit, cela lui créera-t-il des problèmes ?

— Nous devrons entendre les faits de la bouche de frère Mac Raith, ou être informés par frère Garb de ce à quoi il a assisté. Cependant, nous traiterons ces informations en toute discrétion, à moins qu'elles n'aient un rapport direct avec notre enquête, assura Fidelma. S'il s'agit d'une dispute entre l'évêque Brodulf et frère Mac Raith, il n'est pas nécessaire de nommer frère Garb, sauf si une plainte a été déposée et qu'il a été témoin. Alors qu'est-ce qui a valu à l'évêque d'être frappé ?

— Il était dans le *scriptorium*, à consulter des livres. Il passait beaucoup de temps à la bibliothèque pour mener des recherches, commença sœur Ingund.

— Tant que ça ? interrompit Eadulf. Savez-vous ce qu'il cherchait ?

— Non. Peut-être que le vénérable Lugán pourrait vous renseigner. Quoi qu'il en soit, quand l'évêque est tombé sur cette *Histoire des femmes* et en a lu les premières lignes, il est entré dans une colère noire. Tout y était à l'opposé de ce qu'il avait soutenu devant nous. Ève était décrite comme « généreuse et sage », « pleine de mérites éclatants, sans méchanceté ». Cette phrase l'a mis dans tous ses états. Tellement que frère Mac Raith est venu voir pourquoi il était à ce point outré. L'évêque était incapable de contrôler sa colère. Il s'est mis à déchirer le vélin en hurlant que ce livre était sacrilège : il décrivait la femme d'Adam sous des traits élogieux, alors qu'elle avait condamné les hommes à un monde de péché pour avoir désobéi à Dieu.

— Alors, que s'est-il passé ? l'encouragea Fidelma.

— Frère Garb, qui travaillait dans un coin, derrière un portant où étaient suspendues des sacoches à livres, a vu l'évêque sortir une dague du fourreau pour la planter dans l'exemplaire qu'il tenait. C'est alors que frère Mac Raith lui a appliqué un grand soufflet. De saisissement, l'évêque a reculé en lâchant l'arme et le manuscrit, que le *rechtaire* a bien vite ramassés. Il a dit à l'évêque d'aller se calmer, au besoin en se baignant dans le ruisseau. Que seulement alors, il lui rendrait la dague. Et que, dorénavant, l'ouvrage serait conservé en lieu sûr, car c'était un crime inqualifiable de détruire un livre, qui est un véhicule du savoir.

Fidelma et Eadulf n'en croyaient pas leurs oreilles. Qu'un supérieur d'une abbaye souffletât un évêque, même en cas d'inconduite, était une agression grave, sans même parler d'atteinte aux lois de l'hospitalité.

— Frère Garb nous a raconté que l'évêque est resté pétrifié, la main sur la joue, à fixer frère Mac Raith comme s'il allait lui sauter dessus, mais il s'est maîtrisé. Il a dit alors quelque chose en latin…

— Frère Garb a-t-il compris quoi ?

— Cela ressemblait à : *Mea est ultio et ego retribuam*... On aurait dit une citation, mais nous, nous ignorons d'où elle est tirée.

— Je le sais, moi, dit Fidelma d'un air sombre. Elle provient du Deutéronome. « La vengeance m'appartient, et la rétribution. »

— Et ensuite ? demanda Eadulf.

— L'évêque est parti. L'intendant est demeuré pensif, puis il a rangé quelques objets qui étaient tombés, et il a quitté le *scriptorium* en emportant le livre qu'il avait sauvé *in extremis*.

— Quand cette altercation a-t-elle eu lieu ?

— Il y a trois jours, répondit sœur Haldetrude. Il s'est passé quelque chose le lendemain matin, pendant le débat avec le vénérable Breas. D'après frère Garb, cela faisait suite à l'incident du *scriptorium*.

— Expliquez-vous, la pressa Fidelma.

— L'évêque Brodulf a demandé au vénérable Breas si les étudiants se penchaient sur la vie de ceux qui apportèrent la foi dans ce pays. Il a ensuite voulu savoir si nous avions lu un ouvrage intitulé *Vita sancti Patricii*, qui retrace la vie du bienheureux Patrick. Le vénérable Breas a répondu que la bibliothèque était ouverte à tous. Nous avons d'abord pensé que l'évêque parlait d'une œuvre écrite par Muirchú maccu Machtheni à l'abbaye de Slébhte. Cependant, il a dit qu'il se référait à un ouvrage antérieur, de Benen mac Sesenen – Benignus, en latin – qui était un contemporain de Patrick.

— J'ai entendu parler de Benignus, intervint Eadulf. Les érudits de Muman ne sont pas d'accord avec ceux du Nord quant à celui qui, le premier, porta la bonne parole en Éireann.

— L'évêque l'a appris à ses dépens au cours de l'échange qui a suivi, dit sœur Ingund d'un air narquois. Apparemment, le texte écrit par ce Benignus narre les méthodes de Patrick pour éradiquer les croyances anciennes et leurs enseignements. Il détruisit par le feu cent quatre-vingts ouvrages de druides. L'évêque en a expliqué la raison.

— Quelle était-elle ? interrogea Eadulf.

— Qu'il était juste d'annihiler le paganisme où qu'on le trouve. À l'exemple de Patrick, il allait de notre devoir de détruire les livres païens et hérétiques chaque fois que nous en rencontrions, expliqua sœur Ingund.

— En d'autres termes, commenta sœur Haldetrude, il cherchait à justifier sa tentative de détruire *L'Histoire des femmes*.

— Sa démonstration a-t-elle remporté l'adhésion ? s'enquit Fidelma.

— Loin de là ! Le vénérable Breas a comparé cet autodafé à l'effacement de la mémoire, à la destruction de l'intelligence et à la mort de l'esprit humain. L'évêque s'est à nouveau mis en colère et a dit que c'était un péché devant le Christ, qui approuvait cette destruction.

— A-t-il cité une référence à l'appui ? demanda la *dálaigh*, stupéfaite par cette affirmation.

— Oui, dans lcs Actcs dcs Apôtrcs. Lorsquc Paul de Tarse s'est rendu à Éphèse, les habitants ont eu tellement peur des chrétiens qu'ils ont sorti tous leurs livres païens et les ont brûlés. On nous rapporte qu'ils détruisirent des livres d'une valeur de cinquante mille pièces d'argent. Paul aurait écrit par la suite : « La Parole de Dieu s'est développée avec force et a prévalu. » Ainsi, la destruction des livres a marqué le triomphe de la foi.

Fidelma murmura en secouant la tête avec tristesse :

— Son zèle extrême ne laissait aucune place à l'ouverture d'esprit.

— Je crois qu'on le lui a fait comprendre. Frère Garb a rétorqué que quand on commence à immoler des livres, l'étape suivante pourrait être de vouer les êtres humains au même sort, pour les empêcher de réécrire ces textes ou d'en concevoir de nouveaux, relata sœur Haldetrude.

— Que s'est-il passé ensuite ? demanda Fidelma.

— Ce fut notre dernière rencontre, précisa sœur Ingund. Avant-hier. Et puis l'hostellerie a brûlé et l'évêque a péri.

Ils demeurèrent silencieux. Enfin, Fidelma soupira :

— Quel coup du sort, après un tel débat ! À moins que le motif du meurtre de Brodulf ne réside justement là.

Elle se leva et remercia les deux jeunes Burgondes d'avoir pris le temps de répondre à leurs questions. Après leur départ, le couple resta assis à réfléchir. Eadulf inspira profondément.

— Nous voilà avec des suspects à foison. Difficile de rencontrer dans cette abbaye quelqu'un qui n'avait pas une raison ou une autre de haïr l'évêque !

— Ce n'était pas une belle personne, certes. Cela ne justifiait pas qu'on le tue. À moins que nous ne révélions le nom du coupable à l'abbé Cuán et au chef brehon Fíthel, ce royaume risque de traverser des temps troublés. J'appréhende encore plus le montant de la compensation, maintenant que nous savons que l'évêque était apparenté au roi Clotaire des Francs. Il nous faut éviter de susciter son inimitié.

— Les Francs sont très loin de cette île, objecta Eadulf.

Fidelma ne put s'empêcher de remarquer l'ironie de la situation.

— J'imagine que c'est ce que les Britons pensaient des Romains il y a des siècles, ou des Angles et des Saxons il y a deux cents ans. Que reste-t-il de leur territoire ?

Eadulf rougit.

— Ce n'est pas du tout pareil !

Il se rendit compte alors de l'amusement que provoquaient chez Fidelma ses tentatives pour justifier les conquêtes de son peuple.

— Tout est question de point de vue, concéda-t-il à contrecœur.

— Puisque nous ne trouvons pas frère Garb, allons voir la prieure, décida Fidelma. On l'a vue discuter avec lui, elle saura peut-être où il est.

Avant même de s'être levés, ils remarquèrent Enda, qui venait d'entrer dans la cour en regardant autour de lui. Il les aperçut près de la fontaine et se hâta de les rejoindre.

— Vous avez l'air préoccupé, constata Eadulf.

— Rien qui nous concerne vraiment. Je viens de voir frère Sígeal, vous savez, le maître des écuries. C'est surtout lui qui se fait du souci.

— À quel sujet ? s'enquit Fidelma.

— Il pense qu'on a tenté de voler un de ses chevaux. L'animal était dans sa stalle la nuit dernière et, ce matin, le gardien a été réveillé par des guerriers de passage qui l'avaient trouvé, seul, sur la piste de Cnoc Carron. Au moins, ce n'était pas une de nos montures. Je m'en suis assuré.

— À qui appartenait ce cheval ? demanda Eadulf.

— À frère Anlón, le médecin.

# CHAPITRE XI

Une voix héla Fidelma juste à ce moment-là, détournant son attention. Le vénérable Lugán venait du *scriptorium* et se dirigeait vers eux d'un pas pressé.

— J'espérais bien que vous seriez encore là ! dit-il. J'ai vérifié les registres.

— Et… ? fit Fidelma, voyant qu'il ne poursuivait pas.

Le bibliothécaire eut l'air préoccupé.

— Cela ne m'a pas pris longtemps. J'ai eu tôt fait de trouver la page concernant Suanach. Une simple mention de son retour à l'abbaye à l'automne de l'année dernière et de sa désignation comme prieure par les sœurs.

— Est-ce tout ? Aucune allusion antérieure à ses études ?

— Guère plus que ce que je vous ai dit. La précision qu'elle a passé une dizaine d'années outre-mer, au service de l'abbaye de Latiniacum, et qu'elle est revenue à l'automne, ayant débarqué à Árd Mór.

— Donc rien que nous ne sachions déjà, constata Fidelma, déçue. Pourquoi Brodulf était-il si intéressé ?

En tant qu'évêque de Luxovium, il n'avait pas besoin de votre bibliothèque pour disposer de ces informations à son sujet.

— À condition que cela ait été son intention véritable, souligna Eadulf. Nous ne sommes pas sûrs de ce qu'il cherchait vraiment.

Fidelma soupira. Puis elle se souvint qu'elle avait d'autres questions à poser au bibliothécaire.

— J'ai ouï dire que vous possédez un exemplaire d'*An Banshenchus*, *L'Histoire des femmes*, que l'évêque a vivement critiqué l'autre soir. Ne serait-ce pas ce qu'il cherchait ?

— Comment en avez-vous entendu parler ? s'étonna le bibliothécaire.

— Ce qu'on m'a relaté est donc vrai.

— Frère Mac Raith a rapporté l'incident à l'abbé, qui m'a fait quérir. Il m'a confié le livre afin que je le garde en lieu sûr. On a décidé d'étouffer la chose.

— Êtes-vous certain que l'ouvrage est toujours en lieu sûr ?

— J'ai veillé à le placer hors d'atteinte de l'évêque. Et… vous avez appris de quelle façon l'intendant l'a récupéré après que l'évêque a tenté de le lacérer ?

— Oui, répondit Fidelma, le visage fermé.

— L'évêque n'a pas formulé de plainte officielle contre frère Mac Raith. C'est pourquoi l'abbé a considéré qu'il valait mieux clore l'affaire.

— Elle ne peut être close que si l'on a l'assurance qu'elle n'a aucun rapport avec le meurtre. J'informerai l'abbé Cuán que je suis au courant des faits, dit Fidelma.

Le vénérable Lugán dévoila ses mauvaises dents en un sourire.

— Ce soufflet m'a comblé d'aise. Cela m'étonnerait que je sois le seul à applaudir ce geste.

— Si l'évêque ne cherchait ni ce manuscrit, offensant à ses yeux, ni des détails sur la prieure, que pensez-vous qu'il voulait ? demanda Fidelma, préférant changer de sujet.

Le vénérable Lugán haussa les épaules.

— La section qu'il consultait renferme quantité de documents relatifs à l'abbaye. En faisant mes rangements, j'ai constaté qu'un petit nombre d'entre eux avaient été ôtés des archives.

— Ôtés ? répéta Fidelma d'un ton sec. Vous ne l'aviez pas mentionné avant.

— Je ne l'ai remarqué qu'à l'instant. Je ne vois pas d'autre terme pour qualifier cela, sauf à accuser l'évêque de vol. Les documents manquants étaient des registres, formés de parchemins maintenus par une reliure. J'ai découvert que certains d'entre eux ont été découpés à l'aide d'une lame aiguisée, du genre que l'on utilise pour affûter les plumes. Ces registres étaient parfaitement intacts avant ma dispute avec l'évêque. Le coupable ne peut être que lui.

— De quoi traitaient ces documents manquants ? En avez-vous au moins une vague idée ?

— Ces pages dressaient la liste d'événements survenus à l'abbaye, et des membres qui nous ont rejoints au cours d'années spécifiques.

— Quelles années ?

— Pour l'essentiel, les dernières où Conaing Ua Daint était abbé. Sous le règne de votre cousin Máenach, fils de Fingin.

— Máenach ? Un cousin que je ne porte pas dans mon cœur, dit Fidelma, presque pour elle-même.

Je vois fort bien de quelle époque vous parlez… des temps difficiles, en ce qui me concerne. Ne serait-ce pas à peu près à cette époque que Suanach est partie pour Latiniacum ? Ces pages faisaient-elles référence à d'autres éléments importants ?

— Elles contenaient seulement la liste de ceux entrés ici pour embrasser la vie religieuse ou pour étudier, avec leur âge et leur lieu d'origine. Bien sûr, c'était aussi l'époque de la peste jaune, où nous avons déploré nombre de décès. Maints d'entre les nôtres ont fui vers les îles de l'Ouest, pensant éviter la pestilence. Qui sait si les registres ont été tenus correctement ? Ce n'était pas un temps idoine pour la mise à jour des archives.

— J'ai entendu parler d'un manuscrit, *L'Évangile selon Philippe*, qui se trouverait dans votre bibliothèque. J'ignorais son existence.

Le vénérable Lugán pinça les lèvres.

— Il ne figure pas parmi les vingt-sept textes finalement approuvés au concile de Rome lorsque Hieronymus de Stridon fut commissionné pour les traduire en latin sous le nom de « Nouveau Testament ».

— Mais il existe ? Et Philippe n'était-il pas l'un des douze apôtres ?

— Effectivement. Bien sûr, les quatre Évangiles inclus dans le canon ont simplement été nommés d'après certains apôtres ; aucun n'a été écrit par eux.

— Et celui-ci ?

— Le texte en notre possession comporte quelques sections en copte et date d'il y a quatre siècles. Nous avons une version grecque plus récente en annexe. C'est curieux que vous le mentionniez, car frère

Garb est en train d'effectuer un travail de traduction à partir du grec.

— Je ne vous retarderai pas davantage, dit Fidelma après réflexion. Merci pour votre aide. J'aimerais maintenant m'entretenir avec la prieure.

Le vénérable Lugán s'apprêtait à partir quand Fidelma se ravisa.

— Mes excuses ! Je voudrais encore requérir votre aide, mais en tant que maître des étudiants, cette fois. Il paraît que frère Garb n'a pas assisté aux cours, ce matin. En fait, on ne l'a pas vu depuis le premier repas. J'aimerais lui parler, donc, si vous le croisez, pourrez-vous me l'envoyer ?

— Je vais en toucher un mot au vénérable Breas, au cas où il aurait été informé du motif de l'absence de ce jeune homme. Il n'aime pas que ses élèves, même les plus avancés, manquent un cours sans raison justifiée. Frère Garb est son préféré. Il a l'intention de le nommer professeur assistant quand il sera diplômé.

— C'est ce que nous avons entendu. Merci encore d'avoir vérifié les registres ! Cette affaire restera strictement entre nous, en particulier l'incident du soufflet.

Le vénérable Lugán hésita, l'air soucieux.

— Je suis taraudé par la disparition des documents. M'autorisez-vous à la signaler à l'abbé ? La valeur de ces archives est incommensurable, or si l'évêque les a prises, nous devrons envisager qu'elles ont disparu dans les flammes.

— Je n'y vois pas d'objection. Ah ! savez-vous où je pourrais trouver la prieure Suanach, à cette heure-ci ?

Alors qu'ils marchaient dans la direction indiquée par le bibliothécaire, Fidelma mit rapidement Enda au courant de ce qu'ils avaient appris.

Le jeune guerrier secoua la tête, dépité.

— Je crains de ne pas être d'un grand secours dans ces circonstances. L'entraînement militaire et les armes ne sont pas d'une remarquable utilité entre les murs d'une abbaye.

— Combien de temps avez-vous servi dans la garde personnelle du roi, Enda ? lui demanda Eadulf. Et, plus précisément, depuis combien de temps êtes-vous au service de Fidelma ?

Voyant qu'Enda hésitait, il continua :

— Je vais vous le dire : sept ans. Sept ans depuis que, avec Fidelma, vous m'avez sauvé à l'abbaye de Fearna, où j'allais être exécuté par l'abbesse Fainder[1]. Sans vous, à votre avis, que serait-il arrivé, comme en tant d'autres occasions que je pourrais citer ?

— Où voulez-vous en venir, ami Eadulf ? s'enquit le jeune guerrier.

— Au fait que vous nous avez été indispensable tout au long de ces années. Ce n'est donc pas le moment de douter du rôle essentiel que vous jouez dans nos enquêtes.

— Eadulf a mille fois raison, Enda ! approuva Fidelma. Et n'oubliez pas que nous sommes ici pour démasquer l'auteur d'un crime inqualifiable : le meurtre d'un évêque. En l'occurrence, l'entraînement de guerrier est autrement plus vital que nos simples questions.

Le jeune homme fut quelque peu réconforté par

1. Voir *La Dame des ténèbres*, 10/18, n° 4066.

ces marques de reconnaissance. Il se détendit et ses traits s'apaisèrent.

— Nous avons à parler à la prieure, après quoi vous nous en direz plus sur cette tentative de vol aux écuries. En attendant, j'ai une mission pour vous.

— À vos ordres, lady ! dit Enda en souriant.

— Vous allez vous promener parmi les ouvriers et tâcher d'écouter quelques rumeurs. Il est plus que probable que les bâtisseurs aient eu des contacts avec l'évêque. Mine de rien, les rumeurs contiennent souvent une parcelle de vérité. Par ailleurs, nous recherchons un étudiant, frère Garb. Si vous apprenez où il se trouve, dites-lui que nous voudrions lui parler.

Enchanté de se voir confier une tâche, Enda les quitta, après qu'ils se furent donné rendez-vous un peu plus tard.

Le vénérable Lugán les avait dirigés vers un bâtiment en bois, situé au-delà de la palissade, au cœur d'un verger. C'est là, leur avait dit le bibliothécaire, que la prieure Suanach enseignait à cette heure de la matinée. Un feu brûlait à l'extérieur. Il était entouré d'une sorte de margelle de pierre semblable à celle d'un puits. Toutefois, au lieu du mécanisme permettant de descendre un seau dans les profondeurs, elle était surmontée d'une grille métallique sur laquelle reposait un chaudron. Sous l'action des flammes, le contenu bouillonnait en dégageant des effluves nauséabonds. Non loin de là étaient empilées d'épaisses branches découpées en tronçons. À l'intérieur, derrière la porte fermée, résonnait la voix perçante de la prieure instruisant ses élèves.

Fidelma fit signe à Eadulf d'attendre et frappa à l'huis.

Suanach elle-même lui ouvrit.

— Ah, Fidelma ! Je pensais bien que vous souhaiteriez me voir, lança-t-elle aussitôt. Je vous rejoins au-dehors, car les arômes qui nous entourent ne sont pas des plus agréables pour qui n'en a pas l'habitude.

Elle referma la porte et Fidelma et Eadulf se postèrent à l'écart du chaudron au fumet malodorant, en prenant garde à ne pas se placer dans le sens du vent. Il fallut quelques instants à la prieure pour venir les rejoindre.

— Quelle est cette odeur ? ne put s'empêcher de lui demander Eadulf.

Elle gloussa de rire.

— J'en déduis qu'elle n'est pas à votre goût…

— J'en ai humé de plus suaves, admit-il.

— Mais sans elle, pas de civilisation ! répliqua la prieure Suanach en souriant. Nous fabriquons de l'encre, ou *dubh.* Voulez-vous que je vous explique le procédé ?

Eadulf n'y avait jamais pensé auparavant. Son seul contact avec l'encre était de la verser dans une corne de vache, où il trempait une plume pour écrire.

La prieure désigna les piles de branches.

— Vous qui connaissez les herbes et les plantes, lui dit-elle, vous devriez avoir suffisamment l'expérience de la forêt pour identifier ce bois.

— Je sais que c'est une variété de *scé*… un buisson épineux. Peut-être de l'aubépine.

— Exact. Nous ramassons ces branches au début du printemps ; ainsi, celles-ci ont été coupées il y a à peine quelques semaines. On les laisse sécher. Ensuite, on enlève l'écorce et on fait tremper les branches dans l'eau pendant huit jours. Cette eau est ensuite filtrée, puis bouillie jusqu'à devenir noire. On laisse reposer et épaissir ce liquide, après quoi on le fait à nouveau bouillir en y ajoutant un peu de *corma*, ou tout autre alcool fort. Pas trop, juste un peu ! Dès qu'il a refroidi, on obtient de l'encre, prête à être utilisée.

Fidelma se montra dûment impressionnée.

— Et c'est ce procédé que vous enseignez ?

— La vie de l'abbaye nécessite d'énormes quantités d'encre à l'intention des scribes et des étudiants. Je vous ai exposé le processus afin d'obtenir l'encre noire, très appréciée pour son intensité et sa durabilité. D'autres méthodes permettent toutefois d'obtenir les couleurs grâce auxquelles nos calligraphes embellissent de précieux ouvrages.

— Hélas ! nous n'avons pas beaucoup de temps, si fascinantes que soient vos explications, répondit Fidelma.

La prieure Suanach s'assombrit sous le reproche implicite.

— N'ayez crainte, je n'oublie pas que vous remplissez une importante mission parmi nous. Si vous souhaitez que je vous parle de l'évêque Brodulf, je ne l'ai pas connu durant mon séjour à Latiniacum, qui se trouve en Neustrie et non en Burgondie, contrairement à ce que tout le monde semble penser. Et après l'avoir rencontré ici, je n'ai pas souhaité approfondir cette relation. Je n'ai pas grand-chose à ajouter. J'ai déjà livré mon opinion à son sujet à frère Eadulf, qui vous en a sans doute fait part.

— Qu'est-ce que la Neustrie ?

— L'un des quatre petits royaumes qui composent le royaume des Francs, expliqua la prieure avec indulgence. Celui-ci était puissant, autrefois. Il est apparu après l'anéantissement des dernières légions romaines en Gaule. Les Francs étaient unis, mais Clovis, leur roi, légua avant de mourir le royaume à ses quatre fils. Ils divisèrent le royaume en Neustrie, Austrasie, Burgondie et Aquitania.

— Donc, il n'y a plus de pouvoir central, à présent ? interrogea Fidelma.

— Il y a soixante ans, le roi Clotaire, premier du nom, rétablit l'unité en s'instituant roi des Francs. Néanmoins, les princes des quatre régions se querellent toujours pour un oui, pour un non.

— Je me disais que, ayant longtemps vécu là-bas, vous deviez bien connaître ce peuple, dit Fidelma en souriant. C'est l'arrière-plan historique qui m'intéresse. Par exemple, j'ai entendu une curieuse allusion au fait qu'ils sont gouvernés par des « gens aux longs cheveux ».

La prieure Suanach rit avec un amusement sincère.

— La famille régnante est surnommée ainsi. Ce sont les Mérovingiens, fils de Merovech, lui-même fils de Clodion le Chevelu.

— L'évêque Brodulf était-il apparenté au roi des Francs Clotaire, que nous avons rencontré à Autun ?

— Lui, c'est le troisième du nom, de la lignée d'un des fils de Merovech. Brodulf était, en effet, son cousin.

— Pensez-vous que l'évêque aurait pu craindre pour sa sécurité en raison de ces liens familiaux ? Vous parliez de querelles intestines.

— Quant à ça, je doute que les nobles mérovingiens dorment en toute quiétude.

— Pourquoi donc ?

— Les quatre royaumes sont censés payer tribut

à Clotaire. Cependant, les dissensions perdurent. L'Austrasie et l'Aquitania revendiquent leur indépendance. Les descendants des fils de Merovech sont ambitieux et quiconque tente de s'élever constitue une menace à leurs yeux.

— Je peux le concevoir quand il n'existe pas de loi de succession et que n'importe qui est libre de s'emparer de la couronne. Mais je ne vois pas ce que l'évêque Brodulf avait à redouter, sauf s'il était un héritier direct, en conflit avec le roi actuel.

— Les descendants des fils de Merovech sont des princes arrogants, prêts à user de violence sans vergogne, fût-ce contre leurs propres pères pour les écarter. De nombreux membres de la famille ont été assassinés.

— Parce que l'évêque Brodulf était lié à… ?

— Au dire de tous, Brodulf était un fervent partisan de son cousin Clotaire. Il n'était pas à l'abri de telles tentatives. Si, comme vous le dites, il craignait pour sa sécurité, il a pris des précautions. L'étrangeté de son comportement faisait, en effet, jaser les plus jeunes de nos membres. La peur d'être assassiné pourrait l'expliquer.

— Aurait-il vraiment eu peur des ambitions des siens ? interrogea Eadulf, peu convaincu. Même au sein de cette abbaye, à des kilomètres de son propre pays ?

— Énormément de Francs viennent étudier dans nos grands collèges ecclésiastiques, argua la prieure. Nombre d'entre eux sont des descendants de ceux qui furent occis, ou courent le même danger. Beaucoup ont trouvé refuge en Eiréann ; et beaucoup avec des pensées de vengeance au cœur.

Fidelma échangea un regard avec Eadulf.

— Vous suggérez que cela pourrait être le motif du meurtre de l'évêque Brodulf ? Sa mort n'aurait rien à voir avec les débats ?

— C'est fort possible, confirma la prieure. Je me souviens qu'une rumeur circulait, parmi les religieux de Luxovium, selon laquelle l'évêque descendait en réalité du roi Sigebert d'Austrasie et pouvait prétendre au titre de roi des Francs.

Fidelma fit un geste de désespoir.

— L'Austrasie ? Je me perds dans les noms de ces royaumes. C'est bien l'un des quatre… ?

La prieure l'interrompit pour la rassurer.

— Austrasie désigne « le royaume de l'Est », tandis que la Neustrie est « le royaume de l'Ouest ». La Burgondie est « le pays de ceux des hautes terres ». Et, au sud, nous avons l'Aquitania dont le nom rappelle un peuple gaulois[1]…

— En supposant que l'évêque Brodulf ait été apparenté de manière plus ou moins directe aux rois francs, son comportement indiquerait qu'il craignait une présence ennemie ici même ?

— Les ennemis des Mérovingiens sont partout.

— Il aurait été plus en sûreté s'il ne s'était pas isolé chaque nuit. Il aurait mieux fait de rester dans la partie rénovée de l'abbaye, avec son intendant et son serviteur à ses côtés.

— Pas s'il se méfiait d'eux. Certains membres de la lignée ont été assassinés par ceux-là mêmes qu'ils croyaient à leur service.

— Ce serait donc des rivalités dynastiques et la

1. Les Ausques.

vindicte qu'elles ont engendrée qui auraient abouti à l'assassinat de l'évêque Brodulf ?

— C'est une raison aussi bonne qu'une autre. Logique, de surcroît, pour qui connaît l'histoire des Mérovingiens.

— J'en sais peu sur eux, bien qu'on m'ait dit que cette abbaye possède deux histoires des Francs dans sa bibliothèque, dit Fidelma.

— Ah ! oui. J'ai moi-même apporté l'ouvrage du bienheureux Grégoire de Tours en cadeau, à mon retour.

Eadulf poussa un soupir d'exaspération.

— Nous devrions donc écarter la théorie que la cause directe du meurtre serait la colère que l'évêque aurait suscitée par ses prises de bec avec les étudiants du vénérable Breas ?

— Ce n'est pas à moi de l'affirmer, éluda Suanach.

Fidelma réfléchit.

— Il est trop tôt pour écarter la moindre hypothèse. Gardons à l'esprit que si l'évêque Brodulf était de la lignée des Mérovingiens, il n'avait pas besoin d'être apparenté de près aux rois. Il a pu être assassiné simplement parce qu'il appartenait à cette famille et paraissait gênant. Il a également pu s'agir d'un acte de vengeance.

— Il est difficile de parvenir aux bonnes déductions sans connaître le contexte exact, approuva la prieure.

— Vous avez manifestement acquis de solides connaissances sur l'histoire et la culture de la famille régnante des Francs, commenta Eadulf.

— Pour ce qui est de l'histoire, seulement ce que j'ai lu dans Grégoire de Tours.

— Mais Grégoire s'est éteint il y a près de cent ans, raisonna Fidelma. Connaissez-vous les événements de ce dernier siècle ? L'une des étudiantes, sœur Fastrude, n'a-t-elle pas offert une histoire plus récente à la bibliothèque ?

— Si fait. Un texte qui prolonge celui de Grégoire. Je ne l'ai pas examiné de près.

— Mais il est disponible au *scriptorium* ?

— Sans doute. Le vénérable Lugán saura vous en dire davantage.

Eadulf fronça les sourcils.

— Avez-vous entendu parler d'un noble appelé Wulfoald, qui décida de rendre la liberté à ses anciens esclaves ?

La prieure secoua la tête.

— Ce n'est pas une attitude que l'on associe d'habitude à la noblesse franque, dit-elle en souriant. Je vous l'ai dit, dans ce monde-là on tend plutôt à s'entre-tuer pour accéder au rang et au pouvoir.

Eadulf eut un haussement d'épaules impuissant.

— C'est comme une maladie. Les membres d'une famille qui s'anéantissent mutuellement par ambition. Je suis heureux de ne pas être né dans un tel nid de vipères.

La prieure Suanach sourit avec compréhension.

— J'avoue que j'ai été heureuse de revenir ici. Nous devons nous féliciter que nos mœurs soient différentes. Si je n'étais pas chrétienne, je rendrais grâce à Ecne, notre ancienne déesse de la Sagesse, pour nos lois et notre système de succession.

— Au moins, nos dirigeants ne confient pas leur sort au plus apte à assassiner ses rivaux ou à survivre à l'ambition sanguinaire de son entourage, convint Fidelma, pince-sans-rire.

— Désolée de ne rien pouvoir vous apprendre de plus… Vous avez le sentiment de piétiner ?

— Je dois admettre que cette affaire, que je croyais assez simple, devient plus obscure et complexe d'heure en heure.

Eadulf était pensif.

— Elle peut encore se révéler toute simple. Nous ne faisons qu'explorer des pistes, pour le moment. L'une d'entre elles est l'hostilité causée par les disputes auxquelles l'évêque Brodulf se complaisait. Une autre pourrait être ses liens familiaux. Au fur et à mesure, nous rencontrerons peut-être beaucoup d'autres possibilités. Il me semble pourtant que cette histoire de querelles familiales ne peut être écartée. Si, voilà de nombreuses années, un prince franc a été envoyé dans une abbaye du pays car on craignait pour sa vie, il a pu rester ici, en sécurité. Et si ses proches cherchaient à l'éliminer, comme Wulfstan à Darú ?

Fidelma grimaça.

— Et quel rôle jouait Brodulf dans tout cela ? Était-il venu protéger ce prince ou au contraire l'assassiner ? Et aurait-il subi le sort qu'il destinait à l'autre ?

La prieure Suanach se leva avec un geste d'excuse.

— Vous avez votre mission et j'ai la mienne. Certaines des filles étudient ces procédés pour la première fois, par conséquent elles demandent un œil attentif.

Fidelma et Eadulf se levèrent à leur tour.

— Nous vous remercions pour le temps que vous

nous avez accordé, prieure Suanach, dit la *dálaigh*. Vous nous avez donné ample matière à réflexion. Oh ! une chose encore. Nous désirons toujours parler à frère Garb. Jusqu'à présent, nous n'avons pas réussi à le trouver.

— Frère Garb ? dit la prieure en fronçant les sourcils. Il n'est pas dans les quartiers des étudiants ?

— Quand nous y sommes allés, le vénérable Lugán nous a dit que non. Puis nous avons appris qu'il n'avait pas assisté au cours de ce matin avec le vénérable Breas. On nous a rapporté que vous l'aviez vu après le premier repas. Vous a-t-il avisée de son absence ?

À leur grande surprise, la prieure le leur confirma.

— Il a dit qu'il ne se sentait pas bien, répondit-elle sans hésiter. Je pensais qu'il irait s'allonger dans le dortoir.

— Quelle sorte de malaise disait-il éprouver ?

— Un problème d'estomac, une sensation de bile au fond de la gorge.

— Il est donc allé s'étendre ?

— Oui. Je lui ai recommandé de consulter auparavant frère Anlón.

— Et il l'a fait ?

— Je le suppose, car il avait l'air vraiment mal en point. Les maux d'estomac sont à prendre au sérieux et frère Anlón est très capable.

— Dans ce cas, nous allons voir s'il sait où se trouve frère Garb.

Après avoir quitté la prieure, ils retournèrent vers le complexe principal.

— Une femme intéressante, estima Eadulf. Bien que nous ayons passé quelque temps au concile d'Autun et même rencontré le roi Clotaire, je ne savais rien de l'histoire de la famille de rapaces qui règne sur les Francs. Se peut-il vraiment que l'évêque ait eu peur d'être assassiné pour des rivalités dynastiques ?

Fidelma secoua la tête.

— D'après ce que la prieure nous a raconté, je dirais que c'est peu probable. À moins qu'il n'ait été directement en passe d'hériter du titre et du pouvoir, il n'y en avait aucune raison. Pourtant, il avait peur. Il a pu, en revanche, être tué par vengeance ou par haine.

— Et de la haine, il s'en est attiré ici ! soupira Eadulf. On ne peut donc pas abandonner l'idée qu'il est mort par suite de l'aversion qu'inspirait son arrogance.

— C'est pourquoi il nous faut à tout prix voir frère Garb, souligna Fidelma. Il avait certainement des raisons de haïr l'évêque.

# CHAPITRE XII

Fidelma et Eadulf n'eurent pas à chercher bien loin le médecin de l'abbaye. Frère Anlón se dirigeait vers eux, venant du secteur des anciens bâtiments où se trouvaient les artisans, les forges et la distillerie. Après un bref échange de salutations, Fidelma se souvint de ce que leur avait rapporté Enda : c'était le cheval de frère Anlón qui avait disparu des écuries pendant la nuit. Elle interrogea le médecin, qui secoua la tête et sembla peu enclin à aborder le sujet.

— C'était une erreur. Je viens de voir frère Sítae et tout est en ordre.

Fidelma et Eadulf furent étonnés, car il était inhabituel qu'Enda rapportât une information inexacte. Cependant, une affaire urgente réclamait leur attention, et Fidelma demanda sans plus tarder si le médecin avait vu frère Garb.

— Il est venu me voir en se plaignant de maux d'estomac, confirma frère Anlón. C'était peu de temps après le premier repas.

— Une sensation de bile au fond de la gorge ? s'enquit Eadulf.

Le médecin lui jeta un regard noir et répondit froidement :

— De toute évidence. Après que frère Garb m'eut décrit ses symptômes, je lui ai donné une infusion à base de *lem* et lui ai recommandé le repos.

— De l'écorce d'orme, dit Eadulf, ne pouvant s'empêcher de commenter pour Fidelma. C'est une bonne période de l'année pour en préparer. On prélève l'écorce intérieure de l'arbre en enlevant la couche un peu pareille à du liège, on la réduit en pulpe, on la mélange jusqu'à ce qu'elle ressemble à du lait, puis il n'y a plus qu'à la boire.

— Par ses vertus émollientes, elle contribue à calmer l'estomac, ajouta frère Anlón, agacé de voir Eadulf interférer dans son domaine.

— Donc, après avoir pris ce remède, il était censé retourner au dortoir se reposer ? résuma Fidelma.

— Seulement pour un court moment, s'il a respecté mes instructions et pris le médicament comme je l'ai recommandé. Vous n'êtes pas la première à vous en enquérir, donc je ne m'inquiète pas à son sujet.

— Qui d'autre s'est enquis de lui ? demanda Fidelma avec curiosité.

— Une des petites étudiantes étrangères. Sœur Ingund. Je lui ai dit, comme à vous, qu'il devait se trouver dans le dortoir.

— Il n'y était pas quand nous avons parlé avec ses camarades, tout à l'heure. Y a-t-il un autre endroit où il pourrait être ?

— S'il n'a pas respecté mes consignes, je m'en lave les mains. Ces jeunots de dernière année croient souvent en savoir plus long que ceux qui ont passé leur vie à pratiquer la médecine.

Il était clair qu'ils n'obtiendraient pas d'autres informations de sa part, aussi le laissèrent-ils continuer son chemin. Une fois qu'il fut hors de portée de voix, Eadulf fit observer :

— C'est tout de même bizarre, cette histoire de cheval. Dommage que nous n'ayons pas laissé à Enda le temps de nous l'expliquer en détail.

— Nous avons été interrompus par le vénérable Lugán. Quoi qu'il en soit, notre priorité est de trouver frère Garb.

— S'il a pris cette infusion, il a certainement besoin de repos. Avec des maux d'estomac nécessitant un tel traitement, il n'a pas pu aller bien loin. On retourne au dortoir des étudiants, par acquit de conscience ?

— Il est fort probable qu'il ait obéi au médecin… Bon, dans ce cas, laissons-le plutôt se remettre. Entre-temps, il peut être utile de faire le point avec Cuán avant d'aller plus loin.

Ils avaient atteint le pied de l'escalier menant chez l'abbé lorsqu'ils aperçurent à nouveau Enda. Il les rejoignit, indiquant d'une mimique qu'il revenait bredouille.

— Pas beaucoup de nouvelles, hélas ! On dirait qu'il y a deux sortes de bâtisseurs ici : les artisans et les ouvriers sans qualification. Beaucoup appartiennent à la classe des *daer-fuidir* et sont prêts à exécuter les besognes les plus dangereuses pour un ou deux *screpall*. Parler avec eux n'avance à rien. C'est à peine s'ils savent qu'ils travaillent dans une abbaye. Ils font ce qu'on leur dit de faire et s'abrutissent d'ale le soir.

— Ce n'est pas inhabituel, convint Fidelma. Sur des chantiers de construction tels que celui-ci, on rencontre souvent des hommes qui ont perdu presque tous leurs droits dans leur clan et ne trouvent pas d'autre travail. C'est pourquoi les blessures et même les décès parmi eux sont fréquents. Les maîtres d'œuvre n'embauchent qu'un petit groupe d'artisans bien payés, dont le prix de l'honneur, en cas de malheur, est relativement élevé. Par conséquent, ils n'ont pas à verser d'indemnités dans la majorité des accidents, sauf quand, par bonté d'âme, un maître d'œuvre donne quelque chose à une veuve. Ce n'est pas obligatoire.

— N'est-ce pas similaire à l'utilisation de la main-d'œuvre esclave ? fit observer Eadulf. Chez les Angles et les Saxons, les esclaves sont utilisés non seulement par les rois et les nobles pour construire leurs fortifications, mais aussi par les abbés et les évêques pour ériger leurs bâtiments ecclésiastiques.

— Ce sujet n'a rien à voir avec notre enquête, éluda Fidelma. Que disiez-vous à propos d'un cheval disparu, Enda, lorsque nous avons été interrompus tout à l'heure ?

— C'est frère Sígeal, l'*echaire*, qui m'en a parlé ce matin à mon réveil. L'un de ses chevaux a disparu pendant la nuit.

— Le cheval du médecin, c'est bien ça ? dit Eadulf.

— Oui, le meilleur. De tous les supérieurs de l'abbaye, c'est le médecin le mieux loti, expliqua Enda. Ce qui est incompréhensible, c'est la façon dont l'animal s'est échappé des écuries.

— Pourquoi donc ?

— Il y était la nuit dernière, or, ce matin, le portier a été réveillé aux premières lueurs du jour par des guerriers de passage qui l'avaient trouvé errant hors de l'enceinte.

— C'est donc pour cela que frère Anlón n'était pas préoccupé, commenta Eadulf.

— C'est pourtant préoccupant de savoir que, en premier lieu, le cheval a pu sortir, objecta Fidelma. Les écuries ne sont-elles pas bien fermées ?

— Si, répondit Enda. Elles se trouvent à l'intérieur de l'enceinte, comme vous l'avez vu. À côté, à l'opposé des portes principales, il y a un petit enclos où les chevaux font de l'exercice et sont bouchonnés. Il comporte une autre issue, plus directe, vers l'extérieur.

— Nos montures y sont toujours en sûreté, n'est-ce pas ?

— Oui, lady. Dès que j'ai appris la nouvelle, je m'en suis assuré. Seul le cheval du médecin est concerné.

Enda savait combien Fidelma aimait le poney gaulois, issu d'une race ancienne, que son frère Colgú lui avait offert à son accession au trône. Elle l'avait appelé Aonbharr, « le suprême », tel le cheval mythique du dieu de l'Océan Manannán Mac Lir, capable de galoper sur mer comme sur terre et de porter son cavalier sans effort jusqu'aux confins du monde.

— Les écuries sont petites. Elles ne comptent guère plus d'une demi-douzaine de chevaux y compris les nôtres, poursuivit Enda. Ils sont en sûreté, chacun dans sa stalle. À coup sûr, aucun n'aurait pu quitter les écuries par lui-même. C'est pourquoi frère Sígeal est sûr qu'on a tenté de voler le cheval du médecin, qui est splendide.

— Un des palefreniers aura laissé la stalle ouverte ou oublié de fermer le portail, suggéra Fidelma. Cela arrive d'être étourdi.

— Cela m'étonnerait que les garçons d'écurie fassent preuve de négligence. Frère Sígeal est très strict et attend d'eux la même rigueur. Il les a interrogés immédiatement, car il est de ces gens qui n'aiment pas les mystères et qui les rongent comme un chien ferait d'un os jusqu'à atteindre la moelle. Les deux garçons nient toute responsabilité. De plus, il aurait fallu oublier de verrouiller non seulement le battant de la stalle, mais la porte latérale ouvrant sur l'enclos ainsi que le portail qui donne sur la route.

— Ces guerriers qui ont trouvé le cheval à l'extérieur des murailles, qui étaient-ils ?

— Une compagnie de neuf membres du Collier d'or en mission pour votre frère le roi, lady. Ils sont passés par là à l'aube.

— En mission pour mon frère ? demanda Fidelma avec intérêt. Que faisaient-ils ici ?

— D'après le portier, ils se rendaient dans la communauté située sur une colline plus à l'ouest, établie par un religieux local du nom de Mocheallóg. Ils ont vu le cheval sur la route, portant bride et couverture sur le dos. Leur commandant l'a attrapé par les rênes et a réveillé le portier. Celui-ci a reconnu le cheval de frère Anlón et en a repris possession. Les guerriers ne pouvaient s'attarder et ont continué leur chemin. Tout ce qu'ils savaient, c'est que l'animal errait devant l'abbaye.

— D'après les faits que vous décrivez, les soupçons de frère Sígeal sont fondés, observa Fidelma. S'il ne s'agit pas d'un méfait des garçons d'écurie, pourquoi cet animal a-t-il été enlevé ?

— Frère Anlón ne paraissait pas s'en soucier outre mesure, rappela Eadulf. Même si sa monture a été restituée, à sa place, je me serais inquiété de savoir qui me l'avait prise.

— Tu as raison. Enda, retournez aux écuries et voyez ce que vous pouvez apprendre d'autre, s'il y a lieu. Interrogez les palefreniers, au cas où ils essaieraient de cacher quelque chose.

Le guerrier s'en alla aussitôt exécuter ces ordres.

— Si le cheval n'avait été rendu, j'aurais suggéré un rapport évident avec notre mystère, dit Eadulf. Frère Garb a été vu aux prières du matin et au premier repas. Il s'est plaint à la prieure de maux d'estomac, après quoi il a consulté frère Anlón. Or le cheval qui a disparu appartenait au médecin.

— Quel rapport établis-tu entre ces faits ?

Eadulf protesta :

— J'ai bien dit : « Si le cheval n'avait été rendu »…

— Il a disparu et a été restitué avant que frère Garb voie le médecin. Cela ne veut pas dire qu'il n'y a pas de rapport, seulement peut-être pas celui auquel tu pensais.

— Tu crois qu'il pourrait y en avoir un autre ?

— Quand une mort violente a lieu, et dans une congrégation retirée du monde, c'est un événement inhabituel. Par conséquent, si un cheval disparaît pendant la nuit, même peu de temps… et, qui plus est, d'une stalle fermée à l'intérieur d'une écurie… et qu'on le retrouve ensuite à l'extérieur, inexplicablement… c'est un ensemble de faits tellement singulier que cela demande réflexion.

— Alors, on retourne interroger frère Anlón ?

— Montons d'abord voir l'abbé, puis nous verrons si frère Garb est maintenant dans le dortoir des étudiants.

Ils avaient gravi l'escalier de pierre jusqu'au corridor qui menait chez l'abbé Cuán lorsque, dans la pénombre, ils faillirent entrer en collision avec une jeune fille. Elle poussa un cri de protestation avant de reculer.

— Sœur Ingund ! s'exclama Fidelma. Quelle rencontre opportune ! Je voulais justement vous parler.

— Mais nous venons à peine de le faire, rétorqua l'étudiante, sur la défensive.

— Vous avez omis de nous raconter comment vous avez trouvé frère Garb.

— Comment je l'ai trouvé ?

— J'ai cru comprendre que frère Anlón vous avait dirigée vers le dortoir des étudiants, où frère Garb se reposait après avoir pris une potion. Pourquoi ne nous avez-vous pas dit que vous l'aviez vu là-bas ?

La jeune fille releva le menton.

— Garb dormait. Il avait l'air épuisé, aussi l'ai-je laissé tranquille. J'ai pensé qu'il valait mieux ne pas le déranger. Je retournerai au dortoir dès qu'il se réveillera.

— Nous irons aussi le voir tout à l'heure. En attendant, il est heureux que nous nous rencontrions, car je voulais vous poser une question pendant que vous êtes seule.

— Je ne comprends pas…

— Vous avez laissé entendre que la prieure était amoureuse et le niait. Je préférais ne pas insister devant votre cousine, sœur Haldetrude, mais que savez-vous à ce sujet ?

La jeune fille déclara d'un air de défi :

— Je ne peux pas dire que j'apprécie la prieure, et je sais que c'est une grave faute.

— Accepteriez-vous de me confier les raisons de cette aversion et ce que vous entendez par « amoureuse » ?

— J'ai le droit de garder mes idées pour moi.

Fidelma lui adressa un sourire enjôleur.

— Parfois, même l'*arcanum arcanorum*, le secret des secrets, mérite d'être abandonné pour le bien de tous.

— Je ne comprends pas.

— Je vais donc l'exprimer de la façon suivante : si la prieure vous a fait du tort, il faut le dire, surtout si cela nous permet de redresser un tort plus grand.

— Je ne vois pas à quoi vous faites allusion, rétorqua la jeune fille du même ton de défi.

— J'aimerais connaître la cause de la dispute qui vous opposait à elle, l'autre jour. Elle était vive, menée en langue franque et, selon un témoignage, trahissait une forte émotion.

Sœur Ingund devint rouge comme une pivoine.

— Mais c'était une affaire personnelle.

— Pas de « mais » qui tienne ! Je suis *dálaigh* et j'enquête sur la mort d'un évêque de votre pays au sein de cette abbaye. Vous en savez assez sur mes attributions pour en déduire que, lorsque je requiers des informations, vous êtes tenue par la loi d'y répondre.

En silence, la jeune fille débattit en son for intérieur. Enfin, elle murmura :

— Elle m'accusait de mal me conduire.

— En quoi faisant ?

— En nourrissant des sentiments inappropriés envers frère Garb.

— Inappropriés ? Dans quel sens ?

— Celui-là même dont nous parlions.

— Vous voulez dire, le fait que vous soyez éprise de lui ?

— Je l'admets, répondit la jeune fille après une courte hésitation. Il n'y a rien de mal à cela.

— Rien du tout, approuva Fidelma. Était-elle fâchée parce qu'elle craignait qu'une telle relation trouble l'harmonie de la vie estudiantine, qu'elle est chargée de préserver ?

Sœur Ingund secoua la tête.

— J'ai provoqué sa colère en disant qu'être amoureuse de Garb n'était pas pire que d'être amoureuse du vénérable Breas.

— Ah ! C'est à ce point évident ? soupira Fidelma.

— Garb m'a dit un jour qu'il était parfois gêné de la façon dont elle se comportait devant le vénérable Breas et lui.

— C'est donc pour cela que vous vous interrogiez sur le point de vue de l'évêque Brodulf, à propos du célibat des religieux ?

Sœur Ingund répondit en reniflant.

— J'ai peine à croire qu'un homme et une femme de leur âge soient mus par ce genre de passions. Mais m'accuser de conduite inappropriée… !

— C'est sur cela que portait votre dispute, devant le réfectoire ?

— Cela avait lieu dans ma langue, que la prieure parle couramment. Je pensais que personne ne comprendrait, sinon je n'aurais jamais opposé cet argument pour justifier mes relations avec Garb.

— Tout était dans le ton et le langage du corps, expliqua Fidelma. Les mots peuvent déguiser le sens ; les gestes révèlent les pensées véritables.

— Dans ce cas, son attitude à elle révèle qu'elle me déteste.

— Autre question : le problème a-t-il été soulevé soudainement ?

— Soudainement ?

— S'était-il posé auparavant ? Y avait-il eu la moindre indication que la prieure avait cela en tête ?

— Pas que j'aie remarqué. Bien que maintenant, avec le recul, il est clair que le vénérable Breas et elle fondent de grands espoirs sur frère Garb, qui est en train d'acquérir la stature d'un érudit dans la foi. Ils s'opposent à tout ce qui pourrait le détourner de ses études.

Fidelma demeura songeuse.

— Frère Garb s'est-il exprimé à ce sujet ?

La jeune fille haussa une épaule.

— Je doute qu'il sache ce que je ressens pour lui. Il me considère comme une amie.

— Merci pour votre franchise, sœur Ingund. J'espère rencontrer bientôt frère Garb et lui demander ses impressions sur l'évêque. N'oublions pas que ce meurtre a pu être causé par la haine. Les rapports entre les uns et les autres semblent être au cœur de la question. Cependant, j'essaierai de ne rien dire du fond de notre conversation, dans la mesure où cela ne semble pas lié à l'affaire.

La jeune fille inclina la tête puis, sans ajouter mot, reprit hâtivement son chemin.

Eadulf dit d'un ton dubitatif :

— Il faudrait toujours prendre en compte que le comportement humain naît des émotions, quelque irraisonnées qu'elles soient. Pauvre petite fille !

Sans répondre, Fidelma se dirigea vers le bureau de l'abbé et s'arrêta devant la lourde porte aux panneaux en if rehaussés de garnitures en laiton. À ce moment-là seulement, elle se rendit compte que l'abbaye était reconstruite selon des principes d'harmonie et de bon sens. Au tout début, elle avait été bâtie à partir des matériaux de la région. Au milieu des forêts environnantes, quelle meilleure idée que d'utiliser ce qui valait au lieu son nom de « pays des Ifs » ? Désormais, elle renaissait dans la pierre calcaire extraite des carrières voisines, mais comportait toujours en grande partie le bois d'origine.

Fidelma toqua à la porte qui, à sa grande surprise, s'ouvrit immédiatement. Frère Mac Raith se tenait sur le seuil. Il s'effaça et les fit entrer tous deux.

L'abbé était à sa table de travail, les traits soucieux. Son expression s'éclaircit à la vue de ses visiteurs. Il se leva et les invita à s'asseoir.

— Ah ! Fidelma, Eadulf, je comptais vous prier de venir afin de savoir où en est votre enquête.

— Dois-je rester ? demanda l'intendant.

— Je vous en serais reconnaissante, acquiesça Fidelma avant que l'abbé ne le congédie. Il y a un point que je désire clarifier.

L'intendant attendit sur le côté.

— Alors ? interrogea l'abbé. Quelles nouvelles ?

Fidelma parla sans détour :

— Rien de positif pour l'instant. En fait, nous n'en sommes qu'aux prémices. Apparemment, l'évêque Brodulf était si odieux que, pour une raison ou une autre, la plupart des membres de l'abbaye avaient des raisons de le détester. Pour certains, on pourrait à bon droit parler de haine. J'ai cru comprendre, ajouta-t-elle en souriant à l'intendant, que vous-même avez été provoqué au point de le souffleter.

Frère Mac Raith devint écarlate et commença à marmonner quelque chose, mais Fidelma l'interrompit d'un geste de la main.

— Je sais. Il allait détruire l'un des manuscrits les plus précieux de la bibliothèque.

— Les détails m'ont été rapportés, intervint l'abbé Cuán. Frère Mac Raith a sauvé cet ouvrage, bien qu'il ait recouru à des moyens extrêmes.

— Comme vous le savez, j'ai été *scriptor* pendant de nombreuses années, rappela l'intendant. Moi, qui ai consacré ma vie à la préservation des livres, j'aurais dû assister sans rien faire à la destruction d'un texte d'une valeur inestimable ? J'ai néanmoins fait pénitence à la chapelle pour avoir porté la main sur un évêque.

— Je comprends, dit Fidelma. J'aurais peut-être agi de même. Cet homme poussait l'intolérance à un rare degré. L'essentiel est que l'ouvrage ait été sauvé. Toutefois, le bibliothécaire m'a informée qu'on n'a pas eu autant de chance avec d'autres documents.

L'abbé Cuán pinça les lèvres de réprobation.

— Je sais qu'il a lui-même eu un échange brutal avec l'évêque Brodulf. J'ai supposé que celui-ci était à la recherche d'ouvrages à détruire. Comme vous le savez sans doute, il y a trois siècles, le patriarche d'Alexandrie, Athanase, a été le premier prélat chrétien à établir une liste de vingt-sept textes qu'il jugeait acceptables pour tous les membres de la foi. De nombreuses œuvres qui n'y figuraient pas ont été brûlées à son instigation, surtout après qu'il eut écrit sa lettre festale, désignant celles qui, selon lui, ne devaient pas être retenues. Cette sélection de vingt-sept livres fut confirmée lors d'un concile convoqué à Rome par le pape Damase. Entre-temps, notre abbaye avait acquis plusieurs des œuvres interdites, que l'on nous avait apportées principalement d'Orient. Elles sont restées sous notre garde. À coup sûr, si l'évêque en avait eu connaissance, il aurait cherché à les détruire.

— Nous les conservons à l'intérieur d'un coffre, dans un souterrain construit sous la bibliothèque. Personne, pas même parmi nos plus grands lettrés, n'est autorisé à les examiner.

— Pourquoi voudrait-on les détruire ?

— Parce que, lorsque le concile de Rome ne les a pas retenues pour le canon, Athanase a ordonné qu'elles fussent brûlées. C'est aussi simple que cela. Les vingt-sept textes approuvés et traduits en latin sont aux fondements de la foi depuis trois siècles.

— Comme il ne figure pas parmi les vingt-sept, je suppose que *L'Évangile selon Philippe* a été lui aussi interdit ?

L'abbé parut choqué.

— Comment connaissez-vous l'existence de cet ouvrage ?

— J'en ai entendu parler, répondit évasivement Fidelma.

— Dieu de miséricorde ! s'écria l'abbé. Si l'évêque Brodulf a ne fût-ce que soupçonné qu'il était dans notre *scriptorium*, mieux vaut qu'il soit mort.

# CHAPITRE XIII

— Voilà un jugement radical, commenta Fidelma avec surprise.

— Je ne suis pas théologien, lady, mais l'évêque Brodulf non plus. Je crois simplement que ceux qui brûlent les livres sont tout aussi coupables que les princes qui président aux massacres de peuples entiers. De même que les êtres humains, les livres incarnent, pour ainsi dire, l'identité d'une culture et d'une histoire. C'est grâce à eux que la connaissance peut être transmise. Les détruire, c'est sombrer dans l'ignorance.

— Je suis d'accord, convint Fidelma. Mais je ne pense pas que le but de l'évêque, en venant ici, était de chercher de tels livres. À en juger par sa contribution aux débats telle qu'on me l'a rapportée, je doute d'ailleurs qu'il eût été capable d'identifier des textes aussi anciens.

— Alors que faisait-il dans le *scriptorium* ?

— Le bibliothécaire voulait vous en informer : il semble que les pages de registres aient disparu. Elles remontent à l'époque de l'abbé Conaing Ua Daint.

Les yeux de l'abbé s'agrandirent.

— C'était il y a quinze ou vingt ans !

— Certes. Il ne fait guère de doute que l'évêque Brodulf les a prises à la bibliothèque. Le vénérable Lugán craint qu'elles n'aient brûlé en même temps que l'hostellerie.

L'abbé secoua la tête avec accablement.

— De tels documents seraient irremplaçables pour nous, bien que sans valeur pour la foi, à moins que l'on n'écrive une histoire d'Imleach et de son influence.

— Pourquoi n'en avons-nous pas encore été avisés ? s'enquit frère Mac Raith, atterré.

— Parce que le bibliothécaire vient seulement de s'en apercevoir, expliqua Eadulf. Nous ne savons pas pourquoi l'évêque cherchait ces pages ; assurément pas pour rédiger un ouvrage d'histoire. Il y a peut-être là le motif du crime.

L'abbé Cuán échangea un regard perplexe avec son intendant.

— Vous voulez dire qu'il est venu dans notre abbaye dans un dessein précis et pas seulement parce que c'est la plus ancienne de Muman ?

— Ce n'était pas un hasard, contrairement à ce que le diacre Landric voudrait nous faire accroire. Pourquoi Brodulf aurait-il passé tant de temps à consulter les registres de votre *scriptorium* ? Pas pour détruire des livres interdits.

— Force m'est de répéter l'explication de l'évêque, répondit l'intendant. Il souhaitait débattre de questions théologiques avec le vénérable Breas, notre éminent érudit.

Fidelma scruta l'abbé Cuán.

— Pour éviter tout malentendu, il n'avait jamais été convié à séjourner à Imleach ?

L'abbé Cuán eut l'air indigné.

— En aucune façon. Je ne le connaissais même pas !

Il interrogea du regard son intendant, qui secoua la tête et confirma :

— Nous n'avons appris l'existence de l'évêque Brodulf que lorsqu'il s'est présenté à nos portes.

— Selon vous, Fidelma, sa réelle motivation en venant parmi nous était l'examen des archives ? demanda l'abbé.

— C'est une supposition qui a du sens. Un évêque doit avoir de sérieuses raisons pour abandonner son territoire et se présenter aux portes d'une abbaye étrangère, par-delà les mers. Les coïncidences sont toujours possibles, cependant, il est plus logique qu'il savait certaines choses concernant cet endroit et souhaitait en découvrir davantage. Il apparaîtra peut-être que je me trompe, au sujet des textes anciens. Toutefois, il n'est pas plausible qu'il ait voyagé aussi loin pour écouter des opinions qui allaient à l'encontre des siennes. Le fait qu'il fût prêt à déchirer les textes dont les idées l'offensaient parle de lui-même.

— Peu d'écrits des premiers chrétiens ont survécu au-delà du IV^e^ ou du V^e^ siècle. Tous ceux qui ne corroboraient pas les textes approuvés par Athanase, puis par Rome, ont été détruits. C'est pourquoi nous avons gardé le plus grand secret sur ceux que nous possédions.

— Mais, à votre avis, Brodulf s'intéressait vraiment à un débat avec le vénérable Breas ?

— Je ne vois pas d'autre raison. Breas est réputé

parmi ses pairs. Sa discussion sur la datation pascale avec l'abbé Cummian est encore largement citée. C'est lui qui a soutenu que, par souci de simplicité, nous devrions maintenant suivre les calculs calendaires élaborés par Dionysius Exiguus, en datant nos années à partir de la naissance du Christ. Beaucoup affirmaient que nous devions suivre soit le système *anno mundi* emprunté aux enseignements hébraïques, soit celui de l'*anno urbis conditae*, débutant à la fondation de Rome. Nous avons des étudiants qui viennent de partout pour en débattre.

— Cela m'étonnerait que ce soit ce qui intéressait l'évêque, persista Fidelma. Je me borne à répéter ce que j'ai entendu, à savoir qu'il manquait d'intelligence dans ce domaine.

— Tout est possible, observa l'abbé en haussant les épaules, comme s'il essayait d'écarter la question. Je conviens, cependant, qu'il ne brillait pas par sa compréhension des textes.

— La prieure a vécu dans son pays pendant dix ans, intervint l'intendant. Elle était l'élève du vénérable Breas avant d'y aller. Peut-être a-t-elle encouragé l'évêque à venir chez nous.

— Sauf qu'elle a déclaré qu'elle ne l'avait jamais rencontré avant qu'il arrive ici. Un ancien étudiant a pu l'informer de la réputation de Breas. Quoi qu'il en soit, je pense qu'il avait longuement mûri sa venue à Imleach.

— Vous en parlez comme s'il s'agissait d'une question essentielle, Fidelma, dit l'abbé d'un air soucieux.

— Je ne peux admettre qu'un évêque burgond a bravé des terres inhospitalières et des mers tumultueuses pour discuter de questions théologiques auxquelles il est farouchement opposé. Il y a anguille sous roche.

— Je ne vois toujours pas pourquoi vous rejetez l'idée que ses arguments lors des débats ont attisé la haine contre lui.

— Soyons logiques. Il vit à l'abbaye de Luxovium. Il y a encore, sur ces terres franques, des abbayes, pour beaucoup des *conhospitae*, qui ont été fondées par nos missionnaires et sont régies en accord avec notre culture et nos croyances. Bon nombre n'ont pas adopté les règles de Benoît, au mépris des injonctions du concile d'Autun. En Gaule, d'aucuns adhèrent toujours aux vues de Pélage. Pourquoi, alors, l'évêque de Luxovium s'astreint-il à un long voyage jusqu'ici ? S'il était en quête d'arguments ou de discussions, pourquoi ne pas aller dans les royaumes frontaliers des terres franques ? Pourquoi pas à l'abbaye de Gildas, où Eadulf et moi avons séjourné après avoir fait naufrage en revenant d'Autun ? Quel but ultime poursuivait Brodulf ? Il avait déjà dû entendre mille fois tous nos arguments, même s'il ne savait les contrer qu'à l'aide de dogmes !

Ils réfléchirent aux questions qu'elle venait de soulever, rageant presque de ne pas en détenir les réponses.

— Présenté ainsi, c'est une énigme, admit l'abbé. Ne serait-ce pas tout du moins parce que cette abbaye est célèbre pour avoir été fondée par Ailbe ? Cela n'aurait-il pu inciter l'évêque Brodulf à entreprendre ce voyage ?

Fidelma balaya cet argument d'un revers de la main.

— Avec tout le respect que je vous dois, cette raison me semble peu solide. Que sait-on d'Ailbe au royaume des Francs ? De grands maîtres comme lui, Declan, Ciarán, Ibar et d'autres sont tombés dans l'oubli, alors qu'ils ont précédé le Briton Patrick. Depuis ces dernières années, pourtant, c'est de lui qu'Árd Magh s'évertue à chanter les mérites, dans sa campagne pour être reconnue comme la première église des cinq royaumes. Des factions vont jusqu'à prétendre que Patrick est le seul qui ait prêché la foi sur cette île. C'est parce que les Ulaid du royaume du Nord gagnent en influence auprès de Rome que le nom de leur maître résonne si fort, à présent.

— Que faut-il en penser, alors ? demanda frère Mac Raith.

— Qu'il est plus que douteux que l'évêque de Luxovium ait voyagé parce qu'il avait entendu parler d'Ailbe ou même du vénérable Breas.

Il y eut un long silence.

— Lady Fidelma a raison, admit enfin frère Mac Raith à voix basse. Si l'évêque Brodulf souhaitait engager le débat, ce n'était pas dans le but d'apprendre. Quant à connaître les enseignements de Pélage, des copies de ses écrits subsistent de l'Anatolie, à l'est, à l'Afrique, au sud. Pélage est connu dans toutes les parties du monde. Deux siècles après qu'Éphèse a fait de lui un hérétique, de nombreuses communautés d'Orient continuent de s'appuyer sur ses enseignements.

— Exactement ! confirma Fidelma, posant sur lui un regard approbateur.

— Donc on en revient encore et toujours à la

même question, conclut l'abbé : Quel but véritable poursuivait l'évêque en venant ici ?

— Là réside la clef de bien des éléments qui me troublent dans cette affaire. Je ne veux pas écarter le nouveau motif que vous m'avez soumis. S'il avait eu vent que votre bibliothèque renfermait des textes interdits… Ma prochaine étape devrait être de m'entretenir avec le diacre Landric.

— Je croyais que vous l'aviez interrogé hier soir ? fit remarquer frère Mac Raith.

— L'unique fait en ma possession était que l'évêque avait été assassiné. À présent, j'ai une idée plus nette de ses façons d'agir et du dégoût qu'il inspirait. Je dois tenter d'éclaircir certains aspects de son comportement.

— Fidelma, maintenant que vous savez que notre *scriptorium* contient des textes condamnés par une partie de la chrétienté, je dois vous soumettre au *géis* de n'en rien révéler dans vos discussions avec le diacre.

Un *géis* était une interdiction sacrée, toutefois, Fidelma n'hésita qu'un instant :

— J'accepte de ne jamais y faire référence, à moins que le fait ne soit déjà connu.

— Il nous reste à entendre la version de frère Garb, lui rappela Eadulf.

Cela provoqua une vive réaction de la part de Cuán.

— Quoi ? Vous ne l'avez toujours pas trouvé ? Un des étudiants m'a appris qu'il n'avait pas assisté au premier cours de la journée.

— Nous nous entretiendrons avec frère Garb plus tard. Puisque nous sommes ici, il serait avisé d'interroger le diacre en votre présence, abbé Cuán. De cette façon, vous aurez la satisfaction de voir que le *géis* est respecté.

Aucune objection n'étant formulée, frère Mac Raith s'en fut quérir le Burgond et ne mit guère de temps à l'introduire en présence de l'abbé.

Dans l'intervalle, Fidelma avait suggéré à ce dernier une série de questions qu'il pourrait poser au diacre à sa place, car de par son autorité, il serait plus susceptible d'obtenir des réponses.

Eadulf et elle s'assirent donc à l'écart et observèrent l'abbé, qui fit signe à Landric de prendre place devant lui.

— En tant qu'abbé, commença-t-il sur un ton solennel, je dois rédiger un rapport sur la mort tragique de votre évêque. En raison de son rang princier dont je suis maintenant officiellement informé, je dois l'adresser à Colgú de Cashel qui en avisera votre monarque.

Landric parut surpris et un peu mal à l'aise.

— Y a-t-il besoin de tout ce protocole ?

— Je manquerais à mes devoirs en ne respectant pas les usages. Confirmez-vous que l'évêque Brodulf de Luxovium était issu d'une famille princière de votre royaume ?

— C'était un cousin de notre roi, Clotaire.

— Il m'incombe donc de veiller à ce que la nouvelle de son décès soit rapportée à Clotaire avec exactitude, ainsi que ce que nous aurons appris sur la cause de sa mort.

Le diacre esquissa un geste d'assentiment.

— Maintenant, reste une petite question que nous devons éclaircir avant toute autre. C'est la raison pour laquelle il est venu dans ce royaume et, plus précisément, dans notre abbaye.

— La raison ?

— Le voyage est long, de Luxovium, et parfois fertile en dangers.

— Nous n'en avons rencontré aucun.

— Le Seigneur en soit loué ! Le risque n'en demeure pas moins grand. L'absence de périls n'était pas une certitude lorsque vous vous êtes mis en route, lui opposa Cuán. Alors je vous repose la question : à quel impératif ce voyage répondait-il ?

— Vous vous souvenez peut-être de ce que l'évêque vous a expliqué à notre arrivée. Comme je l'ai dit à lady Fidelma hier soir, il souhaitait discuter théologie avec le vénérable Breas, qui est un sommet d'érudition.

— Vous voulez dire que sa réputation s'étend jusqu'en Burgondie ?

— Assurément, affirma le diacre.

— Quand avez-vous entendu mentionner son nom et ses enseignements pour la première fois ? interrogea l'abbé.

Seul un léger clignement d'yeux indiqua que le diacre devait réfléchir. Fidelma dut admettre qu'il avait l'esprit vif.

— Ségdae, alors abbé de ce lieu, est venu à Autun pour le grand concile. Il était accompagné de Fidelma et d'Eadulf, qui se rappelleront donc les circonstances. Vous imaginez bien qu'il a parlé du vénérable Breas.

L'abbé Cuán jeta un bref regard à Fidelma.

— L'abbé Ségdae a parlé du vénérable Breas,

quand bien même celui-ci n'enseignait pas chez nous à l'époque ?

Le diacre Landric demeura muet.

— Il appartenait à une autre abbaye et n'est revenu ici que très récemment, ajouta l'abbé.

Cette fois, le diacre ne se laissa pas démonter.

— Nous parlons de la réputation d'un érudit. Tout ce que je peux dire, c'est qu'elle piquait la curiosité de l'évêque et lui a inspiré l'envie d'échanger avec lui.

— Ainsi, il a appris que le vénérable Breas prodiguait ses enseignements à nos étudiants et il a décidé de venir, ayant entendu parler de sa réputation ?

— C'est bien cela.

Eadulf allait l'interrompre, mais Fidelma lui imposa silence d'un regard fougueux que ni l'abbé Cuán ni frère Mac Raith ne remarquèrent. Elle se chargea de demander avec un sourire innocent :

— Êtes-vous sûr qu'il n'avait pas d'autre raison ?

— Laquelle aurait-il pu avoir ? répliqua le diacre, à nouveau confiant.

— Je m'interroge, répondit avec douceur Fidelma.

Elle était prête à laisser le silence se prolonger, mais frère Mac Raith intervint sans se rendre compte de la voie qu'elle suivait.

— Des recherches dans nos archives, par exemple ? fit-il si brusquement que le Burgond sursauta.

— Je ne vois pas ce que vous voulez dire, marmonna-t-il.

— Pourquoi l'évêque a-t-il jugé bon de voler certains de nos documents et qu'en a-t-il fait ?

Il était trop tard pour contrôler cet éclat. Fidelma poussa un soupir de résignation. Qu'avait donc dit

César ? *Alea jacta est* – « Le sort en est jeté ». Elle aurait préféré se servir de cette information plus tard. Tant pis. Elle espérait simplement que frère Mac Raith éviterait de mentionner les textes interdits.

— L'évêque Brodulf a été découvert en train de fouiller nos archives. Son agitation était telle et il mettait un tel désordre dans les papiers et les registres que le bibliothécaire l'a réprimandé. On a découvert depuis qu'il manque des actes que seul l'évêque Brodulf a pu prendre.

— Je n'ai aucune idée de ce dont vous parlez, déclara Landric.

Il était clair pour Fidelma que la nouvelle l'avait pris de court, mais qu'il avait vite recouvré son sang-froid.

— Vous traitez l'évêque de voleur ? s'insurgea-t-il, la mine sévère. Je dois mettre en garde lady Fidelma. C'est un chemin dangereux que d'accuser un évêque de vol. Je vous rappelle aussi qu'il était un hôte étranger et de sang royal.

— Cela n'est dangereux que si l'accusation ne peut être étayée, lui opposa tranquillement l'abbé.

— Dans ce cas, qu'on l'étaye immédiatement ! exigea le diacre, se levant avec colère.

— En temps voulu, répliqua l'abbé sans émotion. Dans l'immédiat, je continuerai d'examiner cette affaire. Frère Charibert et vous resterez dans nos murs jusqu'à ce que toutes les circonstances soient élucidées. Nous prenons bonne note que vous avez nié être au courant des motivations de l'évêque. Si vous souhaitez modifier votre déclaration, libre à vous.

Le diacre Landric lui lança un regard furibond et sortit sans un mot.

— Prenez garde, Fidelma, recommanda l'abbé. Il est intelligent et je discerne en lui un côté impitoyable et vindicatif.

— Si quelqu'un doit se tenir sur ses gardes, c'est votre *rechtaire*.

Frère Mac Raith fut déconcerté.

— Qu'ai-je fait pour m'attirer les foudres de ce Burgond ?

— Vous avez souffleté son évêque, fit remarquer Fidelma, contenant son envie de sourire.

Seul Eadulf remarqua le frémissement à la commissure de ses lèvres.

# CHAPITRE XIV

Après avoir quitté l'abbé et son intendant, Fidelma et Eadulf parcoururent en vain le dortoir des étudiants à la recherche de l'insaisissable frère Garb. Leurs recherches ne firent que confirmer que personne ne l'avait vu depuis que sœur Ingund l'avait trouvé, endormi sur son lit. Finalement, ils décidèrent de se retirer dans leur chambre afin de discuter, mais à peine avaient-ils commencé que des coups légers résonnèrent à la porte. C'était Enda.

— J'espère que je ne vous dérange pas, s'excusa le guerrier. J'ai pensé que vous voudriez en savoir plus sur l'affaire du cheval envolé des écuries.

Fidelma l'invita à s'asseoir.

— Nous tâchions de faire le point sur ce que nous avons appris, Enda. Avez-vous éclairci ce qui est arrivé à cet animal ? Comment a-t-il quitté sa stalle ?

— Le médecin soutient que c'est une farce d'un des palefreniers et ne veut pas en démordre. Mais les deux garçons protestent de leur innocence. Ils disent qu'ils n'ont pas entendu un bruit pendant la nuit.

— Pensez-vous qu'ils mentent, ou l'un d'entre eux ?

— Je tends à ajouter foi à leur dire, car je dormais à proximité et je n'ai pas été dérangé non plus. N'empêche que lorsqu'on a retrouvé le cheval au matin, il avait encore sur lui le *dillat* et la bride.

Les religieux utilisaient souvent une couverture d'équitation en laine épaisse, plus commode et moins onéreuse qu'une selle en cuir.

— Donc quelqu'un l'a monté ?

— C'est évident. J'ai vérifié la stalle où ce cheval passe habituellement la nuit ; la seule façon pour lui de la quitter était qu'on le libère. Avec un peu d'habileté, on pouvait y parvenir sans déranger les dormeurs à l'autre bout du bâtiment. Il y avait moyen d'emprunter l'autre issue et ainsi d'éviter d'alerter le portier.

— Je m'en souviens. Vous avez indiqué qu'une porte latérale donne sur un enclos et, de là, sur l'extérieur.

— C'est exact, lady. J'ai demandé à examiner le *dillat* et les rênes. Heureusement, on les avait laissés à l'écurie.

— Pourquoi « heureusement » ?

— Parce que, sur le *dillat*, j'ai découvert des taches de sang toutes récentes, alors que le cheval ne présentait aucune plaie.

Enda les laissa mesurer la portée de cette information.

— Vous avez bien vérifié ? l'interrogea Eadulf.

Le coup d'œil que lui jeta Enda suffit à lui rappeler qu'une telle question à un guerrier de son rang et de son expérience ne méritait pas de réponse.

— Par conséquent ? demanda Fidelma.

— Pendant que frère Sígeal tançait ses garçons

d'écurie – car il a la conviction que l'un ou l'autre y est mêlé –, j'ai étudié les sabots du cheval afin de pouvoir identifier ses empreintes. Puis j'ai sellé ma monture et je suis sorti par la porte latérale. J'ai repéré les premières traces sans trop de mal. Comme vous le savez, lady, je ne suis pas mauvais quand il s'agit de relever une piste.

— Sans nul doute. Vous avez donc décidé de remonter la trace jusqu'à l'endroit où l'animal avait été emmené. Mais il devait y avoir une foule d'empreintes sur cette route, sans parler de celles des guerriers qui l'ont découvert devant l'enceinte.

— J'ai réussi à reconstituer le plus clair du parcours, répondit le guerrier avec assurance. Il était évident que quelqu'un le chevauchait.

— Dans quelle direction menaient les traces ? demanda Eadulf.

— Vers l'ouest et l'entrée principale de l'abbaye.

— Quelqu'un a-t-il observé vos faits et gestes ?

— Il n'y avait personne, à part deux hommes qui n'étaient pas des moines. Ils se trouvaient dans le cimetière, devant une fosse.

— L'abbé Cuán a donné au maître d'œuvre la permission de faire creuser une tombe pour ce soir, dit Fidelma. Ils étaient probablement en train de vérifier le travail. Continuez.

— J'ai suivi les traces. Elles obliquaient vers le nord en montant presque parallèlement à la façade occidentale de l'enceinte, d'abord le long de la partie en pierre, puis le long des pans de palissade où les travaux de reconstruction sont en cours. Elles continuaient jusque sur une colline menant aux bois d'ifs et croisaient un large chemin qui semblait se poursuivre à travers le domaine abbatial. Là, les traces étaient brouillées. Trop d'empreintes se mêlaient : chevaux, bœufs, chariots. J'ai pensé qu'elles continuaient vers l'ouest, dans les bois où l'on nous a dit que les bâtisseurs ont leur principal campement.

— Je m'en souviens. C'est aussi là-bas que leurs artisans préparent les matériaux nécessaires à la reconstruction, dit Fidelma.

— Est-ce alors que vous avez perdu les traces ? demanda Eadulf.

— Pas totalement. En dépit du terrain boisé, j'ai fini par repérer les empreintes des sabots. Elles étaient mélangées à des pas humains. C'était assez confus. Il m'a semblé qu'elles n'allaient pas beaucoup plus loin, mais rebroussaient chemin en direction de la route principale qui passe devant l'abbaye.

— Et ensuite ?

— De retour sur la route, j'ai retrouvé les traces, toujours cette combinaison d'empreintes de sabots et de pas humains. Apparemment, le cheval est resté au même endroit un bon moment. Il était agité et piaffait d'impatience. J'ai fait une constatation supplémentaire : ses traces s'enfonçaient plus profond dans la descente que dans la montée.

— Le sol était plus meuble ? hasarda Eadulf.

— Non, le cheval était plus lourd.

Fidelma sourit en devinant ce qu'Enda allait dire.

— Il portait une charge supplémentaire sur son dos ?

— Oui, et peut-être ce fardeau était-il à l'origine du sang sur le *dillat*. Sachant que le cheval lui-même n'avait pas été blessé, je suis retourné en arrière pour vérifier s'il y avait des taches de sang sur le sol. Je n'ai rien remarqué.

— Et quand le cheval a été découvert par les guerriers de passage, il n'y avait plus aucune charge sur le dos ?

— Aucune.

— C'est intrigant. Pourquoi prendre le risque de s'introduire dans les écuries pour prendre un cheval, l'amener dans les bois, le charger, le ramener sur la grand-route, le décharger et l'abandonner ? résuma Fidelma, toute pensive.

— Je n'ai pas d'explication, lady, avoua Enda.

— Armés de ces nouveaux éléments, nous pouvons peut-être interroger à nouveau frère Anlón, proposa Eadulf.

— En effet. Bon travail, Enda ! approuva Fidelma en souriant au guerrier. Donc, l'endroit où le cheval s'est arrêté et où le poids s'est alourdi se trouvait entre le campement des bâtisseurs et la piste conduisant au chantier ? Les empreintes n'auraient-elles pu continuer en contournant l'enceinte par-derrière et en longeant le mur est ? Ainsi, le cheval aurait fait le tour complet de l'abbaye et serait revenu par l'autre côté.

— Aucune preuve ne suggère un tel itinéraire, lady.

— Mais l'avez-vous vérifié ?

— Non. Si vous le souhaitez, je retourne immédiatement m'en assurer.

— Pas pour le moment. Je vous accompagnerai peut-être plus tard. En attendant, voyons s'il y a du nouveau concernant frère Garb. Ce garçon ne peut pas s'être volatilisé !

Dans la cour principale, ils trouvèrent l'intendant en train de discuter, l'air fort mécontent, avec deux moines. Avant que Fidelma et Eadulf puissent l'aborder, il leur lança :

— Je confirme que frère Garb demeure introuvable. Nous avons cherché partout sur l'insistance du vénérable Lugán.

Les lèvres de Fidelma se réduisirent à une ligne mince qui dénotait sa contrariété.

— Êtes-vous sûr de n'avoir négligé aucune possibilité ?

— Je le crois, répondit l'intendant. S'il se cache de propos délibéré, la faim fera sortir le loup du bois.

— Nous ne pouvons dépendre de son bon vouloir, répliqua sèchement la *dálaigh.*

— Pour ceux qui attendent, le temps est toujours trop lent.

— Je n'ai nulle intention d'attendre, riposta Fidelma. On n'attrape pas un loup en se plantant devant sa tanière et en le priant de sortir. Parfois, il doit être appâté. Nous y reviendrons plus tard, car je vois qu'un des étudiants souhaite me parler.

En effet, un jeune homme traversait la cour droit dans sa direction. C'était frère Étaid, dont ils avaient fait plus tôt la connaissance.

— Je viens de la part du vénérable Breas, annonça-t-il. Il souhaite que vous le rejoigniez au moment qui vous conviendra, lady. Il est dans sa chambre, maintenant que les cours sont terminés.

— Dans ce cas, ne le faisons pas patienter plus longtemps, décida Fidelma.

Frère Étaid hésita.

— Je me demandais si l'on avait des nouvelles de

frère Garb. Il paraît qu'on ne l'a pas vu depuis qu'il est allé se reposer dans le dortoir.

— C'est vrai. Il a consulté frère Anlón pour des maux d'estomac et a pris un remède avant d'aller se coucher.

Le jeune homme fit la grimace.

— Une des étudiantes burgondes m'a dit qu'il était dans le dortoir. Je ne l'y ai pas vu.

— A-t-il d'autres amis intimes à qui il pourrait confier ses problèmes ?

Les yeux de frère Étaid s'étrécirent.

— Vous voulez dire quelqu'un avec qui discuter pour savoir s'il doit se faire conseiller au sujet de la mort de l'évêque Brodulf ?

La formulation de la question aiguillonna l'intérêt de Fidelma.

— Pourquoi ? De quels conseils aurait-il besoin à cet égard ?

— Hier soir, au *praind*, l'abbé a dit tout net que l'évêque avait été assassiné. Je ne suis pas lent d'esprit, lady. Frère Garb était sans cesse aux prises avec lui. Pour être honnête, moi aussi. Mais frère Garb se montrait souvent fougueux dans ses argumentations. Il est plus que probable que des soupçons soient exprimés à son encontre. Surtout que l'évêque a réagi en menaçant de se venger.

— C'est la première fois que j'entends que l'évêque a proféré des menaces. De quoi comptait-il se venger ? De l'antagonisme de frère Garb ? Personne ne l'avait informé que les élèves de dernière année sont censés discuter avec leurs professeurs et leurs maîtres, afin d'aiguiser leur talent oratoire ?

— Je suppose que nous prenions tout cela pour

acquis. En repensant à la virulence de ces débats, je me demande si frère Garb ne craint pas d'être soupçonné d'un acte violent envers l'évêque.

— Et frère Garb, s'il ressent cette inquiétude, n'a personne dans l'abbaye à qui il pourrait s'adresser pour en discuter ?

— À part moi, je ne vois pas.

— Vous vous considérez comme son ami ?

— Pas seulement son ami, lady. Comme je vous l'ai dit, je suis son *anam chara*. Garb et moi sommes tels des frères depuis notre arrivée dans cette abbaye.

— Alors, vous a-t-il parlé de ses inquiétudes ? C'est à cela que sert un *anam chara*.

— Seulement de ses craintes que ses arguments soient mal interprétés par des oreilles et des yeux étrangers.

— Mais il n'avait essuyé aucun reproche de la part du vénérable Breas ?

— Non. Il n'avait rien dit qu'un érudit sain d'esprit puisse considérer comme un affront personnel. Je ne pense pas que l'évêque ait compris que les paroles échangées lors des débats scolastiques doivent rester au sein de la classe.

— Donc, à part vous, frère Garb n'avait personne vers qui se tourner pour demander conseil ? Pas même l'une des étudiantes ?

— Ah ! vous voulez dire sœur Ingund ? Je pense qu'il aimait se promener avec elle pour se détendre, mais certainement pas pour mener une discussion intellectuelle ou se confier.

— Donc, vous ne voyez personne d'autre ?

— Non, excepté le vénérable Breas, répondit le jeune homme avec confiance. D'après ce que j'ai vu – et j'ai participé à tous les débats –, il n'avait pas de raison de s'inquiéter quant à la façon dont il avait présenté ses arguments.

Fidelma considéra ces informations quelques instants, puis en revint aux priorités.

— Ne faisons pas attendre davantage votre professeur. Viens, Eadulf, voyons ce qu'il a en tête. Enda, nous vous retrouverons au réfectoire pour l'*etarshod*, à midi.

Le vénérable Breas était assis dans sa chambre, presque dans la même position que lors de leur première rencontre. Il sourit et leur fit signe de s'asseoir sur les tabourets devant lui.

Pendant un long moment, il garda le silence, concentré dans ses tentatives pour s'installer de manière plus confortable. Fidelma voyait clair, néanmoins : il s'agissait d'un stratagème pour affirmer son ascendant, et elle le comprit d'autant mieux qu'elle usait depuis longtemps de cette tactique. Dans son rôle de *dálaigh*, elle se plaisait également à poser certaines questions au moment le moins prévisible. Le vénérable Breas semblait expert dans ce genre de manœuvre. Il la contempla longuement avec une expression pensive.

— J'ai envoyé un de mes étudiants vous chercher, commença-t-il.

— Frère Étaid a réussi haut la main dans sa mission, sans quoi nous ne serions pas ici, rétorqua Fidelma, le ton de sa voix trahissant une pointe d'agacement.

— Ce garçon a une tête bien faite. Il est bon que Garb et lui soient amis et, vous le savez probablement, *anam chara*. Si Garb n'avait pas été là, Étaid aurait été mon meilleur étudiant, celui que j'aurais choisi comme assistant. Mais je n'ai droit qu'à un seul poste. Frère Garb est doté d'un esprit d'analyse exceptionnel et devrait devenir un jour une sommité dans la foi. Je lui prédis un brillant avenir. C'est heureux que ces garçons ne se vouent pas une jalousie mesquine.

— Pouvons-nous nous rendre utiles en quoi que ce soit ? écourta Fidelma tandis que le vénérable Breas retombait dans un silence méditatif.

L'ombre d'un sourire se dessina sur les lèvres du maître.

— Vous pardonnerez à un vieillard qui aime réfléchir avant de parler. Parfois, certaines pensées ne sont pas évidentes et doivent être formulées avec soin.

Fidelma et Eadulf prirent leur mal en patience. Au bout d'un moment, le vénérable Breas parut se décider.

— Une communauté, fût-elle la plus grande, demeure un microcosme. Tout se sait, même sans être dit. Nous sommes telle une famille, dans cette congrégation ; chacun connaît les qualités des autres, leurs faiblesses comme leurs forces.

— J'ai vécu moi aussi dans une abbaye, déclara Fidelma, faisant comprendre qu'elle n'ignorait rien de la vie communautaire.

— En effet, soupira-t-il. À Cill Dara. C'est votre parent Laisren de Darú, un de mes vieux amis, qui vous a recommandé d'y entrer en tant que conseillère juridique de la prieure. À l'époque, votre frère ne pouvait prétendre au trône. Le roi, votre cousin Máenach, n'avait que peu de considération à votre égard à tous deux. Hélas ! la prieure Íta de Cill Dara était une femme fragile dont vous avez fini par découvrir les failles. C'est pourquoi vous avez quitté la vie monastique afin de vous consacrer au droit. Je sais que vous n'êtes pas entrée à l'abbaye par goût pour la religion. C'est l'éthique de la loi que vous poursuiviez. N'est-ce pas ?

Fidelma fut décontenancée par la précision avec laquelle le vieil homme résumait ce moment douloureux de sa vie.

— Laisren vous l'a donc raconté ?

Elle n'aimait pas que ses motivations soient révélées à des étrangers et taisait certains aspects de sa vie même à Eadulf.

L'enseignant esquissa un sourire et continua sans répondre :

— Vous avez pris une sage décision en quittant la vie monacale dès que vous avez commencé à acquérir une réputation de *dálaigh*, bien que vous ayez bénéficié du patronage de nombreux prélats en chemin. Il est remarquable que vous restiez généralement connue comme « sœur » Fidelma plutôt que par le noble titre de « Fidelma de Cashel ».

Eadulf, qui s'était tenu coi, se sentait de plus en plus mal à l'aise. Il allait intervenir quand le vénérable Breas, ayant remarqué son agitation, leva la main pour prévenir ses paroles.

— N'ayez pas d'inquiétude, Eadulf de Saexmund's Ham, de la terre des South Folk parmi les Angles de l'Est. Je ne dis tout cela que pour illustrer le fait que, dans les communautés religieuses, ce que l'on sait reste rarement secret.

— Nous ne saurions être plus d'accord avec cette observation, riposta Fidelma. Cela étant, il semble dès lors contradictoire que cette congrégation continue de murmurer des secrets qui nécessitent de requérir notre présence pour nous les révéler.

L'expression de l'érudit demeura inaltérable.

— Je vous ai fait venir simplement afin que ce que vous entendez ne soit déformé en aucune façon.

— Ah ! dit Fidelma avec un sourire soudain.

Le vieil homme avait donc une faiblesse humaine, après tout, en dépit de l'apparence de toute-puissance qu'il tentait de présenter.

— Que de sous-entendus dans ce « Ah ! », repartit le vénérable Breas. Je tâcherai de ne pas vous décevoir.

Fidelma se remémora rapidement les points saillants des conversations qu'elle avait eues, susceptibles de provoquer cette entrevue.

— Tout ce que j'ai entendu, c'est que vos étudiants vous révèrent, dit-elle enfin.

— Voilà une bonne chose. Cependant, ce n'est pas ce qui m'importe.

— On nous a dit hier que la prieure a coutume de se rendre dans votre chambre chaque soir, à une heure tardive, avança Eadulf. Cela peut faire jaser. Est-ce ce qui vous tracasse ?

La réaction du vieil homme les prit de court. Il rit à en perdre haleine et fut saisi d'une telle quinte de toux qu'il dut boire quelques gorgées d'eau.

— Vous pensez que ces spéculations sur notre relation, à la prieure et à moi, ont de quoi me préoccuper ?

Il secoua la tête avec amusement.

— Elles ne nous préoccupent en rien, en tout cas, déclara Fidelma. Nous ne nous soucions que des atteintes à la loi. Au lieu de pratiquer ces jeux de potache avec nous, si vous en veniez au fait ?

— Ah, Fidelma ! Les collèges ont perdu en vous un grand professeur, répliqua le vénérable Breas, toujours amusé. Mais soit. Vous n'êtes pas sans savoir que j'ai dans mes classes plusieurs jeunes filles. Les jeunes filles sont parfois sujettes à certaines émotions à l'égard de leurs professeurs.

Fidelma songea à sa propre scolarité.

— Quelquefois, l'admiration envers un professeur peut être prise, à tort, pour d'autres sentiments, suivant le degré de maturité de l'étudiante.

— C'est cela même. J'ai connu des enseignants qui en tiraient parti, certains abusant sciemment et non sans cynisme de leur position, d'autres encore se trompant sur leurs propres sentiments. La honte est leur lot.

— Un mal inévitable et très humain, concéda-t-elle, rongeant son frein.

— Là où cela devient un problème, c'est quand des gens répandent des médisances pour parvenir à leurs fins.

— Fort bien. Vous dites que quelqu'un raconte ce genre d'histoires pour créer des ennuis… mais à qui ? Au vieux professeur ou à la jeune fille ?

— En l'occurrence, au vieux professeur.

— On chercherait à détruire votre réputation ?

— Exactement.

— Quelles médisances pourraient l'entacher ?

Le vénérable Breas fit une grimace amère.

— L'évêque Brodulf était un tantinet agaçant, toutefois son diacre dépasse les bornes de ce qu'on peut tolérer.

— De quelle manière ?

— Il raconte à qui veut bien l'entendre qu'il nous soupçonne, moi ou Garb, d'être responsables de la mort de Brodulf.

— Les rumeurs se multiplieront jusqu'à ce que l'affaire soit résolue, fit valoir Eadulf. Bien sûr, nous pourrions y remédier plus vite si nous parvenions à trouver frère Garb.

— Il n'est pas seul en cause, soupira le vieil homme. Landric désigne une autre de mes élèves et prétend que je l'ai influencée par des faveurs sexuelles pour qu'elle le pousse à commettre un assassinat.

— S'agirait-il de sœur Ingund ? suggéra Fidelma.

Un muscle à la commissure des lèvres du vénérable Breas tressaillit à peine.

Fidelma poursuivit :

— Je crois que cela est parvenu aux oreilles de la prieure et qu'elle a réprimandé sœur Ingund, croyant qu'elle avait des sentiments pour Garb. Cela a beaucoup perturbé la jeune fille. Si le diacre Landric est à l'origine de ces commérages, nous allons y mettre un terme et la prieure pourra être rassurée. Quoi qu'il en soit, je m'étonne que celle-ci ait jugé bon d'en parler à sœur Ingund.

— En avez-vous touché mot à Suanach ?

— La question ne méritait même pas d'être soulevée. Comme je l'ai dit, sœur Ingund était bouleversée.

— Se peut-il que la prieure Suanach accorde du crédit aux affirmations du diacre ? interrogea Eadulf.

— Que j'ai manipulé la petite Ingund pour inciter Garb à exercer des violences physiques contre l'évêque ? Vous pensez qu'à mon âge il m'est possible d'inspirer de l'émoi à une jeune fille ? Allons, je suis flatté, mais ne nous berçons pas d'illusions.

— L'âge n'a pas grand-chose à voir là-dedans, répliqua Fidelma. Il ne prive pas un homme de ses fonctions.

Le vénérable Breas la dévisagea comme s'il se demandait si elle plaisantait. Un léger sourire flotta à nouveau sur ses lèvres fines.

— Lady, puisque vous êtes directe, je le serai aussi. La dernière fois que j'ai pu exercer cette fonction, c'était il y a de nombreuses années. Quinze, voire vingt, si vous voulez des précisions. C'était juste avant que je parte enseigner à Mungairit. J'ai eu une relation avec Suanach, et nous avons constaté, malgré la différence d'âge, que nous apprécions toujours cette relation… bien qu'elle ne soit plus physique.

— Très bien, j'accepte votre parole.

Eadulf les interrompit brusquement en s'exclamant :

— Bien sûr ! Infusion de menthe et noisettes ! J'aurais dû m'en douter !

Fidelma le considéra en fronçant les sourcils. Le vénérable Breas gloussa de plus belle.

— Je me demandais combien de temps il vous faudrait, à vous qui avez étudié les arts de la guérison, pour déceler ma maladie.

— Quelle maladie ? interrogea Fidelma, les regardant l'un après l'autre.

— Un mal appelé *dibreith*, répondit Eadulf.

Ce terme médical n'avança guère Fidelma, qui continua à fixer son époux en attendant la suite.

— Le vénérable Breas est sexuellement impuissant, expliqua Eadulf en jetant un regard d'excuse au vieillard.

— Par conséquent, poursuivit ce dernier, n'en déplaise à frère Landric et à d'autres, leurs accusations sont sans fondement. Je suis dans un état nommé *dichumaic* : totalement impuissant.

— Comment l'as-tu compris, Eadulf ? s'étonna Fidelma. Tu parlais d'infusion de menthe et de noisettes.

— N'importe quel médecin traitera l'absence de stimulation sexuelle par cette prescription. J'avais remarqué, lors de notre première visite, que le vénérable Breas montrait une prédilection pour ces mets.

Le vieil homme sourit.

— Je peux vous assurer que le médecin a échoué dans sa tentative de restaurer ne serait-ce que le souvenir de ma jeunesse. Quoi qu'il en soit, ayant entendu ces calomnies se propager grâce aux diligents offices du diacre Landric, j'ai cru bon de porter cette affaire à votre attention.

— Mais la prieure doit bien le savoir. Alors pourquoi s'est-elle montrée agressive envers sœur Ingund ?

— Vous vous méprenez sur ses intentions. Elle cherchait à empêcher cette petite d'être associée de trop près à frère Garb, au cas où il viendrait à transpirer qu'il a tué l'évêque.

— Nous prendrons cela en considération le cas échéant, lui assura Fidelma. Mais puisque nous parlons des rapports des uns avec les autres, je souhaiterais des précisions sur vos relations avec le vénérable Lugán. Tous deux êtes des membres éminents de l'abbaye et, à certains égards, vous y exercez des rôles similaires.

— Lugán ? Je le connais depuis des décennies. Nous avons étudié ici ensemble, dans les années qui ont précédé mon départ pour Mungairit. Nous sommes de bons amis.

— De par vos fonctions de gardien des livres ou de maître des élèves, n'y a-t-il pas de conflit entre vous ?

— Aucun qui vaille d'être qualifié ainsi. Lugán se montre peut-être un peu trop libre avec certains utilisateurs de notre bibliothèque, mais c'est un bon archiviste et un conservateur avisé.

— Il vous a parlé des problèmes qui se sont produits avec l'évêque Brodulf, puis entre celui-ci et frère Mac Raith ?

— Oui. C'est regrettable. Il m'a surtout parlé des curieuses recherches auxquelles se livrait l'évêque.

— Que pensez-vous qu'il ait pu chercher, qui remonte à il y a vingt ans ?

— Il se peut, hélas, que nous ne le sachions jamais. Lugán craint que les documents dérobés par l'évêque n'aient disparu avec lui dans l'incendie. C'est excessivement contrariant, car cela inclut des textes que les membres de cette abbaye peuvent avoir besoin de compulser pour vérifier des détails historiques.

— Je le conçois, compatit Fidelma.

— Il aurait été bon de comparer les dates et les références avec un texte qu'il consultait également. Il s'agit, bien sûr, du *Liber historiae Francorum*. Lugán m'a informé de sa disparition.

— L'*Histoire des Francs* de Grégoire de Tours ? s'enquit Eadulf.

— Pas l'ancien texte, que nous connaissons bien. Non, l'ouvrage auquel Lugán l'a vu se référer est celui, plus récent, du scribe Fedegar, qui retrace les événements survenus jusqu'à notre époque. Celui dont la jeune sœur Fastrude a fait présent en arrivant de Nevirnum.

— Le vénérable Lugán n'avait pas précisé que l'évêque s'intéressait à ce volume. A-t-il disparu ? Je croyais que seuls les registres de l'abbaye étaient concernés.

— Lugán ne s'en était pas aperçu. Il ne l'a découvert que lorsque j'ai prié sœur Fastrude de me rapporter cet ouvrage. Elle est revenue aussitôt m'aviser qu'il manquait aussi à la bibliothèque.

En son for intérieur, Fidelma mesura les implications de cette nouvelle. Finalement, après quelques échanges supplémentaires, elle se leva et Eadulf suivit son exemple.

— Je vais demander confirmation au vénérable Lugán qu'il n'a pas retrouvé le manuscrit. Vous pouvez également vous fier à moi concernant l'autre question. Nous allons dire son fait au diacre Landric.

Le vénérable Breas eut un doux sourire.

— Je m'en remets à vous, car une langue acérée est parfois plus assassine qu'un coup de couteau dans le dos.

# CHAPITRE XV

Le vénérable Lugán leva les yeux du catalogue qu'il était en train d'examiner lorsqu'ils entrèrent dans le *scriptorium*. Son pâle visage était creusé par la fatigue. Il posa sa plume d'oie avec soin et mit le manuscrit de côté avant de les regarder, dans l'expectative.

— J'ai appris par le vénérable Breas que, depuis notre conversation, vous avez découvert qu'une autre œuvre manquait, commença Fidelma.

Le *leabhar coimedach* hocha la tête.

— Une autre triste perte : notre exemplaire du *Liber historiae Francorum*, récente addition à la bibliothèque. C'est un texte du scribe Fedegar, qui nous avait été offert par l'abbaye de Nevirnum.

— Quand vous en êtes-vous rendu compte ?

— Peu de temps après que je vous ai exposé l'autre sujet. Ce livre nous a été transmis par sœur Fastrude, lorsqu'elle est arrivée pour ses études. Le vénérable Breas désirait qu'elle lui apporte le texte en vue d'une recherche et, quand elle me l'a demandé, j'ai découvert qu'il manquait sur les rayonnages.

Il marqua une pause en désignant l'autre côté de la bibliothèque.

— En fait, sœur Fastrude travaille là-bas en ce moment.

— Eadulf, dit Fidelma, se tournant vers son époux, veux-tu la prier de se joindre à nous un instant ?

Elle reporta son attention sur le vénérable Lugán, qui continua :

— J'ai mené une recherche approfondie au cas où il aurait été déplacé. J'ai dû aviser le vénérable Breas que certains articles avaient disparu et que nul autre que l'évêque Brodulf ne pouvait être le coupable.

— Comment pouvons-nous être sûrs qu'il était responsable de la disparition de cet ouvrage ?

— Le manuscrit était rangé à proximité de l'endroit où Brodulf avait fourragé parmi les autres textes. « Fourrager » est le mot juste, car ce n'était pas un lettré. Sa manipulation brutale des documents était…

— Je comprends, coupa Fidelma. Donc, l'ouvrage de Fedegar se trouvait près de l'endroit où l'évêque compulsait d'autres écrits ?

— Dans la même section que les œuvres de Grégoire de Tours. Tout près d'*An Banshenchus*, *L'Histoire des femmes*, que notre *rechtaire* a réussi à sauver de justesse.

— Pensez-vous que l'évêque ait détruit le livre de Fedegar ? Comme il avait tenté de le faire pour *An Banshenchus* ?

— Le Fedegar était une histoire de son peuple. Pourquoi l'aurait-il détruit ?

— Peut-être parce qu'il ne partageait pas ses vues. L'histoire de son propre peuple est un sujet des plus sensibles, surtout en cas de divergence d'opinions.

Vous souvenez-vous des éléments que présentait cet ouvrage ?

Le vénérable Lugán eut une petite moue de regret.

— Hélas, je ne l'ai pas lu. Ces derniers temps, nous recevons une profusion de dons. Il est difficile de se tenir à jour, dit-il en agitant la main en direction de la salle.

Une voix féminine se fit entendre.

— C'était une histoire de mon peuple, les Francs. Plus particulièrement de nos princes. Je suis consternée que Brodulf s'en soit emparé.

Fidelma se retourna vers sœur Fastrude, qui les rejoignait avec Eadulf.

— Différait-elle beaucoup de celle de Grégoire de Tours ?

— Elle poursuivait la tâche que Grégoire avait entreprise, dont elle reprenait aussi une partie. Il s'était arrêté il y a près de cent ans. Fedegar écrivit plus tard et mit simplement les faits à jour.

— À part l'histoire récente, renfermait-elle quelque chose de remarquable ?

Un léger sourire passa sur les traits de sœur Fastrude.

— Je suis sûre que le vénérable Lugán sera d'accord pour dire que toute histoire, ancienne ou moderne, est remarquable. Elle révèle la nature des hommes et cette nature est immuable.

— Je suppose que vous faites référence à l'attitude de l'évêque Brodulf envers les femmes. Cependant, vous dites qu'il s'agit d'une simple mise à jour ?

— L'histoire est-elle jamais simple ?

— Vous êtes plus qualifiée que moi pour discuter de cette question philosophique dans un cours du vénérable Breas, répondit Fidelma. Ce que je cherche à découvrir, c'est si elle contenait des détails susceptibles d'intéresser particulièrement l'évêque.

— Il y avait, dans le texte, un arbre généalogique de la lignée de la famille royale des Francs saliens.

Elle remarqua l'air perplexe de Fidelma et ajouta :

— La famille des rois francs issus de Merovech. Cela pourrait présenter de l'intérêt.

— Pourquoi ? J'imagine que les générations successives sont bien connues des historiens et des législateurs de votre pays.

— Seulement pour certaines. Notre peuple sait qui sont ses dirigeants. Ce qu'il ne sait pas, c'est qui ils auraient dû être.

— Je ne comprends pas, admit Fidelma.

— Ces documents sont passionnants pour ceux qui veulent observer les rouages de la loi salique. C'est Clovis qui ordonna la rédaction de la loi des Francs saliens, en particulier celle sur l'héritage.

— Je croyais la procédure logique, intervint Eadulf. Comme chez mon peuple, les Angles, elle a pour principe le droit d'aînesse.

— Mais quand un homme n'a pas de fils, que se passe-t-il ? répliqua sœur Fastrude. Si le père de cet homme vit encore, alors le père hérite. Si le père est mort et qu'il était l'aîné, ce sont ses frères qui héritent. S'il n'y a pas de frères, alors le parent masculin le plus proche du côté du père hérite. Ce n'est qu'une fois toutes ces possibilités épuisées qu'une femme peut prétendre à l'héritage. Le but de la loi salique est d'écarter les femmes par tous les moyens.

— Et vous trouvez ce texte passionnant ? se récria

Fidelma, son expression révélant le dégoût que lui inspirait ce système.

Sœur Fastrude sourit.

— Plus je vis dans ce royaume, et plus j'apprends à apprécier vos lois. Elles sont en accord avec ma façon de penser. Mais je trouve ce document précieux en ce qu'il indique le nombre d'héritiers légitimes qui ont disparu.

— Disparu ? Ah ! Vous parlez des souverains occis et remplacés par d'autres ? On m'a parlé d'un roi Sigebert qui fut assassiné et de son successeur qui connut le même sort.

— Le tout en prétendant respecter la loi salique à la lettre, ironisa sœur Fastrude. Fedegar nous rappelle les princes qui auraient dû monter sur le trône et ont été évincés.

Ils venaient de quitter le *scriptorium* lorsque la cloche annonçant l'*etar-shod* se mit à sonner.

Ils traversèrent la cour pour se rendre au réfectoire. C'est alors qu'une étudiante, hors d'haleine, leur barra le chemin.

— Que voulez-vous, sœur Ingund ? s'enquit Fidelma. La cloche nous appelle. Cela ne peut-il attendre ?

— Je voudrais vous parler sur-le-champ.

— Alors parlez librement.

La jeune fille semblant nerveuse, Fidelma lui adressa un sourire encourageant.

— Soit vous nous accompagnez au réfectoire, soit nous nous asseyons près de la fontaine. Mais seulement un moment, car je ne veux pas manquer de repas aujourd'hui.

— Je préférerais ne pas être vue… murmura sœur Ingund.

— … avec nous ? acheva Eadulf d'un ton cynique.

— Je ne voulais pas dire ça, mais… mais c'est vrai. Je dois vous dire quelque chose, seulement je ne veux pas qu'on sache que l'information vient de moi… du moins, pas avant que cette affaire soit résolue.

— Voilà qui est sincère.

Fidelma s'assit sur le mur de pierre et fit signe à l'étudiante de faire de même.

— C'est à propos de la mort de l'évêque ? Si c'est le cas, vous avez toute notre attention.

La jeune fille commença à parler à la hâte en jetant des coups d'œil à la ronde, pour s'assurer que nul ne la remarquait.

— Vous savez que frère Garb a disparu du dortoir ?

— Nous le savons, répondit Fidelma.

— Je m'en suis aperçue il y a peu de temps, après être allée voir. En sortant, j'ai entendu du bruit à l'arrière. Il y a une petite cabane en bois avec une entrée séparée. En fait, on ne peut y entrer que par l'arrière de notre bâtiment.

— Je n'ai pas souvenir de l'avoir remarquée, ce qui est normal, puisqu'elle se trouve derrière. À quoi sert-elle ?

— C'est un petit entrepôt où les garçons déposent leurs sacs et les autres effets dont ils n'ont pas besoin pendant leur résidence.

— Pourquoi portez-vous cette information à notre attention ?

— À cause du bruit, j'ai pensé que Garb pouvait

s'y cacher, expliqua sœur Ingund, l'air inquiet. Je savais que l'intendant l'avait déjà inspectée, mais je me suis dit que Garb était peut-être revenu. Je suis allée à l'angle et j'ai regardé discrètement dans l'espoir que je pourrais voir quelque chose.

— Et vous avez pu ?

— J'ai vu quelqu'un sortir et remettre le loquet en place.

— Pourriez-vous décrire cette personne ?

— Un religieux de haute taille. Pour le reste, il avait sa capuche sur la tête et une longue bure qui ne le différenciait en rien des autres. Par chance, il est parti à l'opposé.

— Donc vous ne l'avez pas reconnu ? Vous n'avez pas vu où il allait ?

La jeune fille secoua la tête.

— Puisque ce n'était pas frère Garb, pourquoi pensez-vous que cela nous intéresse ? s'enquit Fidelma avec curiosité.

— Parce que, après qu'il s'est éloigné, je suis allée à la porte de cet entrepôt et j'ai soulevé le loquet.

— Elle n'était pas fermée à clef ?

— Elle ne l'est jamais. Tout le monde le sait. Il n'y a qu'un loquet en bois et pas de serrure, car qui voudrait y voler quelque chose ? Que valent des sacs vides ?

— Vous avez soulevé le loquet et qu'avez-vous trouvé ? l'encouragea Fidelma.

— L'intérieur était sombre, à moins d'avoir une lampe. Mais la lumière qui tombait par la porte me permettait de distinguer le sol et les piles de bagages sur les étagères du bas. J'ai tout de suite remarqué un sac, car il avait été jeté tout près de l'entrée. Une besace en cuir épais. Grande, du genre qu'emportent les hommes lors de longs voyages. Elle se fixe aux épaules par des sangles.

— Pourquoi cette besace en particulier a-t-elle attiré votre attention ?

— Parce que je l'ai reconnue. Elle appartient à frère Garb, or la personne qui l'a mise là, ce n'est pas lui.

— Comment savez-vous qu'elle appartient à frère Garb ?

— Je l'ai vu, une fois, l'utiliser pour transporter des choses lourdes. C'était quand on nous a demandé de déménager les matériaux que nous utilisions en cours dans un des édifices en bois. Celui-ci devait être démoli et il fallait tout transférer dans un nouveau bâtiment en pierre. Frère Garb s'est porté volontaire pour transporter des objets lourds dans son sac, et je l'avais remarqué.

— Simplement parce qu'il était en cuir épais ? demanda Eadulf.

— Non. Sur le côté, il présentait des marques de brûlure étranges, pratiquées à l'aide d'un tisonnier.

— Des marques étranges ?

— Des groupes de lignes. Je les ai déjà vues, mais je n'en comprends pas le sens.

— Allons les examiner de ce pas, Eadulf. Venez-vous avec nous ?

Sœur Ingund secoua la tête.

— Je ne veux pas que frère Garb s'attire encore plus d'ennuis. Je vous le dis seulement parce qu'un autre que lui a utilisé sa besace. Je pense que cela pourrait l'aider.

La jeune fille se leva, les joues rosies par l'embarras. Elle parut sur le point d'ajouter quelque chose, puis tourna les talons et partit précipitamment.

— Allons-y tout de suite, dit Fidelma, se dirigeant vers les quartiers des étudiants.

Ils n'eurent aucun mal à accéder à l'arrière du dortoir, où se trouvait la petite cabane solitaire. Elle était exactement telle que l'étudiante l'avait décrite : en bois brut, sans serrure ni barre en métal. Aussitôt actionné le loquet, la porte s'ouvrit.

Il était impossible de manquer la besace en cuir qui se trouvait presque sur le seuil.

Fidelma la souleva par sa lanière. Un nom y figurait. Si sœur Ingund ne connaissait pas l'*ogham*, Fidelma, elle, avait appris ce langage ancien. Les lettres brûlées sur le côté du sac proclamaient le nom « Garb ».

— Il y a quelque chose dedans ? demanda Eadulf avec espoir.

— J'en doute.

Fidelma porta la besace au-dehors, à la lumière du jour, avant d'ouvrir les attaches et de regarder à l'intérieur.

— Vide… commença-t-elle.

Elle se baissa soudain, humecta son doigt de sa salive et le passa au fond. Elle le ramena alors à la hauteur des yeux et examina la poudre qui y adhérait.

— Qu'est-ce que c'est ? voulut savoir Eadulf.

— Toi, qu'en dis-tu ?

Elle tendit son doigt pour qu'il l'inspecte. Ce qu'il fit, puis il se pencha à son tour pour scruter l'intérieur du bagage.

— Des grains fins, mais le reste suffit… C'est de

la poudre de soufre, sans doute aucun ! dit-il avec un sourire de triomphe.

Fidelma sourit elle aussi pour le lui confirmer.

— Nous savons maintenant comment le combustible a été apporté du campement des bâtisseurs. Celui qui a utilisé le sac à cet effet aurait dû le nettoyer plus soigneusement.

— La besace appartient à Garb, mais sœur Ingund a vu quelqu'un d'autre la placer là. Alors qui l'a utilisée ?

— Eh bien, nous devons vérifier que, ainsi que l'affirme frère Áedh, la poudre de soufre a servi à attiser l'incendie, décida Fidelma. Nous devons aussi voir d'où elle vient. En attendant, replaçons ce sac avec les autres, jusqu'à ce que nous soyons prêts.

Ils traversèrent la cour en sens inverse, Fidelma marchant à grandes enjambées, Eadulf la suivant avec perplexité. Il se sentit plus perplexe encore lorsqu'elle héla l'un des frères et le pria de transmettre leurs excuses à l'abbé pour leur absence au repas de midi. Avant qu'il ait pu demander pourquoi ils se passeraient de manger, Enda apparut, se dirigeant vers le réfectoire. Elle l'appela.

— Venez, Enda, nous allons faire un tour ! Tout de suite. Prenons nos montures et refaisons le chemin que vous avez suivi ce matin sur les traces du cheval.

Il échangea un regard stupéfait avec Eadulf tandis que Fidelma se dirigeait vers les écuries. Ils sortirent par la porte latérale, sans que Fidelma explique rien. Ils prirent vers l'ouest, passant devant l'abbaye. En face s'élevait Cnoc Carron, le cimetière des bienheureux.

Un mouvement à l'intérieur attira l'attention de Fidelma.

— Un homme travaille encore sur une tombe fraîchement creusée, remarqua-t-elle.

— C'est là que j'ai vu les ouvriers ce matin, indiqua Enda. Mais il ne travaille pas vraiment. Il monte plutôt la garde.

— Je suppose que c'est la tombe de l'évêque, ou que ça le deviendra cette nuit. Des ouvriers consciencieux, qui s'assurent que le terrain est bien stable.

Fidelma fit halte au bout du mur ouest de l'enceinte.

— Vous avez donc tourné pour emprunter cette montée, en suivant la muraille jusqu'au début de la forêt d'ifs ? demanda-t-elle à Enda. Je ne suis pas en train de contrôler votre rapport, ajouta-t-elle pour le rassurer. C'est tout autre chose que je cherche.

Ces paroles n'eurent pas l'heur d'apaiser Enda, cependant il avança, ouvrant la voie sur une piste à peine discernable qui suivait une trajectoire presque parallèle au mur extérieur de l'abbaye.

— Les empreintes du cheval se dirigeaient dans cette direction, dit-il en indiquant le nord-ouest, puis, après qu'ils eurent parcouru une certaine distance, il expliqua : C'est ici que j'ai provisoirement perdu la trace.

Il montra du doigt le sol soudain dépourvu de toute végétation et comme couvert de poussière. La raison en était évidente. On eût dit qu'une nouvelle voie traversait cette partie, continuant vers le terrain de l'abbaye où se déroulaient les travaux.

— Où avez-vous repéré les traces, ensuite ? demanda Fidelma.

— Beaucoup plus loin, à l'orée du sous-bois.

Fidelma regarda attentivement autour d'elle.

— Ce chemin de traverse vient du camp des bâtisseurs à l'ouest. Il aboutit au chantier de l'abbaye ?

Enda acquiesça d'un mouvement du menton.

— Donc, en le suivant vers l'ouest, dans la direction opposée, que trouvons-nous ? reprit Fidelma.

— Au-delà de ces arbres, une clairière avec des cabanes et des feux de camp. Ce sont les logements des bâtisseurs. Un peu plus loin, des lieux de travail, des forges pour les ferronniers et les charpentiers. Des outils et d'autres matériaux empilés tout autour.

— C'est là qu'ils gardent les bêtes qu'ils utilisent pour le transport ? J'ai remarqué que Sítae, le maître d'œuvre, avait huit bœufs et deux ânes sur le chantier.

— Apparemment, les bœufs sont dans un champ ouvert à l'est de l'abbaye, du crépuscule à l'aurore, et gare à celui qui s'y aventure dans ce laps de temps, car le troupeau est gardé par un *dam conchaid.*

Eadulf s'étonna de cette expression, qu'il n'avait encore jamais entendue.

— Un « bœuf qui combat les loups » ? Qu'est-ce que ça peut bien être ?

— La nuit, le troupeau est laissé sous la protection d'un taureau agressif, capable en chargeant de mutiler un goupil, expliqua Enda. Inutile de vous dire que les loups abondent dans les environs. Mais j'ai aussi entendu des histoires de *búabell*, de bœufs sauvages, qui attaquent les troupeaux non protégés.

— N'ont-ils pas de *bóare*, de bouvier, pour surveiller le bétail ? Cela semble un peu excessif ! s'amusa Fidelma.

Enda sourit à peine.

— Apparemment, le maître d'œuvre attache une grande valeur à ses huit bœufs, qu'il soigne telles des vaches laitières de prix.

Fidelma était devenue pensive.

— Donc, les bêtes passent la nuit du côté est de l'abbaye, et si quelqu'un les dérange, il devra affronter un taureau furieux ?

— Exactement.

— Alors, c'est du simple bon sens, conclut-elle.

Pendant que les deux hommes restaient interloqués, elle décida :

— Je veux voir le campement des bâtisseurs avant de reprendre la piste.

Ils la suivirent sur une courte distance au-delà de la zone boisée où l'if local, bien qu'omniprésent, se mêlait au chêne et à l'orme. Le terrain débouchait sur une clairière de belle taille, ménagée de la main de l'homme, qui abritait plusieurs cabanes en bois, suffisamment solides en dépit de leur rusticité pour servir de dortoirs confortables. À une extrémité du campement se trouvaient deux forges où des artisans entretenaient le feu ou martelaient le métal sur l'enclume. Au-delà, Fidelma reconnut un four à chaux, pour en avoir déjà vu auparavant. Un ouvrier s'en occupait, l'alimentant de fragments de calcaire amoncelés à proximité. Dans la même zone étaient empilés divers autres minéraux. Une paire de bœufs placides attelés à un chariot se laissaient charger de grosses pierres par deux hommes dévêtus jusqu'à la taille, en dépit de la fraîcheur printanière. Outre les forgerons, plusieurs artisans s'activaient : charpentiers, tailleurs de pierre et ferronniers façonnaient des pièces variées destinées au chantier.

Alors que Fidelma et ses compagnons, du haut de leur monture, observaient la scène avec intérêt, un homme s'approcha et toucha son front de sa main noueuse.

— Bien le bonjour, lady. Est-ce Sítae que vous cherchez ?

Elle se rendit compte qu'il s'agissait d'un des ouvriers qu'elle avait vus travailler à l'abbaye la veille. Elle lui rendit son bonjour.

— Je m'intéresse simplement à votre campement. Quel est votre nom ?

— Patu, lady.

— « Le silencieux » ?

— La plupart des gens interprètent mon nom comme « le lièvre », car on dit qu'un lièvre détale toujours en silence, répondit l'homme avec un sourire.

Il caressa le nez du poney de Fidelma.

— Un bel animal que vous avez là ! D'une meilleure race encore que celui du médecin de l'abbaye. Un gaulois, je ne me trompe pas ?

— C'est bien ça. Vous vous y connaissez donc en chevaux, Patu ?

— Bien que je sois charpentier et menuisier de mon état, mon père élevait des chevaux dans la vallée, au sud de la butte de Cliú. Peut-être qu'un jour j'y retournerai et je prendrai la relève, au lieu de risquer ma vie à bâtir des abbayes. Bon ! dit-il, se reprenant, que puis-je pour vous ? Sítae n'est pas là pour le moment.

— Eh bien, nous faisions faire un peu d'exercice à

nos montures, répondit Fidelma. Nous ne cherchons rien de particulier. Dites-moi, c'est ici qu'est effectué en grande partie le travail préparatoire sur les éléments architecturaux ? Ils sont façonnés avant d'être transportés jusqu'au chantier ?

— Oui, lady, mais le maître d'œuvre serait tellement plus qualifié pour vous expliquer tout ça ! Je ne suis même pas maître charpentier. Et notre maître maçon est lui aussi en bas, sur le site.

— Peu importe. Je comprends plus ou moins ce que je vois.

Fidelma tendit l'index en direction du four à chaux.

— Vous avez beaucoup de pierres différentes là-bas, pas seulement du calcaire.

L'homme se planta plus confortablement sur ses jambes et acquiesça.

— Nous utilisons de nombreux types de minéraux. Comme nous travaillons avec des pierres sèches, elles doivent être soigneusement parées afin d'être étanches lorsque les blocs seront superposés. Toutefois, Sítae est de ceux qui commencent à revenir aux idées des Grecs et des Romains pour le liant.

— Quelles idées ?

— Un mélange de calcaire concassé et de sable, additionné de pierres pulvérulentes comme agrégat. On y incorpore de la graisse animale, voire du lait. Une fois durci, cela forme un mortier solide.

— Pouvez-vous l'utiliser comme liant avec n'importe quels minéraux ?

— Surtout avec le calcaire et avec le grès. Pour certains édifices, nous l'avons même utilisé avec du granit de Laigin. Ici, nous nous servons de calcaire blanc et rouge, dont l'extraction est facile. En fait, nous nous en procurons tout près de la maison de mon père. Les montagnes où j'ai grandi, les Bosses de Cliú, sont formées de grès rouge et de schiste.

Eadulf l'interrompit :

— J'ai remarqué que vous appeliez les constructions en pierre *derthech*... Pourquoi, alors que cela signifie « maison en chêne » ?

Patu eut un large sourire.

— Rien que des termes du métier, mon ami. Ces mots-là passent souvent d'une technique à l'autre, si bien que le sens originel se perd. Il fut un temps où les bâtiments étaient construits en bois et le principal d'entre eux en chêne. Donc *derthech* méritait bel et bien son nom. À présent, nous utilisons ce mot pour les constructions importantes : les chapelles et les églises, et même les abbayes, qu'elles soient de pierre ou de chêne.

Eadulf effleura le coude de Fidelma pour lui indiquer discrètement un coffre de pierre, non loin d'eux. Il était sculpté sans jointures, mais doté d'un couvercle fixé par une lourde pierre plate. Les taches jaunes qui la constellaient ne laissaient aucun doute sur son contenu. Fidelma se tourna vers Patu, désormais à l'aise avec eux.

— Ce coffre en pierre contient de la poudre de soufre, n'est-ce pas ? N'y a-t-on pas recours pour provoquer une explosion afin de fragmenter les pans de roche ?

L'homme en resta pantois.

— Vous en savez donc un brin sur notre métier ?

— Pas vraiment. Juste qu'il est parfois nécessaire de briser la roche. Et que, quelquefois, il faut la chauffer pour la fendre. Vous servez-vous beaucoup de cette poudre de soufre ici ?

— Pas tant que ça. Nous en conservons une petite quantité en cas de besoin.

— Est-elle gardée avec vigilance ? demanda Eadulf.

— Oh ! vous imaginez bien que, vu le poids du coffre, personne ne va l'emporter.

— Il n'y a qu'à soulever le couvercle et à mettre ce qu'on veut dans un seau.

— Croyez-moi, elle est en sûreté. Il y a toujours quelqu'un dans les parages, pas moyen de se servir sans se faire voir. Seuls certains d'entre nous savent l'utiliser pour briser la roche.

— Ou à d'autres fins ? nuança Eadulf.

— Dans ce cas, ils n'auraient pas besoin d'un seau entier, dit l'homme en riant. Vous pensez à ce que Sítae nous a raconté, c'est ça ? On prétend que de la poudre de soufre a servi à faire flamber l'hostellerie. Reste à prouver qu'elle venait du campement.

— Vu les circonstances, elle n'aurait pu venir de nulle part ailleurs, lui opposa Eadulf.

— Paraît qu'un certain frère Áedh a parlé d'un seau. Ici, il n'aurait pas été facile d'en prélever et d'en transporter une telle quantité. On l'aurait remarquée, dans un seau ouvert.

— Mais vous ne surveillez pas les matières inflammables comme la poudre de soufre ? interrogea Fidelma.

— Vous voyez où elle est conservée. Notre campement est isolé et l'on remarque tout ce qui se passe à la ronde. Je vous ai vus arriver, tout à l'heure, et je vous ai reconnue : vous êtes la *dálaigh* de l'abbaye.

Vous seriez entrée moins facilement si je n'avais pas su qui vous étiez.

— Donc, vous la faites garder du fait qu'elle est dangereuse ? insista Fidelma.

— Personne ne la volera, pas ici. Ou alors, il faudrait être drôlement malin. Par ailleurs, nous sommes tenus de rendre compte de tous les matériaux. La loi prévoit pour chaque chose une compensation. S'il manque quoi que ce soit, nous devons dédommager le surveillant ; s'il ne peut en rendre compte, il doit dédommager le maître d'œuvre, et ainsi de suite.

Fidelma hocha la tête.

— Nous avons beaucoup appris et devons vous en remercier.

Elle se redressa et jeta un coup d'œil appréciateur alentour. Son regard s'arrêta sur l'établi que l'homme avait quitté afin de les accueillir.

— Je vois que vous travaillez à une pièce de menuiserie.

— Je suis ce qu'on appelle un *saor denma tighi*, lady.

— Un menuisier qui construit des maisons, expliqua-t-elle rapidement à Eadulf, qui demandait ce que cela signifiait.

— Vous avez de magnifiques outils ! le complimenta Enda. Alors, ce n'est pas vous le maître charpentier ? Celui qui a ciselé tous les ornements en if rouge ?

— Non. Lui, il s'est vu contraint de nous quitter. Il est parti la veille du jour où l'évêque étranger a été pris dans ce terrible incendie.

— Ah, oui ! dit Fidelma. Son travail fait l'objet d'éloges unanimes à l'abbaye. Sur l'if, il accomplit des merveilles. Je me souviens qu'il s'appelle Cú Choille.

— Observer sa technique était une vraie leçon. Je l'ai souvent vu là, à cet établi, en train d'ouvrager un morceau de bois sous presse, ou de tourner du bois sur un tour. Enfin ! Sítae a fait savoir partout à la ronde que nous avions besoin d'un nouveau maître charpentier.

— Cela ne pourrait-il être vous ? interrogea Eadulf.

— Merci mille fois, mon ami, mais il faut avoir obtenu le titre de professeur dans tous les arts de la coupe et du façonnage du bois.

— Je me souviens que le maître d'œuvre a mentionné le fait que vous sauriez façonner un *fé* et l'utiliser pour l'enterrement de l'évêque.

L'homme confirma avec une légère hésitation :

— J'ai déjà taillé un *fé*, lady.

— Eh bien ! vous devez avoir joliment réussi pour acquérir les outils de votre art, fit remarquer Fidelma.

Le charpentier secoua la tête.

— La *tornaire*, le tour, la presse et la meule appartiennent au maître d'œuvre.

— Ne serait-il pas plus approprié qu'ils appartiennent au maître charpentier ? interrogea Enda, descendant de sa monture pour examiner le tour. Voilà un instrument superbe ! J'en ai vu un semblable dans mon village. On l'appelait *deil*.

— *Tornaire* et *deil*, l'un et l'autre se disent, déclara l'artisan. Ces objets-ci sont trop lourds pour être transportés par un seul homme. Mais, s'agissant d'instruments plus petits, chaque charpentier a les siens, avec lesquels il se déplace.

Il sourit à Eadulf.

— Je vois que vous faites de même, mon ami, car vous avez un *lés* attaché à votre cheval… le sac du médecin, sans lequel vos compétences dans les arts de la guérison seraient sujettes à caution.

Eadulf en fut presque mal à l'aise.

— Nous comprenons, s'empressa de dire Fidelma. Chaque charpentier a donc son propre sac pour ses instruments personnels ? Il les connaît et les protège avec soin.

— C'est exactement ça, lady. On n'aurait pu mieux l'exprimer.

— Il garde toujours par-devers lui les outils tels que les ciseaux, les marteaux, les maillets ?

— Tout juste ! Quant aux objets lourds, comme les tours, les presses et les meules, ils sont convoyés en chariot et restent sur le chantier jusqu'à la fin des travaux.

Enda s'apprêtait à se remettre en selle quand il lui sembla reconnaître un des instruments sur l'établi qu'il avait examiné. Il s'en saisit prestement.

— Voilà une chose à l'aspect fort menaçant. Une « pointe de fourche », je crois, dit-il en le tendant à Fidelma. C'est par ce moyen que les charpentiers peuvent tracer des cercles parfaits sur leur ouvrage.

Fidelma prit l'objet avec précaution, car son nom le décrivait parfaitement. Eadulf se rendit compte qu'il s'agissait d'un compas. La longueur des deux solides branches en chêne, de la charnière aux pointes de métal insérées à l'intérieur, était d'une trentaine de centimètres. Fidelma, qui avait vu des compas similaires, le tint avec délicatesse et fit mine de l'étudier avec une admiration mêlée de respect. Puis elle le rendit d'un air solennel.

— Merci encore, mon ami, de nous avoir montré votre campement. C'était passionnant. Nous devons rentrer, mais nous vous reverrons sans doute à l'abbaye.

Suivant son exemple, Eadulf et Enda tournèrent bride et regagnèrent la croisée des chemins où ils s'étaient arrêtés précédemment. Fidelma interrogea le guerrier.

— Enda, qu'est-ce qui vous a incité à prendre le compas ?

— J'ai remarqué qu'il portait des inscriptions et j'ai pensé que cela pourrait vous intéresser.

— Des inscriptions ? répéta Eadulf. Pourquoi cela serait-il intéressant ?

— C'était des lettres de l'ancien alphabet, sur un bras du compas.

— Plus que de simples marques, confirma Fidelma. Mais je n'ai pas eu le temps de les déchiffrer.

— C'était un nom, dit Enda.

— Lequel ? voulut savoir Eadulf.

— Cú Choille.

Eadulf s'exclama en comprenant où il voulait en venir.

— Le maître charpentier, qui a dû quitter l'abbaye la veille de la mort de l'évêque. Ce qui veut dire... ?

— Vous avez entendu ce que Patu disait à propos des instruments personnels ?

— Le maître charpentier ne les aurait jamais laissés là en partant et ce Patu les lui a volés ? Allons, poursuivit-il avec une petite grimace désabusée. Nous avons assez de mystères à résoudre sans en créer un nous-mêmes.

— C'est un élément qu'il faut garder à l'esprit, estima Fidelma sans se compromettre. En tout cas, je suis convaincue que la poudre de soufre provenait du campement. C'est pourquoi je tenais à me rendre sur place. Il y avait du soufre au fond du sac que nous avons trouvé. On a volé ce matériau, puis on l'a caché derrière l'hostellerie afin qu'il soit prêt à être utilisé cette nuit-là. Cela montre que le meurtre de l'évêque a été planifié.

— Par frère Garb ? demanda Eadulf.

— Le seul point dont nous soyons sûrs, c'est que l'incendie a été prémédité, répéta-t-elle. Il devient de plus en plus urgent de trouver ce jeune homme.

— Mais si ce n'est pas lui, alors qui ? Tu soupçonnes que cela pourrait être un des bâtisseurs ?

— Quel serait son mobile ? Non, le coupable doit se trouver parmi les membres de cette abbaye. Nous avons encore bien des investigations à mener ! Venez, mon ami, dit-elle à Enda. Montrez-nous où vous avez retrouvé les traces du cheval.

Enda ne tarda pas à leur indiquer de profondes empreintes de sabots.

— Comme je vous l'expliquais, on dirait qu'il a été chargé d'un fardeau supplémentaire.

— Les empreintes s'enfoncent davantage, acquiesça Eadulf. Mais le faix qu'on a placé sur son dos était beaucoup plus lourd qu'un sac de poudre de soufre.

Au regard déçu de Fidelma, Eadulf comprit qu'il faisait fausse route.

— Celui qui a emporté la poudre de soufre dans la

besace de Garb n'avait pas besoin de voler un cheval aux écuries et de se lancer dans une équipée nocturne.

— Donc, quelqu'un a pris le cheval, est monté dans la forêt d'ifs et a déposé une lourde charge sur l'animal avant de redescendre avec lui jusqu'à la grand-route qui passe devant l'abbaye, récapitula lentement Eadulf. Peut-être sont-ils allés ailleurs d'abord ?

— C'est à peu près ça, concéda Fidelma.

— Puis, une fois sur la grand-route, le cheval a été abandonné devant les portes ? Non, dit Eadulf en secouant la tête. Cela n'a aucun sens.

Fidelma examina le terrain qui s'étendait autour d'eux et répondit :

— Ils l'ont pris pendant la nuit, l'ont utilisé pour transporter quelque chose et, quand ils ont eu fini, au petit matin, ils l'ont relâché. Il a été découvert par des guerriers de passage qui, heureusement, l'ont ramené au portier.

— Ah oui ! comme ça c'est parfaitement logique, ironisa Eadulf.

Fidelma haussa les épaules de manière expressive.

— Pour l'instant, cela n'a pas besoin d'être logique car nous manquons d'informations. En attendant, nous avons beaucoup à faire. Peut-être pourrons-nous persuader les cuisines de nous donner une collation pour compenser le repas de midi que nous avons manqué.

## CHAPITRE XVI

Pendant qu'Enda ramenait leurs chevaux à l'écurie et que Fidelma s'en allait aux cuisines, Eadulf jugea opportun de récupérer la besace de Garb. Il était à mi-chemin des quartiers des étudiants lorsqu'il aperçut un groupe de bâtisseurs, au-delà des décombres de l'ancienne hostellerie. Étrangement immobiles et silencieux, ils se tenaient devant un bâtiment destiné à la démolition. L'un d'eux aperçut Eadulf et vint vers lui en allongeant le pas. Sa démarche était irrégulière, comme s'il se retenait de courir.

— Frère Eadulf !

L'homme s'arrêta devant lui, un peu essoufflé, le visage rouge et les traits anxieux.

— Maître bâtisseur, répondit Eadulf, reconnaissant Sítae. Que puis-je pour vous ?

— Venez avec moi, s'il vous plaît. Il faut que je vous montre quelque chose.

— Que se passe-t-il ?

— C'est urgent ! J'ai ouï dire que vous cherchiez un jeune étudiant nommé Garb. Mieux vaudrait que vous veniez avec moi sur-le-champ.

Eadulf suivit le maître d'œuvre, qui le conduisit

rapidement au bâtiment devant lequel se tenait le groupe. Sítae leur ordonna d'un geste de s'écarter et fit entrer Eadulf. La vieille structure en bois était vide, dépouillée, prête à être abattue. Sans hésiter, Sítae gravit les marches branlantes et vermoulues jusqu'à l'étage. Il n'y eut alors plus besoin d'explication.

Le premier étage se composait d'une pièce unique dotée d'une soupente, comme un grenier. Suspendu à une poutre maîtresse du plafond, un jeune homme oscillait légèrement. Une corde de chanvre enserrait son cou. Il portait une robe de moine déchirée et souillée. Une chaise renversée gisait sur le côté. Vu l'angle de la tête et la décoloration de la peau, Eadulf n'eut pas besoin de demander si le jeune homme vivait encore.

Il regarda Sítae, qui interpréta sa question muette.

— Nous allions commencer à démolir cet édifice. Un charpentier est venu repérer le bois à conserver pour une éventuelle réfection.

— Nous étions à la recherche d'un étudiant, admit Eadulf. L'intendant, frère Mac Raith, n'avait-il pas cherché par ici ?

— Mais si, assurément ! Je peux vous garantir que le corps n'était pas là tout à l'heure.

— Que voulez-vous dire ?

— Exactement ce que j'ai dit. Nous avions fait le tour des lieux et tout était normal. Ce jeune homme a dû s'introduire ici pendant que nous prenions notre pause pour le repas de midi. Nous venons à peine de le découvrir et j'allais le signaler quand je vous ai vu traverser la cour. Est-ce lui que vous cherchiez ?

— Je crois, oui. Pour ma part, je ne l'avais

jamais vu, donc j'ai besoin que quelqu'un l'identifie. Pourriez-vous aller chercher frère Mac Raith ? Oh ! Et faites aussi prévenir lady Fidelma, sans oublier frère Anlón. Qu'un de vos hommes m'apporte une échelle et un couteau affûté afin que je puisse trancher le nœud.

Sítae considéra avec nervosité le corps qui se balançait encore.

— Cela n'augure rien de bon, mon frère. Voilà deux fois qu'un religieux décède sur le chantier ; c'est mauvais signe. Des accidents mortels peuvent arriver, mais là, c'est autre chose.

Avec réticence, il s'en fut exécuter les instructions qu'il avait reçues.

Avec l'aide d'un ouvrier, il ne fallut pas longtemps à Eadulf pour couper la corde et étendre le jeune homme par terre. On ne pouvait plus rien pour lui ; le corps était pâle et glacé. Néanmoins, Eadulf passa un certain temps à le scruter, les sourcils froncés.

Peu après, frère Anlón émergea de l'escalier, la mine renfrognée. Il considéra le corps, puis la poutre et la corde tranchée.

— Il semble que vous n'ayez pas besoin de mes services, dit-il. Mort par pendaison, le diagnostic est clair.

À peine s'était-il prononcé que Fidelma, accompagnée de frère Mac Raith, les rejoignit dans la pièce.

— *Sta coram Deo et omni mala !* murmura l'intendant en se signant.

— Est-ce frère Garb ? demanda Fidelma sans perdre de temps.

— C'est lui, confirma l'intendant, bouleversé.

— Un cas simplissime, intervint négligemment

frère Anlón. Ce garçon paraissait souffrant quand il est venu me voir ce matin, il se plaignait de maux d'estomac. De toute évidence, quelque chose de pire occupait son esprit.

— Ce n'est pas un cas simplissime, répliqua sèchement Eadulf.

Le médecin se tourna vers lui d'un air furibond, mais avant qu'il puisse objecter, Eadulf poursuivit :

— Quelques points méritent considération. À l'examen, vous auriez remarqué la froideur du corps.

— À quelle température vous attendez-vous à trouver un cadavre après une pendaison ? demanda frère Anlón, goguenard.

Fidelma se pencha pour effleurer la peau.

— C'est très froid, comme on peut s'y attendre, constata-t-elle.

— Comme on peut s'y attendre, répéta Eadulf, se tournant vers Sítae. Corrigez-moi si je me trompe, maître d'œuvre, mais ce bâtiment, sur ses deux niveaux, a été vidé en vue d'une démolition après le déjeuner ?

— C'est exact.

— Cela a été fait juste avant la pause de midi, après quoi vos ouvriers sont partis. Dès leur retour, l'un d'eux est entré, a trouvé le corps et vous a immédiatement informé ?

— Mais oui.

— Combien de temps diriez-vous que le lieu est resté désert ? Vous accordez à vos ouvriers de très longues pauses ?

— Pas du tout. Le temps, c'est de l'argent.

— Donc pendant ce court laps de temps, ce jeune

homme est venu ici avec une corde et une chaise. Il les a installées et s'est pendu. C'est bien ça ?

— Qu'aurait-il pu se passer d'autre ? intervint frère Anlón d'un ton moqueur.

— Quand avez-vous vu un corps devenir aussi vite froid comme la glace ? l'interrogea Eadulf.

Sur la défensive, frère Anlón se tourna vers le maître d'œuvre.

— Vos ouvriers ont dû s'absenter plus longtemps.

— Difficile d'être précis, mais pas plus de temps qu'il n'en faut pour manger une bannique et boire une bière. Nous nous sommes aussitôt remis au travail. Donc, non, pas longtemps du tout.

— Pourtant, reprit Eadulf d'une voix sarcastique, ce temps aurait suffi pour que le jeune homme monte ici avec une corde et une chaise, fixe la corde… Au fait, cette chaise ne permet pas d'atteindre la poutre autour de laquelle la corde était nouée, alors où est passée l'échelle qu'il a forcément utilisée ? Enfin, admettons. Il s'est mis le nœud coulant autour du cou, a donné un coup de pied dans la chaise et s'est étranglé, vu que le cou n'est pas rompu.

— Compliqué, mais possible, le contra frère Anlón, buté.

— Compliqué et impossible, vous voulez dire ! Et dans le bref intervalle de temps qui reste, le corps serait devenu excessivement froid, avec des muscles faciaux rigidifiés ? Non, ce garçon est mort depuis des heures.

— Tu t'es bien fait comprendre, Eadulf, dit Fidelma. Donc, ce jeune homme a été assassiné plus tôt ce matin ?

— Oui, et dans un autre endroit. Pendant que les

ouvriers prenaient leur pause, on est venu avec une échelle, une corde, une chaise, et l'on a mis le corps en place.

— Vois-tu autre chose ?

— Il fallait être au moins deux.

— Et autre chose encore ? l'encouragea Fidelma.

— Examine le cou. Il présente deux sortes de contusions distinctes, qui ont, je pense, été faites dans des conditions différentes.

— Voilà maintenant qu'il aurait été pendu deux fois ? se gaussa frère Anlón en soufflant par le nez. Vous vous abandonnez à des chimères.

— Croyez-vous ? Les ecchymoses au cou montrent encore les empreintes d'un pouce. Elles ont été produites *ante mortem*, car le jeune homme a été étranglé. C'est cela, la cause du décès. Au-dessus de ces contusions apparaissent plusieurs entailles laissées par la corde, où il reste des brins de chanvre. Cela a déclenché la décoloration.

Frère Anlón s'obstinait à dénigrer ses conclusions.

— En tant que médecin accoutumé à voir des morts, je dirais que la décoloration peut apparaître peu après le décès.

— Accoutumé à voir des morts ? releva Fidelma. Vous avez constaté des décès accidentels, pendant ces travaux ?

— Frère Anlón confirmera que nous avons d'excellents résultats en matière de sécurité, intervint le maître d'œuvre, lançant un regard inquiet au médecin.

— Sans doute, mais je souhaite qu'il réponde, insista Fidelma.

— Il y a eu une ou deux blessures dues à des chutes. Mon expérience de la mort…

— … n'est pas pertinente en l'occurrence, coupa Fidelma, avant de se retourner vers Eadulf avec un sourire.

— J'étais sur le point de souligner le plus important, reprit celui-ci. Ce qui échappe à frère Anlón, ce sont les implications de ces deux types de contusions. Le jeune homme a été étranglé, puis amené ici, après quoi les meurtriers ont tenté de déguiser leur crime en suicide.

Réduit au silence, frère Anlón s'efforçait apparemment d'élaborer une autre explication, en pure perte.

— De même que l'évêque a été assassiné et l'hostellerie incendiée pour masquer la cause véritable, conclut Fidelma, qui poussa un soupir. Donc, frère Garb a été étranglé ce matin. À moins que nous ne découvrions un autre témoin, la dernière personne à l'avoir vu, c'est vous, frère Anlón, lorsque vous lui avez donné une tisane en lui recommandant le repos.

Le médecin commençait à bafouiller quand Eadulf rappela à son épouse :

— C'est sœur Ingund qui l'a vu en dernier, alors qu'il dormait dans le dortoir des étudiants.

Fidelma l'approuva d'un signe de tête.

— Mais oui, tu as raison. Ce remède aurait-il pu induire une somnolence ?

Le médecin le nia sans pouvoir contenir sa colère.

— Très bien, poursuivit Fidelma. Donc, on l'a étranglé, puis on a caché son corps jusqu'à ce qu'on puisse le transporter jusqu'ici dans le but de nous faire croire que ce garçon s'était pendu.

— Vous pensez que le tueur de Garb et celui de

l'évêque ne font qu'un ? s'enquit frère Mac Raith, songeant au rapprochement qu'elle avait fait peu auparavant.

— Comme Eadulf l'a très bien déduit, nous ne cherchons plus un unique meurtrier, à présent, répondit-elle.

— Il y en aurait deux ? fit frère Mac Raith, atterré.

— Pensez-y, lui répondit Eadulf. Pensez à la somme d'efforts nécessaires afin que l'assassinat de frère Garb passe pour un suicide. Il a fallu transporter le cadavre, puis le hisser à cette poutre. Nous recherchons deux complices, dont l'un doit avoir la force d'étrangler un jeune homme. Cela suppose de la vigueur et une poigne solide.

Tous méditèrent ces conclusions, puis Fidelma, s'étant assurée qu'Eadulf ne pourrait plus rien tirer d'un examen physique, demanda à frère Mac Raith de veiller à ce qu'on emmène la dépouille à la chapelle. L'intendant se chargea de rapporter les événements à l'abbé et de prendre les dispositions nécessaires conformément à ses souhaits.

Le maître d'œuvre lui adressa un sourire en coin tout en se disposant à partir.

— L'abbé voudra sans doute qu'on creuse une seconde tombe, frère Mac Raith. Voyez cela avec lui. Cela ne prendra pas longtemps à mes hommes.

— Je vais lui en parler, répondit l'intendant d'un air pincé. Dans des circonstances normales, une fois que le médecin aura rendu son rapport, au moins une nuit et un jour devraient être consacrés à veiller le corps à la chapelle. Je vous tiendrai informé.

Quand il fut parti, Fidelma interrogea frère Anlón.

— Les maçons ont-ils leur propre médecin ou est-ce vous qui les soignez ?

— Ils ont quelqu'un qui traite les plaies superficielles, les ecchymoses et même les luxations. Ce n'est guère qu'un rebouteux qui s'occupe aussi du bétail. Je n'ai eu à soigner que des blessures ordinaires. Sítae prend très bien soin de ses hommes.

Accompagnée d'Eadulf, Fidelma trouva sœur Ingund seule dans le dortoir désert. Visiblement, on lui avait déjà appris la nouvelle. Elle avait pleuré. Ses yeux étaient encore noyés de larmes, ses paupières rougies. Elle leva la tête à leur entrée, ravalant un sanglot avec un petit bruit.

— Nous sommes navrés de vous déranger en un pareil moment, commença Fidelma avec compassion.

Elle s'assit auprès de la jeune fille, pendant qu'Eadulf restait discrètement à l'écart.

— Garb n'aurait jamais commis de *fingal* ! déclara la jeune fille d'une voix cassée en s'essuyant les yeux.

Le terme juridique pour le « meurtre d'un proche » était le même que celui utilisé pour un suicide, songea Eadulf, qui dit d'une voix douce :

— Nous pensons qu'il a été assassiné.

— Je l'aimais, murmura Ingund, brisée.

— C'est certain, répondit gentiment Fidelma.

L'étudiante baissa la tête en reniflant.

— La prieure Suanach m'avait mise en garde contre mes sentiments.

— Elle avait été induite en erreur. On a prétendu que vous tentiez d'entraîner Garb dans un complot contre l'évêque.

— Comment a-t-elle pu croire ces billevesées ?

— Ce n'était pas inconcevable.

— J'étais amoureuse de lui, répéta-t-elle d'une voix atone. La prieure est folle.

— Seulement de la folie que l'amour peut provoquer, expliqua Fidelma.

— Je ne comprends pas.

— La prieure Suanach aime passionnément le vénérable Breas depuis le temps de sa jeunesse, où elle étudiait ici.

— Passionnément ? Mais elle est plus vieille que moi !

— Justement, répondit Fidelma avec un sourire triste. Si nul ne connaissait son âge, nous laisserions-nous enchaîner par les contraintes qu'il impose en réprimant nos sentiments ? L'amour est hors du temps ; l'âge n'est qu'un nombre. L'amour naît de l'émotion, non de la façon dont nous percevons l'état de notre peau. Simplement, la passion que Suanach ressentait, elle pouvait croire que d'autres l'éprouvaient.

— Mais moi, j'étais éprise de Garb.

— Suanach aussi était éprise, et elle voulait protéger le vénérable Breas de toute accusation de complot contre l'évêque. Maintenant, j'aimerais savoir quels sont vos rapports avec le diacre Landric.

— Le diacre Landric ? s'étonna sœur Ingund. Absolument aucun. Je ne le connais que depuis qu'il est venu à l'abbaye avec l'évêque Brodulf et je le fuis comme la peste. Qui a dit que j'entretenais des rapports avec lui ?

— Je voulais simplement que vous me rassuriez.

— C'est lui qui a menti à la prieure à mon sujet ? Et elle l'a cru ?

— Malheureusement, je le répète, à cause de ses propres sentiments envers Breas.

— Allons dire au vénérable Breas que ce n'est pas vrai !

Fidelma lui tapota le bras.

— C'est déjà fait. Nous devons maintenant tâcher de comprendre pourquoi le diacre répand ces calomnies.

— Il détestait Garb, bien sûr. C'est une raison suffisante.

— Pourquoi le détestait-il ? À cause de son antagonisme constant contre Brodulf ?

Ingund secoua la tête avec véhémence.

— Je ne pense pas que ce soit la cause réelle. Quoique le diacre soutînt l'évêque concernant ces questions.

— Pourquoi alors haïssait-il frère Garb au point de semer la discorde ?

— Garb était un des meilleurs élèves du vénérable Breas. Nous l'admirions tous. Il suivait avec ferveur chaque débat sur les diverses interprétations de la foi. Il m'a dit un jour qu'il en existait des dizaines, ce qui causait souvent des conflits entre une secte et une autre. Comme entre le vénérable Breas et l'évêque Brodulf.

— Donc, il étudiait ces diverses interprétations ?

— Il était plus souvent dans la bibliothèque qu'au-dehors.

— À quel genre de sujets s'intéressait-il ?

— Il m'a raconté un jour que, bien avant que Rome devînt chrétienne, un certain Théodote de Byzance vint y propager la foi. Il enseignait que Jésus n'était qu'un homme attaché à la vertu et à la spiritualité.

Ces idées furent acceptées par de nombreux groupes. Cent ans plus tard, elles firent l'objet de débats lors d'un concile, à Antioche, et furent condamnées par la majorité des participants. Malgré cela, beaucoup continuèrent d'y adhérer.

— Frère Garb a usé de ces arguments dans ses discussions avec Brodulf ?

— Oui ! Il a dit que, dans les premiers temps, on enseignait que Jésus était un homme comme les autres. Et même que, selon certains, il avait une épouse qui le suivait, aux côtés de sa mère et de sa sœur, pendant la période où il prêchait en Galilée et en Judée. Garb affirmait que l'expression « Fils de Dieu » était l'aveu, non de sa divinité, mais de sa mortalité. Cela a provoqué la pire querelle de toutes avec l'évêque. Garb a parlé d'un…

La jeune fille s'interrompit, craignant de tenir des propos tendancieux.

— Continuez, dit Fidelma, espérant qu'elle lui ouvrirait son cœur.

— Il a évoqué un nommé Apollinaris, qui était évêque de Laodicée et a été déclaré hérétique lors du premier concile de Constantinople, il y a environ trois siècles.

— Et qu'enseignait l'évêque Apollinaris ?

— Que Jésus était un être humain et non divin, mais qu'il inspirait autrui par ses réflexions et que, par conséquent, c'étaient ses réflexions qui étaient d'essence divine. Elles étaient le miroir de l'âme. Or Apollinaris n'était pas le premier à voir les choses de cette façon, et il ne fut pas non plus le dernier.

— Voilà des idées qui n'ont pas dû plaire aux semblables de l'évêque Brodulf, fit observer Eadulf.

Je dois admettre qu'elles me mettent mal à l'aise, moi aussi. Elles vont à contre-courant de la foi que j'ai acceptée, car n'est-il pas dit dans les Évangiles que le Christ lui-même proclama sa divinité ?

— On nous enjoint de croire que les Écritures relatent fidèlement ses paroles, alors qu'elles ont été rédigées un siècle plus tard, argua la jeune fille. Mais malgré le passage des ans, la traduction d'une langue à l'autre et les nombreuses interprétations, on trouve encore des textes rapportant avec précision ce qu'il a dit et fait. Ces textes, Garb les étudiait. Il m'a confié qu'il commençait à douter, parce qu'il avait découvert, bien loin d'une divinité venue sur terre pour se révéler, un homme qui prônait des principes bons et moraux, fondés sur la religion et les coutumes de son propre peuple. Il avait été exécuté et, par la suite, des gens de cultures très diverses avaient créé des mouvements en son nom. Au fil des siècles, à travers ces différentes cultures, on s'était réuni et l'on s'était entendu sur des idées, jusqu'à ce qu'on parvienne à élaborer des principes de base acceptables par la majorité. Quiconque n'y souscrivait pas était déclaré hérétique ou impie. Garb trouvait intolérable de faire de ces divagations de vieillards le fondement d'une religion.

Fidelma jeta un regard inquiet à Eadulf.

— Un raisonnement surprenant, de la part d'un étudiant en théologie. Cette déclaration pourrait avoir causé sa perte.

Sœur Ingund la regarda fixement.

— Vous voulez dire que Garb a été tué en raison de ses convictions ?

— De tels propos avaient de quoi indigner non seulement l'évêque, mais tout adepte de notre foi, car la majorité des interprétations reconnaissent l'essence divine du Christ. Garb s'est visiblement laissé emporter par son ardeur. L'évêque devait lui rendre son agressivité au centuple. Pensez-vous que Garb ait pu le tuer ?

— Il aurait été incapable de faire du mal à qui que ce soit, affirma aussitôt Ingund. Il était d'un tempérament si doux ! Parfois, il laissait de côté ses manuscrits et nous allions nous promener dans la forêt. Il me montrait les fleurs et les plantes. Les champignons, aussi, et il me racontait comment sa mère les préparait, avec des herbes et des racines, des plats dont je n'avais jamais entendu parler. Une fois, nous avons trouvé un renardeau pris au piège dans un buisson d'épines et, malgré ses morsures et ses coups de griffes, Garb a réussi à le délivrer afin qu'il puisse retourner auprès des siens.

— Un naturel très doux, convint Fidelma. Mais cela ne garantit pas qu'une personne ne commettra jamais un meurtre. J'ai connu des hommes qui s'attendrissaient devant les animaux, et qui, sur le champ de bataille, se montraient assoiffés de sang.

— Diriez-vous qu'il aurait refusé de se battre, si les circonstances le lui avaient imposé ? demanda Eadulf.

— Je ne suis pas sûre de comprendre. Il se défendait par ses arguments contre l'évêque Brodulf.

— Il s'agissait d'une joute verbale. Quelle aurait été sa réaction si l'évêque Brodulf l'avait frappé ?

— Ah ! je vois. Un des enseignements de la foi n'est-il pas de ne pas répondre à la violence par la violence ? Ainsi qu'il est écrit : « Si quelqu'un te frappe sur la joue droite, tends-lui aussi l'autre. » N'est-ce pas ?

— Garb aurait-il tendu l'autre joue ?

— Nous en avons discuté, lui et moi. Il disait que c'était la notion la plus difficile de toutes, parce que, pour lui, au lieu de prévenir la violence, c'était l'encourager. Il pensait qu'il fallait se dresser contre l'agresseur et l'empêcher de recommencer. Tendre l'autre joue risquait de passer pour de la pusillanimité. Cela incitait les brutes à maltraiter leur victime encore davantage. L'évêque Brodulf était fier et hautain, prêt à écraser quiconque ne lui tenait pas tête. Garb soutenait qu'il fallait faire preuve de détermination plutôt que de soumission.

— A-t-il jamais eu maille à partir avec le diacre Landric, puisque ce dernier semble tout aussi fier et hautain que l'évêque qu'il servait ?

— Certes, il est arrogant et enclin à la provocation. Mais Garb, lui, n'usait jamais de violence.

— Jamais ?

— Il ne se serait pas laissé entraîner dans une rixe. En revanche, il ne reculait jamais devant une discussion, même houleuse.

Fidelma soupira.

— L'une peut mener à l'autre.

— Pas avec Garb, assura résolument sœur Ingund.

— Revenons à la veille de l'incendie. Quelque chose d'inusité s'est-il produit ce jour-là ? Comment s'est déroulée cette journée ?

— Quelque chose d'inusité ? Nous, les étudiantes, nous sommes réveillées, avons fait nos ablutions comme à l'ordinaire et avons assisté au premier office. Puis nous sommes allées au *longud*. Ensuite, nous avons suivi nos cours habituels avec le vénérable Breas.

— Garb était là ?

— Au début.

— Comment ça, « au début » ?

— Il est parti peu après que nous avons commencé. C'était une séance très calme.

Sœur Ingund plissa le front alors qu'un souvenir lui revenait :

— L'évêque Brodulf n'était pas présent… Plus tard, nous avons tous su que le vénérable Lugán s'était plaint auprès de l'abbé du comportement de l'évêque à la bibliothèque.

— Quand au juste l'avez-vous appris ?

— Vers la fin du repas de midi. Nous étions assises près de la prieure Suanach et terminions notre repas, lorsque le vénérable Lugán est venu échanger quelques mots avec elle. Ils parlaient très vite dans leur langue, mais je suis bonne élève ; j'ai compris que l'évêque avait fait des recherches à la bibliothèque et mis des documents en désordre. Le bibliothécaire était allé s'en plaindre à l'abbé et, à son retour, s'était aperçu que des textes manquaient. Je n'ai pas saisi exactement lesquels, mais le vénérable Lugán a dit que l'évêque les avait pris sans autorisation.

— Garb avait quitté la classe, disiez-vous. Quand l'avez-vous revu ensuite ?

— Ce soir-là.

— Il vous a dit où il était allé ?

— Il avait passé l'essentiel de son temps à la bibliothèque.

— Y avait-il vu l'évêque ?

— Oui. Après son départ, il a voulu savoir ce qui l'avait tant exaspéré et conduit à la dispute avec le bibliothécaire.

— Savait-il quels textes avaient disparu ? demanda Eadulf.

— Sur le coup, il ne m'en a rien dit. Plus tard, il m'a expliqué que ce qui avait déclenché la fureur de l'évêque, c'était l'*An Banshenchus*, à cause de l'éloge qu'il faisait d'Ève, mère de l'humanité. Elle y était décrite comme généreuse, sage et d'une grande vertu.

— Qu'en pensait Garb ?

— C'était un fils de son peuple, dont vous-mêmes êtes les produits. Chez vous, la femme est considérée comme l'égale et la compagne de l'homme, de même que l'homme est l'égal et le compagnon de la femme. Garb a appris que l'évêque Brodulf considérait cela comme un sacrilège, une trahison de la foi. Ève était responsable des malheurs de l'humanité et les femmes méritaient d'être reléguées au plus bas niveau de la société.

— Encore un sujet qui a dû mettre Garb en colère…

— Cela a conforté ses doutes quant à son futur rôle de défenseur de la foi.

Fidelma et Eadulf soupesèrent ces informations en silence.

— Je tiens à éviter tout malentendu, dit la *dálaigh*. Garb rejetait-il la foi au profit de l'ancienne religion ou choisissait-il une autre voie ?

— Une autre voie ?

— À l'époque où les empereurs romains décidèrent d'adopter le christianisme pour religion d'État, nombre de doctrines différentes coexistaient. Il fallait agir de sorte à les unifier. En Éireann, nous suivons encore certains des enseignements d'Arius, l'évêque d'Alexandrie déclaré hérétique lors du premier concile de Nicée, qui marqua une de ces tentatives d'unifier la foi. Arius ne croyait pas que le Christ était divin, mais que le titre de « Fils de Dieu » était honorifique. Maints autres groupes partageaient cette conviction. L'important est que, bien que taxé d'hérésie, Arius conservait le soutien de l'empereur. Ses idées continuèrent de se répandre et d'exercer leur influence.

— Tout ce que je sais, c'est que Garb était doté d'un esprit brillant. Je ne comprenais pas complètement ses démonstrations. Il était à la fois captivé et effrayé par la direction que prenaient ses pensées.

— A-t-il participé au repas principal, le soir où l'hostellerie a brûlé ? demanda Fidelma.

— Oui.

— Et rien d'inhabituel ne s'est produit ? Il ne ressentait aucun signe avant-coureur des maux d'estomac qui le tourmenteraient plus tard ?

— Il n'a pas mangé grand-chose. Il a dit qu'il se sentait un peu nerveux. Je lui ai battu froid, car nous devions nous voir l'après-midi et il m'avait fait faux bond.

— Où étiez-vous censés aller ?

— Nous devions trouver un coin tranquille pour pratiquer le *dercad*.

Fidelma éprouva une surprise fugitive.

— Vous pratiquez l'art ancien de la méditation ?

Certains abbés et évêques condamnaient ce qu'ils voyaient comme une pratique païenne héritée des druides. Pour Fidelma, elle avait été essentielle à certains moments de sa vie, l'aidant à chasser les pensées étrangères, à apaiser la peur et la colère. Elle lui permettait encore d'atteindre un état de *sitcháin*, ou paix intérieure, afin que son esprit soit assez clair pour prendre une sage décision.

— La prieure Suanach nous a vanté les mérites de la méditation presque dès le premier jour de notre arrivée. C'était nouveau pour nous, car cela ne faisait pas partie de la philosophie. Elle nous a recommandé d'aller dans un lieu isolé et de nous concentrer sur... rien. Cela paraissait impossible à la plupart d'entre nous.

— Donc, cet après-midi-là, Garb n'est pas venu. Quand vous l'avez vu au repas du soir, a-t-il expliqué où il était allé ? Il vous a confié qu'il était nerveux. A-t-il dit aussi qu'il ne se sentait pas bien ?

La jeune fille parut embarrassée.

— Je savais que quelque chose le tracassait, mais il a dit qu'il avait discuté avec le vénérable Breas. Après les événements de la bibliothèque, on a eu l'impression qu'il s'agissait encore d'une confrontation.

— Quand Garb vous a-t-il confié son malaise grandissant par rapport aux contradictions entre les différents enseignements ?

— À plusieurs reprises, surtout après les débats avec l'évêque.

— Et, ce soir-là, vous avez fait le chemin ensemble du réfectoire aux quartiers des étudiants ? demanda Eadulf.

— Oui, mais nous sommes allés chacun dans notre dortoir.

— Vous êtes-vous réveillée lorsque le feu a éclaté ?

— Certaines d'entre nous ont été tirées du sommeil par le bruit et par les cris. De la porte, nous avons vu frère Áedh encourager ses hommes. On nous a dit de rester en arrière pour ne pas gêner le passage.

— Vous avez vu Garb à ce moment-là ?

— Bien sûr. Il est sorti du dortoir des garçons avec les autres. Nous sommes restés tous ensemble à observer de loin ce qui se passait, jusqu'à ce que les flammes soient maîtrisées. Mais il était déjà trop tard, l'hostellerie n'était plus qu'une coquille de bois carbonisée. Nous avons appris, bien après, que l'évêque se trouvait encore dans les flammes… En fait, c'est à ce moment-là que frère Eadulf et vous êtes arrivés.

— Vous n'avez pas vu Garb le lendemain, alors qu'il assistait à la prière du matin et au premier repas. Pourquoi ?

— J'avais des tâches à accomplir et je l'ai manqué.

— Vous avez parlé aux garçons qui étaient avec lui dans le dortoir ? Est-ce qu'ils y étaient tous restés pendant la nuit ?

Sœur Ingund se mit en colère.

— Vous insinuez que Garb a mis le feu et tué l'évêque Brodulf ? Je vous jure que ce n'est pas possible.

— Mon travail m'oblige à vérifier que je dispose de tous les éléments dans cette affaire, la rassura Fidelma. Dites-moi, que pensez-vous de frère Étaid ?

Ce changement apparent de sujet déconcerta sœur Ingund.

— Vous devez déjà savoir qu'il est arrivé en même temps que Garb, et que tous deux étaient originaires de la même région de votre pays.

— Certes, mais que pensez-vous de lui ? insista Fidelma.

— C'est un garçon tout simple. Il ne doute pas de ce en quoi il croit, contrairement à Garb. Il projette, lorsqu'il quittera l'abbaye, de marcher sur les traces du vénérable Breas et de devenir un grand professeur. Il est ambitieux, certainement à l'opposé de Garb par son caractère. Il participait aux discussions, toutefois j'avais l'impression que c'était plus par goût de l'effet que par conviction. En fait, cela amusait Garb. Il disait que, lui qui était fils de pêcheur sur une île du Sud-Ouest, il savait que même si un bateau était en sûreté au port, ce n'était pas pour ça qu'il avait été construit.

— Voulait-il dire qu'Étaid ne se signalait pas par sa curiosité intellectuelle, malgré son ambition ?

— Il tenait tout ce que le vénérable Breas enseignait pour acquis.

— Tandis que Garb, quoique défendant les enseignements de son professeur, nourrissait des doutes et se posait des questions. Je crois comprendre. Savez-vous qu'Étaid m'a dit qu'il était l'*anam chara* de Garb ?

Sœur Ingund sourit tristement.

— Si Garb avait besoin d'un confident, je ne pense pas qu'il se serait satisfait de lui.

— Étaid aurait menti ? voulut savoir Fidelma.

— Pas nécessairement, réfléchit la jeune fille. Au début de notre séjour, la prieure Suanach a suggéré que nous apprenions à nous connaître. Si nous établissions de bonnes relations, elle nous conseillait de voir si cela pouvait se développer jusqu'à la confiance requise entre *anam chara*. Je me souviens que Garb et Étaid ont tenté l'expérience, au début. Je crois que cela n'a pas fonctionné. Étaid était trop conservateur pour Garb et son esprit affûté. C'est d'ailleurs pour cela que Garb excellait ; toujours à poser des questions et, de surcroît, toujours à retenir les réponses.

— Ensuite, que s'est-il passé ?

Sœur Ingund esquissa un faible sourire.

— Garb et moi sommes devenus de vrais amis de corps et d'esprit.

— Qui le savait ?

— Nous avons essayé de garder le secret. D'après ce que vous m'avez dit, le diacre Landric l'a remarqué et faussement interprété.

— Vous aviez l'impression d'être son amie à la vie, à la mort.

— Cela s'est révélé vrai, dit l'étudiante, qui parvint à contenir l'émotion de sa voix, mais pas sur ses traits.

Fidelma se leva.

— Je suis désolée, Ingund, et il serait indélicat de ma part d'insister sur le fait que vous êtes jeune. L'amour se présentera encore sur votre chemin, car vous avez un cœur sincère et de belles qualités. Quand vous aimerez à nouveau, vous vous souviendrez de ces paroles.

— Comment puis-je accorder ma confiance, tant que je ne sais pas qui a tué Garb ? répondit la jeune fille avec force. Il restera à mes côtés jusqu'à ce que son meurtre soit élucidé et vengé.

— Je ferai de mon mieux pour accomplir cette mission. Si cela se révèle impossible, ne restez pas prisonnière de cette promesse. Souvenez-vous, Ingund, que lorsque le vent de la tempête se lève, certains érigent des murailles. D'autres y voient l'occasion de bâtir des moulins.

# CHAPITRE XVII

La nouvelle de la mort de Garb se propagea rapidement à travers l'abbaye. Çà et là, des frères et des sœurs à l'air effaré discutaient ensemble à voix basse. Fidelma et Eadulf traversèrent la cour pour retourner au bâtiment principal ; les moines qu'ils croisaient leur jetaient des regards effrayés. Alors qu'ils se rendaient chez l'abbé, ils rencontrèrent frère Mac Raith qui descendait l'escalier.

— Je quitte à l'instant l'abbé Cuán, leur apprit-il avec une expression pleine d'anxiété. Le maître d'œuvre était là et l'a persuadé d'autoriser ses hommes à creuser une seconde fosse à Cnoc Carron.

— Je croyais que la coutume voulait qu'on veille au moins une nuit et un jour le défunt avant l'enterrement ? s'étonna Eadulf.

— Cela n'empêche pas de préparer la tombe une fois qu'on a pris les mesures du corps. La dépouille restera dans la chapelle jusqu'à demain, selon l'usage. L'évêque, lui, sera enterré comme prévu, ce soir à minuit. D'après Sítae, ses ouvriers sont nerveux. Il ne voulait pas que l'on retarde l'inhumation.

Fidelma sentit s'éveiller sa curiosité.

— Ces décès ne résultent pas d'accidents et ne les affectent pas à proprement parler. Frère Anlón dit que Sítae prend ses responsabilités au sérieux à leur égard. Pourquoi, alors, sont-ils nerveux ?

— Par superstition, répondit frère Mac Raith. Découvrir un cadavre sur un chantier leur rappelle qu'eux aussi mourront un jour.

— D'autant plus sur le chantier d'une abbaye, avec ses constantes références à l'au-delà, renchérit Eadulf.

— L'enterrement à minuit est une coutume ancienne, mais la superstition n'en est pas moins forte. Sítae a dit à l'abbé que ses hommes seraient soulagés s'il trouvait un moyen d'inhumer les deux dépouilles cette nuit, continua l'intendant.

Fidelma était devenue pensive.

— Cela fait des années que je n'ai pas rafraîchi mes connaissances sur les droits des bâtisseurs. Le maître d'œuvre a-t-il une responsabilité par rapport à tous les accidents qui touchent ses hommes ? Qu'en est-il des frais médicaux et des compensations en cas de blessures pendant le travail ? Est-ce à lui de verser les indemnités, ou à l'abbaye ?

— En tant que maître d'œuvre, il a passé contrat avec l'abbaye. Cependant, c'est lui qui embauche ses hommes et assume toute responsabilité envers eux. En revanche, l'abbaye serait responsable vis-à-vis de lui s'il était blessé et prouvait qu'elle était en tort. Elle devrait alors lui verser en compensation le montant de son prix de l'honneur, soit vingt *séds*.

— Autant que pour un noble appartenant à la maison d'un chef de territoire !

L'intendant sourit.

— Eh oui, lady ! Il m'incombe aussi de prévenir les risques en tant qu'intendant car, en dernier ressort, je gère les dépenses. Le maître d'œuvre emploie nombre d'artisans, des forgerons à ceux qui préparent les matériaux, en passant par les sculpteurs, les peintres, les graveurs… Ils représentent toutes les compétences et les arts qui interviennent dans la construction des grands édifices.

— Cependant, s'il arrive quoi que ce soit à ses ouvriers, qu'il s'agisse d'une blessure grave ou d'un accident mortel, c'est lui qui est responsable de leur prix de l'honneur ?

— C'est exact.

— Cela recouvre bien, aux termes de la loi, l'intervention du médecin et l'entretien de la victime, y compris les repas, jusqu'à sa guérison ? Ce sujet est développé dans le *Livre d'Aicill*. La législation sur les délits civils prévoit que l'intégralité du traitement médical doit être payée pour l'ouvrier blessé parce qu'on aura lésiné sur la sécurité. Le maître d'œuvre doit se conformer à la loi et s'assurer que tous bénéficient des meilleurs soins médicaux dont on peut disposer. C'est bien ça ?

— C'est également exact. Mais la question ne se pose pas, puisque ce ne sont pas des bâtisseurs qui sont morts, raisonna frère Mac Raith. Reste à déterminer qui a tué l'évêque et notre jeune étudiant.

À peine l'intendant fut-il parti vaquer à ses occupations qu'Eadulf donna libre cours à son étonnement :

— Crois-tu que ce soit le bon moment pour rafraîchir tes connaissances en matière de législation ? Le droit des bâtisseurs n'a pas grand-chose à faire là-dedans.

— Ce n'est jamais le mauvais moment quand il s'agit de glaner des informations, répondit-elle sans s'offusquer.

Sur ces entrefaites, la prieure Suanach apparut, venant de l'étage supérieur.

— Est-ce vrai ? interrogea-t-elle d'une voix choquée, oubliant de les saluer. Je viens d'apprendre que le jeune Garb a été assassiné. Je ne peux le croire. Ce n'est pas possible !

— C'est hélas vrai, confirma Eadulf. Et il s'agit bien d'un meurtre, quoiqu'on ait tenté de le faire passer pour un suicide.

— Ce garçon était si jeune, si débordant de vitalité ! Notre meilleur élève, que le vénérable Breas voulait adjoindre au corps enseignant de cette abbaye… Quel gâchis ! Et à quelles fins ? N'y a-t-il aucun doute sur la cause de sa mort ?

— Aucun, répondit Fidelma.

— Pensez-vous cela ait un lien avec le meurtre de Brodulf ?

— Malheureusement, nous n'avons pas réussi à interroger frère Garb ; nous n'avons donc pas pu le sonder ni savoir si quelqu'un nourrissait du ressentiment à son égard. Puisque vous êtes là, permettez-moi de vous poser quelques questions. Comment frère Garb était-il considéré par ses pairs ?

La prieure Suanach fit une pause, réfléchissant rapidement.

— En dépit de son jeune âge, les autres voyaient en lui leur chef naturel. Le vénérable Breas confirmera que tous le respectaient. Breas lui-même, comme je l'ai dit, le tenait en haute estime.

— Et vous vous rangez à son opinion ?

Fidelma aurait juré que les joues de la femme se coloraient un peu.

— Je lui voue depuis longtemps une profonde admiration. C'est notre érudit le plus éminent. Il a été mon maître dans cette abbaye avant de partir pour Mungairit ; il est revenu pour en être le professeur principal avant mon propre départ pour l'étranger. Comme vous le savez, j'ai passé une dizaine d'années en Burgondie. Au cours de ces derniers mois, nous avons renoué connaissance.

— Frère Garb ne ressentait aucune animosité envers ses camarades ?

— Aucune. Il n'était pas de ce genre.

— Donc, pour autant que vous le sachiez, il n'avait pas d'ennemis parmi les étudiants, même parmi les Burgonds ?

— Pourquoi eux en particulier ?

— Le simple bon sens. D'après ce qu'on nous a rapporté, c'est Garb qui menait les débats face à l'évêque Brodulf. Ne se sentaient-ils pas tenus de se montrer loyaux envers ce dernier, qui se heurtait à une opposition véhémente de la part d'un garçon de ce pays ?

Suanach secoua la tête.

— Les étudiants doivent argumenter, sinon comment apprendraient-ils ? Les tuteurs et les élèves comprennent que cela fait partie de l'apprentissage.

— Et parmi ses camarades, il ne suscitait aucune hostilité ?

— Bien sûr que non.

— Tous étaient pareillement bons amis ? insista Eadulf. Personne plus que les autres ?

La prieure Suanach leva vers lui un visage presque farouche.

— Qu'insinuez-vous, frère Eadulf ?

— Insinuer ? Rien. Je pose simplement la question. Vous avez un groupe de jeunes hommes et de jeunes femmes qui étudient et vivent en vase clos. Nous sommes dans une *conhospitae*, non dans une assemblée régie par les élucubrations de ceux qui veulent vivre en ermites. Tous ces jeunes gens respirent la santé. Vous n'avez jamais eu à infliger de réprimande en raison d'un comportement inapproprié ?

La prieure garda le silence, se demandant peut-être ce qu'Eadulf savait ou voulait savoir sur sa discussion avec sœur Ingund.

— Frère Garb semblait bien s'entendre avec tout le monde.

— Vous avez jugé bon de réprimander sœur Ingund en raison de sa proximité avec lui. Cependant, n'y avait-il personne d'autre dans le groupe qui semblait un peu plus proche de Garb que les autres ? On nous a dit que vous encouragiez chaque étudiant à avoir un *anam chara*.

— Je crois en cette tradition, convint la prieure. Dans toutes les Églises occidentales, et même ailleurs, chaque individu est encouragé à trouver son âme sœur. On a besoin de quelqu'un avec qui discuter de ses secrets, de ses problèmes les plus intimes. C'était un concept de nos anciens que de s'entraider face aux difficultés de la vie.

— Un mouvement venu de Rome nous ordonne de confesser nos fautes en public, car, affirme-t-il, cela fut initié par Jean le Baptiste. Il avait ensuite coutume d'immerger les croyants dans une rivière ou un lac pour les laver de leurs péchés. Cette idée ne faisait-elle pas partie de la foi originelle ?

— Le vénérable Breas dit que nous avons beaucoup adapté nos croyances. Nous pouvons suivre notre propre voie. La confession publique et les confidences à un *anam chara* ne sont pas équivalentes. S'épancher auprès d'un ami proche, lui demander conseil sur des questions spirituelles et profanes, ce n'est pas ce qu'on fait à Rome. D'ailleurs, la confession publique est en passe d'être remplacée par la confession en privé à un prêtre ordonné.

— Et pour en revenir à ma question, poursuivit Eadulf, vous ne voyez personne, dans le groupe, qui ait noué ce genre de relations avec frère Garb ?

— Je crois que frère Étaid était son *anam chara*, répondit-elle enfin d'une voix distante. Il faut savoir que c'est un rôle privilégié et que les secrets qui passent entre l'un et l'autre sont sacrés.

Fidelma enchaîna à la hâte de peur qu'Eadulf ne pousse plus loin la question.

— Pourtant, nous avons cru comprendre qu'il ne se confiait plus à frère Étaid. Êtes-vous sûre qu'il n'entretenait avec personne d'autre une amitié plus intime ?

Suanach renifla d'un air réprobateur.

— Je suppose que vous avez écouté les commérages ?

— Il nous incombe de savoir qui les répand et pourquoi. À plus forte raison quand ils proviennent du diacre Landric.

La prieure rougit.

— On a remarqué que Garb était toujours en

grande conversation avec sœur Ingund. Ils recherchaient souvent leur compagnie mutuelle. Toutefois, je les ai entendus se disputer.

Fidelma et Eadulf échangèrent un regard surpris.

— Dans quelles circonstances ? demanda la *dálaigh*.

— Alors qu'ils pensaient être seuls.

— Je croyais que les échanges, même vifs, étaient un moyen d'apprendre entre étudiants ? fit remarquer Eadulf.

— Cela dépend de leur nature et de leur sujet.

— Il ne s'agissait pas simplement d'étudiants confrontant leurs idées au sujet de théories ?

— Comment faut-il vous le dire ? C'était une dispute d'ordre privé.

— Comment pouvaient-ils ignorer votre présence ? demanda Fidelma.

— Je suis restée silencieuse, derrière la porte, quand j'ai entendu leurs voix.

— Vous écoutiez ? Combien de temps êtes-vous restée ?

— Assez longtemps.

— Pour quoi faire ?

— Pour les entendre crier.

— Pendant tout ce temps, vous ne les avez pas vus et vous n'avez pas signalé que vous étiez là ?

— J'ai reconnu leurs voix distinctement.

— Un *dálaigh* avisé jugerait que c'est une *fianaise clostráchta*, une preuve par ouï-dire, dans la mesure où vous n'avez pas vu la scène de vos yeux. Par exemple, il se pouvait qu'ils discutent d'un texte. En droit, les conclusions plausibles sont nombreuses ;

la preuve avancée par le diacre Landric entrait dans cette catégorie.

La prieure rougit à nouveau, les traits déformés par la colère.

— J'en resterai là de mes remarques, cracha-t-elle entre ses dents. Si quoi que ce soit nécessite des clarifications, je suis sûre que sœur Ingund s'en chargera. Quoi qu'il en soit, frère Garb est mort. Le maître d'œuvre a consulté l'abbé, en lui suggérant d'écourter les rituels afin que les deux dépouilles puissent être enterrées ce soir. Certes, je ne vois aucune loi qui pourrait l'empêcher. Toutefois, je ne suis pas favorable à l'abandon de nos rituels juste pour apaiser les tensions. L'abbé a raison de refuser que frère Garb soit inhumé dans de telles conditions.

La prieure semblait attendre une réponse ; Fidelma acquiesça :

— À cet égard, je pense que vous avez raison. De plus, nous avons besoin de ce laps de temps pour enquêter plus avant. Frère Garb ne peut pas être enterré pour le moment.

La prieure Suanach opina du chef.

— Nous ferons l'annonce au réfectoire, ce soir.

Elle tourna les talons et s'éloigna.

— Eh bien ! soupira Eadulf. Pas sûr que cela nous ait aidés. Y a-t-il quelqu'un d'autre à qui nous pouvons parler ?

— Je voudrais demander à l'abbé Cuán si Sítae a avancé des raisons légales pour rompre avec le rituel des obsèques. Ensuite, il me faudra reconsidérer certains points.

— Que veux-tu reconsidérer ?

— Les preuves dont nous disposons à présent.

— Au début, nous avons un simple mystère. Un évêque étranger est tué, puis son corps est brûlé dans l'hostellerie pour dissimuler le crime. Quant aux raisons pour lesquelles on a voulu se débarrasser de lui, elles sont innombrables et trop sujettes aux conjectures.

— Nous aboutissons à un suspect qui s'est signalé, plus que quiconque, par son antagonisme vis-à-vis de l'évêque. Ce suspect disparaît. Contrairement à la première victime, il est très aimé et ne semble pas s'être fait d'ennemis.

— Mis à part le diacre Landric, nuança Eadulf.

— Paraît-il. Toujours est-il que frère Garb est unanimement apprécié et admiré. Pourtant, lui aussi est assassiné. On organise un stratagème pour évoquer un suicide et, là encore, dissimuler le meurtre.

— Tu as bien résumé les faits : il y a un point commun évident, soupira Eadulf. Pas étonnant que les bâtisseurs se ressentent de cette sombre situation.

— Et plus encore les membres de la congrégation, souligna Fidelma, tandis qu'ils montaient les marches menant chez l'abbé.

Ils eurent tôt fait de confirmer à celui-ci qu'il avait eu raison de maintenir les délais traditionnels pour l'enterrement de frère Garb, bien qu'avancer la cérémonie eût pu alléger l'atmosphère. Ensuite, Fidelma et Eadulf se retirèrent dans leur chambre.

La veille et ce matin-là, ils avaient dû se contenter d'une toilette sommaire, car, comme le leur avait dit le *rechtaire*, c'était seulement le soir que l'on chauffait de l'eau pour le *dabach*, la grande cuve destinée aux visiteurs dans les maisons d'hôtes de chaque abbaye ou de chaque forteresse. En chemin vers leur chambre, ils croisèrent une nonne chargée de serviettes de lin et de pains de savon parfumé. La salle de bains se trouvait à l'étage inférieur, où tout serait prêt pour le bain traditionnel.

— Enfin ! dit Fidelma avec soulagement en rassemblant ses affaires de toilette. Je ne me sentais pas à mon aise après l'avoir raté hier soir.

Il ne s'écoula guère de temps avant qu'Eadulf ne se détende, après son propre bain fumant, assis au bout de leur lit, en regardant Fidelma démêler ses longues boucles rousses à l'aide de son *scathán*, un petit miroir en métal poli, et de son *cíor*, un peigne en os.

La même nonne qui avait préparé les bains frappa à la porte pour récupérer les serviettes usagées et ranger la pièce.

— La première sonnerie pour le *praind* a déjà retenti, les prévint-elle.

— Allons-nous directement au repas du soir ? s'enquit Eadulf. On ne se réunit pas à la chapelle pour prier, vu que… que… ?

La religieuse secoua la tête.

— L'abbé dit que les questions relatives aux funérailles seront annoncées avant le repas. Je crois savoir que les prières auront lieu à la chapelle ensuite, dans le cadre de l'office. La rumeur court que l'abbé a donné son accord pour que le jeune frère Garb soit également enterré ce soir.

— Qui a dit cela ? demanda aussitôt Fidelma.

— L'histoire circule parmi les étudiants ; il paraît que les bâtisseurs sont en train de creuser une nouvelle tombe à Cnoc Carron.

La cloche retentit à nouveau, cette fois avec un

son plus dur et pressant, et la jeune nonne se retira. Fidelma leva les yeux au ciel avec résignation.

— Déjà ? Ça ne laisse guère de temps pour se préparer.

— Penses-tu que ce soit vrai ? L'intendant a pourtant affirmé que la requête du maître d'œuvre avait été refusée. Je suis surpris que des rituels ancestraux n'aient pas été contournés pour l'évêque, mais qu'ils le soient pour un étudiant, déclara Eadulf alors qu'ils quittaient leur chambre.

Fidelma grimaça.

— Il n'y a pas lieu d'être surpris. Il est permis de déroger aux rituels en cas d'urgence. Je me souviens d'avoir lu une référence sur les coutumes funéraires selon laquelle l'abbé Cuán prend les décisions et demande toutefois l'approbation de la prieure ou des membres supérieurs de la *conhospitae*. Ce ne sont pas des lois en soi, mais des coutumes protégées par la loi. Et puis, n'oublie pas que l'abbé fait partie de la famille des Eóghanacht.

— Mais, l'abbaye étant soumise à la loi du royaume, ainsi que tu me l'as toujours répété, c'est toi, en tant que *dálaigh*, qui devrais en décider.

— Tu n'as pas tort, Eadulf, néanmoins la législation des cinq royaumes subit l'influence de la foi. On parle même de supprimer du système juridique la prestation de serment devant un druide concernant les affaires légales, et d'affaiblir leur statut. Je crains que les druides eux-mêmes n'aient disparu au siècle prochain.

— Je ne comprends pas en quoi cela affecte ton autorité.

— Le christianisme était jadis une croyance transmise en secret par les esclaves et par les pauvres, ceux qui ne possédaient rien. Il était considéré avec méfiance par les Romains. Maintenant, il semble qu'il favorise les empereurs, les rois, les princes et les nobles.

— Comment ça ? protesta Eadulf. Je croyais que les anciens textes législatifs, tels que le *Crith Gablach*, demandent : Qui est plus élevé qu'un roi ? La réponse étant que le roi ne désigne pas le peuple, mais que le peuple désigne le roi, de sorte qu'un souverain ne reçoit d'autorité que pour exécuter la volonté du peuple.

Fidelma sourit tristement.

— Ce texte est en cours de révision et la question prendra une forme différente : Qui est le plus élevé, le roi ou l'évêque ? Comme le roi doit désormais se lever devant l'évêque pour des raisons religieuses, la réponse est évidente. On nous dit que le prix de l'honneur d'un abbé, comme Cuán, est de quatorze *cumal*. Le même que celui d'un roi d'un des cinq royaumes.

— Comment cela peut-il passer pour un progrès par rapport aux lois d'origine ? fit Eadulf, consterné.

— C'est très simple. Les fondateurs des principales communautés religieuses et les abbés qui leur ont succédé sont issus de lignées royales. Certains étaient eux-mêmes rois. Ils possédaient donc des terres, et maintenant les terres où les abbayes sont construites ressemblent au siège de leur pouvoir. Les abbés sont généralement désignés par élection de leur *derbfine*, leur conseil de famille, tout comme les rois et les princes.

— Mais pas l'abbé Cuán. À coup sûr, il n'est pas prince ?

— Même l'abbé Cuán. Il était le neveu de Cuán Mac Amalgado des Eóganacht Áine, qui succéda brièvement à mon père sur le trône de Muman. Ce que j'essaie de t'expliquer, c'est qu'il est mon cousin très éloigné. Je ne peux que le conseiller sur ces questions, et encore, à condition d'en référer au chef brehon de mon frère. En ce qui me concerne, je ne peux donner d'ordre à qui que ce soit sans cette autorité supérieure.

# CHAPITRE XVIII

Une atmosphère lugubre planait sur l'assistance qui se pressait dans le réfectoire, comble ce soir-là. Fidelma et Eadulf prirent place aux côtés de l'abbé et de la prieure. Frère Mac Raith, très présent, veillait à ce que tout le monde s'installe à l'endroit approprié. À peine la cloche du *praind* cessa-t-elle de résonner que l'abbé Cuán se leva et attendit que l'assemblée fasse silence. Il y avait assurément plus de monde que la veille au soir. Les commensaux étaient serrés les uns contre les autres en longues tablées et les retardataires, encore debout, guettaient l'occasion de se faufiler sur un banc. La mort de l'évêque Brodulf n'avait pas provoqué tant de curiosité et de tension. Étaient-ils là car ils espéraient apprendre tous les détails sur l'événement, ou par respect pour la mémoire d'un jeune étudiant très apprécié ? Était-ce la nouvelle du meurtre ou bien la victime qui attirait leur attention ?

Fidelma parcourait le réfectoire des yeux quand Eadulf, avec sa perspicacité habituelle, se pencha vers elle et lui chuchota :

— Les tables des étudiants se trouvent à ta droite, dans ce coin, là-bas.

Comment ne les avait-elle pas remarquées auparavant ? Nombre de jeunes, dont les petites Burgondes, y étaient installés, et parmi eux le maître des étudiants, le vénérable Lugán. Fidelma fut surprise de le voir à cette table ce soir-là. La fois précédente, il était assis aux côtés des supérieurs de l'abbaye.

L'abbé Cuán, après s'être éclairci la gorge, prit la parole :

— J'ai le triste devoir de vous confirmer que l'enterrement de l'évêque Brodulf, notre distingué visiteur disparu dans l'incendie de l'hostellerie, aura lieu à minuit.

À la surprise de Fidelma, le vénérable Lugán se leva.

— En tant que maître des étudiants, j'ai été chargé par eux de soulever une question préoccupante.

L'abbé Cuán n'eut pas l'air de goûter cette interruption. En l'observant, cependant, Fidelma eut l'impression qu'il s'y attendait.

— Quelle question les préoccupe ?

— Tout le monde sait à présent qu'un de nos meilleurs éléments, frère Garb, a été retrouvé mort.

— J'étais sur le point de l'annoncer, répondit froidement l'abbé.

— Les étudiants espèrent que leur camarade recevra le traitement qui lui est dû et insistent pour qu'une journée entière soit consacrée à la veillée du corps avant l'enterrement. Cette veillée doit avoir lieu à la chapelle avec les rites qui s'imposent et doit être suivie des lamentations.

— Pourquoi doutent-ils que cela soit prévu ?

— Selon une rumeur grandissante, le rituel pourrait être écourté. Frère Garb serait enseveli dès cette nuit. Le *fé* a déjà été mesuré et sa tombe creusée à Cnoc Carron. D'après la même rumeur, cela a été exigé par des personnes étrangères à cette communauté. Les étudiants tiendraient de telles mesures pour un affront.

Fidelma se demandait si l'on ferait appel à elle au cas où l'on chercherait à s'appuyer sur des précédents. Par bonheur, elle avait exposé ceux qu'elle connaissait à l'abbé, lorsqu'elle avait approuvé sa décision de respecter la coutume, au grand dam du maître d'œuvre.

— Le rituel sera respecté, tonna l'abbé Cuán. Dans les deux cas, nous avons affaire à un crime. L'enterrement de l'évêque aura lieu ce soir et, sous réserve que toutes les preuves médicales et matérielles soient obtenues, celui de frère Garb demain soir. Il aurait suffi de me consulter avant le repas pour tordre le cou à cette rumeur et en informer les élèves. Que ce sujet cesse d'être une source de distraction !

— Les activités des hommes de Sítae donnaient à croire le contraire, insista le vénérable Lugán. Qu'est-ce à dire ?

— Mes paroles ont été suffisamment claires, déclara l'abbé d'un ton cinglant.

Il se pencha vers la prieure Suanach, qui voulait lui chuchoter quelque chose, puis il se redressa et précisa :

— S'il y a un malentendu, c'est peut-être de la part de ceux qui connaissent trop peu nos rituels et ignorent à quelles conditions les ouvriers de Sítae ont été autorisés à préparer la tombe pour demain.

En scrutant le vénérable Lugán, il fut clair pour Fidelma qu'il n'avait pas le cœur à protester davantage. Il n'avait pris la parole qu'à la demande instante des étudiants, qui avaient eu vent de la requête du maître d'œuvre auprès de l'abbé. Il s'assit parmi les jeunes qui murmuraient.

L'abbé Cuán poussa un soupir ostentatoire et poursuivit :

— Juste avant minuit, vous entendrez sonner la cloche de la mort. Rassemblement à la chapelle pour commencer la procession vers les tombes des bienheureux, à Cnoc Carron, où l'évêque Brodulf sera inhumé.

Il marqua une pause, qui fut accueillie par le silence.

— Le concernant, reprit-il, les journées de lamentation ont bel et bien été abrégées pour les raisons que j'ai déjà mentionnées. Cependant, nous célébrerons en son honneur le *praind* de ce soir, qui tiendra lieu de *fled cro-lige fui*, de festin autour du lit de mort. En conséquence de quoi ce repas lui est dédié.

Indiquant d'un geste à l'assemblée de se lever, l'abbé entonna un court *gratias* pour le repas qu'ils s'apprêtaient à consommer.

Moins préoccupée que la veille, Fidelma fut impressionnée par les mets préparés à l'abbaye. Le menu était particulièrement recherché. Assurément, Imleach n'était pas de ces communautés frugales qui adoptaient les nouvelles pratiques de jeûne inspirées par les Pères du désert.

En effet, plusieurs choix s'offraient aux dîneurs. En premier lieu, des pièces de venaison salée ou *sercol-tarsain*, très répandue en raison des grandes hordes de cervidés qui parcouraient le pays. La deuxième sorte proposée était de l'agneau ou du mouton, *caer-fheóil*, considéré comme plus délicat que le bœuf. Ceux qui ne se sentaient pas d'appétence pour la viande pouvaient se régaler de poissons de rivière sous diverses formes, de plats de fruits frais et de noix. L'abbé semblait fournir ses cuisines aussi richement que n'importe quel puissant seigneur. Contrairement à la soirée précédente, le repas fut pris dans un silence presque révérencieux. Il se déroula vite et tout le monde fut soulagé lorsque l'abbé se leva pour entonner les actions de grâce.

Plus tard, au moment où résonnait le *clog-estechtae*, la cloche de la mort, frères et sœurs se regroupèrent devant la chapelle. Les accents solennels n'attirèrent qu'une modeste fraction des habitants de l'abbaye, au point que les bâtisseurs qui se joignirent à eux semblaient aussi nombreux. Fidelma songea qu'il était heureux que le maître d'œuvre fasse creuser les deux tombes par ses hommes, car le fossoyeur de l'abbaye et son équipe avaient été blessés par les flammes. Cela avait épargné bien du temps, de l'énergie et des efforts. Sans compter la difficulté de trouver quelqu'un qui acceptât de manipuler le *fé* pour mesurer les tombes, en raison des connotations surnaturelles qui y étaient associées.

Au signal, des lanternes au bout de hampes furent élevées pour éclairer la procession. On porta hors de la chapelle la dépouille enveloppée de son linceul, le *racholl*, afin de la déposer dans la bière, ou *fuat*. Cette opération fut effectuée par les bâtisseurs qui s'étaient portés volontaires. Le *fuat* serait convoyé en *carreus* jusqu'à Port na Fert Failtech, le lieu de sépulture ou « tombeau des bienheureux ». La cérémonie fut singulièrement silencieuse, en l'absence de battements de mains, *lámh comairt*, de pleurs déchirants, *caoine*, ou de tout autre signe extérieur d'affection pour le défunt, comme c'était d'ordinaire le cas lors des funérailles. Personne ne s'avança pour chanter l'*écnaire*, le requiem traditionnel au bord de la tombe. Étonnamment, le diacre Landric et frère Charibert observaient la cérémonie sans y prendre part.

Fidelma elle-même fut surprise lorsque ce fut un groupe d'ouvriers, sous la conduite de Sítae, qui porta la bière jusqu'à la tombe. Celle-ci avait été creusée dans un coin, à l'écart de celles des membres de la communauté. On ne pouvait s'étonner que des rumeurs aient couru parmi les étudiants, poussant le vénérable Lugán à élever une protestation en leur nom. Fidelma apprit par la suite que l'abbé Cuán avait accepté le concours du maître d'œuvre tel un hommage spécial, l'évêque ayant trouvé la mort sur son chantier. C'était inhabituel, mais Fidelma en comprenait l'intention, toute symbolique.

Il parut naturel, toutefois, que la cérémonie fût brève, avec une courte bénédiction. Il n'y eut pas de discours de ceux qui avaient connu le défunt, contrairement à la coutume. Le diacre avait refusé de prononcer l'*amra*, l'élégie habituelle. Le soulagement général fut tangible quand les ouvriers déposèrent les branches de genêt, *strophaiss*, au-dessus de la bière et entreprirent de les recouvrir de terre.

Tandis qu'ils regagnaient l'abbaye, Fidelma exprima sa perplexité à l'abbé Cuán :

— Frère Landric n'a pas souhaité prononcer l'*amra* sur la tombe de son évêque ?

— Je supposais que les coutumes étaient différentes des nôtres, là-bas, en Burgondie, toutefois la prieure Suanach m'a détrompé. Je ne m'explique pas qu'aucun de ses compagnons n'ait voulu prendre part aux rites funéraires.

Frère Mac Raith, qui marchait avec eux, ajouta :

— Moi non plus, surtout vu les fonctions que le diacre exerçait auprès de l'évêque. Il le connaissait, il savait aussi le lien familial qui l'unissait à leur roi, il avait donc assez d'informations pour dire quelques mots. Pourtant, il a décliné ma suggestion.

— Paraissait-il en avoir une raison particulière ? demanda Fidelma.

La réponse fut négative. La *dálaigh* resta plongée dans ses pensées jusqu'à ce qu'elle aperçoive la prieure à l'autre bout de la cour. Elle pria ses compagnons de l'excuser et se hâta de rejoindre la religieuse.

— J'ai remarqué que nul n'a prononcé d'élégie pour l'évêque Brodulf, et j'en suis surprise. Vos jeunes étudiantes burgondes assistaient aux funérailles. Pourquoi n'ont-elles pas dit une prière, ou même frère Charibert, puisque le diacre Landric n'y était pas disposé ?

La voix de Suanach avait une intonation coupante dans la pénombre.

— La vérité, c'est que personne n'aimait l'évêque Brodulf, ni ne se souciait qu'il fût mis en terre avec ou sans prière honorant la vie qu'il avait menée.

Fidelma fit une grimace attristée.

— C'est malheureux de juger ainsi un être humain, un chrétien comme nous.

— Pas tout à fait comme nous. Brodulf n'obéissait

qu'à ses propres règles. Le diacre détestait probablement autant l'évêque que la plupart des gens qui ont eu l'occasion de le côtoyer.

— Vous pensez qu'il le détestait ? demanda Fidelma en fronçant les sourcils.

— Par moments, on aurait dit qu'il faisait tout pour se tenir à distance. Quant aux étudiants en général, s'ils se souciaient de l'évêque, c'était pour l'éviter.

— Ma foi, ce n'en était pas moins un évêque chrétien et, même s'il nourrissait des vues différentes, nous devrions lui montrer de la compassion, soupira Eadulf, qui les avait rejointes. Une ou deux paroles de sympathie ne nous auraient pas écorché la bouche.

— J'ai bien peur, Eadulf, que vous ne preniez des vessies pour des lanternes, rétorqua Suanach.

Elle les quitta, se dirigeant vers ses appartements. Fidelma et Eadulf se rendirent compte que l'essentiel de la foule s'était dispersé et qu'Enda les attendait à une distance respectueuse.

La lune avait dépassé son zénith, mais elle était pâle, à peine perceptible ; on ne la devinait qu'au faible halo dont elle nimbait les nuages noirs.

La haute silhouette d'Enda s'avança.

— Désirez-vous me charger de quoi que ce soit avant que j'aille me coucher ?

— Je ne pense pas, Enda.

Le guerrier sortit un rouleau de papyrus de sous sa chemise.

— Pendant les funérailles, une étudiante m'a remis ceci. Je crois qu'elle s'appelle sœur Ingund.

— Qu'est-ce que c'est ? demanda Fidelma.

— Un document qu'elle a trouvé sous le lit de

frère Garb. Elle ne voulait pas qu'on la voie vous le donner.

— Elle n'a rien dit d'autre ?

— J'ignore ce que cela signifie, mais elle a parlé de « comprendre l'esprit ».

Fidelma prit le parchemin, puis Eadulf et elle souhaitèrent une bonne nuit à Enda. Une fois dans leur chambre, Fidelma alluma une chandelle et s'affala sur le lit en tournant le papyrus vers sa lumière.

— Si tu veux être dehors au point du jour, on ferait mieux de dormir, dit Eadulf. N'oublie pas qu'il est déjà minuit passé et que le soleil se lève tôt à cette époque de l'année. Hélas ! je n'ai pas l'impression que nous approchions de la résolution de ce mystère.

— Tu crois que je ne le sais pas ? répliqua durement Fidelma, qui se reprit aussitôt : Pardon, Eadulf. C'était déplacé, rien ne justifie que je me montre irascible envers toi. Je ne l'admettrais devant personne d'autre, mais je n'ai pas un caractère facile.

— Je serais un piètre compagnon si je ne le savais pas. Ne t'inquiète pas, je connais les rouages de ton esprit. Les éléments vont bientôt se mettre en place.

— Pour la première fois, je ne vois pas par où avancer ; cette impression d'être confrontée à un mur m'exaspère. Mais… que viens-tu de dire ?

— Moi ? Rien de spécial.

— Si, avant de m'assurer que les éléments allaient se mettre en place ?

— Seulement que je connaissais les rouages de ton esprit.

— « Comprendre l'esprit », murmura Fidelma en lissant le rouleau de papyrus.

— Qu'est-ce que c'est ?

— Des notes en latin et quelques passages en grec, mais ils sont suivis de références dans une langue qui ne m'est pas familière.

Cela ne surprit pas Eadulf : le plus grand collège ecclésiastique des cinq royaumes mettait un point d'honneur à enseigner les langues dont la nouvelle foi était issue. Toutes faisaient partie intégrante du programme des étudiants.

— On dirait des annotations de frère Garb, car il a inscrit son nom en haut de la page, observa Fidelma, examinant toujours le papyrus à la lumière tremblotante de la bougie.

— Qu'est-ce que ça dit ?

— Il y a une ligne en latin… « Je pécherais rien qu'en posant la question ! » Cette ligne est soulignée.

— Quelle question ?

— Il y a des références en hébreu, puis encore quelques lignes. Je ne reconnais guère que les titres de certains textes anciens. Le Talmud, le *Zohar Lévitique*, *Le Livre d'Adam et Ève* et un autre nommé *Alphabet de Ben Sira*.

— Je ne connais pas grand-chose à ces ouvrages, avoua Eadulf.

— Il y a un court passage suivi de sa traduction en grec puis en latin.

— Qui dit ?

— Cela ressemble à une citation de la Genèse. « Il n'est pas bon que l'homme soit seul. Alors Dieu créa une femme de la terre, comme Il avait créé Adam lui-même, et Il l'appela Lilith. Adam et Lilith commencèrent immédiatement à se battre. Elle disait : "Je me refuse à me tenir au-dessous", et il répondait : "Je ne veux pas me tenir en dessous de toi, mais seulement au-dessus. Car tu es juste bonne à être dans la position la plus basse, alors qu'il me revient d'être le plus élevé." Lilith répondit : "Nous sommes égaux l'un à l'autre dans la mesure où nous avons tous deux été créés à partir de la même terre." » Puis il est dit qu'elle quitta le jardin d'Éden pour vivre avec l'archange Samaël. Adam supplia le Tout-Puissant de lui procurer une nouvelle compagne qui lui fût soumise et c'est ainsi que Dieu créa Ève.

Fidelma et Eadulf se regardèrent, stupéfaits.

— Y a-t-il autre chose ? murmura enfin Eadulf.

— Une note en latin, qui semble de la main de frère Garb : « … l'*Alphabet de Ben Sira* s'est inspiré des écrits hébreux les plus anciens. » Il pose une question : « … nos professeurs nient qu'il y ait eu une femme avant Ève. Cette femme a exigé d'être l'égale de l'homme. Cela se trouve dans un texte ancien des Hébreux. Comment pareil texte peut-il être occulté ou révisé ? »

Eadulf grimaça.

— Dieu merci, je ne suis pas un érudit ! Voilà une question à laquelle je n'aimerais pas avoir à tenter de répondre.

Fidelma roula le papyrus et le rangea dans son sac avant de se déshabiller et de se coucher. Elle souffla la chandelle, mais continua à livrer ses pensées, dans le noir, à Eadulf.

— Dès le départ, j'ai songé qu'il y avait une surabondance de pistes possibles. Tant de gens détestaient l'évêque Brodulf que les suspects ne manquaient pas. Et voilà que d'autres mystères troublants sont venus s'y greffer. Pour quel motif véritable l'évêque était-il ici ? Que cherchait-il à la bibliothèque ? Où sont les documents dérobés et que signifiaient-ils pour lui ? Y a-t-il un lien avec la prieure ? De simples préjugés à l'égard des femmes seraient-ils la cause de sa fureur à cause de cette *Histoire des femmes* et de la façon dont Ève y est perçue ? Quant à ce que nous venons de lire, cela s'oppose à l'interprétation d'Eusèbe, qui produisit le premier commentaire critique de la Bible en latin.

Eadulf poussa un gémissement dans l'obscurité.

— Arrête, Fidelma, par pitié ! Tu exprimes les pensées qui tourbillonnent dans ma tête et, moi aussi, elles me mettent à bout de nerfs.

— En tout cas, c'est la première fois que j'entends parler d'anciens écrits hébreux enseignant qu'Adam eut, avant Ève, une épouse nommée Lilith, qui refusait que les femmes fussent soumises aux hommes.

— Le hic, c'est que tu as raison, Fidelma. Nous sommes assaillis de questions pour lesquelles nous n'avons pas l'ombre d'un début de réponse. Il n'y a pas de solution facile.

Fidelma l'entendit soudain glousser de rire.

— L'un de tes auteurs latins préférés ne dit-il pas : « *Suspectum semper facilis via* » ?

— Je ne suis pas sûre que ce soit exactement ce qu'il voulait dire, mais c'est un bon rappel de se méfier des solutions évidentes. Bon ! Nous verrons si, à force de vigilance, nous discernons une piste demain.

Il leur sembla qu'ils venaient de fermer les yeux quand des coups rapides résonnèrent à leur porte, et que la voix pressante de frère Mac Raith les appela. En gémissant, Eadulf quitta sa couche et alla ouvrir.

L'intendant se tenait là, dans un état d'agitation extrême, une lanterne à la main.

— Qu'y a-t-il ? s'enquit Eadulf, mal réveillé, en bâillant.

— Pardon, pardon de vous tirer du sommeil ! Il faut que lady Fidelma et vous veniez avec moi sur-le-champ.

Fidelma enfila un manteau chaud tout en étouffant elle aussi un bâillement. Elle jeta un regard à la fenêtre pour tâcher de deviner quelle heure de la nuit il pouvait être. Le ciel était d'un noir d'encre.

— Venez, je vous en prie ! insista l'intendant. Frère Eadulf, le *lés* que vous avez d'habitude... Prenez-le.

Eadulf chaussa ses sandales et s'empara de sa trousse de médecin. Échangeant un regard inquiet, Fidelma et lui rejoignirent l'intendant à la porte.

— Par ici ! dit frère Mac Raith.

Il repartit précipitamment dans le couloir et descendit quatre à quatre les marches de pierre. En le suivant, Fidelma et Eadulf comprirent qu'ils se dirigeaient vers le *scriptorium*. L'intendant ouvrit prestement la porte, leur fit signe d'entrer et referma derrière eux. En plus de sa lanterne, une lampe dispensait une faible lumière tout au bout de la salle. Au-delà du halo vacillant, une silhouette assise par terre, le dos contre le mur du fond, remuait en gémissant.

Eadulf s'élança aussitôt pour lui prodiguer des soins.

Fidelma ressentit un bref soulagement à l'idée qu'on ne leur montrait pas un nouveau cadavre. La silhouette était celle du vénérable Lugán. Même dans la maigre lumière, Eadulf vit qu'il avait la tête en sang. Il s'agenouilla à côté du vieux bibliothécaire, qui gémit à nouveau et papillota des yeux.

— M'entendez-vous ? demanda Eadulf, lui prenant le poignet pour tâter son pouls tout en scrutant une coupure à la tempe.

Le vieillard toussa, grimaça de douleur, puis hocha le menton.

— Savez-vous qui je suis ? insista Eadulf.

Il y eut un silence avant que vienne la réponse :

— Eadulf.

Eadulf se tourna vers l'intendant.

— Pourriez-vous m'apporter une bassine d'eau et un linge pour baigner la plaie ?

Frère Mac Raith s'empressa de partir pour accéder à sa demande.

Fidelma s'agenouilla à côté d'Eadulf. Elle avait pris la lampe de la bibliothèque, qu'elle levait pour éclairer son époux.

— Ne bougez pas, recommanda celui-ci à Lugán, qui tentait de se redresser. Cherchons d'abord vos blessures.

Le temps qu'il procède à l'examen, ne trouvant que le coup à la tête, l'intendant était de retour avec le nécessaire. Il apportait également une flasque qui, une fois débouchée, libéra un puissant arôme de cidre corsé. Eadulf laissa d'abord son patient avaler quelques gorgées avant de nettoyer son crâne et son visage ensanglantés.

— Maintenant, racontez-nous ce qui s'est passé, demanda Fidelma à l'intendant, tandis qu'Eadulf aidait le bibliothécaire à s'installer sur une chaise.

— Je faisais mon ultime inspection dans cette partie de l'abbaye...

— Une inspection, à cette heure de la nuit ? s'étonna-t-elle. N'est-ce pas inhabituel ?

— Il était plus tard que de coutume, à cause des obsèques et de comptes que j'avais à terminer. J'ai néanmoins pensé que ce serait plus prudent, à la lumière des faits récents.

— Très bien, continuez.

— Je passais devant le *scriptorium* quand j'ai remarqué la porte entrouverte et la lumière qui filtrait par l'entrebâillement. Je suis entré. C'est alors que j'ai vu le vénérable Lugán gisant par terre. Je n'ai pas réussi à le ranimer, aussi ai-je couru chercher frère Eadulf, sachant qu'il a étudié les arts de la guérison.

Fidelma fronça légèrement les sourcils.

— Pourquoi Eadulf et non votre propre médecin ?

— Pour deux raisons. Vous êtes hébergés près du *scriptorium*, alors que, comme vous l'aurez constaté, l'apothicairerie de frère Anlón se trouve à l'autre bout du domaine, dans la partie encore non reconstruite. La seconde est que vous enquêtez sur les terribles événements survenus dans notre abbaye. Je ne savais pas si le vénérable Lugán était encore vivant. Mieux valait venir vous chercher, frère Eadulf et vous, puisque cette bibliothèque semble au centre de tout.

— De fort bonnes raisons, approuva Fidelma. Comment va-t-il ? demanda-t-elle à Eadulf. Assez bien pour parler ?

Le bibliothécaire bougonna :

— Le coup à la tête m'a fait perdre connaissance

et m'a fendu la peau, il ne m'a pas privé de mes facultés. J'aurai un bleu à la tempe, mais je survivrai.

— Pouvez-vous nous relater comment vous vous êtes retrouvé dans cet état ?

— Je le puis.

Il se cala dans une position plus confortable et fit signe à Eadulf de lui laisser un peu d'espace. Puis il se massa la nuque en expirant profondément.

— Ces pages manquantes dans nos registres me tracassaient beaucoup, commença-t-il.

— Celles que l'évêque Brodulf aurait dérobées ?

— Comment rendre compte de leur disparition, sinon ? Je ne vois toujours pas d'autre explication.

— Pourquoi l'évêque Brodulf s'intéressait-il aux archives de cette époque-là ? Des idées vous sont-elles venues entre-temps ?

— Aucune. Néanmoins, sur une impulsion, je suis revenu jeter un coup d'œil à un ou deux endroits, sur les étagères, qui auraient pu servir de cachettes. Je suis entré dans le *scriptorium* et tout s'est passé très vite.

Il marqua une pause.

— Quoi ? Que s'est-il passé ? interrogea Fidelma.

— Quelqu'un était penché dans l'ombre, le dos tourné vers moi, et examinait des registres.

Eadulf émit un léger sifflement qui lui valut un coup d'œil réprobateur de Fidelma.

— Ce quelqu'un, l'avez-vous reconnu ? demanda-t-il.

— De dos, impossible ! Dès qu'il m'a entendu, il a mouché la chandelle…

— N'est-ce pas la partie de la bibliothèque où

vous aviez vu l'évêque Brodulf fouiller dans les registres ? demanda Fidelma.

— Celle-là même.

— Et ensuite ? Je suppose que vous-même aviez une lampe ?

— J'ai crié et continué d'avancer. L'intrus s'est retourné, il semblait tenir un bâton ou un gourdin. Et il m'a assommé.

— Au moment où il s'est retourné, l'avez-vous reconnu ?

— Je n'en ai pas eu le temps. Il était vêtu d'une robe de bure, avec une capuche sur la tête. Mais je suis sûr que c'était un homme. Il était assez grand, et je doute qu'une jeune fille ou une femme aurait eu assez de force pour m'estourbir ainsi.

— Un coup violent à la tempe, convint Eadulf. Vous avez de la chance que la blessure ne soit pas plus grave. Moi non plus, je ne crois pas qu'une femme aurait pu frapper aussi fort. Vous devrez vous ménager pendant quelque temps. Je préférerais que frère Anlón soit consulté et se charge de votre traitement. Je ne voudrais pas lui causer grief en m'en mêlant, car il est le médecin officiel de cette abbaye.

Fidelma s'était levée et regardait partout à la ronde.

— Vous dites que cet homme était ici quand vous l'avez surpris ?

Le bibliothécaire pria Eadulf de l'aider à se lever afin d'indiquer l'endroit exact de l'agression.

— Si je me souviens bien, c'était également l'étagère dont l'évêque Brodulf examinait les registres que vous nous avez montrés ? continua Fidelma.

— C'est bien ça. Voyez l'espace vacant à la place

qu'ils occupaient auparavant. Personne d'autre que lui n'aurait pu les prendre.

— Dans ce cas, votre opinion est qu'ils ont été réduits en cendres lors de l'incendie.

— Exactement.

— Alors je me demande ce que ce mystérieux visiteur cherchait par ici. Qu'y a-t-il d'autre ?

Elle parcourut des yeux les volumes reliés de cuir sur l'étagère. Puis une idée lui vint.

— Frère Mac Raith, l'abbé et vous parliez l'autre jour de certains livres anciens, considérés aujourd'hui comme contraires au canon. Vous avez dit qu'ils étaient sous la bibliothèque, cachés dans un souterrain. Est-il proche d'ici ?

L'intendant parut mal à l'aise.

— Pas loin, toutefois l'entrée est dissimulée. Nul ne pourrait y accéder. En revanche, les étudiants mènent librement leurs recherches dans les textes qui sont ici…

— Dans des textes de quel genre ?

— Ceux rédigés dans les langues de l'Orient – hébreu, araméen, grec… Frère Garb était un visiteur fréquent, tout comme sœur Fastrude et frère Étaid… Oh ! tous, à un moment ou à un autre. Même nos hôtes francs sont venus lire les textes que nous présentons sur nos étagères : frère Landric, frère Charibert et…

— Un instant ! l'arrêta vivement Eadulf. Vous dites que frère Charibert a consulté des textes à la bibliothèque ?

Le vénérable Lugán semblait avoir recouvré un peu de sa vigueur.

— Je l'ai vu une ou deux fois, dans le coin là-bas.

Je sais qu'il était traité comme un domestique, mais nous n'avons pas les mêmes préjugés que son maître. Il était le bienvenu, au même titre que les érudits.

— Que consultait-il ? demanda Eadulf.

— Je n'en ai aucune idée. Il était si absorbé que je ne voulais pas le perturber dans son étude. Après un moment, je suis repassé par là et il était parti. Il avait remis l'ouvrage en place, de sorte que je ne sais pas ce que c'était.

— C'était avant ou après votre altercation avec l'évêque Brodulf ?

Le vénérable Lugán se frotta le menton en réfléchissant.

— Après, je pense. Ou alors plus tôt dans la journée.

— Rappelez-nous ce que contenaient les registres rangés ici, demanda Fidelma.

— Des listes des noms de tous les étudiants, érudits et membres de la congrégation en général qui sont passés dans cette abbaye, de l'époque de l'abbé Conaing à celle de l'abbé Ségdae.

— Et ce sont bien ces pages qui ont disparu après que l'évêque Brodulf a compulsé les documents ?

— Je l'ai déjà dit cent fois, je le répète donc pour la cent unième fois.

— Peut-être que votre agresseur ignorait qu'ils avaient disparu, voire été détruits dans l'incendie, fit valoir Eadulf.

— C'est plausible, acquiesça Fidelma. Néanmoins, j'entrevois d'autres possibilités. Vénérable Lugán, je sais que vous avez été blessé et que le moment est mal choisi. Pourriez-vous tout de même vérifier qu'il ne manque rien d'autre que ce que vous aviez repéré après le passage de l'évêque ?

— Mon esprit ne fonctionne pas avec sa clarté habituelle, se défendit le bibliothécaire.

— C'est important.

En grommelant, le vieil homme progressa, soutenu par frère Mac Raith qui éclairait de sa lampe les rangées de documents. Le vieillard entreprit de tirer, de remettre et d'écarter les registres et les manuscrits sur l'étagère.

— Je ne vois rien qui manque, à part ce que j'ai déjà signalé.

— C'était, avez-vous dit, des documents uniques ? demanda Fidelma.

— Non seulement à mes yeux, mais de l'avis de tous ici.

— Aucun autre écrit ne couvre la période correspondante ? Il n'existe pas de copies ou de références complémentaires ?

— Pas de copie, à ma connaissance en tant qu'archiviste de longue date. C'est, ajouta-t-il d'un ton un peu railleur, le sens du mot « uniques ».

Frère Mac Raith opina du chef.

— C'est une terrible perte pour l'abbaye.

— Très bien, se résigna Fidelma. Dans ce cas, nous ne pouvons rien faire de plus pour le moment. L'agresseur s'est enfui. Une longue journée nous attend demain, avec dans la soirée un autre enterrement, qui réunira, je suppose, plus de monde que celui de cette nuit. Frère Mac Raith, je vous suggère d'accompagner le vénérable Lugán à ses appartements et de vous assurer qu'il ait tout ce qu'il faut pour passer une bonne nuit.

De retour dans leur chambre, Fidelma se jeta sur le lit avec agacement.

— Qu'est-ce qui te tracasse ? interrogea Eadulf en la rejoignant.

— À l'évidence, la clef de l'énigme se trouve dans ces registres. D'abord, l'évêque les consulte. Puis un individu est surpris alors qu'il les cherche et attaque le bibliothécaire. Pour quelle raison ? Lugán affirme que Brodulf a été jusqu'à s'approprier certains documents, et nous supposons qu'ils ont brûlé dans l'incendie. Nous apprenons maintenant que plusieurs personnes faisaient des recherches dans ce secteur de la bibliothèque. Toutefois, une seule d'entre elles m'intéresse.

Eadulf tenta de trouver qui, mais renonça, ce qui lui valut un regard déçu de la part de Fidelma.

— Qui, selon toi, est le moins susceptible de se trouver dans une bibliothèque pour rechercher des textes ? Cela t'a pourtant surpris, tout à l'heure !

— Un analphabète ne sachant parler que sa propre langue… un esclave affranchi… Le serviteur de l'évêque Brodulf !

— Exactement ! Frère Charibert, qui n'arrivait pas à aligner trois bribes de latin pour se faire comprendre. Qui prétendait ne savoir ni lire ni écrire, mais qui est devenu le serviteur de l'évêque Brodulf.

Eadulf arrondit les lèvres en un sifflement silencieux.

— Et qui est, tout à coup, suffisamment lettré pour s'absorber dans la lecture d'un ouvrage de la bibliothèque. Mais quel ouvrage ? Et était-ce l'un de ceux qui ont disparu par la suite ?

Fidelma se leva.

— En dépit de l'heure tardive, nous allons nous entretenir avec notre analphabète de frère Charibert, déclara-t-elle, emplie de détermination.

— Il y a un problème, objecta Eadulf. Ne partage-t-il pas ses appartements avec le diacre Landric ?

Fidelma hésita, regardant sans les voir les premières lueurs de l'aube.

— Frère Mac Raith a dit qu'ils logeaient dans les mêmes quartiers, mais peut-être ne sont-ils pas installés dans la même pièce, dit-elle enfin. Le diacre Landric est tout aussi vaniteux que l'évêque. Je le vois bien insister afin de disposer d'une chambre pour lui seul. Allons nous en rendre compte ! Qui ne tente rien n'a rien !

Eadulf la suivit à contrecœur. Ils redescendirent dans la cour, qu'ils traversèrent jusqu'à l'édifice où ils avaient interrogé le diacre. Ils s'étaient arrêtés dans le couloir menant aux chambres, ne sachant à quelle porte toquer, quand apparut un moine prêt à vaquer à ses devoirs matinaux.

— Frère Charibert ? Le Burgond ?

Le religieux fronça les sourcils, puis désigna une porte cintrée donnant sur une courette, au-delà de laquelle se dressait un vieux bâtiment en bois. Il y régnait encore une épaisse obscurité, car les lueurs de l'aube ne pénétraient pas dans les profondeurs du domaine. Eadulf avait présumé qu'il ferait jour plus vite et regretta d'avoir laissé la lampe dans leur chambre. Ils s'approchèrent sans encombre de la vieille porte en bois, puis se demandèrent comment entrer sans alarmer son occupant.

Alors qu'ils hésitaient, ils entendirent un léger déclic de l'autre côté. Quelqu'un était en train d'ouvrir. Fidelma saisit Eadulf par le bras et lui indiqua, tout près, un renfoncement plongé dans les ténèbres. Ils le gagnèrent d'une seule enjambée et se pressèrent dans l'obscurité protectrice. La *dálaigh* avait agi par pur instinct, obéissant à l'un de ces éclairs d'inspiration qui lui venaient parfois et lui donnaient l'avantage.

Une silhouette sombre sortit. Elle ne portait pas de lumignon, dont elle ne paraissait pas éprouver le besoin pour se déplacer dans la petite cour. Elle s'arrêta à la hauteur du renfoncement pour scruter le passage menant à la partie principale du domaine, désormais légèrement éclairée. Fidelma distingua frère Charibert. Elle quitta sa cachette sans bruit et se retrouva à deux pas derrière lui.

— *State !* lança-t-elle d'un ton impérieux. *Ne circum vestere, si vitam tuam diligimus !*

Frère Charibert se figea aussitôt, obéissant à l'injonction de faire halte et de ne pas se retourner s'il tenait à la vie.

# CHAPITRE XIX

Fidelma sentit qu'Eadulf se plaçait auprès d'elle, prêt à parer toute attaque, mais frère Charibert resta immobile. Elle continua de parler en latin, lui ordonnant de retourner chez lui. Il obtempéra docilement, sans un mot, et franchit la porte en sens inverse, le couple sur ses talons. Il ouvrit une autre porte de l'autre côté d'une antichambre et pénétra dans une chambre à coucher exiguë, s'arrêtant au pied du lit dans la pénombre. Il fut suivi par Fidelma et Eadulf, qui referma derrière eux. Sans tenter de se retourner, frère Charibert attendit de nouvelles instructions.

Fidelma reprit, toujours en latin :

— Vous pouvez maintenant vous asseoir, frère Charibert, que nous ayons une honnête conversation.

Le Burgond obéit.

— Je constate que votre compréhension du latin s'est grandement améliorée depuis la dernière fois, observa Eadulf avec amusement en se penchant pour allumer une lampe près du lit.

— *Sic loqueris omnia cum latin*, ajouta Fidelma avec un sourire.

Frère Charibert répondit sur un ton indifférent :

— Un esclave aussi peut apprendre à lire et à écrire le latin.

Elle s'assit sur une chaise en face de lui tandis qu'Eadulf restait debout, les bras croisés, montant la garde.

— Il serait bon que la mémoire vous revienne. Vous ne faites pas que le lire et l'écrire. Vous le parlez également bien mieux, même.

Frère Charibert garda le silence, puis céda :

— Je ne le nierai pas. Et donc… ?

— Et donc, vous pouvez nous expliquer à quoi rimait votre manège lorsque vous êtes venu nous trouver de votre propre chef.

— Parfois, il est utile de prétendre ne pas savoir quand on cherche à savoir.

— Que cherchiez-vous à savoir ?

— Si je le savais, je ne chercherais pas.

Eadulf s'approcha d'une étagère. Il avait remarqué un livre à moitié dissimulé sous une toile de lin pliée : c'était un petit recueil à reliure de cuir, qui avait pour titre *Hisperica Famina*. Le texte était en latin, mais on avait glissé une feuille volante à l'intérieur. Il y jeta un coup d'œil et la tendit à Fidelma. On avait essayé de copier des lettres en ancien irlandais. La *dálaigh* glissa la feuille dans son *marsupium*.

— Vous vous essayez à la calligraphie ? Nous n'avons guère le temps de jouer sur les mots, dans quelque langue que ce soit. Revenons à des questions toutes simples. Maintenez-vous avoir été l'esclave d'un noble qui vous a affranchi pour servir l'évêque Brodulf à Luxovium ?

— Oui.

— Est-il vrai que l'évêque était un prince de la

maison royale des Francs ? Je doute qu'il ait employé un ancien esclave comme secrétaire.

— N'avez-vous jamais entendu parler de l'affranchi grec Narcisse, qui devint le secrétaire particulier de l'empereur romain Claude ? Il obtint le pouvoir et d'immenses richesses.

— Je suis plus intéressée de savoir pourquoi ni vous ni le diacre Landric n'avez voulu faire d'élégie aux funérailles, hier soir.

Frère Charibert esquissa un sourire retors.

— La décision du diacre lui appartient. Qui suis-je pour la contester ?

— Qui vous êtes, c'est justement ce que nous voulons maintenant découvrir, riposta Fidelma, impassible. Vous maintenez que vous apparteniez à la maison du noble Wulfoald avant d'entrer à l'abbaye de Luxovium ?

— C'est la vérité, je vous l'ai dit. Messire Wulfoald aimait s'assurer que ses esclaves de confiance aient quelques connaissances. On m'a enseigné la grammaire et la littérature de ma langue. J'ai été intéressé par notre échange dans nos langues respectives, Eadulf. Je ne m'étais jamais rendu compte qu'elles étaient apparentées.

— Très bien. Vous avez étudié le latin et la littérature. Continuez.

— Aussi un peu la langue des Hellènes, utile à l'abbaye.

— Et l'hébreu ? interrogea brusquement Fidelma.

Frère Charibert hésita, puis secoua la tête.

— Guère plus que pour traduire quelques lignes des textes sacrés.

— L'évêque Brodulf le savait-il ?

— Il savait que j'avais un niveau de latin passable, mais il était trop arrogant pour se soucier des talents d'un simple serviteur. Vous avez raison, le noble Brodulf n'aurait pas employé un analphabète.

— Vous avez dit que votre ancien maître, Wulfoald, vous avait libéré à condition que vous entriez à l'abbaye, rappela Eadulf. N'était-ce pas une décision singulière de sa part ?

— Wulfoald pensait que j'aurais plus d'avenir en tant que membre de la communauté religieuse de Luxovium.

— Cela semble assez peu probable, objecta Fidelma. Comment vous êtes-vous retrouvé à accompagner l'évêque lors de ce voyage vers l'inconnu ?

— J'ai fait vœu de me rendre utile, comme beaucoup d'autres au service de la foi. J'accomplis ce vœu.

— Et qu'est-ce qui vous attire tant, à la bibliothèque d'Imleach ? interrogea-t-elle sans élever la voix.

Le mouvement de tête de Charibert fut si rapide qu'il en était à peine perceptible.

— J'aime accroître mes connaissances.

— Il semble que de nombreuses personnes, y compris l'évêque, aient cherché à faire de même. Quand vous y êtes-vous rendu pour la dernière fois ?

— Quand ? Hier après-midi, je crois.

— N'était-ce pas plutôt après les funérailles ?

— Qu'y aurais-je fait au milieu de la nuit ?

— Où alliez-vous, à l'instant ?

— J'ai coutume de me promener avant l'aube pour faire de l'exercice.

— Je répète, qu'est-ce qui vous attire tant à la bibliothèque ?

— Certains des textes qui y sont conservés.

— Retenaient-ils aussi l'attention de l'évêque ?

— Je n'ai aucun moyen de le savoir.

— Et vous, qu'est-ce qui vous intéresse ? interrogea Fidelma d'une voix dure.

— Mais enfin… dit frère Charibert, les regardant l'un après l'autre. J'ai appris que la bibliothèque possédait le grand ouvrage sur la loi salique que le roi Clovis ordonna de composer il y a plus de cent ans. Où d'autre y aurais-je accès ? C'est aussi l'histoire de mon peuple, les Francs saliens. Comprenez la fascination que cela exerce sur moi.

— Vous vous intéressez aux origines de votre peuple ? Même si vous n'étiez qu'un simple esclave ? lui opposa Eadulf.

— Je pourrais remonter jusqu'à l'époque où les miens n'étaient pas asservis. Qui sait comment l'histoire a brisé leur vie et leur destin ?

Fidelma dévisagea le jeune homme avec curiosité.

— Un aspect philosophique captivant, reconnut-elle. Mais vu que Clovis est mort il y a bien longtemps, quel rapport cette loi peut-elle avoir avec votre présente situation ?

— Mieux vaut connaître une bribe de ses origines que rien du tout.

— Eh bien ! Maintenant que vous n'êtes plus au service de l'évêque Brodulf, peut-être envisagez-vous de poursuivre votre éducation et de chercher à enseigner la foi ?

— C'est un de mes souhaits, admit l'autre avec un

léger sourire. Je n'ai nul désir de passer du service de Brodulf à celui de Landric.

Fidelma jeta un regard à Eadulf et commença à se lever.

— Nous ne vous retiendrons pas plus longtemps, frère Charibert. À l'avenir, mieux vaut être sincère lorsque vous êtes interrogé par un *dálaigh*, dans ce pays.

Frère Charibert se leva également.

— J'ai compris, lady. Je vous suis reconnaissant de votre indulgence.

Lorsque Fidelma et Eadulf sortirent dans la cour, l'aube versait une lumière dorée. L'effervescence régnait, tant parmi les religieux que parmi les bâtisseurs à l'autre bout du domaine.

— Alors ? demanda Fidelma.

— À mon avis, frère Charibert ment comme il respire. Un esclave instruit, affranchi et qui se retrouve au service d'un évêque influent ?

— On a déjà vu chose semblable, fit remarquer Fidelma.

Eadulf renifla.

— Moi aussi j'ai lu Dion Cassius. L'histoire de l'affranchi Narcisse est bien connue : après avoir servi Claude, il dut se suicider à l'accession au pouvoir de Néron. Le plus épineux est d'identifier la nature exacte des documents manquants ; ceux qui intéressaient l'évêque Brodulf.

— L'histoire de cette abbaye et celle de son propre peuple. Ces ouvrages ont-ils été consumés dans les flammes ? Si ce n'est pas le cas, qui les a pris et où sont-ils ?

— Le vénérable Lugán est catégorique, rappela Eadulf. D'après lui, seul l'évêque a pu s'en emparer.

— Nous avons appris ce matin que d'autres avaient accès à cette partie de la bibliothèque. Les questions sont innombrables. Qui était l'agresseur de cette nuit ? Un complice de Brodulf ou un rival ? Est-ce lui qui l'a assassiné et a brûlé les pages des registres, ou n'a-t-il pu les trouver parce qu'elles n'étaient pas en la possession de l'évêque, et est-il venu les récupérer à la bibliothèque ? Et s'il était un rival de l'évêque, quelles informations pouvaient avoir assez de prix pour que Brodulf les paie de sa vie ?

Eadulf haussa les épaules.

— Trop de questions, en effet, et peu de temps. Landric ne va pas tarder à créer des problèmes et à se plaindre à ton frère. Je persiste à dire que frère Charibert est un menteur.

— Tu as sans doute raison. Mais il nous faut plus de preuves pour lui arracher la vérité.

La cloche de l'abbaye se mit à sonner.

— Déjà l'appel pour le *longud* ? soupira Eadulf. Je suis vanné et la journée vient à peine de commencer.

— Mange avec modération, Eadulf, recommanda Fidelma avec un sourire taquin. Un ventre plein rend somnolent et nous voulons garder toute notre lucidité, aujourd'hui.

Plusieurs personnes manquaient au réfectoire en ce premier repas, dont l'abbé et la prieure. Le bibliothécaire était également absent, ce qui était prévisible après les péripéties de la nuit. Seul frère Mac Raith, le teint blafard, fit une apparition. Le diacre Landric s'entretint avec lui, parlant vite avec force gestes des mains. Frère Charibert était assis seul, apparemment indifférent à ce qui l'entourait. Des chuchotements leur parvenaient des tables des étudiants. L'appréhension semblait s'être abattue sur tous.

L'absence qui préoccupait surtout Fidelma était celle d'Enda. Elle le fit remarquer à Eadulf, mais celui-ci ne s'en alarma pas.

— S'il a un tant soit peu de jugeote, il dort comme une souche, et nous aurions dû en faire autant. C'est la seule critique que m'inspirent vos rites funéraires. Pourquoi attendre minuit ? Cela a-t-il un rapport avec le fait que vous mesuriez le temps de cette façon ? Les nuits sont suivies des jours, donc minuit marque le début d'une nouvelle séquence ?

— Peut-être, éluda Fidelma avec irritation. Enda n'a pas l'habitude de paresser au lit.

Au moment où ils quittaient le réfectoire, Eadulf gloussa.

— Qu'est-ce que je disais ? Le voilà !

En effet, le guerrier traversait la cour à leur rencontre.

— Où étiez-vous passé ? l'interpella Fidelma avant qu'il ait eu le temps de dire un mot.

Enda ne s'en formalisa pas.

— J'ai décidé de faire un petit tour à l'aube. Je ne suis pas habitué à rester enfermé ainsi, à ne rien faire.

Eadulf sourit.

— C'est vrai. Le manque d'exercice n'est pas l'indice d'une vie saine. C'est peut-être pour cela que frère Charibert part se promener avant l'aube. Ce qui ne l'empêche pas d'être un fieffé menteur !

Enda l'écouta avec un soupçon d'impatience.

Il avait une nouvelle à leur communiquer et prit dès qu'il le put la parole :

— J'ai remarqué quelque chose d'intéressant en passant devant le cimetière, tout à l'heure.

— Quel genre de chose ?

— Un groupe d'hommes près de la tombe de l'évêque.

L'attention de Fidelma retomba.

— Une marque de respect envers le défunt. Je ne vois là rien d'extraordinaire. Qui était-ce ?

— Des bâtisseurs. Sítae, le maître d'œuvre, et quelques-uns de ses hommes.

— Ce sont eux qui ont creusé la tombe et porté le *fuat*, la nuit dernière. Sítae voulait sans doute vérifier que tout avait été fait correctement, proposa Eadulf.

— Rien de plus normal, ajouta Fidelma. Il arrive qu'une tombe fraîchement creusée provoque un glissement de terrain ; il s'agit d'un problème de sécurité que l'on ne peut constater de nuit, il est donc préférable de tout inspecter à la lumière du jour.

Enda s'efforçait de contenir son impatience.

— Je n'étais parti que pour une courte promenade et, à mon retour, il ne restait qu'un seul des bâtisseurs, qui quittait le cimetière. Je me suis arrêté pour lui dire un mot.

— C'est quelqu'un que nous connaissons, Enda ? demanda Fidelma.

Le guerrier jeta un coup d'œil autour de lui afin de s'assurer qu'on ne les entendait pas.

— Vous rappelez-vous le menuisier auquel nous avons parlé au campement ?

— Patu ? Bien sûr.

— C'était lui. Il m'a demandé si je me souvenais

que vous aviez soulevé le problème de la poudre de soufre.

— Continuez, l'encouragea Fidelma, intriguée.

— Il en a discuté avec un autre ouvrier, qui a mentionné un détail intéressant, survenu la veille de l'incendie.

Il s'interrompit, car il tenait à capter l'attention entière de Fidelma. Il l'avait indubitablement obtenue ; elle se penchait vers lui, une intense curiosité sur le visage.

— L'ouvrier gravissait la colline, regagnant le campement. C'était la fin de la journée et le crépuscule tombait. Ce jour-là, il avait tardé à ranger son matériel et se hâtait de rentrer pour se laver. Ils ont l'habitude de se baigner dans le ruisseau avant le repas du soir.

— Et alors… ?

— Il a vu quelqu'un qui avançait à toute vitesse dans sa direction. Il venait du campement et descendait vers l'abbaye.

— Bien entendu, ce quelqu'un n'était pas un bâtisseur ? demanda Eadulf.

— Comment le savez-vous ? s'étonna Enda.

— Patu n'aurait pas donné d'informations susceptibles d'orienter les soupçons sur un collègue.

— Continuez, insista Fidelma.

— L'homme portait l'habit religieux. Il avait une apparence juvénile, à en juger par sa carrure et son maintien.

— Il nc l'a pas reconnu ? s'enquit Fidelma, devinant déjà la réponse.

— Non.

— Alors, quel est l'intérêt de cette histoire ?

— L'ouvrier a vu que c'était quelqu'un de l'abbaye qui avait pris la poudre de soufre…

— Cet ouvrier a-t-il au moins un nom ? interrogea Fidelma.

— C'est un tailleur de pierre nommé Mothlach.

— Qu'a dit Mothlach au sujet du religieux ?

— Il portait une lourde besace. De ces sacs en cuir que l'on accroche à ses épaules par des lanières. Beaucoup de voyageurs les utilisent.

— Comment savait-il que le sac était lourd ?

— Quant à cela, c'est facile, lady ! On sait aisément si quelqu'un transporte une charge lourde ou légère. Cela se voit à la position du corps.

— Ainsi, ce religieux avait une lourde besace accrochée à ses épaules ? Et alors ?

— La description qu'il a donnée du religieux m'a fait penser au malheureux frère Garb, expliqua Enda.

— Frère Garb ?

La voix de Fidelma devint monocorde, comme si elle savait d'avance ce qu'il allait dire.

— Cette… euh… rencontre… Patu vous a dit qu'elle avait eu lieu la veille de la mort de l'évêque ?

— C'est bien cela.

— Et quand ce tailleur de pierre nommé Mothlach s'est-il souvenu de l'incident ? Du moins, d'après Patu.

— Après notre passage au campement. Patu dit qu'ils étaient assis devant le feu hier soir, parlant de notre visite, et c'est alors que Mothlach s'en est souvenu.

— Je vois là-dedans plus de causes d'interrogation que de réponses, murmura Fidelma.

— Quelles interrogations ? s'enquit Eadulf avec surprise. Je pensais que cela clarifiait les choses.

— Lesquelles, par exemple ?

— Nous soupçonnions que frère Garb avait une raison de nuire à l'évêque à cause de leurs disputes. Nous savons que la poudre de soufre est le combustible qui a servi à faire flamber l'hostellerie – Áedh nous l'a démontré. Nous avons constaté que le sac en cuir de frère Garb, du type décrit par Mothlach, avait été utilisé pour transporter de la poudre de soufre. Nous avons maintenant la description d'un jeune homme ressemblant à frère Garb et descendant du campement, chargé de ce sac, la veille de l'incendie. Tout concorde.

— Très bien. Trop bien. Car, dans ce cas, qui a assassiné Garb ?

Eadulf ouvrit la bouche, réfléchit, puis la referma.

— Pourquoi Mothlach n'est-il pas venu me trouver immédiatement pour me relater cette histoire ? Patu ne vous l'a pas dit ?

— Si. Ce matin, Mothlach a été envoyé dans les montagnes, au sud, pour s'occuper de la coupe et du chargement de pierre à chaux rouge. C'est pourquoi Patu m'a raconté l'histoire au lieu de l'envoyer.

Fidelma paraissait sceptique.

— Mothlach et le jeune religieux chargé d'un sac n'ont pas échangé un mot ?

— Non. Avant qu'ils se croisent, le religieux a coupé par un autre chemin à travers bois. Lorsque Mothlach est arrivé à l'endroit où l'homme avait bifurqué, celui-ci avait disparu.

— Un témoin des plus commodes, marmonna Fidelma avec mécontentement.

— Mais si nous acceptons son témoignage, fit remarquer Eadulf, c'est une preuve concluante.

— Dans quel sens ?

— La confirmation que quelqu'un a volé la poudre de soufre dans le campement, comme nous le supposions. Il l'a transportée jusqu'à l'hostellerie dans la besace en cuir que nous savons appartenir à Garb. Il l'a versée dans le seau caché à l'arrière du dortoir. Laisser le soufre dans la besace aurait permis d'identifier le coupable, mais aurait de plus été dangereux. Une étincelle… une inhalation…

— C'est un point que je n'ai pas négligé, Eadulf.

— Et la description ? insista Eadulf. Tout désigne frère Garb.

Fidelma s'adressa à nouveau à Enda.

— Notre ami Patu ne vous a pas dit combien de temps il faudra à ce tailleur de pierre pour revenir des carrières ?

— Au moins plusieurs jours. Peut-être une semaine. Ce n'est pas un long trajet, mais le temps de sélectionner, de couper et de transporter la pierre…

— Plusieurs jours ? Alors qu'il s'agit d'un témoin direct !

— Vous avez vraiment besoin de l'interroger personnellement ? demanda Enda d'un ton las.

— Bien sûr. Vous devriez connaître les obligations d'un *dálaigh* à l'heure qu'il est, répliqua-t-elle.

— Dans ce cas, je sais où se trouvent les carrières de calcaire rouge des Sléibhte na gCoillte, les montagnes de la Forêt. Ce n'est qu'à une courte chevauchée vers le sud. À peine plus longue que d'ici à l'auberge d'Aona au Puits d'Ara. En partant maintenant, nous aurions le temps d'interroger le témoin et de revenir avant la tombée de la nuit. Peut-être même avant le repas du soir, et certainement bien avant l'enterrement de frère Garb.

— En êtes-vous sûr ? Il n'aurait pas été envoyé dans une autre carrière ?

— Je parierais mon collier d'or là-dessus, lady, assura le guerrier en souriant.

Comme Eadulf le savait depuis longtemps, le *Nasc Niadh*, le torque d'or arboré par les guerriers d'élite de la garde royale, n'était pas un emblème sur lequel ils engageaient leur parole à la légère.

— Allons chercher nos montures. Nous laisserons un message à frère Mac Raith pour lui indiquer quand nous espérons revenir, mais pas notre destination.

— Ça ne va pas lui plaire, marmonna Eadulf.

Il exprimait en fait ses propres sentiments, Fidelma le savait bien. Eadulf détestait voyager à cheval. Ce n'était que récemment qu'il s'était habitué à emmener leur jeune fils Alchú faire une chevauchée matinale.

— Peu me chaut ce qui lui plaît ou pas, du moment que cela n'interfère pas dans mon enquête, rétorqua Fidelma.

Eadulf comprit que ce ton tranchant lui était destiné.

Peu après, Enda les menait au trot au-delà de la longue colline de Cnoc Carron, au sud des contreforts boisés des montagnes de la Forêt. Celles-ci comptaient vingt-quatre pics, dont certains dépassaient les neuf cents mètres. Une zone que Fidelma connaissait bien les traversait d'ouest en est : le long et impressionnant Gleann Eatherlai, avec sa rivière sinueuse marquant un passage entre les collines. Elle avait voyagé et même séjourné dans cette vallée.

Enda leur expliqua que les carrières se trouvaient parmi les arbres du côté nord de ce vallon. Les collines de grès et de schiste s'élevaient là où des lacs encaissés trouvaient dans des cirques des lits naturels au milieu des hauteurs. Çà et là, entre les ifs et les chênes, se déployaient des étendues d'ajoncs dont les fleurs jaunes annonçaient le printemps. La mousse tapissait le sol où paissaient des cerfs, qui ne semblaient pas dérangés par le groupe de cavaliers.

Malgré ce cadre idyllique, Fidelma commençait à s'inquiéter.

— Sommes-nous sur le bon chemin ? demanda-t-elle enfin. Par ici, je n'ai pas vu de piste que pourraient emprunter des chariots convoyant des pierres vers l'abbaye.

— Faites-moi confiance, lady, répondit Enda. La piste qu'ils utilisent passe plus à l'est. Nous prenons un raccourci vers les carrières.

— Comment les connaissez-vous ? s'enquit Eadulf.

— Je serais un piètre commandant de la garde royale si je ne savais pas ce qui se passe dans un rayon de vingt-cinq kilomètres autour de Cashel.

— Ne sommes-nous pas plus loin ? s'étonna Eadulf en regardant autour de lui. Les montagnes me donnent l'impression d'être coupé du monde. Le pays d'où je viens est plat dans toutes les directions.

— Il n'y a pas de montagnes au royaume des Angles de l'Est ? fit Enda, incrédule.

— Quelques hauteurs que nous nommons collines, mais rien de comparable à vos pics.

— J'aperçois une piste ! s'écria soudain Fidelma en pointant le doigt vers le sud-est.

— Vous l'avez repérée, lady, déclara Enda en souriant. C'est celle qui ramène à l'abbaye. Nous pouvons la rejoindre, et un peu plus au sud se trouve la première des deux carrières de grès rouge.

Ils ne tardèrent pas à atteindre la piste et Fidelma ne résista qu'à grand-peine à l'envie de laisser son cheval accélérer le pas. Elle retint les rênes par égard pour Eadulf. Cependant, la route ne fut pas trop longue et bientôt ils atteignirent l'embouchure d'un vallon en forme de cuvette où finissaient plusieurs ravins. L'un d'eux ne s'était pas asséché, et l'eau fraîche d'un torrent dévalait sa pente avec force éclaboussures pour former une rivière près d'un bouquet de hêtres. Au-delà, dans la petite carrière, se trouvait une section de parois rocheuses nues, pareilles à des falaises dépouillées de toute végétation. Des femmes armées de pioches et de pelles extrayaient des blocs de grès rouge avec une impressionnante dextérité.

À l'entrée du vallon, creusé par les eaux impétueuses jaillies des sommets des millénaires auparavant, une file de bœufs transportait les pierres rouges dans des hottes arrimées à leur dos musclé, vers les chariots alignés.

Un cri des ouvriers signala l'arrivée des visiteurs. Le travail fut interrompu tandis qu'une demi-douzaine d'hommes observaient les nouveaux venus avec inquiétude.

Puis, comme les cavaliers descendaient de selle, l'un des hommes vint les saluer, visiblement rassuré – s'ils mettaient pied à terre, c'est qu'ils n'avaient pas l'intention de les attaquer. L'ouvrier était de petite taille, ce que compensait un torse épais et musculeux. Comme ses compagnons, il était nu jusqu'à la ceinture. Il était couvert d'une fine couche de poussière de grès jusque sur ses épais cheveux bouclés. Les pieds bien écartés et les poings sur les hanches, il se campa devant Fidelma et son petit groupe, qui n'eurent pas besoin d'observer son menton derrière la barbe broussailleuse pour deviner qu'il était relevé d'un air belliqueux.

L'homme plissa les yeux en remarquant le torque d'or au cou d'Enda.

— L'abbé d'Imleach nous a donné toute autorité pour tailler la pierre destinée aux travaux de construction de son abbaye, annonça-t-il sur un ton de défi, comme s'ils allaient leur en contester le droit.

Fidelma s'avança avec un sourire aimable.

— Si vous êtes Mothlach, le tailleur de pierre, alors nous ne venons que pour vous parler. Et je pense que c'est vous, car ce nom vous sied à merveille.

Quelques-uns des ouvriers s'esclaffèrent, car « Mothlach » désignait un homme aux cheveux hirsutes et à l'aspect rude. L'intéressé lança un regard courroucé à ses compagnons.

— Vous avez l'avantage sur moi, riposta-t-il.

— Je suis la *dálaigh* Fidelma. Nous enquêtons sur la mort de l'évêque étranger et d'un étudiant de l'abbaye. Je ne crois pas que nous nous soyons déjà rencontrés.

Le tailleur de pierre se détendit.

— Ah ! j'ai entendu parler de vous, lady. J'effectue principalement la taille dans le campement, c'est pourquoi nous ne nous sommes jamais vus.

— Vous n'étiez pas aux funérailles de l'évêque, hier soir ?

— Non. Sítae voulait des volontaires compétents en charpenterie pour préparer le *fuat* et creuser la tombe. Et moi, je ne connais que mes pierres. C'est donc le maître d'œuvre et Patu, notre charpentier le plus expérimenté, qui s'en sont chargés pour faire un geste envers l'abbaye. Deux ou trois *daer-fuidir* les ont assistés. Vous avez chevauché jusqu'ici rien que pour me demander ça ?

— Non. Mais puisque vous en parlez, le voyage nous a donné soif. Je vois quelques rondins près de ce ruisseau ombragé. Pour peu que vous y ayez de l'ale au frais, je présume que vous connaissez les règles de l'hospitalité ? Si c'est le cas, nous pourrions nous installer là-bas et discuter de ce dont, selon Patu, vous avez été témoin.

Le visage de l'homme s'éclaira.

— Ah ! à propos du jeune religieux chargé du sac ?

— Exactement.

Laissant leurs chevaux s'abreuver au ruisselet, ils s'assirent sur les rondins et Mothlach leur offrit, pour se désaltérer, des pichets de la bière qu'on avait laissée à rafraîchir dans l'eau.

Après un échange courtois, le tailleur de pierre leur demanda ce qu'ils voulaient savoir.

Fidelma invita Enda à relater ce que Patu lui avait rapporté de sa discussion avec Mothlach. Le tailleur de pierre opina maintes fois du chef en l'écoutant.

— Mais, ce jeune homme chargé d'un sac, vous ne l'avez pas vu de près ? Car votre description semble correspondre à l'étudiant décédé, fit remarquer Fidelma.

Mothlach passa la main dans sa masse de cheveux poussiéreux.

— Celui qu'on a trouvé pendu, hier ? Eh bien, ça aurait pu être lui, mais je ne pense pas, car, celui-là, je l'ai déjà vu à l'abbaye. En fait, je suis même sûr que ce n'était pas lui. Il y avait une ressemblance, mais l'autre était différent.

— Qu'est-ce qui vous en rend si sûr ? voulut savoir Fidelma.

— Quelque chose dans sa stature. Celui que j'ai vu était plus trapu, plus musclé que l'étudiant qui est mort. J'en mettrais ma main au feu.

Fidelma poussa un profond soupir, comme si elle eût parié le contraire.

— Vous dites que ce n'est pas frère Garb que vous avez vu porter le sac ?

— À choisir, je dirai non ; le jeune qui est mort hier, frère Garb, n'est certainement pas celui que j'ai vu.

Fidelma secoua la tête presque avec commisération en regardant Eadulf.

— Les faits sont les faits et nous ne pouvons pas les altérer, dit-elle doucement.

— Je suis désolée, lady. Je ne peux témoigner que de ce que j'ai vu de mes yeux.

— À juste titre.

— Il faut être prudent quand on travaille sur un chantier, poursuivit le tailleur de pierre. On vous demande souvent de témoigner dans les cas où votre parole fera qu'un ouvrier recevra une compensation ou non.

Un souvenir se réveilla dans l'esprit de Fidelma.

— Pas plus tard qu'hier j'ai demandé à frère

Anlón s'il y avait eu beaucoup d'accidents pendant la réfection de l'abbaye.

— Je dirais que Sítae est un bon maître d'œuvre, répondit l'artisan. Il veille à ce que ses hommes travaillent en sécurité dans la mesure du possible. Mais on ne peut pas parer à toute éventualité. Cependant, comme le médecin vous l'a probablement dit, il y a eu peu de décès et peu de blessures depuis que nous avons commencé ce chantier.

— Rien qui ait touché les artisans ?

— Deux morts parmi les *daer-fuidir*, pour lesquels aucun prix de l'honneur ne devait être payé à la famille. Les blessures parmi nous étaient superficielles et les compensations minimes.

— Personne, donc, n'a été grièvement blessé.

— Le seul dont j'aie entendu parler, c'était notre maître charpentier, la veille de l'incendie.

Fidelma le considéra avec curiosité.

— Cú Choille ?

— Oui, confirma Mothlach. Il paraît qu'il a été appelé chez lui, quelque part dans le Sud-Ouest. Je sais seulement qu'il a eu un problème parce que quelqu'un a vu qu'on l'emmenait chez frère Anlón.

— Chez le médecin ? Qui l'y a conduit ?

— Sítae et Patu, ils vous le confirmeront. Enfin, ça ne devait pas être bien grave, car, plus tard dans la soirée, on nous a appris que Cú Choille avait reçu un message de chez lui. Il était parti immédiatement et Patu prenait la relève jusqu'à nouvel ordre.

— Il était parti l'après-midi même ? Avant le repas du soir ?

— Nous ne participons jamais au repas du soir. Mais, oui, plus tôt.

— Et l'homme qui a vu Sítae et Patu emmener le maître charpentier chez le médecin, qui est-ce ?

— Notre chaudronnier, un *cérda* nommé Tassach.

— Un ouvrier qualifié ? dit Fidelma, qui sourit et se détendit. Nous le trouverons donc à l'abbaye ?

Mothlach secoua la tête.

— Pas en ce moment. Il a été envoyé à Cluain Meala pour se procurer plus de minerai de cuivre auprès des marchands. Le commerce y est très actif, avec les barges qui remontent la Suír.

Fidelma s'accorda quelques instants de réflexion.

— Quelqu'un a-t-il vu Cú Choille partir après cet… accident ? Cela semble un départ pour le moins précipité.

— Oui, très soudain, acquiesça le tailleur de pierre. Sítae a dit que c'était en rapport avec sa femme. Il devait être drôlement pressé, car il a laissé plusieurs de ses instruments. En plus de sa mule et de son chariot, qu'il utilisait d'habitude pour les transporter.

Fidelma échangea un regard vif avec Eadulf, qui hocha la tête comme en réponse à une question. Elle se leva brusquement.

— Bien ! Nous devons rentrer à l'abbaye. J'aimerais me sustenter avant d'assister à l'enterrement du jeune frère Garb.

# CHAPITRE XX

Fidelma et ses compagnons parvinrent aux portes de l'abbaye avant la fin de l'après-midi. L'avocate avait à peine confié leurs montures à Enda pour qu'il les conduise aux écuries et insisté sur l'importance de garder secrète la raison de leur absence, que l'intendant vint à leur rencontre d'un air soulagé.

— L'abbé désirait vous voir dès votre retour.

Cette agitation était typique de frère Mac Raith, aussi Fidelma ne s'en inquiéta-t-elle pas.

— J'allais me retirer pour méditer avant de prendre le bain du soir. Il s'est passé quelque chose ?

— Un cavalier est arrivé de Cashel, lady. L'abbé a grand-hâte de vous voir.

Cette annonce préoccupa Fidelma, car elle craignait souvent pour la sécurité de son frère. Quelques semaines auparavant, des princes du royaume avaient conspiré pour l'évincer[1].

— Savez-vous quelles nouvelles apportait le messager ? demanda-t-elle aussitôt. Comment va Colgú ?

— Le messager a dit que le roi se portait bien.

1. Voir *Le Conseil des Sept*, 10/18, n° 5887.

Cependant, il était chargé de remettre à l'abbé Cuán un message urgent, qui comporte des aspects juridiques.

Fidelma éprouva d'abord du soulagement, auquel un sentiment de malaise succéda bien vite.

— Des aspects juridiques ? Dans ce cas, je ferais mieux de voir l'abbé tout de suite.

Ils se dirigeaient vers les bâtiments principaux quand Eadulf dit à son épouse :

— S'il s'agit d'affaires légales, je ne pense pas que ma présence soit nécessaire. Viens me retrouver dans notre chambre après t'être entretenue avec lui.

En réalité, il aspirait à se reposer après la cavalcade qu'Enda leur avait imposée au retour.

Dès que Fidelma entra, l'abbé Cuán lui fit signe de prendre un siège.

— Fidelma, je ne voudrais pas vous imposer de pression, mais, dites-moi, approchez-vous d'une conclusion concernant la mort mystérieuse de l'évêque ?

— Une enquête prend toujours du temps, abbé Cuán, répondit-elle gravement. Un problème a-t-il surgi du fait que l'affaire ne soit pas encore résolue ?

— Des inquiétudes ont été formulées. Le diacre Landric me pousse à lui indiquer à quelle date il pourra regagner la Burgondie. Et maintenant, pour ajouter à la confusion, nous avons un second décès sur les bras. Les étudiants ne se remettent pas de la mort de frère Garb. Ces questions me taraudent cruellement. Comme si cela ne suffisait pas, j'ai reçu un émissaire du palais de votre frère…

— Un émissaire de mon frère ?

— Non, pas du roi.

— De qui, alors… ?

— De Fíthel.

Fidelma s'était doutée que le chef brehon du royaume se pencherait sur cette affaire sitôt qu'elle avait appris la mort de l'évêque burgond.

— Apparemment, il est préoccupé par les circonstances du décès, qu'il impute à un incendie accidentel, continua l'abbé. Vous m'avez dit dès le départ que, du fait que l'évêque était un étranger et d'un statut élevé, le chef brehon devrait conseiller le roi quant à une éventuelle compensation.

— Je présume que le brehon Fíthel va venir à Imleach ?

— Il sera ici demain avant midi.

Fidelma fit de son mieux pour contenir à la fois sa surprise et son irritation.

— Je ne peux l'en blâmer, dit nerveusement l'abbé, qui observait ses traits.

— Souffrez que je ne partage pas ce sentiment.

— Le cavalier a également transmis la nouvelle qu'un navire a accosté à Árd Mór. Il transportait des ambassadeurs de la cour du roi franc, Clotaire. Je crois comprendre que c'est cela qui a décidé le brehon Fíthel à faire hâte.

Les yeux de Fidelma s'agrandirent.

— Clotaire n'a pu avoir vent de la mort de l'évêque !

— Il l'apprendra bien assez tôt.

— Qui sont-ils ? Et qu'est-ce qui les a incités à entreprendre un tel voyage ?

— La délégation est conduite par un certain préfet Beobba. Il aurait eu l'intention d'aller voir le haut roi Cenn Fáelad mac Blathmaic à Tara.

— Alors pourquoi vient-il à Cashel ?

— Parce que c'est le port maritime le plus proche du royaume des Francs. Il projetait de poursuivre sa route jusqu'à Tara, mais, sans nul doute, dès qu'il aura appris la mort de l'évêque Brodulf, il restera et exigera des explications.

— Vous ne pensez pas que Brodulf ait été la raison pour laquelle ce voyage a été planifié ?

L'abbé Cuán fronça les sourcils.

— Comment cela se pourrait-il ? Comme vous l'avez fait remarquer, la nouvelle n'a pas déjà pu atteindre la Burgondie… Votre frère souhaite disposer d'informations précises et s'assurer de détenir des réponses avant d'accueillir ce préfet.

— C'est concevable, admit Fidelma.

— Toujours est-il que Fíthel passe la nuit au Puits d'Ara et devrait arriver de bon matin. Donc, s'il y a un quelconque élément que vous puissiez lui présenter, il serait bon de vous y préparer. Et n'oubliez pas que nous enterrons frère Garb à minuit.

Fidelma se concentra intensément. Ce fut à cet instant, où des milliers d'idées se confrontaient dans son esprit, qu'elle prit sa décision. Comment, elle n'en était pas sûre ; il suffisait qu'elle tente d'éliminer une idée pour qu'une autre la remplace. Toutefois, les questions, elles, finirent par se confondre en une seule. Elle sourit.

— Parfait. Demain à midi, nous tiendrons le *dáil*, la cour de justice. La chapelle serait plus appropriée que le réfectoire, à moins que la prieure Suanach et vous n'ayez scrupule à ce qu'elle soit utilisée à des fins profanes ? Bien ! poursuivit-elle, quoique l'abbé n'eût pas répondu. Étant à la tête de l'abbaye, vous devrez siéger en tant que juge avec le brehon Fíthel. Frère Mac Raith prendra les dispositions nécessaires. Je veux que tout le monde soit présent, y compris les maîtres bâtisseurs.

— Les maîtres bâtisseurs ?

La surprise, le soulagement et la curiosité passèrent successivement sur les traits de l'abbé Cuán.

— Alors, vous savez qui a tué l'évêque et le jeune Garb ?

— Les faits seront exposés demain à midi, ainsi que l'interprétation que j'en ai tirée, lui assura-t-elle d'un air grave. Le chantier sera fermé pour la journée, ce qui permettra aux bâtisseurs, y compris au maître d'œuvre, d'assister au *dáil*. Est-ce entendu ?

— Ils auraient donc une part de responsabilité ? Je pensais qu'on avait démontré plus tôt que l'incendie n'était pas dû à une négligence de leur part.

— Tout sera expliqué en temps voulu, éluda Fidelma. Sous mon autorité, l'intendant convoquera à la chapelle ceux que je lui désignerai et je lui donnerai des instructions sur la façon dont le *dáil* devra être organisé.

— Le brehon Fíthel présidera ?

— À vos côtés. Vous siégerez non seulement en qualité d'abbé d'Imleach, mais d'archevêque du royaume.

— Voilà qui est très soudain… Êtes-vous certaine de disposer des informations requises pour démasquer le coupable ?

Un sourire joua sur les lèvres de Fidelma.

— Je ne m'engagerais pas, autrement. En attendant, occupons-nous d'inhumer frère Garb.

Elle se leva et se dirigea vers la porte.

— Serez-vous à l'enterrement ? lui lança l'abbé.

— Je serai là, lui assura-t-elle en partant.

Quelques minutes plus tard, Eadulf contemplait Fidelma avec consternation alors qu'elle lui annonçait sa décision.

— Demain à midi ? répéta-t-il, horrifié. Tu crois que tu pourras présenter une plaidoirie et confondre les coupables d'ici à demain ? Mais nous ne savons rien…

— Au contraire ! Nous disposons de tous les faits, c'est juste leur interprétation qui a besoin d'une mise au point.

— Je ne vois pas comment y parvenir.

— Tout a soudain commencé à revêtir un sens lorsque j'ai compris qu'il fallait distinguer les éléments les uns des autres. Je m'expliquerai plus clairement demain matin. Il me faudra bien ce laps de temps pour mettre de l'ordre dans mes pensées ! avoua-t-elle avec une grimace teintée de dérision.

L'inquiétude d'Eadulf ne faisait que croître.

— Parce qu'il te faut encore ordonner tes pensées ?

Ignorant sa question, elle le laissa ébahi tandis que, munie de sa serviette et de ses affaires de toilette, elle descendait au *dabach* se délasser dans son bain.

Une atmosphère solennelle se dégageait du réfectoire pendant que Fidelma et Eadulf allaient prendre leur place. L'immense salle était bondée. Chacun se leva pour la bénédiction de l'abbé, avec certes plus de respect, voire de révérence que la veille. Cependant, lorsque Cuan annonça la tenue du *dáil* à midi le lendemain, l'agitation éclata. Il fallut du temps pour que la clameur s'apaise, après quoi l'abbé Cuán fit la déclaration attendue : ce repas serait considéré comme le *fled cro-lige*, le festin funéraire traditionnel, à la mémoire de frère Garb. Cela permit de restaurer le calme. L'abbé réduisit alors le *gratias* précédant le repas au strict minimum.

Ce soir-là, le repas ne fut pas accompagné des conversations ordinaires. À des intervalles programmés avec soin, les camarades d'études de Garb se tinrent au lutrin pour lire des passages des Écritures. Une fois le repas terminé et conclu par les bénédictions finales, les dîneurs parurent réticents à partir. Ils restèrent assis un peu partout dans le réfectoire, se livrant à des échanges et à des conversations à voix basse.

Le vénérable Breas, pâle et solennel, demeura auprès de la prieure Suanach. Ils furent rejoints par frère Étaid, l'*anam chara* de frère Garb, ainsi que lui-même se définissait.

Sítae entra dans la salle et se dirigea droit vers Fidelma. Elle se demanda s'il avait appris leur visite à Mothlach, à la carrière de calcaire. Cependant, le visage du maître d'œuvre révélait de la contrariété, non de l'hostilité.

— Je voulais vérifier l'exactitude des instructions de l'intendant pour demain, lady, commença-t-il.

— Lesquelles ?

— Il dit que vous avez requis l'interruption des travaux parce que vous allez élucider les décès survenus dans cette abbaye.

— Pas tout à fait, corrigea-t-elle. Un *dáil*, un tribunal, sera organisé à la chapelle demain à midi. Il sera présidé par le chef brehon du royaume conjointement avec l'abbé lui-même. Sur mon conseil, il sera placé sous leur autorité. J'ai sollicité votre présence et celle des maîtres artisans. Pour que chacun y assiste en toute sérénité, il est préférable de cesser le travail pendant l'audience.

— Mais pourquoi ? Nous perdrons un temps précieux sur notre programme !

— Comprenez que cette affaire a préséance sur ce genre de préoccupations, Sítae.

— Je présenterai une objection.

Fidelma resta imperturbable.

— C'est votre droit le plus strict. Il vous faudra la soumettre au chef brehon demain, à l'ouverture de la séance. Je ne doute pas qu'il définira une compensation appropriée s'il s'avère que vous avez perdu votre temps.

Sítae la dévisagea, souffla par les narines d'un air excédé, puis repartit vers l'entrée.

— Il est furieux, constata Eadulf à mi-voix. Son point faible, c'est qu'il ne supporte pas de voir diminuer ses bénéfices.

— Je suis bien de ton avis ! Tu as un instinct qui te fait parvenir aux mêmes conclusions que moi.

Fidelma et son époux continuèrent d'observer le maître d'œuvre, qui avait aperçu le médecin de l'autre côté du réfectoire et engageait avec lui un échange intense.

— Je me demande de quoi il s'agit, marmonna Eadulf.

— N'oublie pas que si l'un des ouvriers est grièvement blessé, c'est lui qui devra payer le traitement et le temps perdu. Et même les honoraires de frère Anlón, dont la charité ne s'étend qu'aux membres de l'abbaye. Quiconque réclame ses services, au-dehors – y compris les bâtisseurs – doit payer le montant fixé par la loi.

— Ont-ils un différend ? Je croyais que Sítae jouissait d'une bonne réputation à cet égard ?

— C'est le cas. Mais je doute qu'on puisse en dire autant de frère Anlón. Je t'ai dit qu'un abbé ou même un évêque sont généralement issus d'un milieu noble et instruit. Lorsqu'ils créent leur communauté, ils reçoivent des terres du chef de leur famille. Ils sont donc eux-mêmes considérés comme des nobles et des princes d'après la loi.

— Je le conçois.

— Chaque famille noble a son médecin attitré. Celui qui exerce au sein d'une abbaye est considéré de la même manière. Il a droit à une parcelle de terrain, assortie d'allocations et autres avantages, non seulement pour assurer ses services et fournir ses remèdes, mais pour subvenir à ses propres besoins. En dehors de ses devoirs envers sa « famille », en l'occurrence la congrégation dirigée par l'abbé, il est libre d'exercer son art auprès de ceux qui ne font pas partie de son cercle immédiat. Et d'exiger d'eux un paiement.

— C'est bien compliqué ! soupira Eadulf.

— Tout système juridique est compliqué, dit en souriant Fidelma. J'ai étudié huit ans au collège séculier du brehon Morann pour obtenir le degré d'*anruth*. Si l'on m'avait soutenue, j'aurais pu étudier quatre années de plus et devenir *ollamh*, professeur de droit. Il ne devait pas en être ainsi. Ce n'est que lorsque mon frère a été choisi comme héritier présomptif, puis qu'il est devenu souverain de Muman que j'ai connu une sécurité suffisante. Je me suis donc mise à pratiquer le droit.

Eadulf demeurait silencieux. Il savait que Fidelma nourrissait toujours de la rancœur : elle avait brigué le poste de chef brehon de Muman, mais le conseil des brehons lui avait préféré Aillin, plus expérimenté. De santé fragile, il avait presque immédiatement succombé à une fièvre et avait été remplacé par Fíthel, plus jeune, mais très qualifié. Celui-là même qui arriverait au matin pour établir un verdict après la présentation de Fidelma.

Eadulf chercha quelques paroles de réconfort, mais, ne sachant comment Fidelma procéderait pour démêler cet écheveau compliqué, il ne trouva rien qu'il estimât approprié. En réalité, les commentaires qu'elle venait d'émettre au sujet de Sítae et de frère Anlón l'avaient plongé dans un abîme de perplexité. Il ne voyait ni où ni comment ils s'intégraient au mystère.

Enda vint les rejoindre. Lorsque Fidelma se tourna vers lui, il répondit à la question qu'il lisait dans ses yeux d'un hochement de tête.

— Je n'ai pas fait mention de notre voyage de cet après-midi, chuchota-t-il. Non que je sache en quoi cela permet d'expliquer la mort de l'évêque Brodulf ou de ce jeune garçon que nous nous apprêtons à enterrer. Patu est déjà dehors avec les ouvriers volontaires pour creuser la tombe, comme ils l'ont fait pour l'évêque.

— Ils n'ont pas l'intention de porter le cercueil, n'est-ce pas ? s'inquiéta Eadulf. C'est la prérogative des camarades de frère Garb.

— Ils accompagneront simplement le *fuat* pour

combler la fosse une fois la cérémonie terminée. Les étudiants porteront la dépouille.

Eadulf, toujours perplexe, scruta Fidelma.

— J'ai peut-être été injuste, tout à l'heure : il n'y a pas que le profit qui importe aux yeux de Sítae. Il a su faire preuve de compassion pour que ses ouvriers remplacent frère Áedh et les hommes de son équipe blessés par les flammes. Ses ouvriers ont aidé à maîtriser l'incendie, alors qu'ils n'en étaient même pas responsables.

— Nous ne discernons pas toujours les détails d'un échange de bons procédés, pas plus que nous ne savons quand un tel échange a lieu.

Eadulf et Enda se regardèrent sans comprendre. Avant qu'ils aient pu réclamer une explication, le *clog-estechtae* se mit à retentir de sa cadence lente et solennelle.

Par petits groupes, les membres de la congrégation se rassemblèrent devant la chapelle. Beaucoup tenaient des lanternes au bout de hampes et les lumières oscillantes rendaient l'atmosphère étrange et inquiétante. À un unique coup de cloche, les portes de la chapelle s'ouvrirent et le *fuat* apparut. Très simple, tout de roseaux tressés, il était porté par les compagnons d'études de frère Garb sous la conduite de frère Étaid. Le corps avait été lavé, habillé et veillé, comme le voulait la coutume, la nuit et le jour précédents. Il était désormais enveloppé du *racholl*.

La cloche se remit à sonner, avec un son plus triste et doux. Tous les étudiants vinrent se placer derrière la bière – parmi eux, Fidelma reconnut Ingund, Haldetrude et Fastrude. Les jeunes gens étaient suivis par les supérieurs, avec en tête l'abbé, puis la prieure, frère Mac Raith, les vénérables Breas et Lugán. Alors que Fidelma et Eadulf s'inséraient dans le cortège, la *dálaigh* aperçut le diacre Landric et frère Charibert. Les visages des autres se perdaient dans l'ombre, au-delà du halo des lanternes.

La procession prit la direction du lieu de sépulture. Alors commencèrent à s'élever les *caoine*, les pleurs de lamentation, accompagnés des *lámh comairt*, les battements de mains en signe d'affliction. C'était un son d'une infinie tristesse, dont les origines se perdaient dans la nuit des temps.

En un lent défilé, la congrégation serpenta à travers le domaine abbatial, franchit les portes principales et traversa le chemin jusqu'à l'entrée de la colline du Cairn. Là les attendaient les fossoyeurs, munis de lanternes, prêts à manier leurs pelles. Fidelma remarqua que la nouvelle tombe avait été creusée à l'opposé du coin où reposait l'évêque.

Elle tenait à observer le moindre détail, frappée par l'émotion intense que causait la mort du jeune étudiant, comparée au froid silence qui avait présidé à la mise en terre de l'évêque. La petite Ingund, inconsolable, était soutenue par sa cousine, sœur Haldetrude. Elles étaient entourées par les anciens compagnons de Garb qui partageaient leur désarroi.

Le groupe se rassembla devant la fosse, le *fuat* fut déposé au bord, prêt à être abaissé. Alors, les étudiants entonnèrent le *nuall-guba*, « la lamentation de l'affliction ». Étaid lança les premiers mots de sa voix de ténor et les autres se joignirent à lui, tous en chœur.

*Précieuse est la tête,*
*précieuse est la tête de la comète qui s'élève dans la nuit ;*
*Brève est sa montée,*
*comme sa chute courbe par-delà l'horizon qui bleuit.*
*Précieuse est la voix,*
*précieuse est la voix qui s'élève en défense de la vérité ;*
*Pas une seule fois,*
*pas une seule fois le jeune esprit n'a vacillé ni douté...*

La complainte se poursuivait avec ses douces cadences, touchant l'assemblée par ses sonorités plutôt que par ses paroles. Celles-ci intriguaient Fidelma. Elles avaient probablement été composées par le jeune Étaid lui-même. Alors que mourait l'écho des voix dans le cimetière désolé, ne laissant que les sanglots des endeuillés, l'abbé Cuán s'avança pour l'*amra*, l'élégie traditionnelle. Il leva les mains et, quand le silence se fit, il énonça la prière rituelle. Puis il s'adressa à l'assistance :

— *An Galach* verse sa clarté sur cette enveloppe terrestre, car de même que le corps a cessé d'exister et que l'âme va être jugée, la lune symbolise la fin d'un jour et le début d'un autre. Pour frère Garb, chaque jour fut l'occasion d'acquérir de nouvelles lumières. *An Aesca* est le lieu où les connaissances forment un tout.

Eadulf se rendit compte que l'abbé utilisait pour désigner la lune des euphémismes datant de l'époque païenne. Le nom propre de la lune était tabou et quiconque le prononçait était maudit. Ces coutumes perduraient, malgré l'avènement de la nouvelle foi.

L'abbé poursuivit :

— *Garb* était son nom, mais sa vie en fut le démenti, car il était raffiné, doux et accommodant. Seules l'ignorance et l'incohérence l'indisposaient. Il aspirait à la connaissance par-dessus tout.

Fidelma songea que le nom Garb, donné indifféremment à un homme ou à une femme, signifiait « brut ».

— Moi qui vous parle, je pourrais énumérer les multiples qualités de ce jeune homme, mais, ce soir, je me contenterai de dire ma fierté d'avoir été abbé ici au temps où frère Garb y était étudiant. Je ne m'étendrai pas davantage, car il appartient à son professeur, à son mentor, au conseiller qui fondait tant d'espoirs sur lui, de prononcer l'*amra* devant cette tombe.

Tendant le bras, il fit signe au vénérable Breas de s'avancer. Le vieil homme s'exécuta, la main sur l'épaule de la prieure Suanach.

— Mes amis, c'est le cœur serré que je contemple la forme étendue devant moi, prête à retourner à la poussière dont elle est issue. Nous pensions que frère Garb était destiné à de grandes choses. Nous pensions qu'il deviendrait un érudit hors pair. Il venait d'Innis Arkin, une île parmi cent autres dans un grand bras de mer situé au sud. Fils de pêcheur, comme les premiers disciples de Notre-Seigneur, frère Garb voulait devenir pêcheur d'âmes. À un âge tendre encore, il était déjà considéré comme un *staruidhe* du quatrième degré de sagesse. Il maîtrisait les enseignements sur l'essence de la divinité ; c'était un *fursaindtidh*, capable d'éclairer le sens d'un texte. Son diplôme ecclésiastique lui permettait d'ores et déjà de contre-interroger son tuteur ou d'être contre-interrogé par lui. Quelle perte immense pour notre abbaye !

Pendant quelques instants, on crut que le vieux savant avait terminé son élégie, mais il n'avait fait qu'une pause pour rassembler ses idées, car il se redressa et poursuivit :

— Comme beaucoup d'entre vous le savaient, je l'avais désigné pour être mon assistant lorsqu'il aurait obtenu le diplôme adéquat, voire pour me succéder en tant que professeur principal. À cette fin, je l'avais autorisé à être ma voix lors des débats. Au cours de ces dernières semaines, nous accueillions un évêque de Burgondie qui cherchait, disait-il, à apprendre nos méthodes et nos enseignements. Hélas ! cet hôte d'au-delà des flots était à peine capable de comprendre les doctrines qu'il se targuait de représenter, et encore moins d'apprendre de nous. Il voulait imposer ses propres vues mal dégrossies. Cela fut source de maintes joutes verbales. Frère Garb démontra, lors des débats, qu'il méritait ma confiance en ses capacités, à la hauteur de la réputation qu'il s'était taillée parmi ses camarades. C'était un esprit avide de savoir, comme un voyageur assoiffé cherche de l'eau dans le désert où les fleurs tentantes des connaissances fallacieuses poussent sur les chemins menant à l'antre de Lucifer.

La charpente du vénérable Breas tremblait de passion. Il ne s'arrêta que pour inspirer et redonner force à son souffle.

— Fausseté que tout cela ! Des fleurs nocives qui

nous captivent et nous retiennent dans leur piège. Aucune n'est plus belle que celle qui porte poison et épines. Notre *moing mhear* n'est-il pas joli ? Lorsqu'il fleurira dans quelques semaines, son apparence se confondra avec celle de l'innocent cerfeuil. Mais il s'agit en fait du plus mortel des leurres : la ciguë.

« Notre monde est parsemé de plantes toxiques, mais pleines d'attraits, qui sont là pour nous piéger. Les esprits les plus prudents, les plus sagaces sont détournés du chemin de la vérité pour s'enfoncer dans les sombres vallées du Malin.

« Là, sur la tombe de ce jeune érudit, je voudrais vous rappeler les paroles sacrées du bienheureux Matthieu : la connaissance peut tout autant détruire que sauver. Savez-vous que même les druides, qui sont en train de disparaître dans les limbes du scepticisme, demandent ce qu'a de différent ce Dieu de l'Orient pour que nous ne croyions qu'en Lui ? Est-il le seul à être né d'une vierge ? Ne nous dit-on pas que Dechtire, la fille de Cathbad le druide, était endormie quand le puissant dieu de la Lumière, Lugh Lamhfada, la féconda pour qu'elle donne naissance à un fils nommé Sétanta ? L'enfant ne devint-il pas un merveilleux sauveur de son peuple, sous le nom de Cúchulainn ? Et quand la déesse Macha maudit l'humanité, la condamnant, dans un pur esprit de vengeance, à souffrir des affres de l'accouchement, ne l'affronta-t-il pas à lui tout seul ? N'accepta-t-il pas le sacrifice suprême, condamné à mourir enchaîné à la pierre du Pilier pour avoir voulu sauver son peuple ?

Les endeuillés gardaient le silence, stupéfaits par les parallèles auquel le vieil érudit faisait référence. Seuls ceux qui avaient entendu les histoires et légendes transmises depuis des temps immémoriaux comprenaient de quoi il parlait. Fidelma remarqua l'air médusé d'Eadulf, qui n'était guère familiarisé avec le panthéon des Enfants de Danu, la déesse mère. Un malaise général se répandait parmi l'assistance.

Le vénérable Breas reprit la parole :

— J'ai voulu vous montrer comment on peut se laisser abuser, oui, séduire par ces fables quand on nous dit : Pourquoi ce Christ de l'Orient est-il nommé l'Élu, le Sauveur qui nous conduira à la rédemption ? Il n'était pas plus divin que Cúchullain, né d'une vierge pour sauver son peuple ! Et pour ce qui est de naissance virginale, les héros de l'Antiquité sont légion ! Ces héros fabuleux se levèrent et sacrifièrent leur vie contre l'oppression. Oh ! certains savent enjôler par ces discours. Ne les croyez pas.

« Je vous dis que plonger dans de telles choses n'est pas le moyen d'avancer, car, usant de votre aspiration à comprendre, le Malin vous égarera par ces pensées funestes. La connaissance doit avant tout être précédée de la foi. Le bienheureux Matthieu ne rapporte-t-il pas dans l'Évangile les paroles du Christ ? Il écrit : “Si vous avez la foi et que vous ne doutiez pas… même si vous dites à la montagne : ‘Ôte-toi de là et jette-toi dans la mer’, cela se fera !” La foi déplace les montagnes.

Il s'interrompit et regarda autour de lui comme s'il revenait à la réalité. Il baissa alors les yeux vers le *fuat* et le corps qu'on était sur le point de descendre au tombeau.

— Telles sont les pensées et les paroles que le jeune frère Garb aurait sans doute exprimées si son esprit avait pris possession de ma voix. La foi passe en premier, la connaissance la suit et la soutient. Et c'est ainsi que nous confions cette dépouille terrestre à l'argile dont elle est issue.

Il recula, remplacé par l'abbé Cuán qui récita les prières de conclusion. Le corps fut déposé dans la fosse, puis recouvert de branches vertes et touffues de bouleau et de genêt en guise de protection, avant que pleuvent les pelletées de terre.

Une expression de triomphe s'était peinte sur les traits de Fidelma lorsqu'elle se tourna vers Eadulf. Elle murmura :

— Tout est clair, désormais. L'explication finale peut être présentée.

# CHAPITRE XXI

— Le brehon Fíthel est à nos portes ! lança frère Mac Raith à Fidelma et à Eadulf, qui quittaient le réfectoire après le premier repas de la journée.

— Déjà ? marmonna Eadulf. Ma parole, il est tombé du lit !

Fidelma fit signe à Enda de les rejoindre et ils suivirent l'intendant, qui se hâtait vers l'entrée principale. Ils arrivèrent à temps pour voir un groupe de cavaliers pénétrer dans l'enceinte. À leur tête chevauchait le chef brehon de son frère, Fíthel. Il avait le même âge qu'elle. Brun et basané, les yeux sombres profondément enfoncés dans leurs orbites, il eût été beau sans un nez en bec d'aigle et des lèvres étroites, pâles à en paraître exsangues. Il était accompagné d'un petit jeune homme maigre, aux cheveux longs et ternes et à l'air nerveux. Fidelma reconnut le secrétaire et scribe officiel de Fíthel, chargé de consigner toutes les décisions. Elle avait toujours trouvé son nom incongru : il s'appelait « Urard », qui désignait quelqu'un de très grand. Derrière eux progressaient les deux silhouettes familières de guerriers du Collier d'or : Aidan et Luan, qui, avec Enda, avaient partagé nombre de ses tribulations.

Le brehon Fíthel se laissa glisser de selle, jetant les rênes au palefrenier qui s'était avancé pour prendre le cheval. Personne ne se serait aventuré à dire que Fíthel était un homme humble. Ses gestes et son maintien laissaient clairement entendre qu'il avait conscience de sa haute position, qui lui conférait le droit de s'asseoir en présence du monarque, voire de l'interrompre pour le reprendre sur l'interprétation de la loi.

Il salua courtoisement frère Mac Raith, puis ses prunelles sombres examinèrent rapidement le groupe autour de l'intendant.

— Votre abbé est-il souffrant ? s'enquit-il, laissant deviner sa contrariété que l'abbé Cuán ne fût pas là pour l'accueillir en personne.

— Je lui ai fait part de votre arrivée…

Avant même que l'intendant eût achevé sa phrase, Fíthel se tourna vers Fidelma avec un mince sourire, dénotant un respect empreint de réserve.

— Bien le bonjour, Fidelma. Je vous apporte les salutations de votre frère Colgú. Je gage qu'Eadulf et vous vous portez bien.

— Bonjour à vous, Fíthel, répondit-elle. Nous allons bien. Je gage que votre voyage s'est déroulé sans incident.

— Sans incident et sans confort.

— J'espère que vous avez laissé mon frère le roi en bonne santé et que les soucis de sa charge ne lui pèsent pas trop.

Il était difficile de savoir si la mimique du chef brehon exprimait la réprobation ou l'inquiétude.

— Je n'ai nul désir de m'immiscer, Fidelma, mais votre frère se tourmente au sujet d'une affaire sur laquelle vous devez d'ailleurs me rendre un rapport. Nous avons été informés que l'évêque étranger avait trouvé la mort dans l'incendie de l'hostellerie, ici même, dans cette abbaye. Cela n'est pas sans alarmer votre frère, d'autant que, selon la rumeur, ce prélat était aussi un prince apparenté au roi des Francs. Colgú a naturellement de quoi s'inquiéter, tout comme moi. Pouvez-vous éclairer ma lanterne ?

— J'avais bien conscience que cette affaire aurait des répercussions diplomatiques, répondit calmement Fidelma. En effet, ses ramifications s'étendraient au-delà de ce royaume si elle n'était résolue avec équité.

— Eh bien, qu'en est-il ? J'espère que vous serez capable de l'expliquer pour ma… pour la plus grande satisfaction de la loi.

— J'ai déjà pris des dispositions avec l'abbé Cuán et frère Mac Raith en vue de tenir un *dáil* à la chapelle, aujourd'hui à midi. Tous les témoins seront réunis. Ils écouteront mon exposé et mes déductions et pourront présenter leur défense ou opposer un démenti à mes affirmations.

— Un *dáil* ?

— Précisément. Sachant votre arrivée imminente, j'ai proposé que vous siégiez aux côtés de l'abbé Cuán, l'archevêque du royaume.

Le brehon Fíthel parut dubitatif.

— Bien sûr, c'est ce que prescrivent la loi et l'étiquette. Mais vous sentez-vous prête ? Qui comptez-vous accuser ?

Fidelma esquissa un sourire.

— Nous laisserons les faits se dévoiler dans le

cadre de la procédure plutôt que de révéler notre réquisitoire à l'avance.

Fíthel se rembrunit.

— Permettez-moi de souligner à nouveau, Fidelma, que je ne viens pas interférer dans votre enquête ni dans vos méthodes. Certes, si vous parvenez à établir des responsabilités, en tant que chef brehon, je devrai rendre un jugement. Sachez que cette affaire intéresse au plus haut point l'émissaire du roi franc, actuellement invité à la cour de votre frère.

S'il comptait ébranler la confiance de Fidelma, le brehon Fíthel fut déçu.

— En effet, j'ai ouï dire qu'un certain préfet Beobba était arrivé à Árd Mór. Il était apparemment en route pour le palais du haut roi, mais, ayant appris la mort de l'évêque Brodulf, il est resté à Cashel dans l'attente d'un rapport.

— Vous le savez déjà ? dit le chef brehon avec surprise.

— Après le *dáil*, vous disposerez d'un rapport dûment circonstancié à présenter à mon frère et au préfet, répliqua Fidelma avec satisfaction. Je ne vous retarderai pas plus longtemps, car vous voudrez sans doute annoncer votre présence à l'abbé. Avec votre permission, j'informerai les guerriers qui vous escortent de ce que j'attends d'eux pendant le *dáil*, car je n'ai qu'Enda avec moi.

Le brehon rappela d'un air indifférent qu'Enda, en tant que commandant de la garde royale, disposait de ses hommes à sa guise. Cependant, il ajouta :

— Je ne vois pas pourquoi des guerriers devraient assister à votre plaidoirie. Il ne s'agit que d'un décès à la suite d'un incendie accidentel.

Seul Eadulf remarqua le sourire malicieux qui passa fugitivement sur les lèvres de Fidelma lorsqu'elle répondit :

— Peut-être aurais-je dû vous mettre au courant immédiatement ? L'évêque a été assassiné et son corps brûlé afin de dissimuler le crime. Un second meurtre a été perpétré, celui d'un jeune étudiant, frère Garb. À tout cela vient se greffer une autre affaire, qui sera expliquée lors de l'audience.

Elle avait beau parler sur un ton posé, Eadulf sut qu'elle jubilait de voir les traits suffisants du chef brehon s'altérer sous l'effet du choc.

— Deux morts, à l'abbaye ? fit Fíthel, le souffle coupé. Comment cela a-t-il été tenu secret ? Nous n'en avons pas entendu un mot. Mais nous pensions…

— Ainsi que je l'ai dit, tout sera éclairci lors de l'audience que vous présiderez. Espérons que l'annonce de votre verdict suffira, dès votre retour à Cashel, à satisfaire l'émissaire du roi des Francs.

Elle jeta un coup d'œil par-dessus son épaule.

— Voici l'abbé Cuán qui s'empresse de vous accueillir. On dirait que sa jambe le fait terriblement souffrir ces jours-ci. J'essaierais de lui épargner trop d'efforts.

La bouche de Fíthel s'ouvrait et se fermait encore comme celle d'une carpe quand l'abbé rejoignit le groupe et accueillit le juge avec volubilité.

Fidelma s'éloigna, suivie par Eadulf et Enda, afin de saluer les deux gardes qui escortaient le chef brehon. Aidan et Luan étaient des guerriers chevronnés, comme tous les membres du corps d'élite dont Enda assumait la charge. Après un échange de nouvelles et de potins, Fidelma leur indiqua de quelle manière ils devraient se déployer pendant le *dáil*. Puis ils laissèrent leur chef s'occuper de leur hébergement.

— Et maintenant, que faisons-nous ? voulut savoir Eadulf pendant que le couple regagnait les bâtiments principaux.

— Nous ? dit Fidelma en souriant. Nous avons encore quelques efforts à faire. Ne t'inquiète pas, je vais te dire ce que j'ai en tête pour ma présentation.

La chapelle s'était métamorphosée depuis la fin de l'office du matin. L'autel et les ornements religieux étaient recouverts en signe de respect, pour permettre que la salle fût utilisée à des fins profanes. L'agencement des bancs rappelait celui adopté dans un tribunal. Sur la partie surélevée, avant le maître-autel, on avait installé la table où siégeraient le chef brehon et, à sa droite, l'abbé Cuán. À la gauche de Fíthel, le scribe Urard avait aligné ses plumes, ses encres et ses papiers, et se préparait à enregistrer la procédure par le menu. À côté de l'abbé, frère Mac Raith observait l'ensemble d'un œil vigilant, déterminé à préserver le bon ordre de la séance.

Juste au-dessous de l'estrade des juges, sur la droite, une petite table et des chaises étaient réservées à Fidelma et à Eadulf. Ce dernier était autorisé à assister à l'audience en vertu de son statut spécial dans la famille royale, en tant qu'époux de Fidelma et eu égard aux services qu'il avait rendus. Enda s'était posté derrière eux. En face étaient assis tous les supérieurs, avec à leur tête la prieure Suanach, le vénérable Breas et le vénérable Lugán, frère Anlón, frère Áedh et frère Sígeal, ainsi que de nombreux autres membres importants de l'abbaye. Les visiteurs – le diacre Landric et frère Charibert – étaient installés à proximité. Les étudiants concernés par l'affaire, notamment frère Étaid et sœur Fastrude, étaient aussi présents.

À la requête de Fidelma, les sièges situés de son côté de la chapelle étaient occupés par le maître d'œuvre Sítae et plusieurs des maîtres artisans, dont Patu, le charpentier. Des murmures de surprise s'étaient élevés lorsque le groupe de bâtisseurs était entré et avait été placé, selon les instructions, à ces places éminentes.

S'étant assuré que chacun se trouvait là où il convenait, frère Mac Raith s'assit. Le chef brehon Fíthel jeta un coup d'œil à Fidelma, qui indiqua qu'elle était prête. Frère Urard, le scribe, saisit une clochette d'argent et la secoua par deux fois. Les notes aigrelettes mirent un terme à toute conversation dans la chapelle, qui, instantanément, devint une cour de justice officielle. Un silence plein d'attente s'installa.

L'abbé Cuán se leva.

— Ceci est un tribunal séculier. Néanmoins, il se tient dans une chapelle abbatiale et va aborder des questions qui la concernent directement. C'est pourquoi j'invoque le nom de Notre-Seigneur Jésus-Christ et sollicite Sa bénédiction afin que la vérité et la justice prévalent dans nos délibérations. J'invoque également le nom du bienheureux Ailbe, qui, le premier, fit connaître la foi dans ce royaume, en ce lieu précis.

Un « amen » général retentit et le brehon Fíthel se leva à son tour, tandis que l'abbé reprenait son siège.

— Je rappelle aux personnes présentes que, comme l'a dit l'abbé Cuán, nous sommes désormais dans un tribunal séculier. Le procès n'a pas besoin de préambule, car la loi est la loi. Les procédures sont définies dans le *Cóic Conara Fugill*, « les cinq voies du jugement ». Nous entendrons le compte rendu de l'enquête menée par la *dálaigh* sur les événements qui se sont déroulés ici ces derniers jours. Tous les témoins seront tenus de dire la vérité. Il me reviendra de statuer, en concertation avec l'abbé, sur les charges justes et appropriées ainsi que sur les pénalités encourues.

Des chuchotements bruissèrent à travers l'assemblée. Sur un geste de Fíthel, le scribe fit tinter sa clochette. Le chef brehon se rassit et invita du regard Fidelma à prendre la parole. L'avocate se leva.

— Avant d'en venir à la mort de l'évêque Brodulf et à celle de frère Garb, commença-t-elle, sa voix résonnant haut et clair dans la chapelle, je dois traiter d'un troisième décès survenu dans cette abbaye.

Des cris de stupeur se firent entendre. Tout le monde tourna la tête, essayant de repérer qui était absent et pouvait être la mystérieuse victime en question.

Le scribe agita sa clochette de plus belle pour ramener un semblant de calme. Il mit du temps à y parvenir. Fíthel fixa Fidelma avec colère.

— Lady, je connais votre penchant pour la grandiloquence en de telles occasions. Je n'ai pas eu vent d'un troisième meurtre. Ce n'est qu'en arrivant ici que j'ai appris le deuxième décès : celui de l'étudiant nommé Garb. Je dois vous dire qu'en tant que chef brehon je suis peu enclin à tolérer ces effets spectaculaires.

Fidelma planta son regard dans le sien, le visage impassible.

— Aucun effet là-dedans, brehon Fíthel. Veuillez vous souvenir que j'ai fait allusion à une troisième affaire dès votre arrivée. Je regrette que vous m'attribuiez de telles intentions avant d'avoir écouté ma déclaration préliminaire.

Le brehon faillit répliquer, puis se ravisa en se remémorant sa conversation avec Fidelma. Il lui fit signe de continuer.

— À mon grand regret, lança-t-elle, je dois requérir l'exhumation de l'évêque.

Elle demeura immobile, ignorant le tohu-bohu que venait de déchaîner sa déclaration. Urard eut beau secouer désespérément sa clochette, rien n'y fit.

L'abbé Cuán chuchota à l'oreille du chef brehon, qui secoua la tête en réponse. Il connaissait trop bien les tactiques de Fidelma pour savoir qu'elle n'avançait rien sans raison. Une fois de plus, son ton tranchant ramena le silence.

— Je rappelle que ceci est maintenant une cour constituée pour appliquer la loi. Que l'on montre du respect à ses représentants !

Dès que les exclamations et les discussions s'apaisèrent, Fíthel s'adressa à nouveau à Fidelma :

— Il ne sera pas dit que j'aurai pris une décision sans vous écouter, Fidelma de Cashel. En tant que défenseur de la loi que j'ai juré de faire respecter, je ne le ferai pas sans raison. Pour l'heure, je vous sais trop bonne avocate pour provoquer ce tumulte à la légère. Sans doute aucun, vous aurez de quoi étayer vos propos. Expliquez-nous simplement à quoi rime tout cela, dans un langage clair.

Fidelma inclina la tête.

— C'est très simple : si vous exhumez la dépouille de l'évêque et que vous inspectiez la tombe, vous trouverez un autre corps au-dessous. Celui-ci y fut placé, à la faveur de l'obscurité, la nuit précédant les funérailles. En tentant d'éteindre l'incendie qui s'était déclaré à l'hostellerie, plusieurs membres de l'équipe d'intervention de frère Áedh subirent des brûlures aux mains, ce qui les empêchait de remplir leur tâche de fossoyeurs. Sítae, le maître d'œuvre, proposa l'assistance de quelques ouvriers pour creuser la tombe de l'évêque et porter son cercueil. Grâce à eux, tout fut prêt tôt le lendemain. À l'issue d'une brève cérémonie, la bière de l'évêque fut déposée sur une autre, placée au préalable au fond de la fosse.

Sur leurs bancs, les bâtisseurs montraient des signes d'agitation. À leur tête, Sítae était soudain aussi pâle et immobile qu'une statue. À côté de lui, Patu semblait en proie à des émotions contradictoires, mais demeurait silencieux comme son maître.

Une fois encore, l'abbé Cuán chuchota quelques mots au chef brehon, qui s'adressa alors à Fidelma :

— L'abbé n'a connaissance d'aucun décès autre que ceux de l'évêque et de l'étudiant. Allez-vous nous informer de l'identité du troisième défunt ?

— J'y suis prête. Mais peut-être vaudrait-il mieux que Sítae soulage sa conscience en nous l'apprenant. Le souhaite-t-il ?

Le maître d'œuvre resta pétrifié. En revanche, Patu s'affola et lui chuchota des paroles pressantes. Sitaé ne bougea pas.

— Soit, dit Fidelma. Puisque vous refusez…

Patu se leva d'un bond.

— C'était Cú Choille ! C'était le cadavre de notre maître charpentier !

Il se laissa retomber, comme à bout de forces, au milieu d'une nouvelle explosion de cris de surprise et d'horreur qui se réverbérèrent sous la voûte.

Le brehon Fíthel était stupéfait.

— Le maître charpentier ? Un bâtisseur ? À la fin, quelqu'un daignera-t-il nous expliquer comment le maître charpentier est mort et pourquoi on a commis pareil sacrilège ?

Fidelma scrutait Sítae, qui gardait les yeux fixés devant lui comme s'il n'était pas concerné par la discussion.

— Puisque Patu s'est fait le porte-parole des bâtisseurs, il voudra peut-être fournir ces explications. Je ferai remarquer qu'en l'état actuel des choses il semble que cet enterrement ait été machiné par Sítae et certains artisans qui travaillaient sur ce chantier. Cela étant, le chef brehon vous signifiera, j'en suis sûre, que toutes les compensations et amendes découlant de cette affaire incombent à chacun des bâtisseurs concernés, sauf aux *daer-fuidir*. Par-dessus tout se pose le problème de la profanation de la sépulture d'un évêque. On vous rappellera donc les lois relatives au *deochrád*, ou sacrilège. En plus du préjudice subi par cette abbaye et par la foi, reste la question de la mort de Cú Choille, dissimulée avec la complicité d'un membre de cette congrégation.

Il était clair que le chef brehon Fíthel n'aimait pas que l'on anticipe ses décisions. Les traits déformés de fureur, il était sur le point d'adresser à Fidelma un rappel à l'ordre. C'est alors que Patu se leva, l'air hésitant. En dépit de sa force physique, il tremblait en cherchant ses mots.

— C'était un accident, bégaya-t-il.

— Quel genre d'accident ? le questionna Fidelma.

— Il est tombé.

Fidelma leva un sourcil ironique.

— Tombé ?

— C'est la vérité.

— Alors, écoutons cette vérité dans son intégralité, exigea sèchement Fíthel.

— C'était la veille de l'incendie, à l'heure du repas de midi, commença Patu. Tous les travaux avaient cessé, sauf dans l'un des secteurs, un futur clocher à l'arrière des bâtiments. Le dernier étage n'était pas terminé et Cú Choille travaillait seul à une arche du portail, où il voulait fixer des sculptures qui indiqueraient l'usage du lieu : les élèves s'y réuniraient pour étudier la résidence des bienheureux.

Le chef brehon fit savoir qu'il ne comprenait pas ce que cela signifiait. L'abbé Cuán expliqua rapidement :

— *Neminditihib* est l'étude des cieux, ou demeure des bienheureux. Les étudiants observent et notent les mouvements des planètes. C'est une tradition que de nombreuses abbayes ont reprise afin que nous continuions d'acquérir des connaissances à partir des astres.

— Poursuivez votre témoignage, conseilla Fidelma à Patu. Peut-être devrions-nous préciser, à ce stade, que Cú Choille n'était pas seulement un maître charpentier, mais un artiste d'exception, un sculpteur sur bois dont les œuvres remarquables ornent de nombreux édifices de cette abbaye.

— Bon, il tenait tellement à terminer qu'il en oubliait de manger. J'y suis allé pour lui rappeler le repas quand, tout à coup, il a glissé… et il est tombé de toute la hauteur de la façade, jusqu'à mes pieds.

— Il était mort ?

— Non, mais…

— Qui d'autre l'a vu tomber ? interrompit Fíthel.

— Personne.

— Qu'avez-vous fait ?

— J'ai couru chercher Sítae. Nous avons décidé de le porter chez le médecin de l'abbaye.

— Le fait est confirmé par un forgeron nommé Tassach, intervint Fidelma. Il a vu Sítae et Patu emmener Cú Choille à l'apothicairerie de frère Anlón.

Cette précision fit réagir le maître d'œuvre.

— Tassach n'est pas à l'abbaye en ce moment ! protesta-t-il avec colère, comme s'il recouvrait enfin l'usage de sa voix. Comment pourrait-il être témoin ?

— Il a été envoyé à Cluain Meala, comme par hasard. Heureusement, il avait raconté ce qu'il avait vu à un tailleur de pierre, Mothlach. Celui-ci peut revenir toutes affaires cessantes à l'abbaye, si nécessaire. Quelqu'un souhaite-t-il émettre une autre contestation ? demanda Fidelma, se tournant vers le médecin. Cela faciliterait les choses, frère Anlón, si vous confirmiez les faits.

La médecin crispa les lèvres, puis tout son corps parut s'affaisser.

— L'homme était encore vivant quand on me l'a amené, dit-il tout bas.

— Par ce « on », vous entendez le maître d'œuvre et Patu. Est-ce exact ?

Le médecin acquiesça.

— Donc, vous l'avez examiné ? Qu'avez-vous constaté ?

— Il respirait encore, mais on ne pouvait plus grand-chose pour lui.

— Où et quand Cú Choille a-t-il rendu l'âme ?

— Dans mon apothicairerie, peu après que je l'eus examiné.

— Vous n'avez pas signalé ce cas à l'intendant, frère Mac Raith. Pour quelle raison ? N'en aviez-vous pas l'obligation ?

— Je…

Le médecin jeta un coup d'œil au maître d'œuvre, qui demeura de marbre.

— J'ai passé un accord avec Sítae.

— Quel genre d'accord ? interrogea Fíthel. De quel genre d'accord pouvait-il s'agir ?

Fidelma s'adressa au maître d'œuvre.

— Vous persistez à garder le silence, Sítae ? Laisserez-vous votre compagnon porter tout le fardeau de cette lamentable histoire ?

— Je ne voyais que ruine devant moi, répondit enfin Sítae, d'une voix à peine audible. Que pouvais-je faire pour préserver les ouvriers qui dépendaient de moi, pour sauver ma réputation, ma femme et ma famille ?

— Je comprends : vous voulez dire que, bien qu'il s'agît d'une mort accidentelle, vous auriez été contraint, en tant que maître d'œuvre, de verser une indemnisation calculée sur le prix de l'honneur de ce maître artisan ?

— Je ne pouvais me résoudre à perdre mon renom, ma situation, à connaître les aléas de la condition de *fuidir*, privé de droits et de statut, avoua Sítae.

— Vous redoutiez ce sort, bien que ce soit un accident ? interrogea le chef brehon.

— En tant que maître d'œuvre, j'en assume néanmoins la pleine responsabilité.

— De quelle manière ? insista Fíthel. Je ne vois pas comment vous auriez pu déchoir de votre position.

— Le contrat que j'ai passé avec l'abbé Cuán me chargeait de rénover, de reconstruire et de recréer cette abbaye en fournissant artisans, main-d'œuvre, équipements et matériaux. Si je n'y parvenais pas dans les délais impartis, je subirais une pénalité financière. J'étais responsable du bien-être de tous ceux que j'employais. Or j'avais pris un risque en tablant sur un nombre réduit de blessures requérant une indemnisation. Plusieurs accidents se sont produits au cours de cette période, mais j'ai pu me tirer d'affaire car, comme d'habitude, ils ne concernaient que les ouvriers de la classe des *daer-fuidir*, les sans-droits. Rares furent les ouvriers qualifiés blessés. Cependant, dans plusieurs cas, il fallut payer des indemnités et des soins médicaux.

— Cú Choille était votre maître charpentier. Il venait en second après vous, dit Fidelma, énonçant un fait.

— Exactement. Sa mort, pour accidentelle qu'elle fût, m'aurait ruiné. Son seul prix de l'honneur, que j'aurais dû payer avant toute autre considération, s'élevait à quinze *séds*, ce qui aurait causé ma perte.

Tout en continuant d'adresser ses remarques à Sítae, Fidelma regarda frère Anlón.

— Vous vous êtes donc entendu avec le médecin pour ne rien dire, mais vous avez dû le payer en contrepartie, c'est bien ça ? Cela devait représenter une coquette somme. Quoi qu'il en soit, pendant que tout le monde se sustentait et se reposait, vous avez conçu un plan pour dissimuler la mort de cet homme alors même qu'il était encore vivant.

— Il agonisait ! protesta Sítae. Il a rendu l'âme en un rien de temps. On ne pouvait pas le sauver. Demandez au médecin.

— Mais même si la vie s'attardait en lui, Sítae, Patu et frère Anlón, vous êtes convenus de taire l'accident pour éviter une énorme indemnisation qui aurait été plus lourde encore de conséquences. Vous avez décidé de faire disparaître Cú Choille du chantier. Je suppose que vous l'avez caché dans une des carrioles ; encore vous fallait-il des bras pour creuser la tombe et ensevelir le corps. D'après ce que j'ai remarqué, vous avez persuadé deux pauvres *daer-fuidir* de vous aider, soit en les payant, soit sous la contrainte. Cela, nous le découvrirons. Cú Choille a été emmené…

— Il était déjà mort, insista Patu d'une voix forte. Le médecin l'a constaté.

— Mort ou pas, il a été placé dans une carriole, probablement recouvert par une toile quelconque, et conduit à proximité de votre campement. L'étape suivante supposait de se débarrasser du cadavre de sorte que vous ne payiez aucune compensation.

Le chef brehon Fíthel secouait la tête.

— Pour que je sois sûr de bien comprendre, vous

affirmez que ce décès s'est produit la veille du jour où l'évêque a péri. Cela n'a donc rien à voir ?

— L'évêque Brodulf se trouvait dans l'hostellerie qui a été incendiée cette nuit-là. Ainsi, quand son corps a été retrouvé au matin, il a fallu l'enterrer. Cela constituait le moyen idéal de faire disparaître le cadavre du maître charpentier, expliqua Fidelma.

— Les deux affaires n'étaient donc pas liées ? interrompit le brehon.

— Pure coïncidence. La seconde offrait à Sítae une issue inespérée et il en a profité. Sítae et Patu avaient échafaudé l'histoire que Cú Choille avait reçu un message le rappelant chez lui au plus vite et était donc parti sur-le-champ. Cela justifierait son absence et le fait que ses outils les plus lourds fussent restés sur place. Toutefois, il était étrange que personne ne l'eût vu partir et qu'il eût laissé les instruments plus légers que Patu continuait d'utiliser.

Fidelma respira profondément.

— Vous avez dû passer une nuit blanche, Sítae, à vous demander comment faire pour que le corps ne soit jamais découvert. Vous pouviez compter sur le médecin pour ne rien révéler, car il aurait dû avouer que vous aviez monnayé son silence. Oh ! à coup sûr, vous l'avez grassement payé. Patu se tairait également ; la perspective de passer maître charpentier était une puissante motivation. Restaient les deux ouvriers, dont la parole ne valait rien.

Elle attendit une réponse, qui ne vint pas. Elle continua alors :

— C'était à croire que le destin vous souriait lorsque, cette nuit-là, la vieille hostellerie de bois flamba. L'évêque fut retrouvé mort. Plusieurs des hommes de frère Áedh avaient combattu le feu et étaient blessés, or, comble de chance, c'était eux qui avaient pour rôle de creuser les fosses. Cela signifiait que non seulement il y aurait une inhumation dans le cimetière de l'abbaye, mais que ceux qui mesuraient et creusaient habituellement la tombe ne pourraient exécuter leur tâche. Pour vous, cela tenait presque du miracle. L'idée vous vint de proposer vos ouvriers à la place… Et je crois qu'elle prit forme tandis que nous parlions.

Le maître d'œuvre ne chercha pas à le nier.

— Vous êtes allé immédiatement trouver l'abbé, qui vous a donné son aval, reprit Fidelma. Patu s'entendait à manier le *fé*, il ne manquait plus que deux solides gaillards. Qu'à cela ne tienne, vous aviez sous vos ordres des *daer-fuidir*, totalement dépourvus de droits. Sans perdre un instant, vous avez fait creuser la fosse le soir même et exigé qu'elle soit plus profonde que de coutume, afin de pouvoir, cette nuit-là, y transférer le corps que vous aviez caché près du campement.

Eadulf lui souffla :

— Et l'affaire du cheval ? Pourquoi avait-il besoin d'un cheval alors qu'il disposait de tous ces bœufs et ces mules pour transporter les matériaux de construction ?

— Je suis contente que tu me le rappelles, dit Fidelma en souriant. C'est l'élément que je trouvais le plus bizarre. Pour une raison quelconque, on avait jugé nécessaire de transporter le corps à dos de cheval de sa cachette au cimetière. Pourquoi ? Parce que Sítae ne voulait pas utiliser ses propres bêtes de somme ? Peut-être pensait-il qu'elles avaicnt du prix et ne voulait-il pas qu'elles se blessent dans l'obscurité. Ou peut-être était-ce parce qu'on les faisait enfermer chaque nuit dans un enclos, de l'autre côté de la grand-route, gardées par un taureau qui attaquait même les loups. Il eût été impossible de soustraire une bête sans donner l'alarme.

« Je pense que ce fut le médecin qui proposa sa monture. Si ce ne fut pas lui qui guida l'animal hors des écuries, il indiqua certainement à Sítae et à Patu comment s'y prendre sans attirer l'attention. Là encore, nous le découvrirons. Patu s'y connaissait en chevaux. Il l'a précisé au cours de notre conversation, au campement.

— Notre médecin trempait donc dans cette conspiration ? interrogea l'abbé Cuán.

— Certes. Il se peut que frère Anlón n'ait jamais entendu l'expression *Fata obstant*, « Les dieux en décideront autrement ». Quels que soient les plans de l'homme, le destin prend un malin plaisir à s'en mêler, et pas pour les mener à la conclusion escomptée. Nous le savons, le cheval fut bien guidé hors des écuries, chargé du corps, puis conduit au cimetière. Le sang du maître charpentier imprégnait le *dillat*, la couverture d'équitation.

« La suite du plan se déroula sans anicroche. La dépouille fut déposée au fond de la tombe ouverte, puis recouverte de genêts et de branches de bouleau. Il ne restait plus qu'à attendre les obsèques de l'évêque. Dans l'obscurité, la nuit suivante, nul ne remarquerait rien d'anormal. C'est à ce moment précis, je crois, que le destin intervint.

Elle porta son regard sur Patu.

— Y a-t-il quelque chose que vous souhaitiez corriger avant que je termine mon récit ?

— Vous avez tout compris, lady, admit l'artisan, résigné. Nous allions quitter le cimetière et ramener le cheval, que nous avions attaché au portail. Mais son nœud était trop lâche. Il s'est libéré d'un coup de tête et a descendu tout seul le chemin. C'était peu avant le lever du soleil. Il a fallu qu'au même instant un groupe de guerriers surgisse sur la grand-route. Voyant le cheval, ils ont fait halte. Nous nous étions cachés derrière les buissons et les arbres du cimetière, d'où nous avons tout observé.

— Et ensuite ? demanda vivement le chef brehon.

— Le commandant des guerriers a pris le cheval par la bride et l'a mené jusqu'aux portes de l'abbaye, juste en face. Il a réveillé le portier, qui a identifié l'animal et l'a fait entrer. Quelques instants à peine se sont écoulés avant que le groupe de guerriers continue vers l'ouest et que l'abbaye soit fermée. Sur le coup, je me suis félicité de ma chance, car cela m'évitait d'avoir à le ramener moi-même aux écuries. Nous avons regagné notre campement, puis nous sommes allés au chantier comme si de rien n'était. J'ai averti le médecin afin qu'il ne trahisse rien.

— Ainsi, c'est vous qui aviez pris ce cheval ? interrogea frère Sígeal, le maître des écuries.

— En me conformant aux indications du médecin, confirma Patu. Cette cour et ce portail latéral sont votre point faible. Il faudrait pallier cette faille, dans une construction future, en renforçant les murailles et les entrées.

Frère Sígeal lâcha un rire de dérision :

— Un voleur qui m'apprend à protéger mes chevaux !

Fidelma afficha un large sourire.

— Un avocat romain sagace a un jour conseillé : *Set fur capere fur*. Rien de tel qu'un voleur pour attraper un voleur.

Le brehon Fíthel objecta :

— En l'occurrence, c'est le médecin qui lui a dit comment prendre le cheval.

— Le médecin faisait partie de cette machination. L'axiome vaut, tel qu'il est.

Fíthel soupira.

— En résumé, cette affaire est un cas distinct, n'impliquant pas de meurtre. Le maître charpentier a trouvé la mort à la suite d'un accident et, pour éviter de payer les diverses compensations légales et le prix de l'honneur, le maître d'œuvre a usé d'une supercherie pour cacher le corps.

— C'est le fond du problème, confirma Fidelma.

— À l'évidence, il faut dans l'immédiat creuser la tombe, exhumer le maître charpentier et l'enterrer conformément au rituel. On procédera de même pour l'évêque, avec toute la pompe qui s'impose. Sítae, Patu et frère Anlón seront gardés en détention jusqu'à ce que toutes les questions connexes soient examinées, les amendes et compensations ordonnées et versées. Je dois mûrir ma décision concernant les *daer-fuidir*, qui ont agi sous la contrainte.

Frère Mac Raith se leva.

— Il ne faudrait pas omettre de prendre en considération notre arrangement contractuel avec le maître d'œuvre, ni la compensation qu'il nous doit pour avoir failli à ses obligations. Je vais réexaminer ces contrats, que je vous présenterai sous peu.

— Naturellement, convint le chef brehon Fíthel.

— Je suis atterré par un autre aspect de cette affaire, déclara l'abbé d'une voix tranchante. Le pire contrevenant est frère Anlón, qui a manqué non seulement à ses devoirs et obligations envers cette abbaye, mais aussi à son serment d'allégeance envers la foi.

— Et à un autre devoir encore, dit Fidelma, plus important que tout autre : son devoir de médecin. Rappelez-vous, de son propre aveu, Cú Choille était encore vivant, même si la mort semblait inévitable, lorsqu'il a été transporté à l'apothicairerie. Frère Anlón ne s'est pas battu pour préserver cette vie jusqu'au dernier souffle. Il a abandonné son patient pour négocier le prix de son silence avec Sítae. Ensuite, il a même aidé celui-ci à cacher le corps en mettant son cheval à sa disposition.

Eadulf chuchota quelques mots à Fidelma, qui l'écouta attentivement, puis se tourna vers le brehon Fíthel.

— On me rappelle que, de nos jours encore, les médecins prêtent serment au nom de Dian Cécht, notre ancien dieu de la Guérison, dont les pouvoirs sont toujours invoqués à travers le royaume. Par ce serment, ils s'engagent à mettre leur savoir au service des malades, sans parti pris, au mieux de leurs compétences et sans jamais leur nuire intentionnellement.

— Vous avez raison, Fidelma, admit Fíthel d'un air grave. Frère Anlón partagera la cellule de ses complices jusqu'à ce que nous décidions des sanctions que méritent ses agissements. Qu'on les emmè…

À sa vive surprise, Fidelma l'interrompit.

— Une faveur d'abord, brehon Fíthel ! Avant que frère Anlón soit incarcéré, nous aurons besoin de lui comme témoin dans les prochaines affaires qui nous attendent. C'est lui qui a constaté la mort de l'évêque Brodulf et de frère Garb.

— Est-il seulement compétent pour apporter un tel témoignage ? Après tout, vous avez assez démontré le mépris que lui inspirent ses devoirs de médecin.

— Son mépris, pas son manque de compétences, nuança Fidelma. C'est à elles que je compte faire appel.

— Vous êtes prête à présenter vos conclusions, Fidelma ?

— Je suis prête à vous apporter des explications. Comparées au triste sort de Cú Choille, victime d'un accident, puis d'un délit motivé par le lucre, la mort de l'évêque Brodulf et celle de frère Garb sont plus graves, car ce sont des meurtres.

— J'ordonne une pause avant que la cour procède à l'examen de ces décès. Il vous appartiendra alors, Fidelma, de révéler les meurtriers au grand jour afin qu'ils soient châtiés.

# CHAPITRE XXII

Lorsque tous furent remis de leurs émotions après ce début de séance fertile en rebondissements, le scribe Urard actionna sa clochette et le chef brehon annonça la reprise de l'audience. Fidelma se leva sans même qu'on l'y invite.

— Nous en arrivons maintenant à la mort de l'évêque Brodulf et de frère Garb. Nous sommes en présence de deux meurtres qui, alors qu'ils paraissaient liés, ne le sont pas du tout.

Ces paroles provoquèrent de nouveaux murmures de stupeur à travers l'assemblée.

— Je traiterai d'abord du meurtre de l'évêque Brodulf. La tentative de dissimuler le crime en mettant le feu à l'hostellerie a d'abord fait illusion : on a cru que l'évêque avait péri dans un incendie accidentel. Le médecin de l'abbaye nous a bien vite détrompés. Contrairement aux espoirs de l'assassin, la lame d'une dague n'est pas détruite par les flammes.

Le diacre Landric se pencha en avant comme s'il allait intervenir, puis se ravisa. Frère Charibert restait coi. Les étudiantes burgondes échangeaient des chuchotements.

— Inutile que je revienne sur les détails, ou sur la découverte des restes mortels de l'évêque. Frère Anlón les a examinés et attestera que la cause du décès était un coup porté par une lame. Brodulf avait été poignardé en plein cœur. Dans cette affaire, frère Anlón s'est acquitté de ses devoirs. Le meurtre, comme nous l'avons plus tard découvert, était motivé par des affaires qui trouvaient leur origine dans la patrie de Brodulf.

Elle s'interrompit, laissant le chef brehon et l'abbé se pénétrer de cette nouvelle.

— J'exposerai à présent ce motif, avant d'en venir au nom du coupable. Nul ici n'ignore que l'évêque Brodulf, de l'abbaye de Luxovium en Burgondie, s'est présenté accompagné de son intendant et de son serviteur. Il affirmait vouloir observer les méthodes d'instruction du vénérable Breas et comprendre les différences qui existent entre nos théologies. Comme de nombreux prélats, abbés et évêques, Brodulf était de noble extraction. De fait, c'était un proche cousin de Clotaire, troisième du nom à se proclamer roi des Francs. Clotaire prétend régner sur les quatre royaumes francs, quoique sa légitimité soit contestée dans sa propre famille. De multiples témoignages évoquent l'arrogance de l'évêque. Je n'ai pas l'intention de m'y attarder à moins qu'on ne mette mes paroles en doute. Brodulf affichait la superbe d'un prince franc et était un fidèle partisan de son cousin.

Fidelma se tourna vers le diacre Landric, au visage pareil à un masque.

— Ainsi que je le disais, le but avoué de cette visite était d'observer les méthodes pédagogiques du vénérable Breas. Celui-ci est réputé pour son érudition ; ses étudiants lui font honneur à travers l'Occident, car ils occupent des positions majeures dans toute la chrétienté, malgré nos divergences avec les Églises d'autres pays sur le plan théologique. Par exemple, nous adhérons aux idées de Pélage, que d'autres – et Rome la première – qualifient d'hérétique. Donc, Brodulf a affirmé qu'il souhaitait observer les différences dans les enseignements, les rites et les philosophies de nos Églises.

Elle sourit brièvement.

— Nos principes pédagogiques heurtaient quelque peu l'évêque, qui s'embarqua plusieurs fois dans des discussions houleuses, allant jusqu'à perdre son sang-froid. Frère Garb s'était attiré ses foudres parce qu'il était désigné comme le meneur du groupe avec lequel s'engageaient les débats. Dans la pure tradition de nos méthodes didactiques, le vénérable Breas l'encourageait à argumenter avec vigueur sur les questions qui leur étaient soumises.

« C'est là que nous avons été induits en erreur, car on a trop insisté sur la colère exprimée lors de ces débats. Après avoir mis en œuvre son stratagème pour faire croire que la mort de l'évêque était due à un incendie accidentel, le meurtrier nous a renvoyés subtilement à ces débats et à ces querelles. Ainsi, frère Garb apparaissait comme suspect, ayant développé une haine personnelle envers l'évêque Brodulf. Il devenait le principal agent de l'hostilité dont celui-ci était la cible.

— Selon vous, le meurtre de Brodulf n'avait rien à voir avec nos divergences d'interprétations en matière de théologie, et les tensions qu'elles avaient engendrées ? interrogea l'abbé Cuán, déconcerté.

— L'évêque Brodulf était venu sur l'ordre du roi des Francs, son cousin Clotaire. Il poursuivait un unique dessein : retrouver quelqu'un et le tuer.

Toute l'assemblée étouffa un cri à l'unisson.

— Fidelma ! se récria le brehon Fíthel, consterné. Vous parlez d'un représentant de la foi ! Vous accusez un homme d'Église d'être un assassin ? Un tueur ?

— J'ai bien peur que l'un n'exclue pas l'autre. Le titre de prélat n'empêche pas d'être homme, et de porter tous les vices qui vont de pair avec notre humaine nature, fit-elle observer. Beaucoup d'hommes et de femmes revêtent l'habit religieux ou se prétendent chrétiens, puis en font abstraction sitôt que cela les arrange. J'ai lu dans la traduction d'Eusèbe des Saintes Écritures les mots *Non occides* – « Tu ne tueras point ». Je ne vois aucune mise en garde à côté de ce commandement. Pas d'ajouts tels que « à moins que » ou autres restrictions. Pourtant, les chefs religieux, ou ceux qui se prétendent tels, trouvent des prétextes pour justifier des massacres, privés ou publics.

Un silence embarrassé s'ensuivit.

— Alors, quel était le « prétexte », comme vous l'appelez, derrière lequel l'évêque Brodulf se retranchait ? demanda le brehon Fíthel. Qui voulait-il tuer ?

— Je le répète, il ne se cachait pas d'être un prince mérovingien. Il était trop imbu de sa personne ; son orgueil ne laissait aucune place à l'humilité. Il est venu éliminer la seule personne dont les prétentions au trône étaient plus légitimes que celles de son cousin, auquel il était tout dévoué. Il avait pour intention d'affermir le sceptre dans sa main.

— Un rival de Clotaire au royaume de Muman ? dit l'abbé Cuán, stupéfait. Pourtant, rares sont les Francs installés dans notre abbaye. Cet héritier serait-il l'un de nos jeunes étudiants burgonds ?

Fidelma eut conscience de l'animation qui régnait parmi le groupe d'étudiants.

— Non, il n'est pas des leurs. Néanmoins, nombreux sont ceux qui viennent dans cette contrée en quête de sécurité ou par désir de suivre nos voies. Il n'est pas loin, le temps où les Britons cherchaient refuge chez nous pour échapper aux conquérants angles et saxons affluant de l'est, qui se taillaient des royaumes dans leurs terres. Nous leur avons ouvert les bras. De même, nous accueillons maintenant les Angles et les Saxons qui, après avoir été convertis par nos missionnaires, préfèrent vivre parmi nous depuis que leurs princes ont opté pour les nouvelles doctrines des Églises romaines, au mépris de celles que nous leur avons enseignées.

Le chef brehon était préoccupé. Sa voix s'accordait à la gravité de son expression.

— Fidelma, nous savons que vous êtes une érudite réputée et que vous détenez le deuxième plus haut diplôme que nos collèges séculiers et ecclésiastiques puissent décerner. Cependant, nous sommes ici confrontés à un meurtre. Pourriez-vous en venir au fait ? Jusqu'à présent, je n'ai entendu que des allégations. Je ne devrais pas avoir à vous rappeler que notre loi repose sur des preuves. Vous accusez l'évêque Brodulf d'être un meurtrier. Et lui, qui l'a assassiné ?

— C'était bel et bien un meurtrier, répondit Fidelma avec calme. Toutefois, il n'a pas eu l'opportunité d'atteindre sa victime avant d'être lui-même occis. Il vivait dans la peur, craignant d'être la cible de ceux-là mêmes qu'il pourchassait. Ses deux compagnons peuvent en attester. Cela explique son insistance à ne partager l'hostellerie avec personne… pas même avec son diacre ou son serviteur. Il se croyait ainsi en sécurité la nuit.

« La réalité de cette situation transparaît dans ses recherches obstinées au *scriptorium*. Les textes qu'il consultait sont autant d'indices. Je ne l'ai compris que lors de discussions sur l'histoire des Francs, grâce à la prieure Suanach et à sœur Fastrude, qui avait offert à cette abbaye un ouvrage des plus précieux pour la bibliothèque.

— Quel était cet ouvrage ? s'enquit Fíthel.

— L'œuvre d'un certain frère Fedegar, une version plus récente du *Liber historiae Francorum*. Les circonstances que nous devons connaître remontent à une vingtaine d'années, à l'époque du roi franc nommé Sigebert. Il fut assassiné et son jeune fils, Dagobert, fut mis en sécurité par des membres de sa famille qui lui étaient restés loyaux. Ils l'amenèrent dans ce royaume, afin qu'il grandisse à l'abri dans une de nos abbayes. Dagobert y resterait jusqu'au moment où ses partisans jugeraient opportun qu'il revendique le trône. C'était, comme je le disais, il y a environ vingt ans.

— Et ce serait, dites-vous, la raison de la venue de l'évêque Brodulf ? Au bout de vingt ans ? dit le brehon d'un ton sceptique.

— Les Francs ont la mémoire longue. Tout démontre que Brodulf a cru, à tort ou à raison, que Dagobert avait été caché dans cette abbaye. Elle était assurément célèbre pour son collège ecclésiastique, ouvert aux étudiants et aux amoureux du savoir. Le vénérable Lugán vous le confirmera, l'évêque Brodulf a entrepris des recherches assidues dans les archives, en particulier celles d'il y a vingt ans. Il a tenté de détourner les soupçons du bibliothécaire et de l'intendant en leur cherchant noise à propos d'autres textes de la bibliothèque, comme *L'Histoire des femmes*.

Frère Mac Raith et le vénérable Lugán opinèrent du chef.

— Il a finalement réussi à trouver les sources qu'il voulait. Dans son arrogance, il les a emportées avec lui, ce que le vénérable Lugán a remarqué. Mais cela a également alerté la personne qui avait été envoyée pour protéger Dagobert. Cette personne avait pour mission d'accompagner l'évêque Brodulf et de l'empêcher de trouver Dagobert ou, à tout le moins, de prévenir son assassinat. Dès qu'il est apparu que Brodulf avait percé l'identité d'emprunt de Dagobert et était sur le point de le retrouver, il a fallu agir. L'évêque Brodulf devait mourir et le secret disparaître dans la tombe.

— Comment cette personne savait-elle que l'évêque n'avait pas transmis l'information à ses compagnons ? demanda le brehon.

Les regards convergèrent vers les deux visiteurs burgonds.

— Tout sera expliqué dans un instant. Le diacre Landric et frère Charibert ont tâché de m'induire en erreur en insistant sur l'hostilité des débats. Tous deux désignaient frère Garb comme le contradicteur. Curieusement, il n'y avait pas entre eux la moindre collusion ; ils agissaient pour des motifs diamétralement opposés. L'un voulait dissimuler la véritable mission de l'évêque Brodulf dont il était complice. L'autre visait à détourner les soupçons concernant le meurtre de Brodulf.

Le brehon Fíthel écarquilla les yeux.

— L'un des deux secondait l'évêque dans sa tentative d'éliminer le prétendant au trône de Burgondie, et l'autre s'efforçait de protéger ce même prétendant en éliminant Brodulf ?

— C'est aussi simple que cela. Frère Charibert a révélé de lui-même qu'il avait servi dans la maison de Wulfoald et avait été envoyé à Luxovium pour entrer dans les bonnes grâces de Brodulf. Wulfoald avait été l'intendant du roi Sigebert. Charibert réussit à devenir le serviteur attitré de Brodulf. Lorsqu'il s'aperçut que l'évêque avait retrouvé Dagobert, exilé dans ce pays, il dut en finir. Il le poignarda et, pour camoufler son crime, incendia l'hostellerie. Il s'y était préparé en subtilisant la besace de Garb dans la réserve, derrière le dortoir des étudiants – une besace portant le nom de Garb en *ogham*, donc facilement identifiable.

— Facilement ? releva le brehon Fíthel. Seulement pour ceux qui connaissent notre ancien système d'écriture. Il n'est plus usité depuis au moins un siècle. Vous prétendez que le Burgond le connaissait ?

— Frère Charibert s'est exercé à en tracer les lettres. Dans un volume des *Hisperica Famina* rangé dans sa chambre, Eadulf a découvert un papier sur lequel Charibert les copiait. Et bien qu'il n'ait pas été vu en train de prendre la besace, quelqu'un parmi les étudiants l'a vu la rapporter. Nous y avons découvert un résidu de poudre de soufre, le combustible utilisé pour attiser les flammes dans l'hostellerie. Un autre témoin, le tailleur de pierre Mothlach, a vu un homme en habit religieux s'éloigner du campement chargé d'un sac. Comprenant qu'il avait été repéré, Charibert a quitté le chemin et s'est caché.

— C'est donc lui que vous accusez ?

— Oui, confirma Fidelma. Frère Charibert était déterminé à protéger le prince héritier en exil. Il a tué Brodulf, puis a mis le feu, faisant disparaître dans les flammes les dangereuses références qui avaient permis de localiser la cachette de Dagobert. Par la suite, le diacre Landric, lui aussi partisan du roi des Francs, mais ignorant ce que l'évêque avait appris, a cherché à découvrir non seulement la cachette de Dagobert, mais aussi l'assassin de son évêque.

— Que dites-vous de cela, frère Charibert ? interrogea le chef brehon.

Frère Charibert répondit d'un simple haussement d'épaules.

— Faites-lui cracher où se terre Dagobert ! cria Landric, se levant comme pour frapper son voisin.

Le guerrier Luan s'interposa aussitôt.

— L'évêque Brodulf avait-il découvert la cachette du prince Dagobert ? demanda Fíthel à frère Charibert.

— Cela ne peut nuire de l'admettre, à présent, répondit frère Charibert. J'ai compris qu'il savait lorsqu'il m'a ordonné de préparer nos effets, car nous quitterions cette abbaye le lendemain. Il n'a pas précisé où nous allions, mais j'étais sûr que c'était auprès du prince. J'ai vu qu'il consultait des manuscrits. Je l'ai tué et j'ai détruit les textes.

Le chef brehon se laissa aller contre le dossier de son siège d'un air troublé.

— L'affaire est simple, mais la sentence beaucoup moins.

— Pourquoi ? s'enquit l'abbé. Je connais assez la loi pour savoir qu'un meurtre est en principe compensé par le prix de l'honneur de la victime, versé à sa famille. Le seul point qui m'échappe est le statut exact de Brodulf. Était-il un prince de haut rang dans son pays ? Il se peut que nous soyons contraints de payer un prix de l'honneur équivalent à celui d'un roi.

Le brehon Fíthel secoua la tête.

— Le prix de l'honneur n'est pas tout. D'autres considérations entrent en ligne de compte. L'évêque a été tué alors qu'il était l'hôte de cette abbaye. En tant qu'abbé, vous lui deviez hospitalité et protection. La question du *diguin*, la violation de cette obligation, est complexe parce que le perpétrateur est tenu de vous indemniser. Le montant équivaudrait à votre propre prix de l'honneur. Il importe de peser avec soin les tenants et aboutissants pour déterminer les compensations prévues par la loi.

— Il y a un point encore à considérer, intervint Fidelma. Le statut de frère Charibert. Il a affirmé être un esclave de la maison de Wulfoald, un noble burgond qui s'avère être l'ancien intendant du roi Sigebert. Frère Charibert était investi d'une mission : empêcher Brodulf d'assassiner Dagobert.

Le diacre Landric, toujours debout, protesta avec véhémence :

— Charibert est un traître à son roi et à son évêque ! Rappelez-vous qu'il a été affranchi et qu'il est entré à l'abbaye de Luxovium ; il a été introduit en tant que frère dans la communauté et désigné pour servir l'évêque. Il est donc ici en qualité d'homme libre et de moine de Luxovium. Par là même, il doit être châtié.

— La question est plus subtile, lui opposa pensivement le brehon Fíthel. Dans ce pays, Charibert est considéré comme un *cú glas*.

Le diacre Landric ne comprit pas l'expression « loup gris ».

— *Cú glas* est un terme juridique, expliqua rapidement Fíthel, qui désigne un étranger né dans un pays par-delà les mers. Nous devons tenir compte de ce fait, qui lui vaudrait d'être dépourvu de droits dans cette juridiction.

Il réfléchit encore, puis ajouta :

— À en juger par ce que je viens d'entendre, je doute qu'on puisse classer Charibert comme un *cheile*, doté de tous les droits d'un citoyen de ce pays. Je le classerais plutôt comme un *fuidir* et j'abaisserais son statut à celui de *daer-fuidir*, « un homme sans aucun droit ».

— Qu'en est-il de l'amende et de la compensation ? s'irrita l'abbé Cuán. De toute évidence, il est dans l'impossibilité de les payer.

Frère Mac Raith proposa une solution :

— Concernant le paiement, la famille de l'auteur

de l'infraction peut se substituer à lui. Si Charibert a été intégré parmi les frères de Luxovium, cette communauté lui tient lieu de famille.

Fidelma écoutait avec un brin d'amusement les arguments juridiques échangés entre les deux juges et l'intendant.

— Cela signifie-t-il que Charibert retournera à Luxovium et que cette abbaye devra vous faire parvenir le paiement ? voulut savoir le diacre Landric.

— Pas exactement, répondit Fidelma. Il y a une autre façon de considérer cette affaire. Nous avons appris que Charibert a été élevé dans la famille du seigneur Wulfoald. Les siens ont servi cette maison pendant plusieurs générations. Avant d'entrer dans les ordres, Charibert se considérait comme un membre de la famille de Wulfoald, le proche conseiller du roi Sigebert, père de Dagobert.

« Or Charibert savait que Brodulf était un cousin du roi actuel et qu'il voulait assassiner Dagobert. Il a donc tué Brodulf dans l'intention de sauver Dagobert. Ne serait-ce pas alors considéré comme de la légitime défense ? N'était-ce pas un meurtre commis pour prévenir le meurtre d'un membre de la famille, ce qui ne constitue pas un crime ? Je soutiens que, d'après la loi, il se considérait comme *ceand a cisamh*, le principal protecteur de sa famille.

— Ridicule ! s'emporta le diacre. Charibert n'était qu'un serviteur.

Le brehon Fíthel fronçait les sourcils.

— Ridicule ou pas, il existe en l'espèce un tel concept dans notre droit. Néanmoins, l'atteinte au devoir sacré de l'abbé Cuán de protéger son hôte doit être considérée.

L'abbé hocha la tête, satisfait que cet aspect soit en sa faveur.

— Cependant, dit Fíthel, poursuivant son raisonnement, par souci de légalité, nous devons obtenir des éclaircissements quant à l'allégeance de Charibert. Apparemment, il a idée de l'endroit où le prince Dagobert se cache dans notre pays, c'est pourquoi il a tué l'évêque. Si Charibert est attaché à Dagobert par un lien de parenté, alors il a tué en état de légitime défense. Mais il lui faut maintenant en appeler au prince pour confirmer qu'il est son parent. Dagobert doit donc se manifester.

Frère Charibert avait écouté en silence. Il se leva, jetant un bref regard à Fidelma, puis se concentra sur le brehon.

— Et si je refusais de révéler où se trouve le prince Dagobert ? demanda-t-il doucement.

— Il y a quelques instants, vous sembliez savoir où il était. Vous rétractez-vous ?

— Que nenni. Mais je ne trahirai pas Dagobert, le roi légitime de mon peuple.

— Si vous refusez de livrer cette information, un messager sera envoyé au roi Colgú afin qu'il discute en détail avec le préfet Beobba de ce qui s'est passé ici. On réclamera des amendes et des compensations à payer par l'abbaye de Luxorium. Jusqu'à ce que la demande soit acceptée, vous resterez sous la garde du diacre Landric.

— En d'autres termes, vous me condamnez à la torture jusqu'à ce que je révèle où Dagobert s'est réfugié ? Cela signifierait la mort, pour lui comme pour moi.

— La torture et la mort ne font pas partie de nos

lois. Espérons que Dagobert se cache dans cette abbaye, ou une autre toute proche. Il suffit de lui dire de se présenter devant moi et de confirmer que vous le protégez en tant que membre de sa famille, et l'affaire est classée.

Frère Charibert se redressa de toute sa taille.

— Je suis né esclave sous le joug de Wulfoald, comme plusieurs générations de ma famille. Je l'ai servi et je ne regrette rien. J'ai montré mon dévouement en tuant celui qui voulait anéantir l'avenir de mon peuple. Je réaffirme à présent ma volonté de protéger le prince Dagobert.

Sa main se mut en un éclair et son visage se crispa tandis qu'il étouffait un cri. Il fit quelques pas en titubant, puis s'effondra. Luan le rattrapa juste avant qu'il s'écroule à terre. Eadulf les rejoignit et écarta les plis de la robe de Charibert, où s'élargissait une tache de sang. Une dague à large lame était enfoncée presque jusqu'à la garde sous la cage thoracique, en un coup oblique, perçant le cœur. La mort l'avait frappé instantanément.

— Je ne m'attendais pas à ça, murmura Fidelma lorsque Eadulf revint auprès d'elle dans le brouhaha. Je pensais mettre en avant les lois sur le *cosnam*, un acte d'autodéfense qui n'exige pas de punition.

— Son geste était impossible à empêcher, répondit Eadulf sur le même ton. J'avoue que je n'escomptais pas de la part d'un affranchi tant de loyauté envers ses anciens maîtres.

— Rappelle-toi que c'était un croyant. Il incarnait ce proverbe des Écritures : « Que la bonté et la fidélité ne t'abandonnent pas. Lie-les à ton cou ; écris-les sur la table de ton cœur. » Sa fidélité envers ceux qu'il considérait comme ses proches est incontestable.

Eadulf était abattu.

— Le suicide n'annule pas les jugements antérieurs ?

— Un autre cas épineux, soupira Fidelma. D'après la loi, en mourant tout homme annule son propre passif. L'argumentation va être difficile face au roi des Francs. Dire que j'aspirais à être chef brehon du royaume de mon frère ! Je suis heureuse de ne pas avoir à statuer dans des situations aussi délicates.

Mais Eadulf ne fut pas dupe de l'amertume qui perçait dans sa voix.

On avait emporté le corps de frère Charibert et intimé au diacre Landric l'ordre de se confiner dans sa chambre dans l'attente d'une décision. Une fois de plus, Urard fit tinter sa clochette jusqu'à ce que le silence se rétablisse.

— Je rappelle à cette cour que nous n'avons pas encore abordé le meurtre de frère Garb, dit le brehon Fíthel. Sans doute parce que, à ce que j'ai cru comprendre, il n'a aucun lien avec les affaires précédentes. Alors, Fidelma, êtes-vous prête à procéder à cette troisième partie de l'audience ?

Une fois de plus, Fidelma se leva et indiqua qu'elle y était préparée.

— Cette affaire est la plus triste et peut-être la plus horrible de toutes. Pourtant, elle est la plus facile à démêler. Je dois d'abord demander à Eadulf…

Un cri de protestation inattendu résonna. Les regards étonnés se tournèrent vers celle qui l'avait proféré : la prieure Suanach.

— Pourquoi cette objection ? interrogea Fíthel avec agacement.

— Je suis indignée qu'on propose à frère Eadulf de témoigner dans cette affaire. Il n'est plus un simple spectateur, et son intervention est inacceptable !

Le chef brehon ouvrit des yeux ronds devant tant d'hostilité.

— Pour quels motifs ? Frère Eadulf est connu pour assister constamment Fidelma de Cashel dans ses enquêtes. Il est son époux depuis de nombreuses années et le père de leur fils, Alchú. On sait quels services il rend à ce royaume en œuvrant pour la justice. Dans son pays, il était un *gerefa*, un législateur, avant d'adhérer à la foi.

— Il n'en est pas moins un étranger ! Il est tout autant un *cú glas*, un loup gris, que n'importe quel Burgond. Son mariage avec une Eóghanacht, fût-elle la sœur du roi, ne fait pas de lui l'un des nôtres et l'autorise encore moins à agir lors d'un jugement qui nous concerne.

Fidelma était sur le point de répliquer, mais le brehon Fíthel lui imposa silence d'un geste et se chargea de répondre à la prieure :

— C'est par méconnaissance de la loi que vous exprimez cette opinion, prieure Suanach. Peut-être est-ce dû à votre longue absence de ce royaume. Eadulf est un *fine thacair*, un Eóghanacht par adoption. Ce statut, avec les privilèges qui s'y attachent, lui a été conféré par contrat avec le roi Colgú, fils de Failbe Flann. Il existe deux uniques restrictions : il lui est interdit de solliciter l'approbation du *derbfine* pour assumer un rôle incombant d'ordinaire à un prince et de voter en tant que membre de ce *derbfine*. Tout le reste lui est permis. Comprenez-vous, maintenant, la raison de sa présence dans cette cour ?

La prieure se rassit, les dents serrées, dans un mouvement qui fit presque trembler le banc.

— J'ajouterai que c'est moi qui décide dans ce tribunal, prieure Suanach, ajouta Fíthel sur un ton acide.

Il fit signe à Fidelma de continuer.

— Très bien, soupira la *dálaigh*. Eadulf ayant profité de cette interruption pour me passer mes notes, je n'ai plus besoin de les lui demander, ce que je m'apprêtais à faire lorsque ce point de droit a été soulevé. Quoi qu'il en soit, je comprends le désir de la prieure de retarder l'issue de cette affaire aussi longtemps que possible.

Suanach lui darda un regard noir que Fidelma ignora.

— En analysant le meurtre de frère Garb, j'ai fait tout mon possible pour trouver des précédents. Comme vous le savez, notre droit s'appuie toujours sur des décisions antérieures, qui confèrent une légitimité aux lois. Le meurtre est évident, de même que la tentative de faire passer ce meurtre pour un suicide. Il en va différemment du mobile. Pourquoi ? Parce que le mobile et le coupable font figure d'exceptions. Il appartiendra donc au brehon Fíthel de rendre un verdict qui établira lui-même un précédent.

Le chef brehon ne voyait toujours pas où elle voulait en venir.

— Pourquoi mon verdict deviendrait-il un précédent ?

— Parce qu'il concerne un mobile qui n'avait

jamais été consigné dans nos archives juridiques jusqu'à présent.

— Donc, pourquoi et comment frère Garb est-il mort ?

— Il a été assassiné parce qu'il avait perdu la foi.

Il fallut du temps pour que le tumulte s'apaise et que l'abbé Cuán parvienne à se faire entendre.

— Mesurez-vous la portée de vos paroles, Fidelma ? C'est de frère Garb que nous parlons ! L'un de nos étudiants les plus brillants, honorés et respectés. Tout le monde savait que le vénérable Breas avait l'intention de le nommer professeur assistant dans notre collège ecclésiastique. Il avait démontré sa valeur lors de ces déplorables débats avec le défunt évêque Brodulf. Comment pouvez-vous dire qu'il avait perdu la foi ?

— Pour gagner du temps, je simplifierai les faits. Frère Garb était, en effet, doté d'un esprit inquisiteur. Confronté à un sujet qui éveillait son questionnement, il le sondait et le décortiquait à l'extrême. Cet esprit analytique causa sa perte. Il n'acceptait rien sans une mûre et intense réflexion. Il confia à l'élève dont il se sentait le plus proche qu'il avait consulté de nombreux documents afin d'argumenter avec l'évêque Brodulf et, qu'en fait, il en venait à remettre en cause toute l'histoire de la foi.

« Comme il l'avait expliqué à cette élève, il ne pouvait croire à une religion inventée par des vieillards, à des dogmes élaborés lors de conciles au fil des siècles. Plus sa réputation d'érudition grandissait, plus le doute le tenaillait. Le moment de vérité coïncida avec la mort de l'évêque Brodulf. C'est à ce moment-là que frère Garb alla trouver son tuteur, celui auquel il inspirait tant de fierté, celui qui voyait en lui son fidèle disciple, son acolyte. Imaginez la réaction du maître quand cet étudiant brillantissime lui révéla qu'il avait perdu la foi. En fait, vous n'avez nul besoin d'imaginer, car il nous a livré sa pensée sur la tombe de frère Garb, la nuit dernière.

La prieure Suanach poussa un petit cri et, impulsivement, saisit la main du vénérable Breas, désormais le point de mire de toute la salle. Il restait assis sans bouger, sans lever la tête.

— Votre *amra* a été véhément, lui dit Fidelma sans acrimonie. Vous avez été trahi par votre élève le plus admiré, celui que vous comptiez nommer votre assistant et que vous voyiez, un jour, répandre la bonne parole en votre nom. C'était une trahison, pas sur le plan religieux, non : une trahison personnelle. Je subodore que, le dernier matin, vous avez offert à Garb une boisson empoisonnée. Elle agissait lentement et a provoqué des maux d'estomac, dont il s'est plaint à la prieure. Sans en connaître la cause, elle lui a conseillé de consulter frère Anlón. Le médecin lui a donné une tisane et lui a recommandé le repos. Il est donc allé s'allonger dans le dortoir.

« Quand le vénérable Breas a appris que Garb dormait toujours, qu'il n'était pas mort, il a été pris de panique. Si Garb se remettait et révélait ce qui s'était passé… Alors Breas a fait appel à ces motivations maléfiques que sont l'orgueil et le ressentiment.

— Je ne sais pas trop où cela nous mène, intervint l'abbé Cuán, mais, d'après le rapport d'Eadulf, il fallait au moins deux hommes pour hisser le corps de Garb sur la poutre maîtresse à laquelle on l'a trouvé pendu.

— C'est exact, confirma Fidelma.

— Le professeur principal est là, devant nous. Regardez son corps frêle, ses doigts perclus de rhumatismes. Il n'en aurait pas été capable. À moins que vous n'accusiez d'autres de nos supérieurs de lui avoir prêté main-forte ? Pourquoi pas la prieure, qui a envoyé Garb chez frère Anlón ? Ou pourquoi pas ce dernier ?

— La prieure Suanach est éprise du vénérable Breas depuis qu'elle est étudiante. Elle s'évertue donc à le protéger. Je ne suis pas sûre que, même maintenant, elle discerne la vérité. Non, je n'accuse aucun des deux. Le vénérable Breas avait besoin de quelqu'un de jeune et de vigoureux. Quelqu'un qui s'était vanté de sa force auprès de moi, quelqu'un qui jalousait Garb et pensait que lui-même aurait dû être à sa place.

— C'est un mensonge ! protesta frère Étaid d'une voix étranglée. J'étais l'ami de Garb, son *anam chara*.

— Seulement parce que ce rôle vous a été attribué arbitrairement au tout début de vos études. La véritable amie d'âme de Garb, à qui il confiait ses pensées contradictoires, c'était sœur Ingund. D'ailleurs, elle témoignera de ses doutes croissants, de ses recherches et de sa décision finale de ne pas adhérer à une religion créée, de son point de vue, par les votes arbitraires de vieillards lors des conciles.

Le professeur principal était assis, la tête basse, comme indifférent à cette discussion. Fidelma continua de s'adresser à frère Étaid.

— Le vénérable Breas vous a fait quérir et vous a fait miroiter qu'à la mort de Garb vous seriez désigné pour le remplacer. C'est vous qui aviez désormais la stature nécessaire pour assumer ce rôle. Mais il fallait s'assurer que Garb mourrait. La rumeur qu'il était soupçonné du meurtre de l'évêque Brodulf était encourageante. Peut-être que si un suicide pouvait être simulé… ? Donc, entre le moment où sœur Ingund a vu Garb endormi dans le dortoir, à peine conscient sous l'effet du poison, et celui où nous y sommes entrés pour lui parler, Breas et vous l'avez enlevé. Et vous l'avez étranglé, Étaid, achevant la besogne que Breas avait commencée avec son breuvage. Comment déguiser cela ? Pendant la pause des maçons, Breas et vous vous êtes procuré une corde et une échelle. Grâce à votre force physique, vous vous êtes arrangés pour suspendre le corps dans le bâtiment désert et faire passer cela pour un suicide, comme nous l'avons découvert.

— Ce ne sont que conjectures ! hurla la prieure sur la défensive. Vous n'avez aucune preuve !

— Le vénérable Breas nie-t-il ? interrogea le chef brehon.

Le professeur semblait absent, inconscient de ce qui l'entourait. L'assemblée attendit sa réponse en silence. En vain.

— Qui ne dit mot consent, conclut Fíthel.

— Je vais répondre, moi ! cria frère Étaid. Je n'ai pas étranglé Garb. Le vieux Breas a tout fait. Il a tenté de me soudoyer pour que je l'aide. Il m'a promis la position et la renommée de Garb, mais j'ai refusé !

Fidelma jeta un coup d'œil à son époux.

— Je gage que personne ne s'opposera à ce qu'Eadulf éclaire cette affaire du point de vue médical, dit-elle en souriant.

— Le vénérable Breas était incapable de déployer la force nécessaire pour étrangler un jeune homme vigoureux, même amoindri par le poison, déclara Eadulf. Il fallait quelqu'un de robuste. Breas souffre d'*ailtidu* – un rhumatisme. Il l'a mentionné lors de notre première rencontre. Frère Anlón sera, je pense, d'accord avec moi.

Le brehon Fíthel demanda au médecin :

— Confirmez-vous qu'il n'aurait pas pu étrangler Garb ?

Le médecin se leva et inclina la tête.

— Je traite le vénérable Breas depuis longtemps, en employant de la bardane, dont la racine bouillie s'applique sous forme d'onguent. Parfois, le saule et le fenouil procurent un soulagement. Je suis d'accord avec frère Eadulf : dans son état, il ne lui aurait pas été possible d'étrangler qui que ce soit.

Frère Étaid fit volte-face et tentait de se frayer un passage vers les portes de la chapelle quand un coup de poing d'Enda lui fit perdre connaissance.

Le brehon ordonna que le jeune homme et le vénérable Breas fussent placés sous bonne garde dans l'attente d'un jugement. Il fallut également faire quitter la salle à la prieure Suanach, devenue hystérique.

Fíthel adressa à la *dálaigh* un sourire sans joie.

— Vous aviez tort, Fidelma, fit-il observer. Ce n'est pas le mobile qui fait jurisprudence, mais la méthode. Un meurtre est un meurtre et le verdict est prévu par la loi. Les peines requises font également l'objet de précédents. L'abbé Cuán et moi allons définir les mesures qui s'imposent et devront être exécutées.

Le lendemain, Eadulf et Fidelma rentraient à Cashel à cheval, Enda allant en tête. Eadulf semblait plongé dans ses réflexions et Fidelma finit par lui demander à quoi il pensait.

— Je regrette que l'abbé et le gardien des livres ne m'aient pas permis d'entrer dans la salle secrète. J'aurais aimé voir certains des ouvrages anciens qui avaient produit un tel effet sur frère Garb. Je songe aux titres intrigants dont il avait parlé à sœur Ingund et qui avaient ébranlé sa foi. *Le Livre de Judas*, *L'Évangile selon Thomas*, *L'Évangile selon Marie*... Pense aux informations qu'ils doivent renfermer, si Rome a tenté de les détruire, y voyant une menace...

— Leur lecture n'a pas été salutaire à frère Garb.

— Penses-tu que l'abbé Cúan et le brehon Fíthel ont infligé à Breas un châtiment approprié ?

— Un châtiment ? Tu devrais savoir que nos lois ne raisonnent pas en termes de punition, du moins pas en tant que telle. Elles reposent sur la compensation envers la victime et la réhabilitation de l'auteur du crime. En l'occurrence, le vénérable Breas a été envoyé sur une île du Sud-Ouest presque inhabitée, avec frère Étaid comme disciple, pour bâtir une petite communauté de croyants. Il est impossible de s'échapper de cette île, car elle est dépourvue d'arbres. Un bateau y fera escale de temps en temps pour assurer leur subsistance, jusqu'à ce qu'ils aient appris à pourvoir à leurs propres besoins. La prieure Suanach a obtenu de partir avec eux.

— Curieux que l'abbé et Fíthel aient accepté.

— L'amour est une chose étrange, Eadulf, dit Fidelma avec un léger sourire. Certains consentent à bien des sacrifices en son nom… même à renoncer à leur pays et à leur culture.

Il fallut un certain temps à Eadulf pour discerner l'allusion voilée sous ce commentaire.

# ÉPILOGUE

C'était le début de l'automne et le fond de l'air était glacé. Eadulf était assis au coin d'un feu de bûches dans les appartements qui leur étaient dévolus, à Fidelma et à lui, dans la forteresse royale de Cashel. Il avait posé devant lui, en équilibre sur une petite table en chêne, le livre en vélin qu'il lisait : l'histoire du monde de Sinlán moccu Min, abbé de Beannchar, écrite près d'un siècle auparavant. Eadulf en prenait connaissance avec curiosité, car cette œuvre constituait la toute première chronique des cinq royaumes d'Éireann, que Sinlán avait incorporée à une histoire des autres nations.

Il leva les yeux vers Fidelma qui entrait bruyamment, tout animée. Elle était descendue dans la petite cité au pied de la forteresse pour rendre visite à sa vieille amie Della et, à la voir, elle devait avoir appris une nouvelle palpitante.

Elle se jeta dans le siège en face du sien et demanda sans préambule :

— Te souviens-tu de sœur Ingund, à l'abbaye d'Imleach, quand nous enquêtions sur le meurtre de l'évêque Brodulf il y a trois ans ?

Eadulf cala avec soin le vélin sur le dessus du *clár* et fouilla dans sa mémoire.

— La petite étudiante burgonde qui était amoureuse de frère Garb ? Oui, je m'en souviens. J'étais tellement désolé pour elle ! Elle était trop jeune et innocente pour connaître une pareille épreuve. Qu'est-ce qui te fait penser à elle ?

— Elle est passée par Cashel en retournant à Imleach, ce matin. Comme tu le sais, je rendais visite à Della et je l'ai vue, avec ses compagnons, à la taverne de Rumann où ils s'étaient arrêtés pour se désaltérer. Elle arrivait à peine de Burgondie.

— Je m'étonne qu'elle soit retournée au royaume des Francs après ces événements. Comment se porte-t-elle ? A-t-elle surmonté sa peine ?

— La vie a continué, comme je le lui avais prédit. Elle accompagne en ce moment un groupe de jeunes de son abbaye de Burgondie, qui veulent étudier à Imleach.

De toute évidence, Fidelma prenait sur elle pour ne pas tout lui dire d'une même haleine.

Eadulf sourit avec indulgence.

— Quelles nouvelles t'a-t-elle apprises ?

— Apparemment, Brodulf avait tort de chercher le prince Dagobert à Imleach.

— Il n'était pas du tout là-bas ?

— Non ! Ce que j'ai expliqué sur sa mission lors de l'audience était exact. Le roi Clotaire avait chargé Brodulf de découvrir où se cachait Dagobert et de l'assassiner. Depuis lors, Clotaire a rendu l'âme. La guerre a fait rage entre les factions et, finalement, Dagobert a été appelé à monter sur le trône des

Francs. Ses proches partisans savaient depuis toujours où il se cachait.

— Il s'abritait donc dans une autre abbaye, finalement ?

— Oui, depuis ses sept ans. Quand son père, le roi Sigebert, a été assassiné, l'évêque Didon de Pictavium l'a en effet envoyé en Éireann. Il a grandi non pas à Muman, mais à Midi, près de Tara. Il a été élevé pendant toutes ces années dans la communauté fondée par le bienheureux Erc à Sláine na Dela, la « colline de Sláine », où Patrick fut le premier à allumer les feux pascals.

— Les hauts rois devaient le savoir, non ?

— Possible. En ce cas, ils ont bien gardé le secret ! Et devine qui est allé à Sláine pour ramener Dagobert en Burgondie ? Nul autre que Wulfoald, l'ancien maire du palais de Sigebert, le père de Dagobert !

— Wulfoald ? répéta Eadulf, à qui ce nom évoquait un vague souvenir.

— Frère Charibert affirmait avoir été esclave dans la maison de Wulfoald, qui l'avait ensuite envoyé surveiller l'évêque Brodulf.

— Il s'est assurément acquitté de sa mission.

— Wulfoald est de nouveau au pouvoir et dirige le palais. Les noms de certains de ceux qui ont œuvré au retour de Dagobert te seront familiers : Ultan, l'abbé de Fosses, et Wilfrid de Ripon, rallié à leur cause.

Eadulf fit la grimace.

— Le Wilfrid contre lequel tes compagnons et toi vous opposiez au concile de Streonshalh ?

— Lui-même.

— Quelles nouvelles ! soupira Eadulf. Et quelle époque foisonnante ! Complots et assassinats, pas de quoi s'ennuyer… Ah ! bien, Dagobert n'a pas été le seul prince étranger à chercher asile dans ce royaume. Regarde Aldfrith, le fils d'Oswy de Northumbrie. Il coule des jours heureux ici, sous le nom de Flann Fine, à composer de la poésie. Peut-être les Northumbriens le persuaderont-ils un jour de retourner là-bas et d'être leur roi.

— J'espère qu'il déclinera la proposition !

— Pourquoi dis-tu cela, Fidelma ?

— Mieux vaut vivre en paix en étant poète que d'hériter d'un immense pouvoir et d'être envié par ses proches, avec le souci constant de survivre aux lames assassines de ses frères et sœurs ou autres prétendants.

— Quoi qu'il en soit, selon toutes les règles régissant l'héritage, Dagobert est désormais roi des Francs.

Fidelma fit une moue désabusée.

— Je me demande combien de temps les membres de sa famille attendront avant de s'unir pour le déposer.

Pour plus d'information :

#lisez! engagé
www.lisez.com

Imprimé sur du papier issu de forêts gérées durablement.

10/18 – 92 avenue de France, 75013 PARIS

*Imprimé en France par*
CPI Brodard & Taupin

N° d'impression : 3056074
X08351/01